RUGADH MARTAINN MAC AN T-SAOIR ann an 1965 agus thogadh an Lèanaidh (Lenzie) e. 'S ann à Uibhist a Deas a bha athair is à Glaschu a bha a mhàthair. Chaidh e a dh'Oilthigh Obar Dheathain, far an tug e a-mach a bhith na dhotair ann an 1988. Eadar 1990 agus 1992 choisinn e teisteanasan ann an Cuspairean na Gàidhealtachd is nam Meadhanan aig Sabhal Mòr Ostaig.

Bidh Màrtainn a' roinn a bheatha-obrach eadar dotaireachd, sgrìobhadh is aithris sgeulachdan, is tha e air a bhith air aoigheachd aig Stanza, Fèis Eadar-Nàiseanta Dhùn Èideann, Seachdain na h-Alba an New York, is IFOA Toronto. Ann an 2007 chaidh a chrùnadh mar 'Bhàrd' a' Chomuinn Ghàidhealaich is bho 2010 tha e air a bhith na Shore Poet an Dùn Èideann.

Ghlèidh *Ath-Aithne*, cruinneachadh de sgeulachdan goirid, Duais na Saltire Society airson Ciad Leabhair ann an 2003. Choisinn na nobhailean *Gymnippers Diciadain* agus *An Latha As Fhaide* a bhith air a' gheàrr-liosta airson Leabhar na Bliadhna ann an 2005 is an 2008. San Dàmhair 2006, chaidh *Dannsam led Fhaileas*, cruinneachadh de a bhàrdachd, fhoillseachadh le Luath Press. Nochd an treas nobhail aig Màrtainn, *Air A Thòir*, ann an 2011 is bhuannaich *A' Challaig Seo Challò* – nobhail do dheugairean – Duais Dhòmhnaill Meek 2013. Chaidh na sgeulachdan *Cala Bendita 's a Bheannachdan* fhoillseachadh le Acair ann an 2014 is fhuair an leabhar sin àite air geàrr-liosta Dhuais Dhòmhnaill Meek agus Leabhar Litreachais na Bliadhna aig an Saltire Society. Chuireadh *Tuath Air A' Bhealach* – novella dhen t-sreath Lasag – ann an clò le Sandstone Press ann an 2015. 'S e *Samhradh '78* a' chiad nobhail aig Màrtainn dha Ficsean Luath.

Tha Màrtainn an-diugh a' fuireach ann an Dùn Èideann le a bhean is an dithis chloinne.

AF071782

Samhradh '78

MARTAINN MAC AN T-SAOIR

Luath foillsichearan earranta
Dùn Èideann
www.luath.co.uk

A' chiad chlò 2018

ISBN: 978-1-912147-47-2

Gach còir glèidhte. Tha còraichean an sgrìobhaiche mar ùghdar fo Achd Chòraichean, Dealbhachaidh agus Stèidh 1988 dearbhte.

Chuidich Comhairle nan Leabhraichean am foillsichear le cosgaisean an leabhair seo.

Chaidh am pàipear a tha air a chleachdadh anns an leabhar seo a dhèanamh ann an dòighean coibhneil dhan àrainneachd, a-mach à coilltean ath-nuadhachail.

Air a chlò-bhualadh 's air a cheangal le Bell & Bain Earr., Glaschu.

Air a chur ann an clò Sabon 10 le Main Point Books, Dùn Èideann.

© Màrtainn Mac an t-Saoir 2018

Mar chuimhneachan air piuthair m' athar nach maireann, Shonna a' Bhuachaille, is mar urram dhi fhèin 's dhan duine aice an Dr Fergus Byrne.

I

'S MI BHA eòlach air an t-slighe eadar Grianaig is Central agus tuath an uair sin o Shràid na Bànrighinn, ged nach do rinn mi riamh leam fhìn e. Ach 's ann air an trèan bu trice a rachamaid dhan Òban, dà thuras – trì as dòcha – sa bhliadhna, mun do cheannaich m' athair a chiad chàr is mi dìreach air tòiseachadh san àrd-sgoil. Chan e adhartas a bha seo mun d' rinn mi bòst ro-mhòr rim charaidean ùra beairteach. 'S ann a bhiodh e air a bhith coltach ri cantail gun robh ar breacaist a-nist na bhobhla mòr Chorn Flakes seach am brochan lom. 'Wow, really Col!?'

Bhiodh eilean a h-òige – muinntir Eòlaigearraidh gu h-àraid – daonnan a' dèanamh toileachadh ri Màiri Iagain Mhòir is a h-àl fhaicinn bho thill i an toiseach, làn moit, le James, as t-samhradh 1955. Mise an ath duine a rugadh an '58 is an uair sin dithist nighean àlainn – Celia is Flora – gann mìos a-staigh dha na 60an.

Chan e nach biodh ar càirdean cuideachd a' cur fàilte air m' athair, Tom (no 'Tam') Quinn, à Pàislig, ach cha leigeadh am beagan làithean dheth aig dràibhear-bhusaichean leis a dhol a Bharraigh a h-uile trup. 'Blackpool, Mary? Whit aboot Scarborough this year, doll?'

Ach do Mham bha na seachdainean sin a gheibheadh i còmhla ri a pàrantan is a peathraichean, cho buileach prìseil – agus nan dleastanas – dhi. Cha tuigeadh i idir carson a dh'iarradh duine a dhol a dh'àite sam bith eile is airgead nach robh pailt a chosg air. Na dheaghaidh sin, cha robh uair nach putadh an dearbh nighean dhìleas notaichean ann an dòrn a màthar fhèin an oidhche mum falbhamaid – 'Dìreach airson na cheannaich sibh a bharrachd a luaidh'.

A dh'aindeoin cho tric 's a bha sinn am Barraigh, cha robh duine againn riamh air feuchainn tarsainn a' chaolais a dh'Uibhist, no gu dearbha gu h-aon sam bith eile dhe na h-Eileanan an Iar.

Am bliadhna, bhiodh *An Claymore* a' tadhal an Colbhasaigh mun gabhadh i a-mach làn dùrachd, fad ceithir uairean an uaireadair sa Chuan Sgìth, a Bhàgh a' Chaisteil beag beothail. Airson na ciad turais ge-tà, cha bhithinnsa a' tighinn dhith an sin oir dh'fhanainn oirre, fad uair a thìde eile, gu ruige Loch Baghasdail – port na shuain, chunnaic is thuig mi a-rithist.

Cha bu bhreug idir e nan canainn nach do dh'fhàg beachd bràthair mo mhàthar – mi fhìn 's e fhèin a bhith còmhla an Uibhist – glan air mo dhòigh mi. Cha b' e seo an t-àm ceart dhàsan no dhòmhsa, dh'fheuch mi ri a phiuthair bhig raig; cuideachd 's e ùine car fada a bh' ann an cola-deug.

Cha b' e nach bu thoigh leam Ruairidh, oir bha e riamh na uncail a sheall ùidh annam is a bha fialaidh aig co-là-breith is a leithid, ach 's e fear glè dhèanadach a bh' ann dheth cuideachd. Bha creideas mòr aig an Dotair RJ MacGillÌosa ann a bhith a' cur seachad speileagan fada nad shuidhe aig deasg is na choisneadh an t-saothair sin dhut. Sin mar a shoirbhich leis-san anns gach deuchainn a chaidh a chur, no a chuir e fhèin, roimhe na bheatha – is nach robh e fhathast a' dol gu làidir?

Gun do dh'iarr a bràthair mòr, cliùiteach mo chuideachd-sa airson pàirt dhe locum an Uibhist 's ann a bha seo mar òrdugh do Mhàiri Iagain Mhòir! 'Dè eile a bhios tu a' dèanamh?' dh'èigh i – ceòl a' chinn a tuath a-nist na bu nochdte na guth. 'Cha chuir exams no sgath stad ort a Chailein; an-dràsta co-dhiù no...'

'Job ma-tà?' dh'fhaighneachd mi gu socair is mas fhìor le spòrs. Seo ceist a chrìochnaich mi tric dhi o chionn ghoirid; bho thagh mi gun finals na dàrna bliadhna a ghabhail. An ath turas 's ann a sgreuchainn mo fhreagairt na h-aodann!

'S e an fhìrinn a bh' aice ge-tà, ach cò dh'iarradh sin aideachadh? Agus bu bheag orm an 'an-dràsta co-dhiù' ud aice! 'S e bha seo a' ciallachadh ach gun robh mi fhìn is Big Ron Weir – mo phrìomh oide – air sgeul a chall air deuchainnean an t-samhraidh; ach le spàirn mhòir – cleas Ruairidh MhicGillÌosa againn cuideachd – dh'fhaodainn feuchainn san Lùnastal: saidhc-eòlas, litreachas na Beurla, eachdraidh na h–Eòrpa bho 1850 – àite glèidhte air èiginn, ma dh'fhaoidte, ann an cùrsa-ceum le urram? 'Chì sinn a Mham,' thuirt mi rithe.

Bha taobh sòisealta 1977/78 an Glaschu air a bhith math fhèin is cha d' rinn mo shaoradh-sa bho uallach ach spionnadh às ùr a chur ris. Le grant math, flat mhòr, shnog do thriùir an Horselethill, is gun mi ro àilgheasach mu bhiadh, deoch no aodach, cha robh adhbhar-dragh ann. Mar fhear de dìreach mu 8% de dh'Albannaich aois fichead (dh'innseadh Fr. Cairns tric dhuinn) ann am Foglam Àrd-Ìre, 's ann a bha mi glè fhortanach, ach a-nist, a rèir choltais, ann an cunnart mo chothrom a chall. Carson, mar sin, nach robh an t-eagal orm?

Gu dearbha 's e glè bheag dhe na buannachdan sin air am b' eòlach Ruairidh sna 30an. B' fheudar dha dìreach gabhail ris na bh' aige, cùmhnadh mar a b' fheàrr a b' urrrainn dha, is tòrr mòr obrach a dhèanamh. Mar sin bhiodh a chuid cheistean mì-chofhurtail is mo dhìol agamsa am freagairt.

Do phàrantan nach do dh'fhan san sgoil seach a sia-deug – dhà na bu lugha do Tham Quinn – bha m' fheadhainn-sa air dòchas gu leòr a chur san dàrna gille. 'Chan eil fhios nach feuch Cailean againne son Lagh, ged a tha e fhathast a' smaointinn air toirt a-mach a bhith na thidsear'. Bruidhinn gun dòigh a bha seo! Cuin a thuirt mi riamh gun robh miann agam caob mòr dhem aona bheatha a sgrios air leabhraichean troma no ann a bhith a' sparradh litreachas 'ceart' air cloinn a bha coma?

'Is chan e idir,' ors ise, 'nach dèanadh tu dotair math, nan gabhadh tu nad cheann sin a dhèanamh.'

Bha Aunt Emily – tè chuimir, chiùin, à Peairt a ghabh na ceann agus a rinn an gnìomh air dotaireachd – air bàs cràidhteach fhulang fichead mìos roimhe sin: tiodhlac Nollaig cho grod 's a bh' ann!

B' e seo, mar sin, a' chiad locum aig m' uncail o chàradh a leannan san uaigh. Thuige sin, thar mu chòig bliadhna fichead, bha e air fhèin a dheagh stèidheachadh an raon nam proifeiseantach Gàidhealach an Uibhist; còmhlan beag dlùth aig an àm. Bheireadh e mu sheachdain an Eòlaigearraidh – leis agus aig an teaghlach – mun leanadh e air tarsainn a' chaolais airson 'holiday' a bharrachd. 'S ann a' gabhail àite fear de GPS an eilein a bhiodh e, fad deich latha no mar sin; b' aithne dha Bill Marr o bha iad còmhla nan dotairean òga deònach an Dùn Dè.

Ged a bhiodh cudrom nach bu bheag air, fad na h-ùine sin, chan ann buileach leis fhèin a bhiodh e. A thaobh nithean èiginneach do lannsair, dh'fhaodadh e sgilean Eric Adams – ex-bogsair à York – iarraidh, ach dhèanadh m' uncail-sa an còrr, fiù 's nan rachadh ceàrr an àm do phàiste tighinn chun an t-saoghail. Bha eòlas anaesthetics aige cuideachd is bu mhath gun robh oir bha gu leòr feumach air a bhith air an cur nan cadal rè an t-samhraidh sin fo shùil ghèir Ruairidh.

Am-bliadhna ge-tà, an dèidh dha a dhreuchd a leigeil dheth mar dhotair-teaghlaich ann an Duns, sna Crìochan, b' urrainn dha mìos slàn a thoirt dha na balaich. Gheibheadh iadsan an ciad làithean-saora cearta ann an ùine glè fhada Agus mise? Dè bhithinn fhìn ris an Uibhist? No, dè bu thoigh leis-san gun dèanainn? Beagan coiseachd is iasgaich bha fhios; còmhradh no èisteachd ris fhèin is gun cus òl ma bha Ruairidh gu bhith air *call* a latha is a dh'oidhche.

Dh'aontaich mi, mar sin, a dhol ann; 'son seachdain an toiseach. Dh'fhaodainn fuireach na b' fhaide, nan tograinn; nam biodh a h-uile sgath rèidh eatarainn.

Cha robh mo 'phassage' ach mòran 's an àbhaist – na h-uairean a bharrachd doirbh an lìonadh, is gun leabhar deusant agam gus sin a chuideachadh. Bha a' mhuir glas is stuaghach – is sinn a' dèanamh leum gu leòr oirre – ged nach deach ar n-àrainn idir cho troimhe-a-chèile is a bha mi air fhiosrachadh reimhid.

Shleamhnaich paidh làn geir is tiops fhuara sìos mo shlugan an Caol Mhuile, is gu fàbharach, dh'fhan iad gu modhail far an robh iad fad a' chòrr dhen turas. Ma dh'aithnich cuid dhe na bha a' siubhal an latha ud mi cha do bhodraig duine sin a leigeil fhaicinn no hallò a ràdh.

Tha deagh chuimhn a'm ge-tà air bòrd sa bhàr mun robh deannan cruinn – fhathast sunndach an dèidh fèill-chruidh an Òbain. 'S ann a' sìor chur dragh, a bha iad, air *duo* le giotàran a dhiùlt òrain Ghàidhlig dhaibh. 'S e seinn shnog, mhilis, a bh' aig an fhear a b' òige dhiubh is thug e tionndadh togarrach dhuinn air 'Yesterday' – ris an do chùm s a charaid taic. Cha b' fhada gun do dh'fhàs na gillean sgìth dhe na gòthan faoine seo; thill iad an ionnsramaidean dhan ceusaichean cruaidhe, chuir iad umpa còtaichean-dufail is a-mach leotha dhan deic. Chaidh mi seachad orra nuair a bha sinn a' tighinn dlùth air Miùghlaidh – a' chuairt-ghràidh ud ann fhathast gun a gabhail bho bha Catrìona cho mòr mu deidhinn, eadar pògan, air an latha a thionndaidh mi ochd-deug.

'S ann a bha Ruairidh romham air a' chidhe mar a thuirt e agus cho fad 's a chithinn cha robh an uair anmoch, mu dhà uair sa mhadainn, idir na dragh dha. 'Theab mi duine a chur thugad nam àite,' ors esan le gàire, 'ach bhuail Anna bheag oirre gu math is tha an còigeamh mac aice a-nist 'son glaodhaich do dh'Alba.'

Chaidh 'We're on the march with Ally's army!' – òran eile nach seinneadh paidhir an aiseig – a chlàradh grunn sheachdainean roimhe sin le Andy Cameron. Gheall an cleasaiche, le cinnt is misneachd, gun treòraicheadh Ally MacLeòid gu buaidh sinn aig Cuach na Cruinne san 'Argentine'. Bha a' chiad ghèam aig Alba an aghaidh Pheru fhathast deich latha air falbh.

'Do bheatha dhan dùthaich a Chailein!' faclan m' uncail – is e a' fosgladh na MG bhig shnasail aige. 'Preusant ùr dhomh fhìn,' chuir e ris, is e a' gabhail a leisgeil cha mhòr. 'Bha mi riamh airson fear fhaotainn. Ach le teaghlach is... well, cha robh e freagarrach. 'S ann a tha an suspension fada nas fheàrr na shaoileadh tu – nì e an gnothach air cuid dhe na rathaidean as miosa an seo. Cha do dh'fhàs do ghruag sgath na bu ghiorra!' thuirt e an uair sin le fiamh ait a fhreagair mise le a bhith a' sguabadh dual no dhà air cùl mo chluasan – 'like a wee lassie' chanadh m' athair fhìn air droch latha. 'Ach 's coma,' orsa Ruairidh, 'is dè an cor a th' air a h-uile duine?'

Chaidh naidheachdan a-null is a-nall mun teaghlach fhad 's a dhràibh Ruairidh sinn a Chrois Dhalabroig an toiseach, mun do thionndaidh e chun na làimhe deise air prìomh rathad an eilein. Chuala mi gun robh a dhithist nighean a-nist an Sasainn. Gu Bristol a chaidh Iona nuair a cheumnaich i, mar a h-athair, bho Chill Rìmhinn – ach le Honours Maths – bha fhios a'm air a sin. Cha b' fhada, ge-tà, bho ghluais Claire cuideachd – agus a' chiad ogha *acasan* – gu Lunnainn 'son obair Ed.

Thuig mi gum b' ann le Aunt Emily a bha cuid mhath dhen '*acasan*' seo aig Ruairidh, ged nach tug e tarraing idir air a bhean nach maireann an oidhche sin. Cha tug na mise. An aon rud eile a chuir esan ris 's e gun robh Ed Canning laghach, onarach, agus na dheagh chèile dham chousin.

'Taigh car annasach a fhuair Bill dhomh am-bliadhna, a Chailein,' ors esan is a' ghealach a' leagail a lainnir shèimh air Tìr a' Mhurain dhuinn. 'Ann an Eòrasdail – pìos o *Chnoc Fraoich* – ach chan eil àite sam bith ro fhada air falbh leis a' chàr bheag luath seo.'

Dh'inns mi dham uncail a-rithist cho beag eòlais 's a bh' agam air Uibhist; dìreach mar a rinn mi nuair a dh'fhòn e 'son dèanamh cinnteach cò an latha air am bithinn a' siubhal is uair a' bhàta.

'Seadh, seadh,' ors esan, 'Cha robh mi fhìn an seo ach aon turas riamh mun do thòisich mi dèanamh locums –'s fhada is cian on uair sin 'ille. Tha mi a-nist glè eòlach ann – an Ceann a Deas gu h-àraid – nas fheàrr na tha mi am Barraigh an-diugh, thèid mi an urras. An robh thu riamh an Eòrasdail ann am Bhatarsaigh?'

'Cha robh ma-tà,' dh'aidich mi.

'Àite dìreach eireachdail a Chailein. 'S ann aig banais a bha mise ann. Bòcain a th' ann air fad a-nist. Seall cho brèagha is a tha na rionnagan – chan eil gin nach fhaic thu.'

Dh'fheumadh dotair air eilean mar seo, mhìnich m' uncail an uair sin dhomh – is mòran dhe na seann daoine fhathast gun an còmhdhail fhèin – tadhal am barrachd dhachannan an taca ri na GPS air tìr-mòr, fiù 's an sgìre dhùthchail leithid Dhuns. Gu tric bha taighean nan daoine suidhichte sgrìob mhath on rathad mhòr is bhiodh riasladh gu leòr ann an lorg, gu h-àraid an dubh na h-oidhche. Sa bhitheantas, ge-tà, 's e treubh tapaidh a bha sna h-Uibhistich a sheasadh ri tòrr is nach iarradh dotair mura robh iad buileach riatanach air fear – ro thric ga fhàgail ro anmoch.

'Is dè tha thu fhèin ris na làithean seo a Chailein?' dh'fhaighneachd e. 'Arts degree – an e? Is às deaghaidh sin, dè?'

'Bu thoigh le Mam Lagh no teagasg?'

'Ach dè bu thoigh leatsa?'

'Chan eil mi cinnteach.'

''N d' rinn thu sgath Gàidhlig riamh?'

Chrath mi mo cheann. 'Tha i air fàs car lapach. Cha b' urrainn dhomh a gabhail san sgoil is...'

'Cha b' urrainn gu dearbha. Chan eil diù mhòr aig na Jesuits dhen chultar againne; eachdraidh phròiseil na Ròimhe no bàrdachd dhrabasta Ghrèigeach,'s ann a bhiodh iad sin taghta leotha!' Shioft e sìos gìdhear is ghabh e seachad le srann air bhan shocair a bha air tarraing a-staigh dha. 'Ach tha Laideann agad?'

'O-Grade dìreach, cha robh...'

'Is dòcha gum b' fhiach dhutsa coinneachadh ri Professor John Boyd, seann phal à Cille Chuimein. Às Bruairnis a bha athair – a phòs an aon chaileag aig bancair a' Chaoil! Tha na sgoilearan Ceilteach daonnan airson oileanaich fhaicinn a tha beagan diofraichte. 'S e Seonaidh a-nist a tha os cionn na roinne. Tha sinn air a bhith a' sgrìobhadh gu chèile fad greis mun obair agam fhìn an Uibhist – fhios agad na daoine a tha mi an dèidh 's a bhith a' reacòrdadh? Bha mi an dòchas gun còrdadh e riut fhèin beagan cuideachaidh a thoirt dhomh. 'S ann air an eilean seo a chluinnear cuid dhe na seinneadairean as fheàrr a th' ann a Chailein.'

Thug mi sùil air bràthair mo mhàthar is sinn a' tionndadh an iar a-staigh a rathad Eòrasdail – fear de bhailtean fada a' mhachaire. Dè an cuideachadh dòigheil a b' urrainn dhòmhsa a thoirt dhàsan mu bheul-aithris? Nam feumainn, rachadh agam, is dòcha, air na daoine againn am Barraigh a shloinneadh air ais ginealach no dhà; ach seach sin, bhiodh e pailt cho math do Ruairidh mo chàradh air dìollaid Chopper bike is mac-na-dunach a phutadh le bruthach cas.

Ach bha an cuspair seo air m' uncail a bheò-ghlacadh. 'Agus, a bheil fhios agad air a seo, a Chailein, tha grunn ann fhathast a dh'innseas sgeulachdan an seo – feadhainn fìor ealanta – ged a dh'fheumas tu a bhith gan tutanadh.'

'Really a Ruairidh?' mo fhreagairt dha. 'Nach eil sin math.' Ged a bha an t-adhar cho dubh ris a' ghual chithinn, ri solais a' chàir bhig spòirs, gur ann an àite meadhanach mòr a bhiomaid a' fuireach: seann taigh-tuathanais squeadhair, na sheasamh aig fìor cheann-a-staigh a' bhaile. A rèir Ruairidh 's ann leis a' mhanaidsear a bha an fhàrdach seo, mun do bhristeadh an tac na croitean le Lady Cathcart. Chaidh cuid dhe na togalaichean bhuaithe mun do leagadh iad – a' chlach ga cur an-sàs sna taighean ùra. Shàbhaileadh am fear seo ge-tà ged a bha e car feumach air a thoirt gu ìre na linne san robh sinn beò.

Air a' chiad sealladh, choltaichinn-sa mo rùm an Taigh Eòrasdail ris an t-seòmar-suidhe againn ann an Glaschu: lobhta àrd air is obair shnasail mu na h-oirean – seadh, farsaingeachd seach am bogsa beag donn san robh mi fad m' òige an Grianaig. Ged a gheibhinn fàileadh na fuarachd ann, air adhbhar air choreigin cha robh sin gun tlachd. Theann mi air dràthraichean troma – air an lìnigeadh le pàipear ruadh – a shlaodadh is dh'fhosgail mi preasa a sgap samh a' champair sa mhionaid uarach; dhùin mi an doras sin gun m' aodach a chrochadh ann.

Dh'obraich mi a-mach gum b' urrainn dhomh an dà uinneig a thogail gun strì is gun cumadh na clipichean raga iad gun tuiteam. Rinn mi sogan cuideachd ri leabaidh a chaidh a bhlàthachadh romham le parsail bhreigichean ann am plaide thiugh. Agus 's i bha tòiseil, an dèidh mo thurais, a dh'aindeoin cnapan a' bhobhstair.

Air stòl beag fon lampa lorg mi truinnsear air an robh ceithir briosgaidean le càise orra is deoch bhainne. Thug an t-suipear bheag gun lochd seo cuireadh is cead dhomh a gabhail gun m' fhiaclan a ghlanadh, ach air sgàth ciont no cleachdaidh – agus mo dhileig – fhuair mi mi fhìn a' dèanamh gròbladh sìos an trannsa mu chòig uairean sa mhadainn.

'S ann aig cùl an togalaich a bha an taigh-beag, ann am poirds le mullach-iarainn air. 'S fheudar gun deach am pàirt seo a chur ris anns an fhichead bliadhna mu dheireadh; aig àm, 's dòcha, nuair nach robh e ceart tuilleadh poitean mòra fhalmhachadh dhan bhallan air beulaibh na stòbha, no a bhith dol nad chrùban fo sgrùdadh nam mart sa bhàthaich.

An oidhche ud, rinn suids an t-solais – nach robh idir mu àirde na guailne no air sreing thiugh – an gnothach buileach orm. 'S mi bha taingeil, an ceann greis, nuair a leig sgoltadh san adhar le gath no dhà èaladh tron lòsan dhustach a-null chun a' bhobhla. Shuidh mi sa bhad is ghabh bolt-deighe suas mo dhruim gun truas.

Ged nach robh ann ach an aon tap san t-sinc dhomhainn, chithinn a-nist pìob chaol an uisge theith a' falbh às tanca beag crochte os cionn na mìse. Dh'fhaodadh an treat sin feitheamh gu a-rithist! Bha an tap fuar car teann is rinn e splutraich is brùchdadh, fad mu leth-mhionaid, mun do dheònaich e a chuid uisge dorcha a leigeil air lamhan làn siabainn.

An dèidh dhomh an tiormachadh, nam leth-shuain, thuig mi gun do dh'fhàg mi an Colgate (Mint Fresh!) san rùm-chadail. Ma bha feum sam bith aig Ruairidh air stuth dhen t-seòrsa chan fhaicinn-sa sgeul air sgath. 'S cinnteach gun dèanadh sgoladh beag às aonais an gnothach a-nochd, nach dèanadh? 'S ann am meadhan deagh ghurgail a bha mi nuair a dh'fhairich mi an gluasad gràineil air m' òrdagan beaga; tachas diogalach a' sìor thighinn nas giorra dham adhbrann cnàmhach is fuaim mar sgròbadh air an lìono shleamhainn.

Chluinnte mo sgread – dhearbh Ruairidh le braoisgeil aig breacaist – air Cliseam Na Hearadh!

Cha robh teagamh, thuirt e, nach biodh luchainn – feadhainn mhòra cuideachd – agus rodain ann an seann taigh-tuathanais mar seo. Nach iomadh rathad a-steach a bh' aca siud uile! Chaitheadh e sìos strapaichean làidir iarainn dhaibh – is orra sin cnap math dhen Stilton a chòrd ri a shùil-san san deli am Melrose. Dh'fheumadh seo casg, ge-tà, a chur ormsa bho a bhith a' falbh cas-rùisgte tron taigh; no bhiodh mac a pheathar gaolaich a' tilleadh dhachaigh air m' fhìor-dhroch leòn mun chois.

'S e gliong nan sgeinean is nam forcaichean a rinn mo dhùsgadh mu dheireadh thall. Ged nach bu dùraig dhomh mo shùilean fhosgladh, is a' chluasag cho blàth, chithinn spàinean-tì beaga gan càradh, le faicill san àite cheart, air sàsairean ri taobh chupannan snoga geala agus tost air lof-phlèin ga chur am meadhan a' bhùird. Chaidh na deilbh seo – a bhuineadh, 's cinnteach, do dh'iomadh latha an Grianaig is am Barraigh – aiseag gu sùghmhor gu m' rùm an Uibhist an cois cùbhraidheachd na hama is nan uighean ùra.

Dh'inns fonn aotrom ceòlmhor dhomh nach b' e Ruairidh, no gu dearbha fireannach sam bith, a bha an urra ri lòn na ciad-mhaidne an Taigh Eòrasdail.

'Dh'èirich thu ma-thà!' mhaoidh boireannach mun an dà-fhichead, air an robh, fo a h-aparan, blobhsa gun phàtran agus sgiorta dhonn. 'S e coltas tè dhen fheadhainn chaol ud làn lùiths a bh' oirre le gean blàth air a h-aodann.

'Dh'èirich!' dh'aidich mi. Rinn mi barrachd na sin; leum mi aiste agus gu cabhagach chuir mi umam mo chuid aodaich.

'Is mise Ealasaid,' ors ise, is i a' suathadh a làimhe gu math air a

pinidh, mun do shìn i thugam gu ceart i. 'Cailean, 'n e?'
'Yea, 's e.' Ghabh mi grèim oirre. Dè a-nist? Pòg air gach gruaidh? Cudail mhòr a' mhathain? Cha do charaich mi.
"'S fhada o dh'fhalbh d' uncail,' ors Ealasaid, cho moiteil ri cù. 'Mocheirigh a rinn am fear ud gus freastal air feadhainn bhochda. Ith!' dh'òrdanaich i, a' sadail còig sliseagan hama is trì uighean, às an aon phraidhpan, air mo thruinnsear.
Thòisich Annag Bheag – 'a bhuail oirre gu math' – air sileadh na fala aig 0530; mun àm a chaidil mise, fo shiotaichean teanna is plaide ghoirt ach sàbhailte bho chèilidh gach rodain bhig no mhòir.
Bha Ealasaid Iain Alasdair – mar a shloinnteadh gu ceart i – ro eòlach air a bhith a' biathadh nam fear. 'Bràithrean gu leòr agamsa a Chailein. 'N t-acras orra fad an t-siubhail, a h-uile mac h-aon aca!'
Fad mu cheithir bliadhna bha i cuideachd air a bhith na 'bean-taighe' dha na Crìosdaidhean lighichean a bheireadh greis-tàimh do Mharr is Adams, an fheadhainn shingilte gu h-àraid. Dh'iarradh dìcheall nan dotairean sin – is iad rin gairm a latha is a dh'oidhche – a dheagh neartachadh; b' aithne do Ealasaid gu leòr mu neartachadh.
'S ann ri iasgach a bha a bràithrean uile, mhìnich i. 'Aig na prawns a-rithist o chionn dà mhìos. Fhuair mi iad sin seachad an toiseach is an uair sin dhràibh mi sìos. Saoghal dhaoine o nach robh mise a' tadhal san taigh seo; cha b' fhuilear dha beagan obrach air ge-tà – a-staigh agus a-muigh. Bha an seann phost-office fada fada na bu fhreagarraiche. Is dè an obair a nì thusa a Chailein?'
Teags eile, bu choltach, ga thoirt air mo staid dhìomhain! Rud fìor cheàrr, bu choltach, an làthair a' bhoireannaich seo: 's mi a' faicinn is a' blasadh a cuid spionnaidh; mo cheann làn ìomhaighean dhe a fir threuna ri spàirn san fhairge nan sgothan beaga. Chuir tuigse air mar a thill Ruairidh a-mach a dh'obair – gun e air uair a thìde cadail fhaighinn – gu mòr rim iomagain. Dè bha mi a' dol a dhèanamh ann an Uibhist a Deas agus fad a' chòrr dhem bheatha?
"'N eil fhios a'm,' fhreagair mi. 'Chan eil mi buileach cinnteach fhathast, Ealasaid. Feuchaidh mi ri cuideachadh ann an dòigh air chor-eigin, tha fhios, dh'fhaodainn...'
Dh'fhosgail an doras le brag is thàinig Ruairidh a-staigh, màileid dhonn Ghladstone na làimh, cnota snog aig a' cholair na shuidhe ann am 'V' a gheansaidh uaine.
'Tha an gille seo air tighinn a dh'Uibhist airson obair a dhèanamh!' chaidh innse dha. 'Ach an toiseach, breacaist dhuibhse. Is tha Anna gu math a-nist a bheil?'

Rinn na b' urrainn do Ruairidh innse air Anna – gun cus idir a
ràdh – feum dhi: 's e Ealasaid nighean antaidh an duine aice agus 's ise
a fhuair brath an toiseach nuair a theann an dòrtadh. Thug Ealasaid
Iain Alasdair – 'a bha cho ceangailte ri na dotairean' – air Anna bhochd
fònadh sa bhad is gun rud cunnartach mar chall-fala fhàgail sgath na
b' fhaide. Bhiodh a cridhe truasail agus a Mini Clubman a' dèanamh
oirre cho luath 's a bhiodh am frithealadh seo ullamh.

Aocoltach ris a' mhòr-chuid an Alba aig an àm, cha robh surgery
cunbhalach aca tuilleadh an Loch Baghasdail madainn Disathairne –
rud a dh'iarr Bill Marr mun dealaicheadh e ri a cheathrar chompanach
am Broughty Ferry ann an 1970.

'Nonsense!' bha e air cur sìos sgòrnain na feadhainn a shaoil gun
robh leithid a sheirbheis riatanach no reusanta. 'If they're genuinely ill,
they'll soon find us and us them.' Ghabh Mr Adams ri seo gun ghearan.

Mar thoradh air a sin bha dorsan *Cnoc Fraoich Medical Centre* fosgailte
feasgar Dihaoine gu leth-uair an dèidh seachd. B' fheàrr le Ruairidh –
aig an robh latha trang agus a dh'obraich gach dàrna Disathairne dhe
a bheatha – nach robh an clionaig anmoch seo idir ann.

Thòisich cùisean, dh'inns e dhomh, le na rudan àbhaisteach:
casadaich, cnatan, cluasan goirte, ach an uair sin nochd tè mun an trì
fichead, Norma. Air dhreach na cailce a bha a gnùis agus 's e buidhe
salach nam *fags* an aon dath a bh' air a làmhan. 'S ann na suidhe
a' feitheamh a bha i, eadar dithist bhoireannach na b' òige – nigheanan
leatha shaoil Ruairidh – nach robh a chridhe aca tighinn a-staigh do
sheòmar an dotair.

Cha tuirt m' uncail sgath rium mu sgeul Norma no mu na fhuair
e fhèin ceàrr oirre, ach chithinn-sa on chrathadh-cinn is gum biomaid
a' tadhal aice an-diugh fhathast gun robh dragh nach bu bheag air
a-nist mu a deidhinn.

'Dè an còrr a nì thu an-diugh, a Chailein, mura tig thu a-mach
còmhla riumsa!' na bh' aige dhomh sa mhionaid a chuir mi a' cheist sin
air na bu tràithe. 'Còrdaidh an gnothach riut agus riumsa. Seo a-nist tè
nach fhaca dotair ann an deich bliadhna fichead. Not even for a Blood
Pressure. Dhia, a laochain, b' fheàrr leamsa gum faca.'

'S dòcha nan robh Ruairidh air mìos a thoirt ann an Uibhist roimhe
seo gum biodh sin air tachairt; oir bha daoine deònach – dh'ionnsaich mi
– bruidhinn air rudan ri dotairean ùra is sagairt ùra agus nephews ùra a
bha iad air an càrnadh, gun sùil a thoirt orra, fad nam bliadhnachan mòra.

'S ann mu dhà mhìle deas oirnn a bha am baile san robh am

boireannach seo, Norma, a' fuireach agus glè fhaisg air a' chuan; thug an càr beag sgiobalta ann sinn gun strì sam bith. 'S e taigh dorcha gun loinn air a bh' aice is e follaiseach gun robh a chuid bhallachan is a mhullach glè fheumach air sealltainn riutha. 'S dòcha san aon dòigh 's an do shuidh ise eadar a dà nighinn an Loch Baghasdail, bha dà bhungalow ùr a' dèanamh geàird an-diugh air prìomh stèidh an teaghlaich.

Chithinn grunn innealan meirgeach ann is closnach seann Hillman Imp air bàrr bhlocaichean; iad seo cha mhòr uile na bha a' sgeadachadh a' bhlàir timcheall an taighe ach am feur fada ribeagach.

Dh'fhosgail dorsan nan taighean ùra cho luath 's a stad càr Ruairidh le sgreuch beag. Nochd na boireannaich òga, scarfaichean mun cinn, a-mach asta is thàinig iad a-nall nan ruith gar n-ionnsaigh.

Leis gun robh i fhathast na turadh roghnaich mise fuireach aig an MG. Dhiùlt is dh'ath-dhiùlt mi cupa tì no grèim beag a dh'ithinn, fiù 's 'rud nach dèanadh cron air duine'. Ach rinn dà chù collie le sùilean donna brònach guidhe rium nach gabhadh seachnadh cho furasta. 'S e ball leathair fliuch, flat, a bh' aca agus cop mum beul. Ghabh mi rin gèam le fead chruaidh is rinn mi feum dhen doras a b' fheàrr dhen Imp airson a' ghloidhc rud a bhreabadh sear is siar dhaibh.

Nuair a thill Ruairidh mu dheireadh thall, leum Bobby is Glen air is iad an làn-dùil gun teannadh esan air a' chleas mhìorbhailteach ris an do chuir mise cùl cho tràth. Ach ged a rinn m' uncail an clàparan is ged a bhruidhinn e riutha mar fhìor sheann charaid, cha do chluic e idir.

Chuir àileadh an uisge-bheatha agus greis de shàmchair eatarainn air an rathad dhachaigh an-fhois is beagan òrrais orm. Càit idir am bu chòir a' chrìoch a bhith eadar na bha pearsanta is proifeiseanta? Dè am modh ris an robhar cleachdte an seo o dhotair?

Lùghdaich tòrradh tiamhaidh Norma air an ath Dihaoine cuid dhen eagal sin.

2

'S ANN A' FALBH thaighean a bha sinn a-rithist (is bha e a' còrdadh rium); an dèidh do Ruairidh na nochd aig *Cnoc Fraoich* fhaicinn is a stiùireadh air cùrsa na b' fhalainne – nan gabhadh sin dèanamh. 'S e an ath duine aige: fear a bha air a chas a ghlacadh ann am bailer is a theab a call. Mar a rinn Dia cha deach cron Chaluim na bu mhiosa na bristeadh glan air an do shuain Eric Adams pleastair blàth geal a chaidh a ghearradh dhith am meadhan a' Chèitein. 'S e a' cheist a bh' ann an-diugh: am faodadh leannrachadh a bhith air tighinn air a' chraiceann? Nan robh, 's dòcha gum biodh aig Ruairidh ri penicillin no a leithid a thoirt dha.

'OK, a Chailein,' ors esan rium, a' chiad Diluain, 'cha dèan na riaghailtean àbhaisteach a-thaobh confidentiality cus feum ma tha thusa a' dol a chur eòlas ceart air muinntir Uibhist. Seallaidh e cuideachd dhut beagan dhe na tha an sàs san obair seo. Cha tu a' chiad fhear riamh a smaoinich air gluasad bho Arts gu Dotaireachd.' Aha, smaoinich mise, an e seo idir plàna m' uncail – no gu dearbha plàna mo mhàthar – bhon toiseach? Mas e, 's ann a bhiodh e air a bhith caran snog nan robh duine aca air mionaid fhaotainn bruidhinn riumsa mu dheidhinn. Mura robh cuimhne aca?

Chuir mi fiaradh nam cheann is thug mi an aire do bhò dhubh a' togail a h-earbaill am meadhan ùtraid a' bhaile – Tobha Mòr, saoilidh mi. Leig an tè bhreac throm, air a cùlaibh, a cudrom air a' chèic mhòir theith is theab i falbh na spleangannan dhan dìg.

'Of course, iarraidh mi an cead a h-uile turas,' thuirt Ruairidh, 'mar a bhios mi a' dèanamh le na medical students, is ma chì mi gu bheil sgath ann a tha, car, eh… sensitive – faodaidh tu cluic leis na coin.' Thug seo gàire air. 'No leis a' chloinn? Ach tha na daoine ann a sheo taghta. Glè bheag a chuireas dragh orrasan.'

Theireadh cuid gum biodh Calum Mòr air chomas *Cnoc Fraoich* a ruighinn – is a chnàimh a-nist slàn – ach 's ann aig ceann rathaid chaoil ghairbh, mu mhìle far na h-ùtraid (is grunn mhìltean tuath air crìch oifigeil a' Phractice) a bha e a' fuireach, gun chàr no dràibheadh aige. Cha b' esan a dh'fhòn a dh'iarraidh dotair; cha robh fòn aige is bhiodh e air a bhith ceart coma na shuidhe an sin gun tigeadh iongar is at air a lurgann seach dragh a chur air duine, no gu dearbha dragh a ghabhail mu a shlàinte.

Gu fortanach, chan fhaiceadh Ruairidh droch comharra sam bith air – 'mild inflammation only' – agus chuir e Calum còir far liosta na feadhainn air am bite a' tadhal a-rithist.

Mhuthaich mi gun robh tòrr gaoisid air fàs mu aodann an fhir seo is gun robh i sin mòran na bu ghlaise na an ceann dubh cìrte agus a chiabhagan dosach. Chithinn cuideachd dealbh seacte de dh'Elvis Presley ann an Las Vegas na shuidhe air bàrr dreasair làn smodail. A dh'aindeoin annais cha ghabhainn orm creidsinn gur i a mhàthair – creutair cruinn le sùilean boillsgeach – bu mhotha a bha a' toirt a dìlseachd dhan 'Rìgh'. '*Love me tender. RIP*' sgrìobhte ann an ionc liath cam tarsainn bonn a' phostair. Bha bruidhinn Chaluim tiugh ach fialaidh is chuir e dà choineanach shnog ann am poca agus a chuid spòirs nan cois. 'Bheir iad seo rudeigin do dh'Ealasaid a nì i. Agus chòrd ur cèilidh gu mòr ri mac Sheumais Bhig is Seonag.'

'S ann a' bruidhinn air feasgar a chuir Ruairidh seachad còmhla ri cupal an Cille Pheadair a bha e. Chaidh aig m' uncail air dà sgeulachd is trì òrain a chlàradh bhuapa air a reel-to-reel mhòr Uher. Dh'fhuirich mise air ais an Eòrasdail ach an dèanainn beagan leughaidh is smaointeachaidh; rud a chuir Ealasaid bacail gu leòr air.

'S ann a bha Ruairidh glè riaraichte an naidheachd seo fhaighinn: daoine fìor ghasta a bh' ann an Iain Dòmhnallach is a bhean Seonag. 'Agus,' thuirt e, 'bha e fhèin ag ràdh rium gun robh athair-san làn sgeulachdan is nach eil cuimhn' aige fhèin ach air a' bheag dhiubh. Shaoil mise gun robh e cho math orra. Am bi an duine sin 85 fhathast ma-tà?'

'Bidh ann an ùine glè ghoirid a Dhotair. Air an latha a chuipeas Holland na h-Albannaich sa World Cup. Ach chan eil Iain leth cho math ri a bhràthair mòr.'

'Cò?'

'Alasdair.'

'A bhràthair mòr, thuirt sibh?'

'Well, 's e, a rèir aoise.' Bha seo a' còrdadh glan ri Calum Raghnaill

– a mhion-eòlas air cùisean a shealltainn dhuinn. 'Bidh esan a-nist mu chòig òirlich nas lugha na Iain, ach cho geur na inntinn ri snàthaid an deagh thàilleir.'
'Seadh,' rinn Ruairidh cinnteach. 'Alasdair Sheumais Bhig, an e? "S e Alasdair mac Sheumais Bhig a chanas sinne ris.'
'Agus càit a bheil esan a' fuireach ma-tà?' Chithinn gun robh ùidh Ruairidh air a bioradh – mar ghille beag ro dhèideig ùir.
'Bidh sibh air cluinntinn mu *Fin McCool* – MacCumhaill, tha fhios?' Lean Calum air, gun feairt a thoirt air a' cheist. 'Tha grunn dhe na sgeulachdan sin aige. Bha iad uile aig athair agus feadhainn mhath mu thaibhsean is manaidhean – a chuireadh eagal do bhàis ort!' Ri seo leig e sgal-gàire cruaidh on chom.
'Mar sin, a bheil esan an Cille Pheadair cuideachd?' phut Ruairidh. 'Dh'fhaodamaid stad aige – faighneachd dheth ach ciamar a tha e a' cumail?'
'Dh'fhaodadh sibh sin,' fhreagair Calum, is ghnog e an ceann dubh ud luma-làn dhe a ghliocas fhèin. 'Ach chan fhaigh sibh faisg a' mhìle air. Is cha mhotha a dh'innseas e sìon dhuibh. Cha bhi e fhèin is a bhràthair a' bruidhinn. Mar sin na bodraigaibh dragh a chur air Iain. Ma bhruicheas Ealasaid na coineanaich sin a-nochd dhuibh, cumaidh iad a' dol sibh gum faigh sibh ur breacaist Diluain.'
Le sin, thill Calum a-staigh gu a chas lag a thogail is cluas a thoirt dhan news. Cha fhaicinn-sa aerial mun t-simileir no cumadh TV a bharrachd am falach air cùl cùirteir no san rùm-suidhe. Neo-ar-thaing nach robh pàipearan am pailteas aige ge-tà – 's ann a bha an t-àite a' cur fairis leotha – agus wireless Bakelite air a shuidheachadh, le innleachd, san uinneig.

'Dè an t-eòlas a tha agadsa air Fin McCool, a Chailein?' dh'fhaigneachd Ruairidh, is sinn a' critheadaich eadar an rathad corrach greabhail ud is ribean-teàrr' a' bhaile; cha robh sgeul air Moire Mhàthair, chunnaic mi, na tèarmann beag concreit tarsainn bhuainn, ged a bha flùraichean ùra ga feitheamh ann. 'Feumaidh,' orsa m' uncail, a' coimhead an taobh a bu chòir dhi a bhith, 'gu bheil gèil' mòr à tuath air an rathad, sin no tha i air a dhol a chèilidh air cuideigin. Am bi thusa fhathast dol dhan Aifhrinn led thoil fhèin a Chailein?'
Chaidh mi innte còmhla ris fhèin am Bòrnais, a' chiad Didòmhnaich, agus an uair sin an Gearradh na Mòna airson tòrradh Norma.
'Co-dhiù,' thuirt e, a' cur stad grad air a' chuspair sin, ''s e ceatharnach cruaidh Ceilteach a bh' ann am Fionn MacCumhaill bhos an seo agus

an Èirinn. Bhiodh esan is a sheat, An Fhèinn no Na Fiantaichean, gam faighinn fhèin ann an deagh thòrr shabaidean; gu tric an aghaidh nan Lochlannach. Agus 's e Fionn a bha air ceann na buidhne – coltach ri Gary Glitter, ach ann an dòigh fada nas *macho* is nas medieval!'

Leig mi cnead. Cùis-bhùirt a bha sa bhlabhdair ud. Cha bu thoigh leam riamh *glam-rock* is bha e a' còrdadh rium a-nist gun robh a rionnag air cuid mhath dhe a gleans truagh a chall. Aig an àm sin, 's e an leithid Queen is gaisgich Led Zeppelin air an robh dèidh agamsa – bha 'Whole Lotta Love' air a bhith aig *Top of the Pops* mar shuaicheantas fad bhliadhnachan.

'Cha chuala mi guth riamh aig Mam air Mr McCool,' thuirt mi, ''s ann a tha i fhèin glè mhath gu sgeulachdan innse, na dòigh fhèin – rudan a chuala i no a thachair do dhaoine, math is dona.'

'Dearbha fhèine tha!' ors a bràthair-se. 'Ach fhios agad air a seo 'ille, na seann sgeòil sin, cleas feadhainn na Fèinne, bha cus dhiubh air falbh am Barraigh, fiù 's nar n-òige! Rinn Màiri glè mhath cuideachd Gàidhlig a chumail ribhse an Grianaig. Bu chòir dhut a bruidhinn nas trice, a Chailein.' Thionndaidh e is sheall e orm – fad deagh ghreis, shaoil mi, do dh'fhear a bha a' dràibheadh càr air rathad cumhang! Choinnich mi a shùilean is an uair sin choimhead mi bhuam. 'Cha do smaointich mise idir air nuair a bha a' chlann òg. Tha Claire keen gu leòr a togail ach le pàiste beag an Sasainn cha bhi e...'

'Furasta dhi.' Thug mi dha. 'No dhuinne – dhuibhse, ma-thà, a Ruairidh – sgath mun Fhèinn a thogail bho Alasdair mac Sheumais Bhig.'

'Chì sinn.' fhreagair esan, ach an toiseach feumaidh sinn fhaighinn.'

Bha sinn an cridhe nam Meadhanan, is an dèidh an treas cattle-grid, stad Ruairidh gu h-obann aig taigh snog geal, air ùr-pheantadh, le cruaich ghrinn ghnìomhte togte deas air a sin. A rèir cruth nan cearc bha iad sin a cheart cho rianail. Dh'fhiosraich mi san dachaigh sin – is gu dearbha cha b' e an aon turas tron t-samhradh ud – mar a bhiodh m' uncail a' cur an sàs ealain a chiùird.

'S e còmhradh blàth a b' iomchaidh an toiseach: bruidhinn a-null is a-nall mun teaghlach is tarraing bheag laghach às bean an taighe mu cho math 's a ghlèidh i maise a h-òige – gu dè idir an *secret* a bh' aice! Chaidh sùim an uair sin a sheallltainn sa chroit – na beathaichean gu h-àraid is na ghabhadh fàs is buain dhaibh air a' mhachaire. Robh silage gu bhith na crois no na cuideachadh agus dè a' bhuaidh a bhiodh aig sin, air a' cheann thall, air cosgaisean?

Dòmhnall a' Chìobair agus Peigi Ruadh: daoine uasal – nan suidhe gu stòlda an sin, am mac òg bàite a' sealltainn oirnn às frèam beag airgid air a' chagailte. Agus air a' bhalla mu choinneimh-san, a' cumail gràdh ri am bràthair ciùin, dà bhean-bhainnse is blìon orra len dithist fhear diùid.

Ghabh Peigi òran aighearach snog aig deireadh consultation anns nach deach làmh a chur oirre. Dh'inns i ge-tà do Ruairidh gun robh na pilichean ùra a' toirt cadal dhi gun uimhir a bhruadaran.

Dh'fhaighneachd m' uncail an uair sin dhith ach saoil am feuchadh i air 'Cumha Sheathain' is dhrùidh an dòigh shìmplidh, nàdarra san do sheinn Peigi am marbhrann seo orm gu goirt – faireachdainn a dh'fhan rium fad a' chòrr dhen latha.

'Is an cuala sibh riamh air fear às a' bhaile seo ris an can iad Alasdair mac Sheumais Bhig?' dh'fhaigneachd e cuideachd – mar a bha riamh fa-near dha – aig an àm cheart, dìreach mun do dh'èirich sinn gu falbh.

Nach robh fhios, a Dhia, gun cuala! B' aithne dhaibh seann Alasdair gu math. Agus 's i a' chomhairle chiùin chinnteach a thug iad oirnn; gun idir a dhol na chòir.

3

AN SIATHAMH LATHA agam an Uibhist is cha b' urrainn do Ruairidh socrachadh idir – staid ris nach fheumainn fàs ro chleachdte, bha mi an dòchas; balach de dheich bliadhna a dh'aois, thuirt e, san Leth Mheadhanaich, air an robh mionach goirt is a bha dà uair aige mar-thà an *Cnoc Fraoich*. Ged nach robh e cus na bu mhiosa, cha mhotha bha an gille mòran na b' fheàrr is e air a bhith còig latha far na sgoile. A-nist 's ann ri cur a-mach a bha e is bha spùt air tron oidhche raoir: bhìoras bu choltaiche, ach mar a b' fhaide a leanadh seo 's ann bu chudromaiche dèanamh cinnteach nach b' e rud na bu mhiosa a bh' ann. B' aithne do Ruairidh grunn air an eilean a shuath glè fhaisg air daoine a chall air sgàth sepsis nach deach aithneachadh tràth gu leòr, agus aon teaghlach a dh'eug an nighean aca nuair a spreadh a caolann; cus gaoithe a bh' aig seann *Doctor Grim* air gus an deach i ann an laigse.

Dh'fhaodadh coltas appendicitis air pàiste ciallachadh turas cabhagach goirt a Ghlaschu air plèan-eiridinn – ma bha tè ri a faotainn sa cheò dhùmhail seo?

Gun ghuth no rabhadh thionndaidh sinn gu deas is stad sinn aig an taigh aca air ar slighe air ais bho *Uist House* – dachaigh nan seann daoine. Bha Ruairidh air a dhòigh nuair a chunnaic e gun robh mo laochan air a chois – le càil mhath dha a bhiadh – is gun robh a lùths air tilleadh thuige. 'S ann a' bruidhinn gun sgur, gun abhsadh, a bha e – mar gu leòr dhe aois – mu Chuach na Cruinne is mar a rachadh do dh'Alba an aghaidh Pheru.

'Bheir sinn dearg dhroinneadh orra!' orsa Raibeart òg le sunnd mar bhodach ait. 'Specially if Derek Johnstone gets a game.' Riumsa a thuirt e seo, shaoil mi, ach cuideachd airson innse cò a' chas leis am biodh e fhèin a' breabadh: tè liath nan Gers!'

Bha an spionnadh às ùr na mac agus sùim Ruairidh dheth nan

adhbhar-gàirdeachais do mhàthair chòir a bha air teannadh ri dragh a ghabhail. Mar an cianda rinn sinne (mise co-dhiù) toileachadh, le faothachadh, ri a deagh ghean-se agus a bonnaich bhlasta. Shaoil le Iseabail – tidsear ann an sgoil Raibeirt – gum biodh i a' tilleadh innte a-màireach is leig i fhaicinn cuideachd gun robh fàth aice air obair m' uncail – a' bheul-aithris – agus an ùidh a bh' aige ann an dualchas Uibhist. Thug i tarraing air feadhainn sa choimhearsnachd nach deach a chlàradh idir nuair a thadhail muinntir an Scottish Archive sna 50an is na 60an. Aon fhear, ge-tà nach do dh'ainmich i idir, b' e Alasdair mac Sheumais Bhig.

'Tha sibh a' tuigsinn a Dhotair Ruairidh,' ors ise, 'bha na daoine seo fhathast car òg an uair sin is fada ro thrang airson suidhe a' bleadraig ri maicrofòn. 'N e leabhar a tha sibh a' sgrìobhadh ma-tà?'

'Ri ùine, 's dòcha, Iseabail. Ach an-dràsta, 's ann a tha mi dìreach a' cruinneachadh na tha fhathast ri fhaotainn. Bheir mi e uile seachad dhaibh an Dùn Èideann ach bu thoigh leam nam faighinn air an stuth a chumail an Uibhist cuideachd.'

'Carson nach do rinn sibh sgath riamh am Barraigh?' dh'fhaighneachd mi dheth is sinne mu Àsgarnais – taigh Ealasaid is a bràithrean pìos sàbhailte a-staigh am baile bhuainne.

'Too close for comfort, a Chailein,' a fhreagairt. Am faca tu am fear òg ud a' glamhadh sgonaichean a mhàthar! Tha mi an dòchas nach bi e bochd a-rithist a-nochd air an tàillimh!'

An dèidh dhuinn a bhith greis nar tost – ach dùrdail Ruairidh – thionndaidh sinn 'n taobh Ormacleit is lean sinn rathad fada caol sìos is an uair sin suas seachad air tobhta thruagh Chlann Raghnaill; a ballaichean breacte mar gun do thilg na flùrain bhuidhe sa phàircidh an dath suas orra 'son an sgeadachadh beagan. 'Thig an dà latha air mòran, tha fhios' – briathran m' uncail air cor an t-seann chaisteil – 'cha b' fhada an latha a b' fheàrr a bh' aca an seo co-dhiù. Ach nach e a dhèanadh an Job Creation project nan robh ùidh aig duine san leithid – is mun tig an rud gu ceann aig an Nollaig. Bidh mu dhà cheud sna h-eileanan a deas a' toirt cosnadh às an sgeama a Chailein. Cha bheag an cuideachadh a nì sin le 20% unemployment ann!'

Greiseag bheag an dèidh sin, agus sinn air tilleadh suas seachad air croitean tranga, dh'iarr e orm geata fhosgladh gu carabhan a bha ag innse sgeul a cheart cho fìor mu dhampachd is cion-diù thoglaichean ar latha-ne. Bha bhana Bedford – làn meirg – na suidhe air an taobh a-muigh dheth mar gun deach fhàgail an sin a dh'aona ghnothach los nach mìllte dealbh a' chrìonaidh.

'Chan ann dhutsa a tha am fear seo, a Chailein,' ors esan. 'Cha bhi mi fada!' is cha robh e sin. Rinn a chuid osnaich agus na thuirt e mun 'sgrios a nì an deoch' is taigheadas truagh glè shoilleir na bha ron dotair nuair a chaidh e a-staigh.

'Geallaidh iad an saoghal 's na speuran dhut,' chuir e ris, 'ach cò bheir biadh dhan chloinn – gu h-àraid sa chùis-nàir ud? Tha còrr air leth nan taighean an seo fhathast ann an staid nach eil 'tolerable'; am barrachd am Barraigh! Buileach coma a bha Inverness Council is bidh a' bhuil air na h-àiteachan seo 'son bhliadhnachan a dh'aindeoin gach oidhirp mhath aig Comhairle nan Eilean. Right, tha beagan toil-inntinn a dhìth a-nist.'

Lean sinn oirnn tron ath bhaile is an uair sin air ais chun a' mhachaire is an iar seachad air an eaglais a-mach gu Rubha Ard Mhaoile is a sheann bhroch – Dùn Mhulan. 'Seo an t-àite a thug ainm do Bhòrnais,' dh'inns m' uncail dhomh is sinn air cearcall de chlachan làn fhlùraichean beaga pinc a ruighinn, 'is cha b' ann an-dè a bha sin a Chailein. Linn an Iarainn 'ille agus na tuirc aca am pailteas. 'S e muc mhòr ga ròstadh a bhios aca aig barbecue an Ìochdair Dihaoine – mura dòirt na nèamhan orra a-rithist.'

Thill sinn dhan rathad mhòr, seachad air carragh-cuimhne na thuit sa Chogadh Mhòr is air ais a-staigh is tron ath bhaile, Cill Donnain; mun do ghabh m' uncail rathad cuairteagach garbh ri taobh na mara – sgaoth eun a' cath air na creagan fodhainn – a chaidh na fhear cnapach gainmhcheadh a dh'fhairichinn fom thòin san MG. Às a sin thionndaidh sinn a-mach an ear tro mhachaire baile eile is seachad air fàrdach taca – mar thè Eòrasdail ach gun robh i seo na bu mhotha is coltas oirre gun robh teaghlach fhathast a' fuireach innte. 'S ann aig taigh beag air an robh mullach zinc a stad sinn, a' bhàthach shnog ri a thaobh fo chòmhdach felt.

Abair gun robh *Teàrlach Toilichte* – a bha fad bhliadhnachan na phosta san sgìre – air a dhòigh leithid a shùim a bhith aig Ruairidh dheth is chan ann idir seunta a bha e mu a thàlantan. 'Well,' ors esan, 'dh'fhaodadh a dhà na thrì naidheachdan a bhith agam ceart gu leòr, nan cuimhnichinn orra.'

Am feasgar ud, bha balla aige ri crìoch a chur air do dh'fhear agus an-ath-oidhche bhiodh e an taigh Iain an t-Seòladair 'son ciad ghèam na farpais: Gearmailt an Iar an aghaidh na Pòlainn – bha colour TV is bean bhàigheil aig a nàbaidh. Bhiodh Dihaoine dìreach taghta – cha robh dùil aige a bhith ri sìon mòr sam bith. Nach robh fhios gun robh fòn aig Teàrlach! Chuireadh m' uncail brath thuige nan robh sgath a' dol a chur maill airsan. Air a' cheart dòigh gheibhte grèim air 'An Dotair Ruairidh' gun dragh nan èireadh dad prionnsapalach – bheireadh e àireamh do dh'Ealasaid is dhan ospadal.

Choisich Teàrlach a-mach chun an rathaid còmhla rinn is thug e tarraing air cho coltach 's a bha mise ri Ruairidh ach gu h-àraid ri fear eile de bhràithrean mo mhàthar nach fhaca e ach aon turas na bheatha na shuidhe san salùn san *Lochearn*; ann an 1959.

'Seadh, seadh,' dh'aontaich Ruairidh. 'Eòin bochd. Dh'eug e air an ath shamhradh. Tuiteam far scaffold a rinn e a Theàrlaich is iad a' togail Easterhouse. 'N e sin ma-thà,' dh'fhaighneachd e, a' seolltainn a-null, le a chorraig, mu leth-mhìle tarsainn na pàirce, 'an taigh aig Alasdair mac Sheumais Bhig?'

''S e a leabhra,' ors an seann phosta, 'Ach cha ruig am motor beag fansaidh sin idir e gun chall. 'S fheàrr fhàgail aig ceann na h-ùtraid no chan fhaigh sibh às gu bràth e. Ma chì sibh bhan liath ann...' thòisich e, ach an uair sin stad e is leig e leinn tilleadh dhan MG.

'Well, dè nì sinn ma-tà?' dh'fhaighneachd mi dhem uncail.
'Feuchaidh sinn air a Chailein?' fhreagair esan. 'Could be our lucky day.'

Ged a bha an t-àite do chàraichean aig ceann na h-ùtraid gun sgath san rathad oirnn chithinn gu soilleir on pholl nach b' fhada bho ghluais rothan cuideigin a-mach às. Dh'fhàg sinne rùm gu leòr ann nan tigeadh duine eile is chàraich sinn oirnn gu deas air frith-rathad suas a dh'ionnsaigh tulach-fraoich.

Seachad air an tulach seo bha tolman is e air a làn chòmhdach le cuiseagan fo bhlàth. Chuir caora ribeagach fàilte oirnn le craos deudmhor mun do theich i le a beatha – mar gun do loisgeadh gunna – sìos is a-mach à fianais. Romhainn bha nathair thana de thoit ag èirigh agus ag èaladh chun nan speuran à simileir-crèadha àrd, snog.

'S ann a bha an dachaigh seo – aig fear eile de chloinn Sheumais Bhig – na thaigh beag grinn is e air ùr-thughadh, a dhà sheòmar le teine annta a' fàgail nan simileirean nan sgàthain air a chèile ach nach robh ceò a' falbh às an tè thall. Air taobh deas an taighe chithinn bàthach chruinn mar sgeap sheilleinean agus air a cùlaibh-se 'an àth' – thuirt Ruairidh.

Chan e peant na bliadhna sa bh' air na ballaichean geala ach bha e soilleir nach b' fhada o chaidh an dà uinneig a sgeadachadh. 'S ann dorcha ruadh-dhonn gun ghleans a bha an doras ach glan, gun ghiamh.

Thug Ruairidh gnogadh air agus, mar bu dual, thog e an t-sneag is choisich e a-staigh a shaoghal a' bhodaich. Ged a b' e latha soilleir a bh' ann a-muigh, bha Alasdair air tè dhe na lampaichean aige a lasadh – a solas fann ag aoidion tro asnaichean-meatailt làn sùith. Agus 's i, bu choltach, a bha a' blàthachadh an rùim dha – far nach robh an stòbh ach a' gabhail mu làimh.

'Bheil duine a-staigh?' dh'èigh Ruairidh, mar gun robh e an dùil gun nochdadh fear an taighe sa bhad – mar thaibhse na chathair fhalaimh – no mar a rinn an cat aige: gun liùgadh e a-mach fon bheingidh.

'Mionaid bheag,' an fhreagairt rotach a chualas bho air cùl a' phartition. Dh'fhosgail an doras tana an uair sin a' toirt cothrom dhuinn sealladh fìor ghoirid fhaotainn a-staigh a chairtealan-cadail Alasdair. Chithinn dealbh mòr dubh is geal – a phàrantan, feumaidh – am frèam-fiodha os cionn a leapa. Rin taobh-san bha ceusadh fada na bu lugha is na bu duirche an crochadh. San oisean dh'fhidir mi – air bàrr ciste-mhine (shaoil mi) air a ceann – crùisgean is ri taobh sin siuga mhòr eanamail. 'Son tiotan chaidh fàileadh na fuarachd a b' aithne dhomh bho Thaigh Eòrasdail a chur an lùib samh làidir na mòna.'

'Dè an cor a th' oirbh an-diugh, a Dhotair? dh'fhaighneachd am fear a bh' ann de Ruairidh. 'Suidhibh!' dh'àithn e an uair sin dhuinn mar a bhruidhnte ri cù-chaorach. 'Suidh *Laddie*!'

'Tha deagh chor,' fhreagair Ruairidh; is sinne a bh' ann an sin – am fìor dheagh shunnd. 'Seo mac mo pheathar, Cailean,' thug e dha, agus ri sin chuir e, 'tha e fhathast a' smaointinn air an dotaireachd.'

Leag mi sùil gun smuais air a' bhodach. 'S e sùil na b' fhaide is na bu chinntiche a leag esan ormsa. Dh'fhairich mi sa mhionaid gum bu lèir dhàsan gun strì nach biodh an rathad a-staigh dhan t-saoghal àraid sin idir furasta dhomh. 'S e 'Ciamar a tha sibh Alasdair?' a thàinig a-mach orm mar leth-chasad.

'Shaoil sinn gun tadhaileamaid,' lean Ruairidh air dhòmhsa, 'feuch diamar a bha sibh.'

'Bidh i gam chumail glè mhath. Glè mhath gu dearbha,' ors Alasdair. 'Cha bhi sibh ag iarraidh tighinn ro thric. Tuitidh mi aon latha is cha bhi an còrr air ach sin fhèin! Dè 'n rud eile a dh'iarradh duine – aig m' aois?'

Cha deach guth a thoirt air tì. Cha do chuireadh briosgaid air truinnsear an cabhaig. Shuidh an dà choire gu sàmhach, foighidneach nan ornaments air a' Mhodern Mistress. Ach thionndaidh Alasdair is dh'fhosgail e còmhla na stòbha mun do chàraich e dà fhàd mhòr a-staigh na bhrù.

'Dh'fhaodainn èisteachd rir com – no rir cridhe?' thairg Ruairidh. 'Cuin a ghabh iad ur Pressure mu dheireadh, ma-thà?'

'Ro anmoch 'son sin a-nist!' Cha robh Alasdair idir gu bhith na euslainteach dha! 'Nuair nach eil agad ach ùine a' chòrr, cò tha airson faighinn a-mach nuair a dh'fheumas sin a bhith air a toirt air ais?' 'Bha Cailean òg seo a' gabhail iongnadh,' dh'fheuch m' uncail an uair sin. Cha robh mi idir cinnteach dè an obair a bh' aige an seo. 'Nam biodh feadhainn dhe na seann sgeulachdan agaibh? Làn chinn a Ghàidhlig aige,' chuir e ris mar theisteanas, ged as i a bha sinn air a bhith a' bruidhinn fad an t-siubhail.

'Och, well...' thòisich e.

'Nach eil barrachd aig dotair ri dhèanamh seach dragh a chur air seann daoine!'dh'èigh agus mhaoidh boireannach beag, car òg is car tiugh, na ruith a-staigh. 'Cha d' fhuair sibh even teans cur umaibh ceart, eh?' thilg i oirnne is rinn i dìreach air sèithear Alasdair. Dhùin i dà phutan air na gaileis aige mun do dhinn i bonn a lèine sìos a dhungarees is a shlaod i air a gheansaidh glan fawn – rud a sgioblaich i gu snog mun aghaidh agus aig a' chùl.

'Nach do chuir sibh crìoch air ur breacaist?' throid i ris fhèin an uair sin is i a' togail bobhla, san robh na corran air cruadhachadh, far bòrd caol fo thubhailt-chèire. Dh'fhalmhaich i na bha na bhroinn a shoitheach mòr air an ùrlar. 'Sceòlan,' chagair i gu cruaidh is ruith cù dubh is geal – collie-mix – a-null is theann e air glàmadh. 'Soup a-rithist, tha eagal orm,' thuirt i an uair sin is i a' toirt poit air an robh mullach teann à pocan plastaig mun do chàraich i e air oir na stòbha. 'Ach 's e hock a th' ann an turas sa – am fear as fheàrr leibh. Dia, Dia, bidh sibh seo gu sìorraidh a' feitheamh!' Le sin shad i tuilleadh mòna is bhioran tro bhàrr na range.

Rinn i seo uile, gun feairt sam bith a thoirt oirnn no idir a' sealltainn ann an dòigh sam bith gun robh sinn fhathast ann. Dh'fhairichinn a' mhì-chofhurtachd a bha sìor fhàs an Ruairidh.

'S e 'Hi,' a dh'fheuch mise. 'I'm Colin.'

'Are you really?' fhreagair ise. 'That's amazing! Dh'fhaighneachd mi dhìse an tigeadh i a-nochd,' chùm an tè seo oirre ri Alasdair. 'Tha an rud gòrach sin aig na twins san sgoil. Chan eil mi aig iarraidh sibhse a chumail air ur cois. Ach chì mi sa mhadainn sibh. Seo.' Thug i dha dà phàipear-naidheachd – *The Daily Express* is *The Weekly News* – is an uair sin thionndaidh i mun cuairt is choimhead i dìreach air bràthair mo mhàthar. 'Mar sin leibh a Dhotair Ruairidh.'

Dh'èirich esan is, le a làimh, sheall e gum b' fheàrr dhòmhsa an aon rud a dhèanamh. 'Tapadh leibh, Alasdair,' thuirt e, a' tionndadh chun a' bhodaich. 'Chì mi a-rithist sibh.'

'Tapadh leibhse gu dearbha airson tighinn,' fhreagair mac Sheumais Bhig.
'Thoir an aire ort fhèin, Jane,' orsa m' uncail an uair sin ann an guth lag tana. Is gun sùil a' bhoireannaich seo a ghlacadh idir, chuir e ris, 'Give my regards to Ìomhair.'
'Dash!' ors esan nuair a bha sinn a' coiseachd tarsainn an tulaich. 'Dash, dash. How bloody addled do I have to get, Colin. Jane! Fucking Jane and Ìomhair.'
'Dè, a Dhia, a Ruairidh?' Chuir blas curs a bhriathran sgàig rim dhrèin.
'We're all human, Colin. Jane MacDonald would do well to remember that. Sin sin air a dhol a thaigh na galla. Agus, of course, tha iad uile air a bhith a' feuchainn rim chumail air falbh bhuaithe – am bodach; ach seach gu bheil mise cho diabhalta tiugh chan fhaicinn carson.'
'Ma dh'fhaoidte gun leigeadh i leamsa bruidhinn ris,' thuirt mise.
'Carson?'
''N tàillimh nach mise sibhse?'
'Think she took a bit of a fancy to you, do you, eh, Colin?'
Bha seo a-nist a' fàs neònach. Carson a bha m' uncail a' gabhail riumsa an dòigh cho buileach grod is coimheach?
'Hardly,' thuirt mi. 'Dìreach gun do shaoil mi gur dòcha gum biodh rathad eile thuige. Agus,' chuir mi ris, 'I'm not a doctor yet.'
'Nor do you want to be,' ors esan, nuair a ràinig sinn Taigh Eòrasdail. 'With the Jane and Ivor Macdonalds of this world ever-poised to put the boot in! Cha robh do mhàthair ach...' thòisich e.
Ach cha do chuir m' uncail an còrr ris a sin ach sin fhèin is nam bharail-sa bha e ro thràth dhòmhsa ceistean fhaighneachd. Thog àileadh stiùbha Ealasaid agus a gnùis bhlàth làn ùghdarrais a shunnd is thilg e a chòta le deagh chuimis air a' fhrèam-aodaich. Thug seo dà rann de dh'òran tiamhaidh gu a bhilean – 'An Eala Air A' Chuan' – is dh'ionnsaich mi a-rithist mar a bha an ùidh agam fhìn sa ghnothach a' fàs.
'Fear a chuala mi an latha reimhid, Ealasaid,' thuirt e, 'aig Nan Eòghainn. An aithne dhut e?'
Chrath i a ceann. 'Gabhaibh ceathramh eile dheth?'
'Duilich, chan urrainn dhomh.' Ach rinn e *la-la-la* air an fhonn dhi.
'Chan aithne a Dhotair, ach gu dearbha 's e tha snog. Tha barrachd òran aig an tè ud shuas na th' aice de phrìneachan.'
Rud car àraid ri ràdh, shaoil mi, is doirbh a thomhas cuideachd,

co-dhiù 's ann ga moladh no ga càineadh a bha Ealasaid no dìreach ag innse mar a bha. Ach gu cinnteach bha Nan Eòghainn, tè air am bu thoigh le Ruairidh a bhith a' cèilidh tron t-samhradh sin, luma-làn cheathramhan – tòrr dhiubh nan òrain-luaidh a dh'ionnsaich i bho a màthair is a seanmhair. 'S e cho deònach is a bha i an seinn do Ruairidh rud a thug sòlas mòr dha fhad 's bu chòmhla sinn an Uibhist ged nach do thadhail mise oirre ach an aon uair – nuair a bha *Cinema Sgìre* a' sealltainn *The Great Escape,* is le sin chan fhaca mi e.

Dh'fhalbh gràgail chruaidh na seann-fòn duibh dìreach nuair a bha Ruairidh air cnùgan salainn a shadail thar a ghuailne – an tè chlì – airson *luck*. 'S ann do dh'Ealasaid 's cinnteach a rinneadh seo. Chan fhaca mise riamh a leithid aige ann an Duns nuair a lùbadh Aunt Emily a casan, briogaiseach, caola fon bhòrd-daraich.

Leig Ruairidh às 'seadh' beag a ghluais a' Bhan-Uibhisteach gus cobhair a dhèanamh air. Thill i a-mach dhan trannsa le dìcheall is deòin.

'Yes – yes – yes,' a faclan slaodach, soilleir. 'Of course, Doctor. Oh, well, well.' Dh'fhairich sinn uile an uair sin brag trom na làmhaig ga cur air a creathail air ais.

Cha tàinig Ealasaid a-staigh dhan rùm-ithe an uair sin idir ge-tà is ghabh m' uncail a' chiad bhlasad dhen fheòil is thog e thuige trì dhen bhuntàta mhath thioram aice fhèin.

'Chan e sgath serious, a th' ann Ealasaid?' dh'èigh e. Sàmhchair.

'Tha fhios nach e…' dh'fheuch e ann an guth na b' àirde.

'S e an fhreagairt a fhuair siud: hatch a' chidsin – a shaoil mise a bhith steigte no glaiste – ga fosgladh le sgoinn. Chaidh aiseid, nach robh ro mhòr, ach làn cauliflower is càise, a phutadh troimhpe.

'Tog siud a Chailein!' dh'òrdanaich i. 'Tha an truinnsear sàbhailte.'

'No major emergency, then?' aig Ruairidh.

'Thuirt mi,' ors ise, 'gun cuireadh sibh fòn gu Mr Adams nuair a bhiodh sibh ullamh dher suipear. Bidh iad ag ithe cho uabhasach fhèin tràth san taigh sin.'

'An rud a tha san t-seann mhaide…' fhreagair Ruairidh.

Aig àm eile is sinn nar deann gu droch epileptic, mhìnich e dhomh dè bu choireach gum biodh cuid a dhotairean ag ithe tràth is luath: dìleab nan làithean 'geala' sin aig an fhìor thoiseach, gun fhios air thalamh cuin a gheibhte an ath ghreim. 'Agus an uair sin, a Chailein, 's e bobhlaichean brochain làn mil a bh' ann aig meadhan-oidhche, airson faighinn cuidhteas an cràdh sgriosail san stamaig.'

'I'm very sorry to hear that, Eric.' Chuala mi e fhèin ag ràdh an dèidh na dinnearach, is e fhathast a' suathadh custard le nèapraig ghlain phaisgte mu oir a bheòil. 'Consider it the only solution! You just tell Bill to do whatever he has to, and no need to bother calling me.'

Mi a' dèanamh farchluais air m' uncail, cha tàinig an guth no fhaclan – fear a bha thall a' toirt comhairle làn cùraim air an fhear a b' òige – buileach rim ìomhaigh-sa air Eric Adams. Bho na thog mi bhuaithesan agus na leig cuid a mhuinntir Uibhist rium – gun chòir 's dòcha – 's e nàdar lannsair gun laigse a bha san duine seo.

'Bill Marr's mother's gone doolally!' dhearbh Ruairidh nuair a bha Ealasaid air falbh. 'Thinks Churchill wants to send her to the Somme on a bicycle.'

'Ò,' chasg mi an gàire, 'dòighean nas fhasa faighinn ann, ma-thà.'

'Gur tusa a thuirt e a Chailein.' Rinn e fhèin gàire an uair sin. 'Agus dh'fheumadh tu tòiseachadh mu chòig bliadhna fichead na bu tràithe – le ceannard eile – ach chan eil aig a' chreutair bhochd ach Bill is i an tòin Shasainn a' fuireach. Mar sin, 's coltach gum bi sinne an seo beagan nas fhaide. Tha fhios gu bheil thusa deònach fuireach?'

Dè b' urrainn dhomh a ràdh? Bha fhios a'm gun robh e a' còrdadh ri Ruairidh gun robh cuideigin eile timcheall – fireannach eile 'son a dhìon aig amannan bho choibhneas Ealasaid is a bhith còmhla ris sa chàr! Is ged nach do dh'aidich e fhathast e, bha fhios a'm cuideachd gun robh e an dòchas gun lorgainn rathad gu ruige Alasdair mac Sheumais Bhig, fiù 's nam feumainn 'Fucking Jane no Ìomhair' fhaighinn air mo thaobh an toiseach.

Bhiodh agam ri iarraidh air Mam mo leabhraichean a chur gu tighinn – mura toireadh i fhèin leatha a Bharraigh iad? Yea, dh'fhaodadh sin obrachadh. Bha tìm a' falbh aig astar fada na bu chiallaiche an seo – gach uair le co-dhiù 60 mionaid innte. San dòigh sin, ghabhadh trì deuchainnean – gun chothrom a' chòrr agam orra! – fheuchainn is fhaighinn gun dragh. Rachadh a' chùis leam. Bheireadh na feasgaran samhraidh an Uibhist – am fois is an t-sìth – orm obair cheart a dhèanamh. 'S dòcha nach biodh cus gnothaich agam ri Alasdair mac Sheumais Bhig, gu h-àraid nan diùltadh Jane mo leigeil na àrainn; no, an dèidh dhomh snàgail tron bheàrn as caoile na balla, nach dèanadh am bodach fhèin e, no, aig aois 88 (an robh Alasdair aig an Somme?) gum fàsadh e doirbh no dìochuimhneach?

Thill am fonn sin, air an d' rinn Ruairidh *la-la* do dh'Ealasaid, nam cheann na b' fhaide dhen latha – a leannan-san air falbh gu bràth agus an aimsir an seo agus an siud na tuil.

'S ann san rùm agam fhìn a chuir mi an còrr dhen oidhche seachad. Ged a b' ann tràth as t-samhradh a bha e, thug am fuachd an cois na sìde fliche orm teine a lasadh a ghabh gu math. An dèidh dhomh ruith chabhagach a thoirt air an Spòrs san *Scotsman* on bhòn-dè – làn tapachd is tartain de gach dath – theann mi air pìos lag aona-taobhach a leughadh mun bhòt air pàrlamaid do dh'Alba is thuit mi nam chadal. Cha b' fhada ge-tà gus an do chuir àileadh puinnseanta nan duilleag, a bha air steigeadh rim liopan, nam fhaireachadh a-rithist mi. B' e sin am faireachadh nach creideadh gum buinnigeamaid an dà nì mhòr sin cho buileach furasta: Cuach na Cruinne am-bliadhna no tomhas de dh'fhèin-riaghladh air an ath tè.

Feumaidh gun deach Ruairidh a ghairm a-mach, sin no thagh e m' fhàgail-sa gun uallach ann an suaimhneas mo chuid bhruadaran. Bha e cuideachd air naidheachdan na coimhearsnachd – *Am Pàipear* – a chur tron doras dhomh. 'S ann ann a leugh mi gun do shiubhail grunn bho shaoghal ball-coise (South End, North End, Wanderers etc) sìos 'son soraidh slàn sàbhailte a ghuidhe, le 30,000 eile an Hampden, dha na fiùrain mum falbhadh iad air an slighe a-null gu tìr fo smàig *Junta Violente Terrible!* – mar a chanadh cuid thall agus a-bhos.

A rèir nam balach Uibhisteach 's ann aoibhneach, rianail, a bhiodh 'An t-Arm Tartain' againne an turas sa – gu tur aocoltach ris an dearg ghràisg a rinn sgrios air Wembley mun àm sa an-uiridh. San aon phìos chaidh dearbhadh cuideachd nach buineadh manaidsear, MacLeòid, do Leòdhas no Na Hearadh, no dhan Eilean Sgitheanach fiù 's; rud math no dona sin – cha tugadh beachd.

Nan robh mi air a bhith aig an taigh an Grianaig no còmhla ris na gillean an Glaschu, bhiodh fiabhras Cuach na Cruinne air mo ghreimeachadh gu mòr, 's cinnteach; ach an seo an Uibhist a Deas, is mi air na ciad gheamaichean uile a chall – dh'iarr Ruairidh nach biodh TV aige! – bha mi a' faireachdainn glè fhada bhon othail sin. Saoil an robh e a' tachairt san da-rìribh? Nam plusgainnsa-sa duilleag-chùil na ball nam dhòrn an-dràsta is nan caithinn dhan teine e cha mhòr nach toirinn a' chreids' orm fhìn nach robh. Ach an dèidh sin a ràdh, bha Ruairidh is mi fhìn air cuiridhean fhaighinn gu dà dhiofar taigh an-ath-oidhche airson gèam Pheru a choimhead.

'S e Ealasaid a b' àirde a rinn comhart agus mar sin, 's i, shaoil mi, bu dòcha ar gleidheadh. An taca rithese bha nàbaidh dhuinn, Tormod Mòraig – ex-seòladair a' Chabhlaich Mharsantaich – air a bhith cus na b' fhosgailte, le a fhiathachadh, 'Bidh mi seo co-dhiù. Dèanadh sibhse mar a thoiliceas sibh fhèin.'

Ri taobh sanas am meadhan a' phàipeir bho gharaids à Steòrnabhagh agus iarratas gille òig 'son mheadailean-cogaidh – 'just any at all you've got lying about' – thug mi an aire cuideachd do phìos air cuirmbhàrdachd ri tighinn – *Turas nam Filidh*. Ghabhadh dithist bhàrd às Èirinn agus fear-ciùil pàirt còmhla ri feadhainn às an sgìre an Taigh-òsta Chreag Ghoraidh air an ath Dimàirt.

Thuige siud cha robh mi riamh air Gaeilge a chluinntinn ga bruidhinn – gun luaidh oirre a bhith ga h-aithris – ach, mar a rinn an Sealbh, chunna is chuala mi tàlantan Shean Riordain air a' bhogsa-phutan aon oidhche anmoch sa *Phark Bar*, an Glaschu. B' fhìor thoigh leam tuilleadh dhen cheòl bheothail aigesan a chluinntinn. 'S cinnteach gun còrdadh a leithid ri Ruairidh cuideachd. Bhiodh esan daonnan a' moladh nan Eireannach – an spèis mhòr mhòr dhan dualchas is cho daingeann 's a bha iad mu a bhith ga chumail. 'Mura b' e 's na rinn iadsan thall agus a-bhos a seo, a Chailein, 's e glè bheag de ghuthan a bhiodh air a bhith air an clàradh an Alba, ach a-mhàin tro obair Fear Cholla.'

Gu h-obann bhrist solas na gealaich tron adhar sgleòthach is dheàlraich i a-staigh air an uinneig agam. Dh'èirich mi gus seallatainn a-mach oirre, is mi eadar dà bharail an dèanainn cupa tì is tost – air innealan caran ùr – ach chùm na pàirceannan sìochail sepia m' aire fad deagh ghreis.

Is an uair sin, 'A Dhia gleidh mi!' thug buille mhòr air a' bhalla orm leum air ais a dhà no thrì throighean. 'Dè idir...?' 'S e a' chiad smaoin a thàinig thugam gun deach corp a leigeil gu làr fom shròin, ach chuir an t-sàmhchair dhomhain ron chrathadaich teagamh sa bheachd sin; agus an uair sin chuir an gàire – gun fhiaclan – aig seann chroc de ghobhar às gu buileach dha.

'Thalla!' sgreuch mi, àird mo chlaiginn, a' slaodadh lòsan na h-uinneig suas. Gheàrr an creutair leum gòrach air ais is an uair sin air adhart, mar gum b' e cù a bh' ann is nach b' e boc! Bu choltach gun robh e ag iarraidh orms cluic – ball a thilgeil dha, 's dòcha, mar choin Norma? Chan e idir fasan Ruairidh an geata mòr – geata sam bith – fhàgail fosgailte, no 'bha e riamh air a bhith ris (ha!)'. Dhearbh na dh'fhiosraich mi a-muigh san fhuachd nach b' e sin na thachair. Bha am beathach air siolpadh tro tholl cunnartach san uèir-bhiorach ri a thaobh. Ghabh e a-mach air a' gheata ge-tà, rinn mi glè chinnteach dhen a sin is dhùin mi am bealach a dh'fhàg e san fheansaidh às a dhèidh. Ach saoil cò leis a bha e? Cha b' ann idir le Tormod Mòraig chanainn.

Ged a bhios samhradh 1971 (nuair a thionndaidh mi trì-deug), gu bràth ceangailte ri Cremola Foam – an tè orains gu h-àraid – rachadh

1978 dha na leabhraichean-eachdraidh mar fhear a' lemon curd. Ged a rinn mi blasadh air an stuth roimhe sin, chan e rud a bh' ann a bhiodh mo mhàthair, no mi fhìn an dèidh sin, a' ceannach. 'S ann a bha Ruairidh air fhaotainn a-staigh dhomh fo stiùireadh Ealasaid is chuir seo car de dh'annas orm oir 's e an silidh tiugh làidir aca fhèin – dèante air gach smeur bu mhilse na chèile – a gheibheamaid daonnan an Duns. Ach ge-tà, bheachdaich mi a-rithist, ged a bhiodh na mathagan seo air an deagh mholadh aig Ruairidh – is air an toirt seachad gun sannt – le ceartas b' e *preserve* Aunt Emily a bh' annta.

Rinn mi gàire air sgàth *a' phun* bhig seo a nochd gun fhiosta is nach obraicheadh buileach dhomh sa Ghàidhlig – cànan san robh mi air am barrachd mòr smaointinn a dhèanamh na rinn mi o chionn bhliadhnachan. Saoil am b' fhiach fheuchainn air fhèin – fear a dh' fhaodadh a bhith gu math geur le a chainnt? Ach 's dòcha nach bu chòir cuimhneachain air liut a mhnatha caoimhe a dhùsgadh is mise ro thoilichte a bhith a' liacradh m' arain le gù a' Cho-op.

Car annasach cuideachd do thè cho comasach, smaoinich mi air ais san rùm-suidhe, nach do lean Emily oirre na dreuchd nuair a rugadh Iona. Robh uimhir a riarachadh ri fhaighinn, saoil, o bhith a' ruith is a' riaghladh gach nì fuaighte ri taigh is teaghlach seach stir an ospadail?

'S ann a' ruigheachas suas a chur air an rèidio a bha mi – na cinn-naidheachd a ghlacadh ron *Shipping Forecast* – nuair a chuala mi doras a' phoirds aig aghaidh an taighe a' fosgladh. Lean mi orm is chuir mi air an suids aig a' bhalla is thòisich mi air an aerial a thionndadh 'son an siognail a b' fheàrr is bu treasa fhaighinn: a rèir coltais bhathar air 'crìoch' a chur air beatha ceannaird is e a' teicheadh o a dhachaigh ann an Comoros. Ach càit an Afraga an robh an t-àite cunnartach seo, chuir mi orm fhìn, fhad 's a rinn casan troma an slighe suas an trannsa an Eòrasdail; is dè a' bhuaidh a bhiodh aig an naidheachd eile nach e Margo Dhòmhnallach on SNP ach An Làbarach, Seòras Robastan (le mòr-chuid na bu mhotha), a bhiodh na MP an Hamilton – fiù 's ged a thugadh am by-election air adhart 'son Cuach na Cruinne?

Thàinig na 'pips' aig 2300 is bha sinn air a dhol pìos math seachad air Rockall, mun cualas oidhirpean is osnaich aig taobh eile an dorais nach fhosgladh! Dh'fhaodadh an làmh phràiste mhaol ud sleamhnachadh uaireannan, ach aig an ìre sa nar greis còmhla cha robh cus ime no lemon curd air seacharan a' cur ris an dùbhlan!

'A Ruairidh?' dh'èigh mi, a' leum suas airson an rud fhaighinn dha on taobh agamsa. Chaidh leamsa gu math ach 's e car de thuiteam a rinn esan a-staigh air an doras, a chòta is a sgarf fhathast uime agus air.

Bha na deòir air na sùilean beothail ud a mhùchadh gu tur.
'He was almost gone Colin!'
'Alasdair mac Sheumais Bhig? O dear...'
'Chan e. Stuff him and his poisoned-dwarf minder. Am fear beag. An leanabh ùr aig Anna Mhoireasdan. An neochoireach beag bòidheach.'

Bha Ruairidh an amharas gun do theab 'crìoch' tighinn air beatha an fhir bhig seo na chreathaill fhèin leis cho lag, purpaidh is a bha e nuair a leig athair na creachan às an Ospadal Dhalabroig aig naoi uairean; is mise nam shuain shunndaich an Eòrasdail.

Thuirt a mhàthair gun robh e air a bhith a' deothail air a' chìch fad an latha is nach tàinig caochladh sam bith air a staid: badain fhliuch am pailteas, gun ràn aige a bha neònach no ro fhada. Cha bu mhotha chìte comharran air fuachd no fiabhras. 'Sgath idir idir a Chailein!' ghlaodh m' uncail. Bha Anna air an naoidhean a chur sìos air a bhrù mar a rinn i le gach aon dhe a bhràithrean 's a pheathraichean roimhe agus chaidil e gun dragh.

'They'll still have to do tests in Yorkhill, might prove to have some sort of underlying condition. A' call pàiste a Chailein; chan eil sìon nas... 's ann a tha e dìreach mì-chiatach!

'Mar a rinn dia tròcaireach air choreigin, thadhail mi a-staigh air mo rathad dhachaigh bho sheann-tè an Kenneth Drive. Thàinig Eric Adams aig peilear a bheatha is dh'fhan e. Thug Carol a bhean, poit mhòr brot thuca agus plaide ùr – a lovely gesture. 'S ann air an dearg chlisgeadh a bha an teaghlach 'ille – air an ragadh dìreach! 'S beag an t-iongnadh. Ach shàbhail am fear beag. Is tha thusa fhathast aig an lemon curd? Sin thu fhèin. Oidhche Mhath leat a Chailein.'

Saoil, smaoinich mi, is mi strì ris a' chluasaig, ach cò ris a bhiodh e air a bhith coltach do Ruairidh, tighinn dhachaigh a thaigh falamh an dèidh dhan leithid tachairt – gu h-àraid nan robh am fear beag air bàsachadh? A dhol a shuidhe far an robh mise nam shuidhe; banntrach leis fhèin le a bheatha dhìomain is gun roimhe ach ruitheam aognaidh an *Shipping Forecast* nach gèill ri duine? Bha mi a' tuigsinn a-nist gun robh feum aig m' uncail orm ann a sheo ge b' e dè thachradh le Jane.

Nam aisling anmoch an oidhche sin chunnaic mi fear-spòirs òg ann an lèine liath, a' sìor chur an aon tadhail, ach nuair a thionndaidheadh e 'son gràdh chàich fhaotainn 's ann a bhiodh e a' cuimhneachadh gun robh e marbh. 'Tha sibh mì-chiatach!' bhiodh e a' sgiamhail riutha mum feuchadh e a-rithist.

4

AIR SGÀTH'S NA thachair dhan phàiste aig Anna Bhig cha bhiodh Ealasaid a-bhos sa mhadainn – bha uighean gu leòr ann, thuirt i, sa phantraidh. Rinn brochan is aran an gnothach dhuinn taghta agus airson na ciad uair o ràinig mi Uibhist a Deas ghabh mi fhìn is m' uncail cupa cofaidh còmhla.

'Bha mise ochd-deug mun do bhlais mi air cofaidh,' orsa Ruairidh, airson rudeigin a ràdh, is dòcha, oir 's ann glè shàmhach a bha ar breacaist 'Continental' air a bhith thuige sin. 'An latha mu dheireadh an Cille Chuimein.' Lìon e mo chupa mun do chuir e tuilleadh san fhear aige fhèin. 'Am beagan dhinn a bha air fhàgail sa sixth-form, fhuair sinn brath a dhol a sheòmar Nancy. Ìochdad, a Chailein, ach 's ann a bha an cofaidh flodach grod na b' fhasa òl na a bhith an cuideachd a' Mhaighstir is e a' feuchainn ri bhith laghach rinn – ar ciad ainmean aige mu làimh. '"Milk, Angus? Sugar for you, eh, Roderick?" Co-dhiù, bidh agam ri tadhal air na Moireasdanaich an dèidh surgery na maidne. Dè bha dùil agad fhèin…?'

Ghabh mi sealbh air seo: dh'fhanainn air ais an Taigh Eòrasdail. Dhèanainn beagan sgioblachaidh, san rùm agam fhìn co-dhiù, oir cha robh Ealasaid ach air glè bheag a' chòrr fhàgail ri dhèanamh. Chithinn is thuig mi gun robh Ruairidh riaraichte leis a' phlàna seo is gheall e tighinn gam iarraidh nan toireadh *call* sam bith eile gu tuath e.

'Na gabhabh dragh a Ruairidh,' thuirt mi. 'Bidh mi taghta. Dèanadh sibhse na dh'fheumas sibh a dhèanamh.' Chuala mi mi fhìn a-nist a' gabhail sealbh air a' chomhairle a thug esan air Mr Adams, ach bha mi faiceallach gun an aon ghuth a chleachdadh; cha bhiodh sin air a bhith modhail.

'Tapadh leat 'ille. Cuiridh mi suas a thaigh Ealasaid a-nochd thu airson a' bhuill-coise no an robh thusa airson a dhol gu Tormod?'

'Best not offend the boss.'
'Indeed.' Dh'aontaich e.

Bha e a' còrdadh rium an taigh a bhith agam dhomh fhìn air madainn shnog shamhraidh is cha b' fhada gus an robh mi a' gabhail, air sheòl nach robh buileach gun cheòl, fonn òrain a chuala Ruairidh na òige am Barraigh ach nach do chlàr e an Uibhist fhathast. Bho nochd mise 's e glè bheag dhen obair sin a bha e air a dhèanamh is bha mi an dòchas nach mise a-mhàin a bu choireach ris a sin.

'S ann a bha faclan Ruairidh mun dotaireachd – na chanadh e ri daoine mum dheidhinn nuair a dh'fheumte – air m' ùidh ann a thogail le seòltachd. Ghabh mi beachd ach dè bhiodh agam ri dhèanamh 'son feuchainn ri faighinn a-staigh. Cha robh physics cho doirbh sin 's e dìreach gum b' fheàrr leam Eachdraidh is mo thidsear – fear dhe na sagairt bu chòire aig St Al's. Chanadh tòrr gun gabhadh biology crashadh gun dragh ann am bliadhna; mar sin nach dèanadh sin fhèin an gnothach is maths is chemistry agam mar-thà? Cha robh teagamh, ge-tà, nach do dh'fhàg na dh'èirich a-raoir dhan leanabh bhochd ud mo smaointean cus na bu shòbarra.

Thug mi an wireless Philips a-nuas far na sgeilpe os cionn na cagailte is a-staigh dham rùm-chadail. Choimhead mi timcheall airson àite dhi, ach leis nach d' fhuair mi gin a thuill eile sa bhalla b' fheudar dhomh am plug a stobadh far an robh fear lampa na leapa. Cha chreid mi nach biodh e air a bhith glè shoilleir do dhuine faisg – om dhroch bheul-sa san spàirn – nach b' e seo gnìomh a rinneadh tric an Taigh Eòrasdail.

Ach, ge-tà, 's ann a bha an siognail na mo rùm-sa cus na b' fheàrr is cha b' fhada gun tug Dave Lee Travis tlàth a phrògram fhèin gu ceann is gun do ghabh Simon Bates dhan chathair aig Radio 1. Bhiodh Our Tune eile aige an-diugh, dh'inns e dhuinn, agus a rèir a h-uile fios is naidheachd bha am pìos ùr seo a' còrdadh ri daoine.

An latha seo bha Charlotte ('a little wistfully' shaoil le Simon) air 'Sailing' a thaghadh dha a 'Mike of old' is bha an dòigh san do cheangail an DJ gaol Rod Stewart air ball-coise ris a' chiad ghèam aig Alba car math air a dhèanamh agus fialaidh. Cha chanainn cuideachd nach bu ghasta le 'Hot Rod' aig an dearbh àm sin, nan robh ùghdarrasan port-adhair Bheunos Aires air a bhith a cheart cho fialaidh ris. Dhiùlt iadsan leigeil leis sgèith gu Córdoba gun chead-siubhail – '*¡sin excepción señor!*' – gus an do chuir coidse na h-òigridh, Andy Roxburgh, cogair pholitigeach ann an cluais.

An dàrna World Cup an sreath a chèile do sgioba na h-Alba ach gun sgeul air Sasainn, smaoinich mi, fhad 's a rinn mi sguabadh le bruis bhig mu oiseanan an àite-teine. Bha fhios gun robh sin gan goirteachadh beagan; mura robh tòrr?

"Cos Scotland is the greatest football team... and England cannae dae it cos they didnae qualify, sheinneadh Andy is Ally dhaibh mar chofhurtachd is dòcha. 'Number Six in the UK charts in March,' chuir Simon còir nar cuimhne gun an t-òran a chluic – 'and now, folks, the classic track those likely lads were snuggling up to: 'I Can't Stand the Rain' by Eruption.'

Cha robh teagamh, ge-tà, nach do chuir Wembley 1966 gu mòr ri moit nam Breatannach – cus a bharrachd, chanadh cuid dhem charaidean diombach, na euchd Celtic an Lisbon air an ath bhliadhna. 'S mi bha coma. 'S beag diù a bh' agamsa do mar a thaobhadh cuid mu bhall-coise; ach cha b' ann idir coma a bha mi mu na sgaraidhean culturach, poilitigeach is eile aig an robh turas ri seo cuideachd.

Chaidh innse dhuinn gun do choinnich Charlotte is Mike ('though we've changed their names'), nuair a bha esan sa Chabhlach Rìoghail am Portsmouth. Bha fhios aig an dithist aca nach bu chòir na thachair a bhith air tachairt agus nach fhaodadh e mairsinn, ach fhathast bha na cuimhneachain aca is an òran bòidheach fhèin. A bharrachd air Catrìona chòir 's e glè bheag eòlais air faireachdainnean dhen t-seòrsa sa bh' agamsa; 's ann an ìre mhath leam fhìn a bha mo thuras-ciùil air a bhith is gun sgath idir coltach ri smior a' ghaoil ann.

Chuir an sgeul thiamhaidh seo – ga h-èisteachd tro bhragail a' VHF am measg dust is stùr nan làithean a dh'fhalbh – an dearg chianalas orm. Bha mi ag ionndrainn na dachaigh againn ann an Grianaig, mo bhedroom beag fhìn làn phostairean: 'poseurs air fad le gruaig fhada a Chailein' – guth mo mhàthar nach cuala mi on latha a ràinig mi is spòrs blàth Dad na chainnt thiugh Ghlaschu.

Cha b' urrrainn dhomh dìreach leum air bàta a bheireadh dhachaigh mi. Cha b' urrainn: ach dh'fhaodainn a dhol a Bharraigh.

Ach an-dràsta, is an taigh sgiobalta, an rèidio na thàmh is air ais na àite ceart spìon mi ubhal às a' bhobhla chriostail air an dreasair, dhùin mi mo chòta is dh'fhalbh mi nam ruith shocair a dh'ionnsaigh a' chladaich.

'S e Tormod Mòraig fhèin a thachair rium goirid an dèidh dhomh an ròpa cruaidh uaine a cheangal mu stab leathann na feansa-crìche. 'S ann tron gheata seo a rachadh duine dhan chùl-chinn – mu leth-mhìle de thalamh-gainmhcheadh – air a roinn is air àiteach le na croitearan 'son bàrr is buntàta sa bhitheantas. Lùb sreathan snoga ìseal de dh'fheur mar dhannsairean òga a dh'ionnsaigh na mara; a' ghaoth an latha ud san Eara-dheas.

Bha Tormod na shuidhe air a' Mhassey Ferguson dìreach mar a chunna mi John Wayne a' trotanachadh air druim Rex an oidhche mun tug mi an t-Òban orm. Smìd ar nàbaidh rium nuair a sheall mi gun robh mi deònach tilleadh is an geata fhosgladh dha. Chan eil mi ag ràdh nach e seo – mise a' dèanamh rathad dha thractar tulgach, mura b' e a dhèidh fhèin air obair – a thug air gun stad 'son bruidhinn ach a bhith a' leantail air adhart troimhe. Le smìdeadh na bu mhotha buileach chaidh Tormod Mòraig suas gidhear.

Chùm mise orm sìos agus creutair beò eile chan fhaicinn, dìreach pàirceannan gorma is an uair sin machaire àlainn fo bhlàth. Dh'aithnich mi an crom-lus is tòrr de bhuidheagan an t-samhraidh agus seamragan, ach gun chus a bharrachd, ged a bha gu leòr mòr eile a' fàs air. Chithinn gun robh dòrlach cruidh air cruinneachadh aig aon taobh dheth is iad ag ionailt; 's iad sin gun teagamh a thug an dreach shocair fhèin air an t-sealladh riochdail seo.

Theann mi ri sreap suas leathad beag agus fhuair mi mi fhìn air bàrr bota mòr muranach. Gun chus smaointinn mu dheidhinn, gheàrr mi leum sìos. '*Geronimo!*' an sgreuch a leig mi is mi ri car-a-mhuiltein a chur air a' ghainmhich bhuig.

Ged nach robh mi air ceum-coise no anail duine a chluinntinn idir thàinig faireachadh thugam nach b' ann leam fhìn a bha mi is gum bu chòir a bhith air m' fhaicill. 'S e na brògan àrda traidiseanta a dh'aithnich mi an toiseach – an sròinean cruinne cruaidhe rim shròin-sa. Cha robh teagamh an t-saoghail agam. Chunnaic mi na casan fearail seo reimhid.

'Gad chluic fhèin?' chuir Jane Dhòmhnallach às mo leth.

''S mi tha! Ag iarraidh fheuchainn?'

'Ha,' a cuid fanaid, 'not a wee girl anymore.'

'No.' dh'aontaich mi. Cha bhiodh i mòran na bu shine na mi fhìn. Fichead is rudeigin. 'Shame,' thug mi dhi. 'It's fun.'

Tha cuimhn' a'm a bhith a' smaointinn gum feumadh e a bhith gun do dh'fhàg Jane *fun* air a cùl o chionn bhliadhaichean: 'taighean' 's dòcha gan togail gun ùpraid ri taobh an taigh-obrach aice fhèin no 'dreasairean' làn shligean a' chladaich? An robh facal aig a' Ghàidhlig airson *fun* gòrach gun chùram a dh'fhairich mise an siud is mi a' falbh an comhair mo chinn sìos am bota? Shaoil mi an sin gun robh an dà chuid 'spòrs' is 'dibhearsan' ro lag, gun saorsa. Agus gu dè a' choire a bu chòir a chur air na dh'fhiosraich ise a' fàs suas airson na stùirc sgìth ud air a gnùis ghil? Air neo, aocoltach ri cuid, an robh ise air a bhith deònach gu leòr a cur oirre agus a h-altram? Ach 's e rud eile bu draghaile do Jane aig an dearbh àm seo – chithinn sin san an-fhois mhòr a bh' air an aodann sin.

'Lost something?' dh'fhaighneachd mi dhith.
'What do you think?'
Thog mi mo làmhan. Bha i air pàirt mòr dhe a modh a chall, bha sin cinnteach. Cha tuirt mi an còrr. Leig mi leathase seo a stiùireadh. 'Stupid beast's always roaming. Find her in bloody Lochmaddy next time!'
Bha tè dhe na mairt dhubha aice fhèin air teicheadh oirre – na b' fhaide air falbh na na h- àiteachan àbhaisteach dham biodh i a' triall – le sin bha Jane a' meàrrsadh gu tuath am brògan nam bodach, greann oirre is bata rag na làimh a dhèanadh sgaid gu leòr nam buaileadh e a thargaid.
'Certainly not met anything or anybody who meets that description this last half-hour. No new prints in the sand either.' Dh'fheuch mi is ghnog ise a ceann.
'Aithnichear bò gun fheum air a ceum cearbach,' thuirt Jane, gu nàdarra, mar bhoireannach a thrì uidhir a h-aois fhèin. Thug mi an aire gur ann liath a bha a h-anorag thana ach glè dhorcha – gu bhith dubh – is salach, riobagach mun iomall. Thàinig crith oirre mar a dhèanadh bò fhuar air chall ann an achadh cèin.
'Daft slut will be looking for Iain Ruadh's bull,' thuirt i an uair sin – rud a chuir sgreamh orm is leth-throigh eatarainn.
'Better let you go, then,' orsa mise, mar gur e i fhèin bha an tòir air sàsachadh cruaidh aig àm nuair a bha no nach robh an dàir oirre.
Thuirt Jane rudeigin eile – nach do thog mi ceart, is nach cuala mi riamh on uair sin – mu chrodh-falbhain is am fasain faoine. Ge-tà, dh'aithnich mi gun robh a' choinneamh neònach seo eatarainn – is an cothrom dhìse bhith cho làn eòlais – air mìr beag dhen nimh a thoirt às a guth; ged nach b' urrainn dhomh idir a ràdh gun do dh'fhairich mi dad ann ris an canadh tu blàths!
'Nach tu a dh'èist gu math ri na daoine!' orsa mise – mo mholadh fìor ach m' aire a-nist air an adhar sgòthach os ar cionn a bha a' dorchnachadh gu luath. Cha dèanadh a seacaid-se no an tè agamsa mòran airson ar dìon san dìle; ach shaoil mi, ge b' e dè dhòirteadh far nam beann, gun cumadh ise oirre a' siubhal fad uairean an uaireadair ged a rachadh a bogadh gu a craiceann fionnach.
'Alasdair's been expecting you, but no-one ever came,' thuirt i an uair sin, a Beurla a' fàgail na cùis gun a bhith soilleir idir – rud nach biodh a' Ghàidhlig; an e dithist a bha gam fiathachadh no aon duine – mise? Dh'fhaodainn-sa a bhith air feuchainn ri dèanamh cinnteach leatha ach dh'aithnich mi gur ann an còd a bha sinn a' bruidhinn is

gum b' fheàrr cumail ris a sin. Shir agus fhuair a sùilean cruinne an fheadhainn agam fhìn.

'Ruairidh's been busy these last few days an...,' thòisich mi, ach chuir, 'Bheathaich gun nàire!' a-staigh air sgath a bharrachd a chanainn is thog Jane oirre le a bata – gu math ealamh! – tarsainn a' mhuil mar Samurai warrior ro nàmhaid.

Thuig mi an sin ge-tà gur e mise – is chan e Ruairidh, bha mi glè chinnteach às – a bha air cuireadh fhaighinn bràthair a seanmhar a chlàradh. Saoil an robh mi suas ris? No, gu dearbha, rithese is a cleasan – a dh'fhaodadh a bhith pailt?

Ma bha Jane gun *fun* is crosta na nàdar 's ann a bha an duine aice na bhuraidh grànda agus na racist. Abair gun d' rinn a' ghreiseag a fhuair mi an cuideachd Ìomhair Dhuibh an oidhche sin dearbhadh air a sin. Aig 8.45f bha an rùm-suidhe aig Ealasaid làn fhireannach is iad deiseil a' chiad ghèam aig Alba a choimhead. B' e seo an sgrìon bu mhotha a bha ri fhaighinn fad mhìltean mun cuairt a rèir choltais agus 's ann air sgàth co-ogha an Lunnainn agus àrdachadh dreuchd cuideigin eile a bha am fear seo a-nochd an Àsgarnais.

'Daft darkies!' ghlaodh Ìomhair do phaidhir chluicheadaran Pheru a bha a' lùbadh a chèile sa bhogsa-pheanais fhad 's a bha na sgiobaidhean a' feitheamh cead tòiseachadh. 'Back you go to your jungle-huts!' chuir e an uair sin ris; rud buileach amh ri chluinntinn agus sin bho chuideigin a dh'fhuirich, chuala mi a-rithist, gus an robh e deich ann am fear dhe na taighean bu truaighe a bh' an Càirinis.

Ach cha do sheas duine aig Ìomhair. Cha bu mhotha a sheall iad eòlas na bu doimhne air a' mheasgachadh threubhan a bha aig Peru. Cha do rinn na mi fhìn, tha eagal orm, ach thug mi freagairt air ceist gille òig: gur i gu dearbha Spàinntis – mar ann an Argentina – cànan oifigeil na dùthcha sin.

'But unlike in Argentina,' chùm mi orm, 'the native Indian languages, such as Quechua – their Gaelic if you like – are much more widely spoken.'

'S e 'who are you calling an Indian?' an taic a thug Ìomhair dham oidhirp còmhradh beag gun lochd a dhèanamh ri daoine. 'You're the Indian, pal. We're the cowboys! Aren't I right now, Mister Coleman?' na chuir e ri sin ann an guth baoth, bragail, ma b' fhìor Sasannach; bha loidhne *BBC Scotland* air a dhol sìos is cha robh tuar tilleadh oirre.

Nan robh m' uncail air fuireach còmhla rinn cha bhiodh am buamastair riamh air a leithid fheuchainn ormsa no gu dearbha na shad e, gun tlachd no tùr, air balaich Pheru.

'B' fheàrr le Ruairidh ge-tà am feasgar a chur seachad le bodach làn lònaidh is naidheachdan Mhic 'ic Ailein. Bha cuid a dhaoine a' cumail a-mach gur ann bhon t-sliochd ainmeil seo a thàinig Calum a' Bhalaich seo – air an taobh dìolain dheth – ach nam b' e sin an fhìrinn cha d' fhuair an seann saighdear sgath dhem beairteas saoghalta ged a bha spèis mhòr aige do shaidhbhreas an dualchais.

Shocraich faireachdainn an taighe san robh mise an dèidh mu chairteal na h-uarach dhen ghèam, nuair a chaidh aig laoch na h-Alba is fear ùr Man U – Jo Jordan – air teann-fhiaradh gus tadhal fhaighinn.

Thogadh crogain is glainneachan an Uibhist 'son deoch-shlàinte a chur air a' bhogsa mhòr; bhiodh tuilleadh dhen cheart leithid ri tighinn 's cinnteach.

'Rinn e ann an '74 dhuinn e is rinn e a-rithist a-nochd e!' bheuc bràthair Ealasaid le brùchd.

Agus 's ann dhan Ghàidhlig a chaidh an còmhradh dòchasach, a lean siud – san cuala mi am barrachd ainmean gan cleachdadh na chuala mi thuige sin. Mar sin, dh'ionnsaich mi gur e Ìomhair a bh' air a' bhumalair sa chòrnair ged nach do thuig mi gum b' e seo an duine aig Jane gus an robh mi air mo sgeul bhrònach innse do Ruairidh sa chàr a' dol dhachaigh.

Bha cuideachd an làthair: John, Calum, is David – a bha ag obair aig Raon nan Rocaidean agus a rachadh, am beachd Ìomhair, a chur dhan ghealaich iad fhèin, 'Comhla ri leth dhe na h-amadain sin!': sgioba na h-Alba (chan e sinne!) a thug tadhal gun iarraidh do Pheru ro dheireadh na ciad leth agus a bha dìreach air breab-pheanais a chall. Rinn fear de 'darkies' Ìomhair, Quiroga, am ball a dheagh-shàbhaladh bhon oidhirp bhog aig Masson.

'Chunna mise,' orsa John, 'Fionnlagh Beag a' toirt breab air a' chat a bha na b' fheàrr na sin!'

Bha am fear bu shine de bhràithrean Ealasaid, Ailig Iain, cuideachd còmhla rinn ach 's e glè bheag a thuirt esan agus 's beag uallach a bh' air mise a chur an aithne chàich. 'S ann a shaoileadh tu gun robh dùil aige gum bithinn eòlach gu leòr air daoine is mura robh gum faodainn faighneachd de chuideigin – Ruairidh no Ealasaid – aig àm air choreigin eile; rudeigin ri dhèanamh 's dòcha fhad 's a bha mi a' faighinn seachad air na thachair – Peru 3: Alba 1.

'Poor was it?' orsa m' uncail is sinne a' bacadh a-staigh gu passing-place cumhang. 'Disappointing,' mo bheachd fhìn dha. 'Chluic Alba glè mhath aig amannan. Jordan and Dalglish had other clear chances. Ach

bha iadsan math; ro mhath dhuinne. Cubillas' goals were stunning and let's face it Córdoba's so much closer to Peru than it is Scotland. Like us playing at Anfield again.'
'Against the South American champions,' chuir Ruairidh ris is e a' coimhead an taobh a bha mi. 'Ally should have taken a proper history.'
Bu choltach gur e sin a rinn m' uncail le Calum a' Bhalaich agus chiùinich e teas a chràidh le codeine. Leis gun deach sùim cheart a shealltainn ann an càs Mhic 'ic Ailein aig Sliabh an t-Sorraim choisinn am bodach dràm cheart a chur a-mach dha fhèin agus totag dha a bhean ghasta. A rèir Ruairidh chuir seo Calum am fìor dheagh thriom is sheinn e rann no dhà de dh'òran a rinn MacMhuirich an dèidh bàs fear eile dhen treubh, 'Iain mac Dhòmhnaill'; fear a thug taic do Mhontròs is a dh'iarr a thìodhlaigeadh an Uibhist. Ghlèidh Ruairidh fonn an òrain na cheann is bha cuid mhath dhen t-sèist aige cuideachd an Taigh Eòrasdail.
Bha mi fhathast gun innse dha gum faca mi Jane no mun chuireadh, dhòmhsa co-dhiù, a dhol far an robh Alasdair mac Sheumais Bhig. 'S ann a bha an gèam aig Ìomhair leamsa an taigh Ealasaid – ach am bithinn a' faireachdainn buileach far mo dhòghach – air a dhol leis. B' e seo an t-àm mar sin smaointinn air mar a b' fheàrr a chluicinn fhìn; chan ann leis-san – an glaom – ach le Jane agus m' uncail. Bha mi eòlach gu leòr air gnothach modh is urraim am measg Ghàidheal.
'An inns sibh dhomh, a Ruairidh,' dh'fhaighneachd mi dheth, 'mu sgeulachdan na Fèinne. Cò dìreach mu dheidhinn a tha iad ma-thà?'

Anns an leabaidh, an oidhche sin, dh'fheuch mi ri aisling fhaotainn sam biodh tarbh air dhàir agus banarach ghruamach, ach mhùch dealbh muladach Don Masson gach ìomhaigh eile orm. Gu fortanach, ge-tà, cha robh sgeul no sealladh innte air Ìomhair Dubh; bha a bheul grod is a' bhuaidh na chois air sìoladh fada fon duvet chùbhraidh chofhurtail sin nach robh idir ann no orm.

5

BHA SINN SHUAS sa cheann a deas – 'deep-south' – air rounds an ath mhadainn – rudan gun cus dragh sa bhitheantas – ach san taigh mu dheireadh 's ann a thachair rinn boireannach caol, claoidhte a' coimhead, a bha a' faighinn leigheas 'son droch uchd no toiseach pneumonia.

'Is dè an diofar a th' eatarra?' dh'fhaighneachd mi dhem uncail.

'Well,' ors esan, 'le pneumonia bidh an galar dol nas doimhne, materially changing the lung; consolidation, a chanas iad ris. 'S abhaist do dhaoine a bhith nas bochda leis cuideachd. Nan robh sinn an seo o chionn beagan is fichead bliadhna a Chailein bhithinn air pàirt de dhuais Bhill Màrr a chur air a' chaitheamh – TB. Bha na h-àiteachan seo a' dol às leis mun d' fhuairear streptomycin. I have done the necessary tests but, to my eye, the Chest X-ray looked like a straightforward acute infection.

'Is chan urrainn dha na dhà a bhith air an aon duine còmhla?' dh'fheuch mi.

''S urrainn gu dearbha – 's ann dhaibh as urrainn 'ille! You could yet make a sharp doctor or a detective or...'

Air no dè, smaoinich mi? Dè bha gu bhith annam, ma bha mi gu bhith na mo rud sam bith?

Shaoil le Ruairidh gun robh am boireannach, Theresa, gu math na b' fheàrr na bodhaig, ged nach tug seo, mhuthaich mi, cus furtachd dhìse. 'S e glè bheag bruidhinne a rinn i agus am beachd an dotair a bha am broinn iomadh taigh na bheatha, sheall am fear aicese comharran cionsùim a thòisich bho chionn ghoirid seach ùineachan air ais.

Cha deach aig a' cheasneachadh socair air dad a bharrachd fhaotainn aiste agus 's gann gun robh sgath cudromach ri leughadh air a cairt à *Cnoc Fraoich*; dithist phàistean a rugadh gun trioblaid an 1974 is an 1976, 'and an in-grown toenail successfully dealt with three years ago,

Colin.' Chan fhacar tuilleadh i. Ach tha a' chasadaich sin ùr 'ille – bidh i ceart gu leòr. Tha fhios gum bi.' Chùm sinn oirnn gu tuath.

'Cò chuir an *call* a-staigh?' dh'fhaighneachd mi dheth is sinn air ais an rathad mhòr – brat de shòbhraichean a' còmhdach a' chnocain an iar oirnn.

'A mhàthair, saoilidh mi.' Thog Ruairidh a làmh airson corrag dràibheir eile a fhreagairt.

'Chan e ise no an duine aice?'

'Chan e. Is bidh i cho sgìth, cuideachd, a' ruith an dèidh na cloinne sin. Gun a h-aon aca san sgoil fhathast.'

'Is càit an robh iad sin, ma-tà, a' chlann?'

'Muigh a' cluic no ag obair tha fhios, bidh clann an seo...'

'Could she be depressed, Ruairidh?' chuir mi air. 'Cha do choimhead i uair sam bith nar sùilean. Prolonged undiagnosed baby blues?'

'Tha thusa air a bhith dèanamh beagan leughaidh a Chailein, a bheil? Seadh, well? Agus air tàillimh sin chan eile cùram sam bith air Theresa bhochd mu a slàinte no mu a dachaigh?'

'No a clann?' thuirt mi, 'a bhios aig cuideigin eile, a màthair cuideachd, tha fhios?'

'Well. Possibly, Colin. Cumaidh sinn sùil oirre. Tadhlaidh sinn a-rithist nuair a bhios i uallamh dhe na h-antibiotics. Is dòcha gur e nochdadh gun fhiosta a nì sinn an uair sin. Bidh sin tric a' toirt beachd nas fheàrr dhut air staid dhaoine na nì *call* ris a bheil làn-dùil; ged a bha e soilleir nach deach cus a dhèanamh san taigh sin ro chèilidh urramach nan dotair!'

Shocraich e an càr air beulaibh caora mholach nach robh idir ann an cabhag carachadh. 'Bhiodh faing riatanach an seo a Chailein, cuideachd, is coltach.' ors esan. 'Ged a chaidh grunn a thogail sa bheagan bhliadhnachan a dh'fhalbh, feumaidh mi ràdh, agus feansaichean mar an tè ùr, shnog ud thall, seall cho... oh, come on now, my darling, off you trot!'

Cha b' e seo idir an t-àm ceart, ach thug a' bhan liath aig Jane, a nochd gun fhiosta agus a stad ri ar taobh, oirnn còmhradh air a' chuspair a bha mise air a bhith a' seachnadh leis. Roilig i sìos a h-uinneag, thilg i *fag* dhan talamh, is ghabh i na bha a dhìth oirre de thìde mun do dh'fhalmhaich i a sgamhain.

'Good morning, Jane,' orsa Ruairidh mu dheireadh 'son dearbhadh, shaoil mi, gur ann a dh'aon-obair a stad ise. 'S ann an comann a chèile a bha sinn ged as e saoghal fuar a bh' ann – cànan m' uncail rithe ga cleachdadh 'son astar a chumail eatarainn.

'Tha com goirt air on raoir,' ors ise, a' dèanamh glè shoilleir – na dòigh dhùinte fhèin – gur ann air Alasdair mac Sheumais Bhig a bha i a-mach.
'An tadhail sinn air an-dràsta?' dh'fhaighneachd e fhèin, gu fialaidh, oir bhiodh feadhainn ga fheitheamh a-cheana an *Cnoc Fraoich*. Shaoil mise gum b' fheàrr le m' uncail a bhith air a freagairt am Beurla, ach nach b' urrainn dha.
'Cha ruig *thusa* a leas,' a' bhreab aicese dha – a chuir bior nam fheòil Ghàidhealaich.
'Are you quite sure?' ors esan, a' tilleadh gu far an robh e sàbhailte; far nach robh math do dhuine ceist a chur air a chuid phroifeiseantachd no leigeil ris gum b' aithne dhaibh ro mhath e. Thòisich e an càr – meatafor, shaoil mise airson leum às – a-nist san dìle, gus pleathart a thoirt dhìse mun aodann.
'My cures is working fine,' chùm ise oirre. An ann dha-rìribh a bha am boireannach seo? Cò an linn dham buineadh i – linn cogadh nan con? 'They always do,' chùm i oirre, 'got him to near 90 didn't I?' An uair sin bhruidhinn i riumsa, ''S fheàrr fhàgail gu Diciadain mun tig thu, a Chailein. Bidh dùil aige riut an dèidh a seachd. Tòisich le Fionn is Diarmad is an còrr; dh'fhaodadh e sgeulachdan orra sin uile a thoirt dhut. An e sin a tha thu ag iarraidh bhuaithe? Is that what turns you on?'
Gun a' chòrr mu dheidhinn chuir i air a h-einnsean, las i *fag* eile is bhuail i an gear-stick a-staigh gu second.
Chùm Ruairidh sàmhach fad ar slighe air ais gu deas. Bha mise air bhiodan rudeigin a ràdh mu cho aghaidheach, bras, is a bha Jane – a mì-mhodh curs – ach cha tigeadh a' mhisneachd thugam; cho diabhalta furasta an rud ceàrr a chantail cuideachd. An àite sin, lean mi m' uncail a-staigh air doras *Chnoc Fhraoich* is, an dèidh dhuinn cupa tì a chur seachad air ar beòil, dh'iarr e orm suidhe a-staigh còmhla ris.
'An dòigh as fheàrr a Chailein,' ors esan, 'air nàdar na h-obrach seo a thuigsinn 's e bhith ga faicinn – na diofar phàirtean dhith – ga cur an grèim, nach e? Buail do thòn air an t-sèithear sin is na tuit dheth!' Rinn mise na chaidh iarraidh orm oir chan e fear a bh' ann an Ruairidh MacGillÌosa a bha ro fhurasta a dhol na aghaidh – riamh.
Agus rinn còrr air deich bliadhna fichead de dh'eòlas na dhotair-teaghlaich – tric gu leòr, bha teansa, an lùib chùisean glè dhoirbh – cinnteach gun do ghiùlain Ruairidh e fhèin dìreach mar bu chòir. Cha chanainn gun aithnicheadh duine idir gun robh sinn dìreach air coinneachadh ris an tè gun tlachd ud shìos. Ach thug mi fhìn an aire gun robh rudeigin mun dòigh san robh m' uncail a' cur cheistean mu

shuidheachadh pearsanta nan daoine – am plànaichean airson an ama ri teachd – nach robh a' tighinn buileach air an rèir.

'You probably will have to go to Milton,' ors esan, an guth àraid gun sunnd, is sinn a' feitheamh frithealadh Ealasaid air ais an Taigh Eòrasdail. Ghnog mise mo cheann.

Air ar turas dhachaigh bha sinn air bruidhinn a-null is a-nall le faicill mu obair-chroite is a leithid – na bhite a' dèanamh an seo mun tac sa a bhliadhna; cha robh mise riamh am Barraigh cho tràth seo is mo chuid aineolais am follais.

'S ann car san eadar-àm a bha sinn, mhìnich Ruairidh dhomh; obair-earraich dèante aca uile o chionn greis – gu h-àraid leis cho math is a bha an t-sìde air a bhith. Bhiodh gu leòr aig daoine ri chàradh ge-tà agus ullachadh ri dhèanamh mun rùisgte na caoraich is mun toirte dhachaigh a' mhòine.

B' e an duine mu dheireadh a thàinig ga fhaicinn, meacanaig gun fhoighidinn is fada cus aige ri dhèanamh airson 's gum biodh hay-fever air, air neo mar a dhearbh Ruairidh dha: 'It's actually asthma, Donald,' a bha sìor dhol na bu mhiosa agus a bhiodh feumach air steroids, latha no dhà san ospadal fiù 's mura gabhadh am fear eile feairt air is air fhèin. Fhuair a bhean thruagh droch sgal dhe a theangaidh is i a' feuchainn (gun na bha siud de chomas, feumar a ràdh) ris an càr a ghluasad o air beulaibh an togalaich. Air a' cheann mu dheireadh sgread i suas am breig, leum i a-mach às is thug i air 'Mr Perfectly Well' an cur dhachaigh.

'Di-ciad-ain' thuirt mise ri m' uncail, an dèidh dhuinn ar mions a ghabhail is mi ag atharrais air còmhradh Jane. Rinn e gàire ris a sin is dh'fhosgail a dhòigh dhùinte fhèin leam rud beag.

An dèidh bread and butter pudding a mharbhadh each, dh'iarr Ealasaid a leisgeul nach b' urrainn dhi fuireach cho buileach fada a-nochd. Thug Ruairidh oirre falbh sa bhad.

'Tha Cailean tha seo cho math ri duine air soithichean a nighe,' dh'inns e dhi. 'Thalla, bheir an còrr dhen dessert sgoinneil seo gu teaghlach Anna Bhig. Bidh an duine aice is an còrr dhen chloinn ag ionndrainn biadh math Mamaidh o dh'fhalbh i fhèin is an leanabh.'

'Bu tu fhèin an Crìosdaidh a Dhotair!' freagairt Ealasaid.

'Bha dùil a'm fhìn tadhal orra an-diugh,' thuirt e, greis an dèidh sin, searbhadair làn eòin-mhara mu a ghualainn: 's ann glè èibhinn a bha a choltas ach cha d' rinn mise gàire. 'Ach chuir Jane bheag...' stad e agus bu choltach nach robh e ag iarraidh no nach b' urrainn dha leantail air.

'Nach i tha crosta,' thuirt mise. 'Ise agus Ìomhair.'

'"S tu fhèin a thuirt e a Chailein,' fhreagair e. 'Daoine fuathasach feargach. Faodaidh e a bhith gum bi ise nas duilghe – nas cunnartaiche – air a' cheann mu dheireadh, leis gu bheil eanchainn aice. Ìomhair Dubh is more predictable.
'Seann charaidean?'
'Cha robh iad cho sean sin. Cha robh Jane ach sia bliadhn' deug, is i gu bhith a' tilleadh dhan Ghearastan 'son *Highers*. Boireannach snog a bha na màthair. Tha an fhearg oirrese a-nist cuideachd, is i gu math sìos air an t-saoghal – an corra uair a chì an saoghal ise. 'Às Uibhist a Tuath a tha Ìomhair mar a tha fhios agad; bha an team shuas an seo 'son gèam ball-coise. Dà ghòl a fhuair esan air a' phàirce. Choisinn e an hat-trick aige an dèidh an dannsa le Jane. The rest is history, mar a chanas iad.'
'Oh dear me,' orsa mise. 'Ach 's ann a bha mi a' ciallachadh eadar sibhse is iadsan?'
'Oh, seadh. Well, bha... we had a brief, eh, challenging, encounter a few years back. Bu chòir dha uile a bhith seachad a-nist – ach leotha siud, bidh rudan a' grodadh is ag at.'
'Mun tig an samh?'
'An aithne dhut am facal *fetid*, a Chailein?'
'Mar sin, carson a rachainn-sa a choimhead air a' bhodach aca mathà?' dh'fhaighneachd mi dheth.
'"N tàillimh. Mura tèid, bidh e nas miosa. Is ma tha e cho math 's a tha iad ag radh, còrdaidh an gnothach riut is ionnsaichidh tu rudeigin. Cha chuir ise mòran dragh ort. Tha pàist' eile aice a-nist a bhios mu chòig. Tha na twins ud deich.
'Dè thuirt sibh?'
'Yip – deich bliadhna na màthair, ise. B' fhiach, eh, note a chumail air a sin a Chailein. Co-dhiù nach robh thusa ag iarraidh na bàird Èireannach a tha seo fhaicinn?' Bha iad air a dhol buileach às m' inntinn. 'Dh'fhaodamaid sùil bheag a thoirt a-staigh – faic dè tha dol. Gheibh iad grèim orm gu furasta an Creag Ghoraidh. Cha dèan mi ach number a' Bhàir a thoirt do Sister.' Chuir e aodann ait air a sheall dhomh craiceann pinc a bhannais.
Rinn mise gàire is mi toilichte gun robh sunnd Ruairidh air tilleadh. Bha cliù, no mì-chliù, an taigh-òsta seo – mar àite sam biodh daoine ag òl gu cruaidh – air a dhol a bheul-aithris an t-saoghail. Is nach do ghlèidh e earrann fhèin an Leabhar Guinness airson na reiceadh de dh'uisge-beatha air Là Sale car beag trang? Mar sin 's dòcha nach biodh e buileach iomchaidh do dhotair a bhith ro fhada sa Phublic Bar. Bu

bhochd sin shaoil le mac a pheathar oir cha robh leth-uimhir a tharraing dhòmhsa san Lounge dhuaichnidh dhonn.
'Actually,' ors esan, 'dè tha mi ag ràdh, a Chailein. Ach 's ann an Sgoil an Ìochdair a tha an consairt a-nist. Bha e gu bhith sa Hotel ach, seadh, an uair sin chaidh dannsairean an sàs sa chùis is...'
'So?'
'Nach tadhail sinn air Bean Lawrence 'ille?'
Leig sinn bhuainn na soithichean is leum sinn dhan chàr. 'Tha an nighean as sine aice, Fanaidh,' ors esan – is eala mhòr a' failceadh a sgiathan an Loch Bì – air a dachaigh a dhèanamh ann am *village* eile, Greenwich Village an New York. 'S ann car àrd aig companaidh shoitheachan a tha i an-diugh. Agus 's e ainm a màthar... Dia, Dia... ach 's ann gun fheum a tha mo chuimhne, chan eil e idir laghach a bhith a' fas sean a Chailein no a bhith nad bhanntraich. Ged a bhios deagh fhios aig a' bhoireannach bhochd seo – Mòrag, sin agad i! – air buaidh na h-aoise glè mhath.'

Ged a chaill Mòrag, a bha a-nist seachad air 75, an duine aice Lawrence, goirid an dèidh dhan chòigeamh pàiste a bhith aice, bha i air cumail roimhpe gach latha ga aindeoin. 'S e rinn Fanaidh chòir ach a ciad tuarastal aig MacBraynes a chosg air am fòn fhaighinn a-staigh dhi sa phoirds. 'S beag for a bh' aig an nighinn chòir an uair ud gur ann tarsainn a' Chuain Shiar a bhiodh i a' bruidhinn ri a màthair gach Dòmhnach. Nan robh, ma dh'fhaoidte gum biodh i air a h-iarraidh san rùm-suidhe a bha cus na bu bhlàithe.

Chuala mi Ruairidh ag innse dhan ospadal càit an robh e – is cà 'm biomaid – ach bha àireamh Mòraig aca on locum mu dheireadh ann an '76; chuireadh ise cuideigin ga iarraidh nan tigeadh feum air.

Sheall e cuideachd gu dùrachdach do bhean an taighe nach robh 'am machine ud' idir na chois is, ged a bu thoigh leis, nach b' urrainn dhuinn fuireach 'son tì an turas seo. 'Tha cabhag air Cailean,' thuirt e le priob laghach na shùil. Dh'obraich sin agus thug an tè ghasta dhuinn òran àlainn, drùidhteach, 'Fàgail Bhòrnais' – Dòmhnall mac Dhòmhnaill Ruaidh a' cur aithreachas a dheagh nàbaidh am briathran is gun choilltean Chanada a' còrdadh ris ann.

A-mach dhan chàr bheag leinn a-rithist is sìos an t-astar goirid dhan sgoil. 'S e sealladh math a bh' aig muinntir na sgìre tarsainn an locha agus 'machines' air an robh barrachd meas an sàs aig làrach na talla coimhearsnachd ùir. Cha b' ann idir gun saothair – no maoin mhath on HIDB is on Chomhairle! – chuala mi uair no dhà, a thàinig am pròiseact seo gu bith. Bha dùil is dòchas ri goireas sgoinneil do thòrr diofar dhaoine nuair a bhiodh e deiseil.

'S e cèilidh dìreach iongantach a bh' agam le Mòraig a' bhònuiridh a Chailein,' ors m' uncail a' tighinn faisg air àrainn na sgoile, 'oran an dèidh òrain an dèidh òrain aice dhomh. Cha robh i leth cho beothail a-nochd.' Thionndaidh e thugam gu grad, 'leis a' chlientèle seo, feumaidh tu faighinn thuca an-dràsta fhèin: "Ge b' e nach gabh nuair a gheibh, chan fhaigh nuair as àill!" Aig Dia a tha brath am bi Alasdair mac Sheumais Bhig an seo an-ath-sheachdain gun ghuth air an-ath-bhliadhna. Saoil an tig mòran dhaoine chun an rud seo agad, a Chailein? Seall, ge-tà, tha càraichean ann romhainn.' Bha gu dearbha agus talla letheach-làn.

'S e duine òg fasanta le gruaig fhada bhàin – coltas Astràilianach air – a bh' ann am fear dhe na bàird seo. Rinn e a' mhòr-chuid dhe a chòmhradh rinn sa Bheurla is thug a chuid dhàn iomradh air nithean ar latha-ne: *Na Triblóid* am Beal Feairste; eilthireach a' coinneachadh ri fear-turais an tòir air cultar fìor na h-Eireann agus oidhche mhòr gaoil le co-dhùnadh fosgailte ma thuig mi ceart e.

Chanainn gun robh am fear eile 's dòcha fichead bliadhna na bu shine na e, cràic mhath de dh'fhalt glas air a cheann – mailghean molach dha rèir – agus busan a chunnaic an leòr a dhroch shìde. Cha bhiodh am bodach seo idir air a bhith a-mach às àite am measg mòran dhe aois an Sgoil an Ìochdair, nan robh duine dhen leithid air tighinn. Ach cha robh. Chan fhaca mi gun tàinig a h-aon de dh'fhir mar Thòmas – is an t-eilean a' cur fairis leotha, nan coltas co-dhiù!

A rèir a riochd shaoileadh tu gun robh cuideigin air filidh Dhùn nan Gall a dhùnadh le sia putain a-staigh a dheise throm dhorcha – putan eile, bha teans, a' fàgail a' bheàrn eadar a bhilean na bu chaoile. Mura b' e an leabhran *Xerox* a fhuair sinn uile – san robh a' bhàrdachd san dà chànain – cha robh mi air facal dhe na leugh e a leantail. Cha do labhair esan ach an Gaeilge a thug a mhàthair dha le a bhainne.

A dh'aindeoin dhòighean glè eadar-dhealaichte air an cuid ealain a chur far comhair agus cho soirbh is a bha e am fear òg a thuigsinn seach am bodach, 's ann a bhithinn-sa tric a' suidhe a' leughadh is ag ath-leughadh na h-obrach domhainn existential aig Denis Ó Laoghaire is mi a' feitheamh Ruairidh tighinn gu a bhreacaist; rud eile a thigeadh le seann aois, dh'inns e dhomh, sin agus ùrnaigh-mhaidne.

Gu mì-shealbhach, feumaidh e a bhith gun do thuit an leabhran snog ud orm air trèan Ghrianaig. Mun àm a thàinig a' Bhliadhn' Ùr cha b' urrainn dhomh ainm a' bhàird òig a chuimhneachadh idir ged a dh'fhuirich e leam gur ann à Baile Átha Cliath a bha e.

'S ann làn beothais a bha Sean Riordan air a' bhogsa, eirmseach leis an t-sluagh, is abair gun do chuir a chluic do na dannsairean òga spionnadh na saorsa nan ceumannan faiceallach.

Goirid ro dheireadh a' chonsairt dh'iarr fear an taighe – tidsear air shaor-làithean le ceangal air choreigin ris a' bhuidhinn – air fear Uibhisteach blasad dhe a bhàrdachd fhèin a thoirt dhuinn.

Leis gur ann car an làrach nam bonn a chaidh Iain Nìll Dhòmhnaill an sàs sa chuirm cha robh obair-san idir againn sgrìobhte; ach dh'fhan ìomhaighean àlainn ceòlmhor bhuaithe an cluais m' inntinne fad ùine an dèidh na h-oidhche annasaich sin san Ìochdar.

Nuair a rinn mi beagan feòraich dh'inns Ruairidh dhomh gur e bha san dàrna pìos – am fear a b' fhaide de thrì a leugh e – ach dàn a thòisich e san Dàrna Cogadh is air nach do chuir e crìoch gun do thàrr e dhachaigh às 'Oillt na Frainge'. A rèir aithris thàinig e glè fhaisg air Crùn na Bàrdachd a ghleidheadh ann am 1950 is cha do dh'fheuch e riamh tuilleadh às a dheaghaidh sin.

'S ann fhad 's a bhathar fhathast ri bualadh-bhas làidir do dh'Iain – is a bha fear faisg oirnn a' feuchainn ri toirt air boireannach òg seasamh is òran a ghabhail – a thug mise an aire do dh'Ìomhair. Bha e air liùgadh a-staigh aig a' chùl, feumaidh. Saoil an robh meas riamh aige air bàrdachd is gum b' e seo an t-àm, mu dheireadh thall, sin aideachadh? Ach cuideachd, bha muinntir na cuirme air iarraidh airsan filidh Uibhist a thoirt dhachaigh. 'S ann sa bhaile ri a thaobh a bha e fhèin is Jane a' fuireach. Ged a bha daoine aige san Ìochdar air am faodadh Ìomhair Dubh cèilidh, bha e air cumail roimhe, a rèir choltais, gu Creag Ghoraidh agus air ùpraid a dhèanamh a sin le fear òg air cùl a' chunntair a dhiùlt tè mhòr dha.'

'Chan ann leis a' chàr, Ìomhair!' thuirt e le cinnt.

'I'll leave the fucking car then,' a shad esan air ais air – mar a dh'inns tè dhe na nursaichean dhuinn is an duine aice a-staigh ann aig an àm.

'Ach ciamar a gheibh thusa is Iain Nìll Dhòmhnaill dhachaigh an uair sin?' chaidh fhaighneachd dheth ach bha Ìomhair Dubh air doras a' bhàir a bhualadh às a dhèidh. 'An t-àm agadsa fàs suas is a bhith nad dhuine is nad athair ceart!' labhair cuideigin eile – ach ann an guth nach cluinneadh fear na feirge ri a mhaireann.

'I hear you'll be at Alasdair's on Wednesday,' mhaoidh e ormsa, nuair a choisich sinn seachad air, àileadh geur an uisge-bheatha grànda far anail duine òig.

'That's right,' fhreagair mi.

'We'll miss your know-all points of information at the game. What's the other language of Iran?' dh'fhaighneachd e. 'You know, the one used by the plebs?'

'What's the main language of Iran, Ìomhair?' dh'fhaighneachd mise.

'Lewis Gaelic!' ors esan, is shàbhail sin mise o bhith a' lorg rud luath cuimiseach nam b' e 's gun robh e air Iranian a ràdh'

Ach dè a' chànan a bha aca ga bruidhinn thall an sin, smaoinich mi? Persian? No an e sin tè nan Iraqis? Baghdad – Persia, nach e? 'S e. Ach nach e Arabic bu mhotha a bh' aca siud? B' fhurasta dhomh faicinn gun robh gu leòr mòr agam ri ionnsachadh agus mar a b' fhaide a bhithinn a' dèiligeadh ri Ìomhair 's ann a b' èiseile a bhiodh am foghlam sin.

'Enjoy the match,' thug mi dha le fiamh an amharais air m' aodann. Bha mi an dòchas gun còrdadh an gèam riumsa cuideachd, ach chan ann far am biodh Ìomhair – taigh Ealasaid a-rithist? Uill, mas ann, ge-tà, carson nach d' fhuair mise cuireadh fhathast? Robh adhbhar air a sin, saoil?

'S ann a dh'faighneachdainn dher nàbaidh, Tormod Mòraig, am faodainn tadhal airsan. Leis a sin dh'fheumadh sgeòil Alasdair a bhith air an cur dheth gu oidhche air choreigin eile. Sin e. Cha robh an còrr cothruim air.

Ach 's e nach robh idir air a dhòigh leis a' bheachd seo, m' Uncail Ruairidh, agus cha do chleith e a chuid faireachdainn mun chùis air ais an Taigh Eòrasdail; cha bu mhotha na sin a chuir e air a' choire 'son tì! 'S e seann duine a bh' ann an Alasdair mac Sheumais Bhig. Nach saoilinn-sa gum biodh e air ullachadh a dhèanamh? 'Yes, Ruairidh,' thuirt mi ris a-rithist, 'but The World Cup happens once every four years. When will Scotland next qualify?'

'An t-àm ann cadal fhaighinn,' na thoill siud bhuaithe is dh'èirich e a-mach às an rùm-suidhe. 'Football!' chuala mi an uair sin aige mun do dhùin doras a sheòmair phrìobhaidich fhèin le brag.

6

A DH'AINDEOIN 'S AR dealachaidh 's e bu teotha a bh' air a' mhenu an ath mhadainn ach clàr – de sheòrsa eile – comharraichte le iomadach 'Well, well!' is leisgeul san robh ciall do dh'Ealasaid a-mhàin: 'Cinnteach gu leòr, a Ruairidh, bidh an tè bheag acasan a' dannsadh'; seadh, liosta mhionaideach dhe na bha an làthair san sgoil a-raoir.
'Ach chan fhaca sibh Ceitidh is Dùghall?'
'Chan fhaca.'
'Bha iad ann, ma-thà. Tha ceum beag inntese a-nist air an taobh cheart – cha mhòr gun aithnicheadh tu e mura robh thu a' coimhead air a shon. Arthritis sgràthail oirre.'
'Feumaidh mi aideachadh...' thòisich An Dr Ruairidh MacGillÌosa ri aideachadh.
'Agus bha Seòras is Catrìona ann; aig siud?'
'San fhuil 's san fheòil, Ealasaid.'
'Daonnan cho caol ri clobha esan; ach an cudrom a tha an dèidh a dhol air o chionn bliadhna no dhà!'
'Bha iad nan suidhe dà shreath air ar cùlaibh. Rinn Seòras gàire beag rinn.'
'Dhèanadh e sin, allright. 'S e tha math gu gàireachdaich, Seòras Fhionnlaigh. Tha feadhainn ann nach dèan gàir' uair sam bith, even nuair a bhios iad ecstatic.' Thàinig glag orm gun fhiosta is dh'iarr mi mathanas.
''S mi tha toilichte g' eil an saoghal a' còrdadh riut a Chailein,' ors ise. 'Faighinn a-mach beagan a tha thu a-nist is a' toirt leat an t-seann uncail sin, dè? Chan urrainn do dhuine a bhith ag obair fad an t-siubhail, tha fhios agad fhèin air a sin.'
Leig Ruairidh seòrsa gnòsdail. Cha robh mi idir cinnteach am biodh e toilichte gun robh Ealasaid ri toirt mo 'sheann uncail' air? Ach dè bu choireach gun do ghabh e ris an locum seo aig an dearbh àm seo

na bheatha mar dhotair?' Nach fhaodadh e dìreach a bhith air tighinn a dh'Uibhist airson na beul-aithris is an t-uallach mòr seo fhàgail aig cudeigin eile? Cha bhiodh an t-airgead a dhìth air tuilleadh, am biodh? 'Tha Cailean a' dol a bhith trang le cuid dhen obair agamsa cuideachd, Ealasaid?'

'A' togail nan òran?'

'Sgeulachdan cuideachd.'

''S math sin is an ùine agad,' ors ise. 'Nach buidhe dhut a bhalaich. Ach a dh'innse na fìrinn, cha bhiodh an fhoighidinn agamsa suidhe is reacòrdadh no ge brith dè an rud a bhios sibh a' dèanamh leotha. Cò tha sibh às a dhèidh a-nist?'

'Alasdair mac Sheumais Bhig,' dhearbh Ruairidh le moit.

'Dia gam shàbhaladh!' Esan! Siubhal gun siùcar a bhios a sin dhuibh ma-thà. Ged a tha mi cinnteach gun cuala e gu leòr a-muigh a siud, in the back of beyond, ach tha e cho math air a chumail aicese gu bheil e weird.

Bha mi ag iarraidh gàire eile a dhèanamh. 'Ecstatic,' 'weird' – bha na faclan seo buileach èibhinn ann am beul Ealasaid; ach ghlèidh mi mo mhodh.

'Seann duine a th' annsan a-nist. Ceàrr, chanadh mòran a bhith a' cur dragh air aig aois.'

'S ann a bha seo a' teannadh ri fàs coltach ri rud a chanadh Jane. Robh Ealasaid is an troich gun tlachd ag obair còmhla an dòigh air choreigin an aghaidh beul-aithris is nan daoine a chuir luach ann? No, saoil an robh iad càirdeach?

'Cha mhise an aon duine mar sin?' dh'fhaighneachd Ruairidh is e a' cur fhoirc is a sgeine dìreach is ceart air a thruinnsear mun do ghluais e gu aon taobh e.

'Cha sibh gu dearbha!' Bha tuigse glè mhath aig Ealasaid air cùisean. 'Tha gu leòr ann nach fhaigh gabhail aca san taigh sin!'

'Co-dhiù,' orsa m' uncail feuch stad a chur air a' chòrr, 'tha dùil aig Cailean a dhol a-null a sin a-nochd,' agus an uair sin, mar a dhèanadh mo phàrantan – cus dhen ghinealach ud – ro thric, ri sin chuir e seo: 'dh'fhiathaich Jane e.'

'Watch that one Colin! She's trouble,' rabhadh Ealasaid is i a' tionndadh gu clis air a sàil gam ionnsaigh agus le sùil nach bu thoigh leam ga toirt air Ruairidh 's ann a chuir i crìoch – gun bhriathran – air a seantans. 'Nach ann aig d' uncail fhèin a tha làn fhios air a sin?'

'Mar a thuirt mi a-raoir,' fhreagair mise Ruairidh – a' coimhead an taobh a bha Ealasaid – ann an guth làidir, oir b' e seo an teansa mu dheireadh agam. 'I can't actually visit him tonight. The Iran match is...'

'Cò a-nist tha iad sin a' cluic, a Chailein?' Bha boil air Ealasaid fhathast.

'Alba?'

''S e 's e! Taigh Dhòmhgain Òig an t-àite dhaibh a-nochd – the place to be, a Chailein – ach thig thusa thugamsa dìreach mar a rinn thu Disathairne sa chaidh. Nì mi pancakes dhut mura bheil...'

'Tha, chan eil... please, no bother,' thuirt mi a' feuchainn ri a diùltadh is a' fàs teth mu na busan is air cùl m' amhaich.

'I'll just...'

'You'll just keep the promise you made *to* Alasdair mac Sheumais Bhig.' phut Ruairidh, *in loco parentis*, is gun e idir cleachdte ri daoine, gu h-àraid feadhainn òga, a' dol na aghaidh. Cha toir Iran gèam as d' fhiach am poll dhaibh co-dhiù.'

Seo cleas eile a bhiodh aca seo bho àm gu àm – fear air an robh dubh-ghràin agam, gu h-àraid bho dh'fhàg mi an taigh. Cha bu chòir do Ruairidh a bhith air òrdugh a thoirt dhomh an làthair duine a bha cho fada bhon chùis, no bhon teaghlach, is nach dèanadh sgath, a chanainn fhìn, ach mise a nàrachadh.

Gu h-annasach is le fortan 's e m' athair – 'Big Tam Quinn' a theasraig mi – air a' fòn aig 0810!

'Is Mum sick, Dad?' dh'fhaighneachd mi sa bhad nuair a shìn Ealasaid an receiver throm thugam. Cha robh; 's ann a bha i math, math, ach air a rathad a Bharraigh – na leabhraichean a dh'iarr mi aice – agus esan air fhàgail rud beag air chall is aige ri coimhead às a dheaghaidh fhèin 'son greis.

'A couldnae get the days son,' dh'inns e dhomh an dòigh cho soilleir, sìmplidh. 'Couldnae even swap ma backshift the day. I'll catch the second holf – but you'll hiv to watch the first wan fir us, Colin – all right pal?' I'll phone you again ra morra – bit in the evenin – cause it's too dear at this time of the dae. Right son, am awae oot a message afore ma work.'

Saoil, an robh Dad a' falbh chun nam bookies a chur suim bheag – gun sùilean na tè a bh' ann faisg – air gheall? Dè na h-odds a gheibheadh e airson Alba a bhith a' dèanamh a' ghnothaich air Iran le trì tadhail a bharrachd aca?

Ach 's ann air ais aig cuirm na h-oidhche raoir a bha Ruairidh is Ealasaid. 'Agus an uair sin,' orsa m' uncail, 'leugh Iain Nill Dhòmhnaill a dhà na thrì dhe na dàin aigesan.'

'Gàidhlig dhomhainn, dhomhainn a th' aige dhòmhsa a Dhotair,' fhreagair Ealasaid 'agus fada; ach 's e duine gasta a th' ann – daonnan cho còir rinne nar cloinn is math fhèin le beathaichean. Cha mhòr nach canadh tu gun robh 'Facal an Eich' aige ach nach eil fuil nan ceàirdean idir ann an Iain Nìll Dhòmhnaill; chan eil gu dearbha fhèine. Bàird san teaghlach aigesan a' dol air ais bliadhnachan mòra ge-tà. Carson nach tèid thu a choimhead airsan, a Chailein, an àite an fhir ud eile shìos? Còrdaidh mac Nìll Dhòmhnaill riut nas... bha sgeulachdan gu leòr aig athair...'

'Perhaps I will, once I've dropped you off in Milton, chùm Ruairidh air – gun lagachadh idir na rùn-san dhomh.

Sheall Ealasaid ormsa gu h-ealamh is chithinn co-fhaireachdainn rium na h-aodann caol. 'Agus tha d' athair bochd ag obair a-nochd an Glaschu, a Chailein?' thuirt i. 'Ach cha robh esan riamh an Uibhist an robh?'

'Cha robh ma-thà.'

'Na gabh thusa dragh, a bhalaich,' ors ise a' coimhead air m' uncail, 'tadhailidh mi fhìn air Alasdair dhut. Cha robh mi san taigh sin o bhàsaich Dòmhnall. 'S ann a bha an dithis bhràithrean a' fuireach còmhla. Ach 's fhada an t-saoghail mhòir on uair sin.'

'S mi bha taingeil dhi. Aon diorra bhig cha tàinig à Ruairidh.

'Well then,' chùm Ealasaid oirre, 'ma tha thusa gu bhith aig Iran a-nochd ann an Argentina,' a' dèanamh magadh beag oirre fhèin, 'an ann an-ath-oidhche no Dihaoine a chì Alasdair thu?'

'Chan eil e gu mòran diofar leamsa,' fhreagair mise – ged a bhiodh e air còrdadh rium glè mhath 'World Cup Round-up' fhaicinn Diardaoin; cus gheamaichean air an cluic mar-thà a chaill mi.

'Leigidh mi fhaicinn dhut, feasgar,' a gealladh sunndach.

'Tha mi duilich, a Chailein,' orsa Ruairidh nuair a bha Ealasaid air falbh. 'Carson ma-thà?'

'Airson do phutadh – a' cur cudrom ort – mun rud agamsa. Tha ùine gu leòr agadsa tòrr a dhèanamh. Is carson nach bi Alasdair mac Sheumais Bhig beò nas fhaide na duine againn – am bugair beag!'

''N e transferred epithet a bha siud a Ruairidh?' dh'fhaighneachd mi dhethsan le spòrs.

'Ma dh'fhaoidte a laochain,' ors esan, 'mura b' e noun a bh' ann am bugair is gum b' urrainn dhòmhsa a bhith cho còir sin mu Jane MacDonald.'

Bha surgery na maidne caran trang – na h-euslaintich gan gabhail mar a thigeadh iad; aon dotair agus 'oileanach' a' feitheamh fàilte a chur orra.

Bhiodh Eric Adams san ospadal fad an latha Diciadain.

'Must all be getting checked-out before the big-game,' orsa mise ri Peigi, a bha ag obair aig reception an àite Mrs Marr. 'Wouldn't want that interrupted by any sudden drop in health.' Thug a h-aodann gun chaochladh orm 'Iran?' a thoirt dhi agus theab mi 'Argentina' a chur ris cuideachd; bu mhath nach do chuir.

'Would you call that a big game now, Colin?' ors ise. 'I'd have thought Holland was far bigger!'

'Well, yeah, you're probably right,' mo dhòigh bhog leisgeulach às.

Feumaidh mi ràdh gun robh e air tighinn a-staigh orm roimhe seo nach b' e buileach an aon rud a bh' ann mise a bhith falbh le Ruairidh mu thaighean dhaoine – nach robh sin cuideachd na dhòigh mhath air Uibhist fhaicinn? – is mi an làthair air cùl a dhorais dhùinte an *Cnoc Fraoich*?

Chan e, mar a gheall e, nach deach innse dhaibh uile cò bh' annam is air na dh'fhaodadh a bhith romham; gu cinnteach rinn m' uncail sin le dìcheall is cha do dh'iarr aon duine orm falbh. Ach cò aca a dhèanadh sin? An do sheall sin idir mar a bha iad gu fìrinneach a' faireachdainn mum dheidhinn 's mo chluaise?

Dhe a thaobh-san dheth, bu choltach gun robh Ruairidh air dìochuimhneachadh mun dùbhlan a bhiodh romham feuchainn rim shlighe tron fhoghlam atharrachadh. Nuair a bhiodh e na luma-labhairt 's ann a shaoileadh tu gur ann gus crìoch a chur air a' cheum agam a bha mi is gum bithinn a-mach nam dhotair uair sam bith tuilleadh.

Mar shamhla, sheall e dhomh – an dèidh do chaillich le droch casad falbh – le dinneadh air a chorraig fhèin, am finger-clubbing a bh' oirrese is rinn e liosta dhe na tinneasan bu trice a dh'fhàgadh sin air duine.

'Imperative, Colin,' ors esan an guth gruamach, 'that we exclude a neoplasm. Cancer,' chuir e ris ann an cogair chruaidh. 'Because, as you so rightly intuited with Theresa, two conditions can co-exist: one common, the other less so. Ina's long-standing bronchial problems could be consistent with those chubby, squishy, fingertips but so is a malignant tumour of the lung.

'Na dhà dhiubh nam preusantan bhon aon deamhan ma-tà?'

'Is cò am fear tha sin?'

'Capstan no a charaid Woodbine.'

'Well, gu tric a Chailein. Ach chan e sin a dh'fhàg Ina bhochd mar a tha i. She has a genetic predisposition is cuideachd tha an taigh aice làn dampachd.'

Dh'èirich mi chun na h-uinneig is an uair sin chuimhnich mi gun do dh'fhosgail Ruairidh i mun do dh'èigh e dhan chreutair i a thighinn a-staigh; 's e glè bheag feum a rinn ullachadh m' uncail 'son an àileadh cumhachdach a dh'fhan greis na dèidh a mhùchadh.

'What, though, currently points against cancer?' dh'fhaigneachd e a-rithist is sinn a' tionndadh air ar làimh chlì seachad air a' Bhanca Rìoghail.

Chrath mi mo cheann. 'Nach bi i a' smocadh?'

'Cha bhi, ach bidh i a' gabhail a leòr de thombaca a bràthar air a h-anail.'

'Pass.'

'A meudachd 'ille! 'S ann a' sìor fhàs nas motha a tha Ina a h-uile bliadhna: cion eacarsaich cheart chanainn a dh'aindeoin i a bhith na sgalaig thraing san taigh. No, Colin, cancer in older people often takes it's time to become apparent but when you peer down your retrospectoscope, or switch on your hindsight properly, early and continued weight loss are usually there. Ach bu chòir dhuinn 'hallò' a ràdh ri Maighstir Pàdraig.'

Rinn m' uncail soidhne ris a' chàr air ar cùlaibh is stad e aig an sgoil aig ceann rathad Lasgair – 'School Board of South Uist 1909' snaighte gu h-àrd oirre – a' fàgail rùm gu leòr dhan Volvo Estate dhubh tighinn a-staigh còmhla rinn.

'S ann gu duineil, cridheil a rug an Dr Ruairidh MacGillÌosa is Mgr Pàdraig Bochanan air làimh air a chèile – mar bu chòir do dhithist Bharrach ann an Uibhist. Cho fad 's a chithinn-sa bha na sgoilearan uile a-staigh, mura robh iad air teicheadh air cuairt-nàdair pìos air falbh?

'Chuala mi gun robh sibh air tighinn,' ors an sagart gar moladh – no a' moladh Ruairidh? ''S ann an Lourdes a bha mi. Cha do rinn sinn ach tilleadh Disathairne. Dotair òg còmhla riut?' thuirt e an uair sin, is gun esan air a mhealladh idir, shaoil leam, ach deònach 's dòcha gabhail rim àite ri taobh m' uncail.

''Well, sin aon rud air a bheil a shùil an-dràsta,' fhreagair Ruairidh. 'Seo Cailean – gille mo pheathar, Màiri, an Grianaig.'

'S e 'hallò' a dh'fheuch mi ri cur air cumadh mo bheòil mun do shleamhnaich mi às a' chàr – m' aodann a' fàs teth a-rithist; 's ann a bha seo na bu mhiosa na an donas deugaireachd! Ghabh mi a-null gu taobh an dràibheir airson breith air làimh fhliuich an t-sagairt.

'Never met your mother,' thuirt e rium, 'but I did meet your father once – on a bus in Hope Street. He tried to let me off with my fare, but I insisted.'

'Bhiodh e air a phàigheadh dhuibh,' fhreagair mise sa bhad – a' seasamh fialaidheachd m' athar seach deòin sam bith a dh'fhaodadh a bhith aige goid on 'Chorporation'. 'N uair sin ghabh mi aithreachas nach tuirt mi siud ann an dòigh eile – nach cuireadh às leth nan sagart gun robh iad dè: bochd, no nan spongers no ri an cleasachd ealanta fhèin?

'Ach tha am fear seo cuideachd deònach beul-aithris a thogail,' chuir Ruairidh mu choinneamh is rinn sin feum, ged a b' fheàrr leam gun sguireadh e a dh'innse seo do dhaoine is gun leigeadh e leamsa dìreach a dhèanamh – nam sheòl fhìn, nam ùine fhìn. ''S ann a tha e...' thòisich e an uair sin ach gu fortanach cha do lean e air.

'Bidh cuid dhiubh sin, a Chailein – na pearsachan-eaglais – caran cùramach timcheall air na seann daoine,' mhìnich e dhomh, nuair a ghluais sinn air falbh. 'Tuigear sin, tha fhios. Chaidh brath a ghabhail air gu leòr dhiubh sna làithean a dh'fhalbh. Ach chan eil Mgr Pàdraig dona san t-seagh sin – fhad 's nach tèid thu ro fhaisg air a chuspair fhèin.'

'Agus dè tha sin?'

'Orthachan: incantations; ùrnaighean na seana h-eaglaise – rudan ceangailte ri creideamh nan daoine; 's aithne dhut fhèin an seorsa rud a Chailein: 'Ma bhios Latha Fhèill Brìghde grianach bidh dà gheamhradh air a' bhliadhna.' Sheall mi dha gum b' aithne oir bha an leithid aig mo mhàthair. 'He has far less interest in secular stuff.'

'Ach ball-coise!'

'Dearbha fhèine, 's fhìor thoigh leis a bhall-coise, Pàdraig. 'S ann a bhiodh sin air a chur buileach droil e a bhith air druim a' Chuain Sgìth agus Alba a' cluic Pheru.'

'Bheil sinn a' dol thuige Didòmhnaich ma-tà?' dh'fhaighneachd mi, leis gun robh Mgr Pàdraig air iarraidh oirnn tighinn gu suipear is gun gèam eadar Alba is An Òlaind.

'Chì sinn a Chailein. Mura tèid, bidh againn ri dhol ann aig àm air choreigin. He understands my on-call situation. Many don't. Is tha e goirid dhan ospadal cuideachd – le fòn earbsach is deagh theilibhisean. Agus bean-taighe a dh'fhaodadh rud no dhà ionnsachadh do dh'Ealasaid sa chidsin – ach chan ann a thaobh stiùbh! – 's i stiùbh Ealasaid an tè as fheàrr air an taobh sa dhen t-saoghal.'

'S ann a bhuail sgìths mòr trom mi, ri glusasad is blàths a' chàir, agus sinn a-nist a' dràibheadh deas air Dalabrog; mun do nochd, gun fàth no rabhadh, i fhèin Ealasaid, boireannach beag à Sina agus tè mhòr Bhangladeshi ann an trusgan dathte. Bha iad air final farpais Stiùbh an t-Saoghail a ruighinn ach gur ann a bha Ealasaid Iain Alasdair bhochd ri caoineadh.

'Seall na th' acasan de dh'ingredients,' bha i a' cantail, 'is gun agam fhìn ach Bisto is uinneanan.'

'S e gnogadh Ruairidh air an uinneig le fàinne dìleas a phòsaidh nach maireann a dhùisg mi.

Ged a lorg e an taigh ceart an Smeircleit, thuirt e, cha robh an tè a bu chòir a bhith tinn idir ann roimhe – sna bùithean 's dòcha? – agus às a sin rinn e dìreach air taigh Anna Mhoireasdain. Seach nach d' fhuaradh sgath ceàrr air a' phàiste an Ospadal na Cloinne chaidh an leigeil dhachaigh air a' phlèan; cho fallainn ri breac a bha Fergie beag – 'air ais gu mar a bha e, dìreach!'

Bha sinn a-nist nar stad an taobh a-muigh taigh a' bhoireannaich air an robh an droch uchd is a bha air a bhith ìseal na sunnd – Theresa.

'Cha bhi i deiseil dhe na h-antibiotics fhathast am bi?' dh'fhaighneachd mi.

'Cha bhi,' fhreagair Ruairidh.

'Is an d' fhuair sibh fios mu TB?'

'Cha d' fhuair. 'S e dìreach gum faca mi an taigh cho dorcha is gun aon mhac cùirteir air a dhraghadh.'

'Cuideachd sna bùithean?' dh'fheuch mi.

'Tha mi an dòchas gur ann a Chailein.'

Thuig mi gum bu thoigh le Ruairidh mo thacsa a bhith aige nan lorgadh e rud ann an dubhar an taighe seo a chuireadh iomnaidh air. Dè bha a' dol aca seo, saoil? 'S chan e nach robh aig m' uncail ri tòrr de rudan doirbhe fhulang fad a bheatha-obrach; ged a bha is dòcha, sna làithean mu dheireadh, dotairean eile ann a dh'èisteadh ris nan iarradh esan bruidhinn. Ach chithinn a-nist gu soilleir gun adhbhraicheadh nàdar dreuchd GP is nàdar Ruairidh gun gabhadh e mòran dhen uallach sin air fhèin, leis fhèin. Mura b' e sin bu choireach gun robh mise a-nist còmhla ris an Uibhist?

Bha mi a' dol a ràdh ris e fhèin sùil a thoirt a-staigh an toiseach is gun tiginn-sa an dèidh sin – nam b' iomchaidh – nuair a dh'fhosgail an doras-aghaidh agus a nochd duine mòr dèante ann an geansaidh tiugh is bòtainnean a-mach às agus gille de mu thrì no ceithir bliadhna a dh'aois còmhla ris.

'Sin thu, ma-thà, Aonghais.' Ciad fhaclan Ruairidh, 'Chan e droch latha a th' ann.'

'Chan e,' dh'aontaich an duine. ''S mise Iain. Aonghas mo bhràthair.'

''S e 's e.' orsa Ruairidh. 'Shaoil mi gun tadhlainn air Theresa, feuch an robh i sgath na b' fheàrr?'

'Cha chreid mi nach eil i a' dèanamh glè mhath a-nist. Ach

dh'fheumadh sibh tighinn latha eile. Canaidh mi rithe gun tàinig sibh.'
Is le sin rinn Iain rud a shaoil mise àraid. Thug e iuchair fhada às a phòcaid is ghlas e an doras. Ghluais e an uair sin baidhsagal trom far a' bhalla chorraich ghil is chàraich e am pàiste air an dìollaid air a bheulaibh. 'S iad ìomhaighean a bha mi air fhaicinn de Chogadh Bhietnàm a nochd nam inntinn agus a dh'aindeoin grian mhòr Uibhist 's ann a bha an sealladh seo a cheart cho dubh is geal riutha siud.

'Iain a th' air?' dh'fhaighneachd Ruairidh dheth fhèin uair no dhà fhad 's a bha sinn a' tilleadh a dh'ionnsaigh an rathaid mhòir. 'Ciamar as e Iain a bh' ann?'

'Bràthair Aonghais?' dhearbh mi – gun sin na chuideachadh mòr sam bith dha.

'A bh' ann an sin, a Chailein, leis a' ghille aig Aonghas is Theresa; b' e sin bràthair an duine aice, leis a' phàiste acasan.'

'Is cà' an robh ise?' dh'fhaighneachd mi. 'No Aonghas? An dithist aca an sin cuideachd agus glaiste a-staigh a-nist? No ann an àitegin eile 's dòcha? Is cò bha a' coimhead an dèidh an fhir bhig mun tàinig Iain a-nall air a bhaidhsagal?'

'Tha tòrr cheistean ann a Chailein.' Feadhainn dhiubh a tha a' cur dragh orm is gun rathad ro fhurasta ann 'son freagairtean fhaighinn nas motha.'

'Am Poileas?' dh'fheuch mi.

'Dè? Tha thusa air a bhith a' coimhead tuilleadh 's a' chòir teilidh, 'ille,' ors esan. 'Bruidhnidh mi ri Mgr Pàdraig.'

An sgeul a thug taigh Thormoid Mòraig seachad dhòmhsa an oidhche ud, b' e tè air seann fhleasgach glan faiceallach: fear a bha uair aig muir is a bha air eòlas gu leòr fhaighinn air mar a chumadh e dachaigh sheasgair. Rinn e toileachadh rim fhaicinn na thrannsa gun rabhadh, aig 8.30.

Gun a bheag a dh'ùpraid lorg is chuir e dà bhotal MacEwan's Export air ar beulaibh is dh'fhosgail e pacaidean chrisps is chnothan saillte is shuidh sinn gu snog sìobhalta gus gèam a choimhead.

Mar nach b' fhiach còmhradh mu Alba is Iran, 's ann air Wille Johnston bu mhotha a bha aire muinntir BhBC 1. Chaidh an cluicheadair a chur dhachaigh dà latha roimhe sin an dèidh dhaibh drugaichean fhaotainn na mhùn. Air sgàth sin 's e MacAri is Gemmill a bhiodh a' cluic on toiseach agus còmhla riuthasan am meadhan na pàirce John Roberston bho Nottingham Forest. B' fheàrr le Tormod Mòraig Graeme Souness; b' fheàrr is le Archie MacPherson – a ghuth aithnichte blàth a-nochd a' siubhal gun strì thar nam mìltean eadar Córdoba is Eòrasdail. 'Surely now,' ors esan, 'it's time for Scotland to relax into a competent rhythm and score effectively.'

Shuidh sinne, nar staid shocair chiùin, a' coimhead an TV is gu tric gun mòran ri ràdh ri chèile; agus far comhair-ne, is fa chomhair an t-saoghail mhòir dhìochuimhnich sgioba nàiseanta gun lùth, gun diù, gun dìorras, gur ann 'son ball-coise a chluic a shiubhail iad cho fada on taigh.

1-1 mar a chrìochnaich an dàrna gèam truagh seo aig Alba agus 's e tadhal, baoth, slap-stick – Eskandarian ga chur dha lìon fhèin! – a thug dhuinn ar n-aona phuing an aghaidh 'a bunch of bloody amateurs'. Bu choltach air gnùis Allan Rough gun tug a bharbair an car às le olc is e a' sealltainn air ais le uabhas – fo a pherm fhionnach fhaoin – is balach Irain dìreach air a thadhal-san a chur seachad air. 'S ann na làmhan fhèin a bha falt stireach Ally MhicLeòid agus e ga spìonadh le dealas às a cheann.

Chithinn agus chluinninn beul curs Ìomhair an Cille Brìghde agus 's mi bha toilichte gur ann air astar bhon obair shuaraich sin a bha mise.

'S e fear ge-tà a bh' ann an Tormod Mòraig a bha air sireadh is air fuasglaidhean a lorg – gu h-àraid le sgil a chinnt shèimh fhèin – air grunnd dhùbhlan na bheatha. Cha robh ann an gèam bochd ball-coise an Ceann a Deas Ameirega (gu nach do bhodraich ach mu 8,000 tighinn) ach na rud gun cus seagh dha a leithid – ged a b' fheàrr leis gun teagamh gun robh an latha air a dhol leinn. 'Air m' fhacal, 'ille, bha iad gun fheum! An fhìrinn a th' agam, bhiodh balaich North End air a bhith fada fada na bu treasa na iad siud; agus air cluic nan sgioba; agus air goals a sgòradh! Tha feadhainn aca an-dràsta a tha foghainteach a Chailein! Cha tig duine faisg orra.'

Dh'òl sinn botal leanna eile an t-aon is chuidich sin beagan ler bristeadh-dùil. 'S ann a bha e a' tighinn riumsa glè mhath greiseagan beaga a chur seachad air falbh om uncail – na h-uallaichean a bh' air agus an agenda aige.

Ma dh'fhaoidte gun do thuig Ruairidh cuideachd gun robh mi riatanach air seo oir ged a thuirt e gur dòcha gun tigeadh e a-nuas airson an dàrna leth, cha do charaich an MG bheag à Taigh Eòrasdail. Dh'èist e ri pàirt dheth air an rèidio, thuirt e, nuair a rinn mi a dhùsgadh bho chlod-cadail le srann san t-sèithear aig 11.30.

'Duine laghach a th' ann an Tormod Mòraig,' a bh' aig a ghuth tùchanach dhomh.

'Gu math còir,' orsa mise, 'agus socair – ach organised cuideachd.'

'Gu dearbha. Bhiodh sin air còrdadh riutsa, a Chailein, dh'aindeoin an sgòr.'

'Dh'fhaodadh e air a bhith na bu mhiosa,' mo bheachd fhìn dha. 'Ruith fear dhen fheadhainn acasan mu dhà fhichead slat is theab e an dàrna gòl fhaighinn. Bha sin air deireadh snog a chur air a' World Cup againne ma-thà!'

Ged nach robh mise air ruith a dh'àite sam bith an latha sin thàinig an sgìths trom ud orm a-rithist gun fhiosta is gu grad. Dh'iarr mi leisgeul Ruairidh is thug mi an leabaidh orm. 'S e dà dhuilleig – ma rinn mi sin fhèin – dhe *The Thorn Birds* a chaidh a leughadh mun tug sannt mòr a' chadail leis mi.

7

MUN TUGADH LÀMH idir air teicneòlas, is mun d'fhalbh Ealasaid, dh'inns Ruairidh beagan dhomh mu thùs agus strì na Fèinne.

'Gaisgich à Èirinn a bh' annta, a Chailein, a thog an Rìgh bho am measg na feadhnach a b' àirde is bu chalma san dùthaich; ach ri ùine chaidh na daoine seo na aghaidh is thagh iad an ceannard aca fhèin: Cumhall. Cha do chòrd seo idir ris an Rìgh is chuir e roimhe am fear bragail seo a mhurt agus 's e Arca Dubh – trustar a rotadh às an Fhèinn greis roimhe sin – a dhleas an obair. 'S ann le claidheamh Chumhaill fhèin a shàth e an deò às fhad 's a rinn esan is a bhean ùr cadal suaimhneach air leaba na bainnse.

'Bliadhnachan an dèidh sin fhuair Fionn – am pàiste a ghineadh mun tàinig an claidheamh! – dìoghaltas 'son bàs athar le a bhith a' cur às dhan chealgaire san dearbh dhòigh san do mharbh esan athair: "...sgiamhadh Arca Dubh," chanadh na bodaich, "mar gum biodh muc; rànadh e mar gum biodh torc; bhramadh e mar gum biodh gearran, agus a shleagh fhèin na bhreaman."

'S e tilleadh dhachaigh sa bhad a rinn Fionn, a Chailein, agus dhearbh e e fhèin do chàch leis cho math 's a ruitheadh Bran, a chù, na fèidh agus mar a sheinneadh esan air an 'Dòrd Fhiantaich'. Ghabhadh ris gun cheist mar oighre athar is cha b' fhada gun do chruinnich ceannard ùr na Fèinne – Fionn *mac* Cumhaill! – a sheòid dhìleas timcheall air.'

Cha bu mhiste mi idir an t-ionnsachadh seo is chòrd dòigh shnasail Ruairidh air a thoirt dhomh gu mòr rium cuideachd. Dh'fhaodainn-sa, mar sin, a bhith deiseil a dhol a choimhead air a' bhodach nam faighinn ceannas air a' ghloidhc inneil a ghlacadh a sheanachas dhomh.

'Tha seo nas duilghe na tha e a' coimhead, ma-tà,' orsa mise ris, is mi fhathast a' feuchainn ris an teip thiugh a chumail teann is a chur tro chinn na h-Uher mhòir. Cha tuiginn idir dè b' adhbhar 's nach

cleachdadh na proifeiseantaich cassettes mar a bh' againne airson na charts is clàir ar caraidean fhaotainn an-asgaidh.
'Fàsaidh tu cleachdte ris a' bheathach,' orsa m' uncail. "S e a dh'fheumas tu... what you need to make sure of, Colin, is that the tape is nicely threaded through the guides so its full width sits in the driver-head assembly. Air neo tillidh tu dhachaigh le beuc bòcain ach gun sgath mòr sam bith eile agad.'
'Dè mu dheidhinn nan spools seo ma-thà?'
'Well, if you fit the tape properly in the right-hand reel, the supply-spindle will keep feeding it at the correct tension. Bidh na levels a tha sin taghta 'son na cuid as motha de ghuthan seana is air do bheatha bhuain na tèid faisg air an speed-switch ud! 'S e dh'fhoghainn dhomh air machine eile nuair nach bu chòir dhomh a bhith cho mosach leis an teip. Ceart a laochain, demo. Fàg dìreach mar a tha e an-dràsta – gheibh thu aon trì-chairteal na h-uarach às mum feum thu a thionndadh. Ceart, buail ceist no dhà orm – siuthad!'

'S ann car san dòigh seo a thòisich an obair-chlàraidh agam.

Colin I'm sitting here in Eòrasdail House with Dr Ruairidh Gillies.
Ruairidh Cuir do cheistean orm sa Ghàidhlig – nach i a bhios tu a' bruidhinn ri Alasdair?'
Cailean 'S i, tha fhios. A Ruairidh, cò às a bheil sibh?
Ruairidh Às Eòlaigearraidh, ann an Eilean Bharraigh.
Cailean Is dè chanas iad ribh ma-tà am Barraigh?
Ruairidh 'S mise mac Iagain Mhòir Chaluim. À Bruairnis a bha mo sheanair ach fhuair e croit an Eòlaigearraidh nuair a bhristeadh an tac an dèidh a' Chiad Chogaidh.
Cailean Is bha ochdnar san teaghlach agaibh?
Ruairidh Keep your questions open Colin – cia mheud a bha san teaghlach agaibh? 'S dòcha gun ainmich iad cuideigin no rudeigin ris nach robh dùil agad.
Cailean Seadh, ma-thà, nach inns sibh dhomh mun teaghlach agaibh?
Ruairidh Well, 's e Anndra a tha am Barraigh as sine, an uair sin mi fhìn. Thàinig Eòin nach maireann trì bliadhna an dèidh sin is an uair sin do mhàthair...
Cailean Ach 's e sibhse an aon duin' aca a chaidh air adhart ann am foghlam. Carson a bha sin?
Ruairidh Deagh cheist a Chailein, car beag pearsanta ach air a shon sin na deagh cheist. Tha mi cinnteach gum bithinn-sa air a dhol rathad chàich – a fhuair foghlam ceart gu leòr, foghlam an t-saoghail seach foghlam-sgoile...

Cailean	Am fear bu shine daonnan a gheibheadh a' chroit is a dh'fheumadh...?
Ruairidh	Don't interrupt your informants so early or so abruptly – let the natural pauses dictate when to move them in the direction you want.

Is mar a bha mi ag ràdh – 's e duine car cruaidh a bha nam athair is thuig e cuideachd nach robh sgath feum annamsa a thaobh obair-talmhainn – nach robh ùidh idir agam innte na bu mhotha – is cho math 's a bha Anndra; is bha mi a' dèanamh glè mhath san sgoil.

Bha piuthar dha a' fuireach am Mòrair is i na banntraich – tè bheairteach cuideachd – well, sgrìobh m' athair ga h-ionnsaigh – is 's ise – m' antaidh Seasaidh a chuir thron fhoghlam mi – gu Cille Chuimein is an dèidh sin a dh'Oilthigh Chill Rìmhinn.

Bha i air bàsachadh mun àm a thàinig an fheadhainn eile a dh'fhaodadh falbh agus: 'crògan mòra Brenda air grèim fhaighinn air an airgead mun canadh duine Dia leat!' Sin faclan m' athar, do sheanair nach maireann, mun nighinn aice.

Ach creid thusa seo, a Chailein, ach 's i do mhàthair bu chomasaiche dhinn uile. Bha an Sgoilear Glas, Nugent, is an sagart, Maighstir Iain, a' sìor iarraidh air a' bhodach leigeil leatha fuireach innte – no falbh gu sgoil eile – is gun cuidicheadh iad air dòigh air choreigin. Ach dhiùlt esan. Ged a leigeadh e le a phiuthair a rinn math – air sgàth a cèile – a 'cuid' a phàigheadh, cha ghabhadh e *'charity'* bho shrainnsearan. Leis a sin fhuair mise cothrom nach d' fhuair càch is... |
Cailean	'N e sin as coireach g' eil sibh fhathast ag obair – toirt oirbh fhèin a bhith cumail a' dol?
Ruairidh	Well, bidh rud air choreigin aige ri dhèanamh ris, tha mi cinnteach... is...
Cailean	Seadh, ma-thà...
Ruairidh	Tha thusa fàs ro mhath air seo a Chailein òig – ach 's ann a tha e agad ma-thà, gu nàdarra. Ach na bi cho buileach pearsanta le mac Sheumais Bhig. Eagal 's gun dùin e a bheul is nach fhaigh thu sgeul no rud eile bhuaithe.

Bhrùth mi gu cruaidh air an STOP mar fhreagairt air gàire is gnogadh-cinn Ruairidh MhicGillÌosa is chuir mi air ais an teip chun an toisich.

Dh'èist sinn ris ann an tost snog cofhurtail.

'S ann a bha guth m' uncail làn gravitas – mar thoradh is dòcha air a smaointean pongail agus *bass* an inneil. Ge b' e dè bu choireach, chithinn gun robh e fhèin glè riaraichte leis a' chlàradh ach cuideachd le na chruthaich sinn eatarainn.

'Dh'fhaodamaid tuilleadh a dhèanamh?' thuirt mi.

'Dè?'

'Dh'fhaodainn-sa sibhse a reacòrdadh – sna h-amannan sàmhach – nuair a tha seann Alasdair air tiormachadh – dìreach 'son spòrs – posterity – ma thogras sibh.

'Chì sinn. 'S e an rud as prionnsapalaiche, toirt air a' bhodach bruidhinn gun eagal a' chac aige ron tè bhig ud shuas. Bidh i ann ge-tà.'

Bha fhios a'm gum biodh is cha robh sin a' cur cùram ormsa. Jane a bha air iarraidh orm tighinn, le sin dh'fheumadh i tacsa a thoirt dhomh ga dhèanamh. Nach fheumadh?

'Cha chuireadh e dragh sam bith orra nan tigeadh sibh a-staigh; nam biodh sibhse ann còmhla rium, a Ruairidh,' thuirt mi ris, is sinn nar suidhe san MG an dèidh dhuinn ceann na h-ùtraid aca a ruighinn – a' bhan liath aig Jane an làthair an turas sa.

'Are you daft, Colin,' ors esan, 'or getting cold feet?'

'S ann buileach an rathad eile a bha e – rathad m' uncail chòir – ach dè b' urrainn do dhuine nam shuidheachdadh-sa aideachadh?

'What are the key aspects about The Fèinn again?' Bha sùilean biorach Ruairidh a' dol tromham is asam.

'Gun gabhadh Diarmad Findus Fish Fingers latha sam bith agus gur e deagh Vesta Curry a b' fhìor fheàrr le Fionn.'

'Thalla amadain!' a bhrosnachadh blàth, mun tug mi m' aghaidh air an tulaich-fhraoich.

Gam fheitheamh an sin san taigh-tughaidh ghrinn 's ann a bha Alasdair air a sgeadachadh glè mhath aig Jane bhig – aodann pinc is fheusag air a toirt dheth o chionn ghoirid. 'S e geansaidh na bu duirche is na b' ùire a bh' air an-diugh ach dhen aon phàtran ris an fhear fawn is bha pìob làn na laighe gu foighidneach ri thaobh.

Bha ise na suidhe tarsainn bhuaithe, air an rìgh-chathair aigesan, an taobh deas na stòbha, agus i air am bodach a chàradh air a' bheingidh – sa cheann bu ghiorra dhan bhlàths is dhan ghrèin.

Leis gun robh i air a h-uile sgath trealaich a bh' oirre a thoirt dhith b' urrainn dhòmhsa suidhe air a' bheingidh cuideachd is rud sam bith air am bithinn riatanach a chur sìos eatarainn.

'S e solas fada na bu treasa a bha a' tighinn tro lòsain bheaga an dà uinneig seach na chunnaic sinn am feasgar ud nuair a thadhail mi fhìn is Ruairidh.

Bha craos air Jane mar a chitheadh tu air aodann cait ro uachdar – rud nach robh a' tighinn rithe cho math sin shaoil mise. An e gun robh i nearbhasach mu èifeachd na h-obrach seo? Dè nam fairtlicheadh i gu buileach oirnn: gur e fear-clàraidh gun fheum a bhiodh annamsa no nach b' urrainn do dh'Alasdair na sheann aois – ged a bha e làn dualchais – sgath a lìbhrigeadh do mhaicrofòn no do choigreach? Dè an uair sin, ma-thà, do Jane is na bha a dhìth oirrese dhan bhodach?

'Tì an-dràsta no an dèidh làimh?' dh'fhaighneachd i. 'An dèidh làimh, eh?' fhreagair i i fhèin le sùrd.

Las i siogarait le cabhaig mhòr is an uair sin pìob bràthair a seanmhar le 'hmmf' no thrì. Thug seo an cothrom dhòmhsa an Uher a thoirt às a cheas is am maic a stobadh na chliathaich.

B' e am 4000 a bha seo, fear ùr a cheannaich Ruairidh, mar phreusant beag eile dha fhèin as t-earrach, agus e air thoiseach, bha esan a' cumail a-mach, air na bhiodh aig a' BhBC fhèin. 'Chan fhada gum bi iad aca,' thuirt e le gàire, 'ach tha mi cinnteach, a Chailein, dol a cheannach nam ficheadean dhiubh seo – gun cosgadh e fortan. The secret with the mic, gu h-àraid le seann daoine, 'is to place it about 70:30 in favour of contributor and a little below the mouth-levels of both of you – bheil thu a' tuigsinn?' Rachadh agam air sin a dhèanamh gu furasta is mo ghàirdean an tacsa cùl na beinge.

Dh'fhaodainn suas ri sia uairean a thìde fhaotainn bho na còig batteries mhòra chruinne, dh'inns m' uncail cuideachd dhomh, oir ged a bha gu leòr a dhaoine ann a-nist aig an robh toasters is tumble-driers – a bharrachd air TV dathte, no dhà! – nan taighean traidiseanta, bha Alasdair fhathast ('is bidh tuilleadh 'ille!') gun an dealan fhaighinn.

Cha do sheall Jane ùidh air thalamh san uidheamachd – bha obair aice ri dhèanamh, sin e. Ach leig i sgalart beag annasach aiste nuair a chluic mi air ais dhi am beagan fhaclan gun bhrìgh a chlàir mi an toiseach airson dèanamh cinnteach gun robh a h-uile sìon ag obair mar bu chòir. 'S e fuaim domhainn àlainn a bh' ann – na b' fheàrr, bu choltach, na sa chòmhradh a rinneadh na bu tràithe an Taigh Eòrasdail.

Cinnteach gu leòr bha mi nam shuidhe na b' fhaisge air Alasdair is thog mi mo ghuth ach am biodh na chanainn ris cho soilleir is a ghabhadh. Cha bu mhotha sin na bha bòrd eatarainn.

'Mi seo an taigh Alasdair mhic Sheumais Bhig am Milton,' thòisich mi.

'Gearraidh Bhailteas,' cheartaich esan, 'sa Ghàidhlig!'

Rinn Jane casad chruaidh is chuir i às a *fag*.

'Seadh an Gearraidh Bhailteas. Is dè shaoil sibh dhen ghèam a-raoir ma-thà?'

Ghabh mi an t-aithreachas sa mhionaid a dhealaich a' cheist staoin seo rim bhilean.

Choimhead e fhèin a-null an taobh a bha Jane feuch an dèanadh ise cobhair air.

'Football,' dh'èigh i. ''S ann air football a tha e a' bruidhinn – cuimhn' agaibh bha mi ag innse dhuibh gum biodh Ìomhair an Cille...?'

'Dùil 'm gur ann mu sheann rudan – stòiridhean is mar sin – a thàinig e?'

''S ann,' thuirt i le cinnt, 'chan eil e ach...'

'A' dèanamh start,' thug mi dha is lean mi siud le, 'dè dh'ith sibh an-diugh airson ur breacaist?'

'Dia gam shàbhaladh,' fhreagair e. ''S fhada an t-saoghail mhòir on uair sin.'

Thàinig 'Weetabix' thuige is bha mi ag iarraidh gàireachdaich ach cha robh a chridhe agam fiù 's fiamh beag a chur orm. 'Bidh mi sgur dhen bhrochan air Didòmhnaich-Càsg is cha teann mi air tuilleadh gu null deireadh August. San dòigh sin cha bhi mi gam sgreamhachadh fhìn – sin a bhios i seo ag ràdh co-dhìu, nach e?'

''S e ma-thà,' a freagairt chinnteach.

An dèidh sin, cha do rinn mi ach atharrachadh beag a thoirt air an ìre aig an robh mi ga chlàradh is ghluais mi mi fhìn mir beag na bu teinne do dh'Alasdair.

Cha robh an còrr a dhìth ach sin fhèin.

'Thuirt mi ris gun robh sibh làn ròlaistean!' ghlaodh Jane, a' toirt toitean eile às a pacaid ach gun phìob Alasdair a lasadh a-rithist dha.

'Chanadh cuid gur e sin a bh' annta,' ors esan an guth bog blàth, 'Ach canaidh feadhainn eile gun do thachair pàirt dhiubh ceart gu leòr.'

'Cò aig a chuala sibh ur naidheachdan?' shir mi bhuaithe – gu socair, bha mi an dòchas.

Seo ceist a chòrd ris cus na b' fheàrr. 'Cò, a laochain, ach aig m' athair fhìn! Làn sheann sgeulachdan a bha Seumas Beag – cuid a chuala e aig na seann daoine na latha fhèin. Triùir bhodach a bha a-muigh sa Chaolas fad deagh thòrr bhliadhnachan is gun sìon a' chòrr aca ri dhèanamh ach a bhith ag obair air sgeulachdan airson oidhcheannan fada a' gheamhraidh a chur seachad.'

'Agus saoil,' dh'fhaighneachd mi dheth, 'a bheil cuimhn' agaibhse air gin dhiubh sin an-diugh?' Thàinig crith chlis nam iosgaidean – dè fo ghrian a bha a' tachairt dhomh? 'Saoil am b' urrainn dhuibh feuchainn ri tè innse dhomh an-dràsta, ma-tà, Alasdair?'

'Och, well, chan eil fhios a'm.'

Rinn Jane geòbadaich chumhachdach air ach cha tuirt i sìon – dheòghail i gu trom air a siogarait agus leig i le ceò falbh às a cuinnleanan – mar dhràgon beag goirt. Dh'fhan sinn sàmhach tiotan eile nach robh buileach doirbh agus 's e anail Alasdair, tro a shròin fhèin, a rinn sin a bhristeadh.

'Bhithinn gan innse dhìse fad an t-siubhail nuair a bha i beag. 'S i an aon duine aca a ghabhadh gnothach ri Dòmhnall, mo bhràthair; on a bha i dìreach na h-ighinn bhig – cha robh esan ach deireannach is bhiodh an tè sin a' coimhead a-mach air a shon daonnan. Tha bràthair eile dhomh a tha a' fuireach air an eilean seo ach...

'Nach ist sibh!' throid an tè a bh' ann ris. 'Bha an trioblaidean fhèin aca. Tha is aig a h-uile duine.'

'Cha robh an toiseach,' na thug bràthair a seanmhar dhìse. 'Ach 's e mise a fhuair cùram Dhòmhnaill co-dhiù bha mi ga iarraidh gu nach robh.'

'Dè seòrsa sgeulachdan a th' agaibh?' phut mi fhìn – neart air tilleadh dhan fhear-chlàraidh – 'son slighe a dhèanamh tron chùis phearsanta seo nach buineadh air chor sam bith dham leithid-sa.

'Feadhainn dhen t-seòrs' àbhaisteach,' ors esan. 'Rudan a thachair – rudan a bha daoine a' cleith – bòcain is legends, gnothaichean dhen t-seòrsa sin.'

'An cuala sibh guth riamh air fear, Fionn MacCumhaill?'

'Chuala gu leòr. Nan cuimhnichinn air a' bheag dheth.'

'Robh e riamh an Uibhist?'

''S cinnteach gun robh. Bha gu dearbha! Ach 's ann an Tiridhe a phòs e – goirid do Thràigh Bhì. Tha Loch Bì againne – 'Gul na h-eala air Loch Bì': nach e tha san òran? Tha fhios gur e an aon mhineagadh a th' aig na dhà – ge b' e dè tha sin. Well tha tràigh ann an sin is ged nach fhaca mise riamh lem dhà shùil i, tha i ann, an Tiridhe, ceart gu leòr. Ach mìos no dhà an dèidh na bainnse dh'fhalbh ise agus Diarmad is chaidh iad am falach san uamhaidh mhòir ann an Ceann a' Bharra.

'Ise, ma-thà? Is cò ise?' phiobraich Jane an sgeulaiche 'son mo chuideachadh-sa.

'Cò eile ach Gràinne?' fhreagair esan, 'is thàinig a h-uile duine chun na bainnse aice fhèin agus Fionn MacCumhaill, bho air feadh na dùthcha is gu leòr eile bho rìoghachdan gu math fad' air falbh. Is bha fleadh is fèis aca siud nach fhacar riamh reimhid an Tiridhe no an àite sam bith eile.'

'S e bha a' dol gu snog a-nist, Alasdair, agus b' e comharra a bha sin dhòmhsa air na dh'fhaodadh tighinn fhathast mura dèanainn-sa babhsgaid dheth.

'Co-dhiù, bha esan,' is thog e a cheann, 'Fionn MacCumhaill, pòsta roimhe sin ach gun robh a chiad bhean air bàsachadh agus dh'iarr e dàrna tè – tè na b' òige – tè fada na b' òige na bha e fhèin. Is ghabh e dèidh air Gràinne – Gràinne Nighean Charmaig A' Chuilein.'

Bha sùilean a' bhodaich nan lasairean: ruitheaman a ghuth air an deagh chur gu feum.

Chithinn coltas an iongnaidh air aodann, mar gur e seo as dòcha a' chiad uair a dh'inns no a chuala e riamh an stòiridh is nach robh fhios aige buileach mar a rachadh i an turas seo – dè am feairt moralta no an caractar làidir a dh'fhaodadh maireachdainn an aghaidh nàimhdeas no droch cumhachd.

Thilg e an uair sin steall de smugaid shalach ann am bobhla a fhuair e fon bheingidh – san robh deagh thòrr a-cheana – is spìon e thuige a' phìob is theann e, le crith na làimh, air feuchainn ri a lasadh is deocadh oirre aig a' cheart àm.

'Lasaidh mise sibh,' dh'èigh Jane, is smaoinich mi 'son diog gur e siud an dearbh rud a dhèanadh i – gun lasadh i bràthair a seanmhar. Thug i lighter airgid fireann às a pòcaid is choisich i null thuige leis.

'Deothailibh!' dh'àithn i is theich glumag de smoc milis tron bheagan fhiaclan air fhàgail aig aghaidh a bheòil, a' phìob chaol gun ach cugallach nan grèim. 'Agus ur làmh rithe!' a bh' aice a-nist ris is gun cus dàlach an dèidh sin thill sinn gu Ceann a' Bharra an Tiridhe. 'S ann a bha mo shùilean-sa gam bìdeadh gu dona agus a' sileadh is dh'fhairichinn mo chom car teann cuideachd ged a bha misneachd gu leòr agam nach tilleadh cion-analach m òige – taing do Shealbh!

'Ach a sin an dèidh ùine,' orsa fear na sgeòil 'nach do dh'fhàs Gràinne sgìth dhen bhodach – Fionn. A chionn 's e bodach a bh' ann mun àm sin. Na gaisgeach ainmeil ach na bhodach is bidh bean òg – bidh i – bha an tè sa ag iarraidh rud nach b' urrainn do Fhionn a thoirt dhi is e air aois a ruighinn, tha sibh a' tuigsinn…'

'Sinne a tha a' tuigsinn sin glè mhath,' ors Ìomhair Dubh, a' fosgladh an dorais. 'Thugainn!' Thug an comhairt na ghuth rògach air Jane èirigh gun strì. 'Tha do chlann gad fheitheamh. Mur an do dhìochuimhnich thu buileach gun robh an leithid agad?'

'Ach feumaidh mi Alasdair…,' thòisich i.

'Chan eagal dhut a ghaoil,' ors am bodach rithe. 'Nach iomadh latha a rinn mi mo rathad fhìn sìos dhan leabaidh ud.'

''S fheàrr dhòmhsa falbh cuideachd,' orsa' mise is cha do dh'fheuch duine rim chumail. 'Cuiridh Ìomhair gu ceann an rathaid thu,' thairg Jane le blàths – cus blàiths bha eagal orm.

'Cha chuir,' thuirt mise is gu dearbha 's e nach cuireadh! 'Coisichidh mi,' phut mi. ''S cinnteach gun coinnich mi ri Ruairidh an àite air choreigin.' Bha fhios a'm nach biodh m' uncail a' tighinn dhachaigh gu an ceann uair a thìde no mar sin, mur an iarradh cuideigin a-nuas a dh'aona ghnothach e. Leig mi beannachd le Alasdair is gheall mi tilleadh a chur crìoch air an sgeulachd.

'Glè mhath!' ors esan. 'Tha tuilleadh innte; leabhra tha! Chan eil mise ach nam shuidhe ann a sheo latha às deaghaidh latha. Dèan thusa mar a thogras tu.'

Bha mi airson innse dha gun tiginn an-ath-oidhche, Dihaoine, ach cò dh'iarradh sin a dhèanamh air beulaibh Ìomhair no gu dearbha rud a chur air dòigh gun chead Jane.

'S e oidhche alainn a bh' ann – sgòth cha robh ri fhaicinn san adhar is bha grian an t-samhraidh a' toirt sanas dhuinn air mar a laigheadh i. Bha an t-èadhar fhathast blàth – na bu bhlàithe ann an seagh nàdarra na an taigh Alasdair. Agus bu thoigh leam na fàilidhean a thachair rium; fallain a bha iad – leithid mòine aig astar snog seach ga toirt a-staigh gu dìreach nam sgamhain le toit tombaca.

'S e bha taitneach na casan a shìneadh is mi a-nist muthachail air cho buileach rag agus a dh'fhàs mo chuid fèithean air a' bheingidh ud. A dh'aindeoin 's mar a chaidh stad grad – gun iarraidh – a chur air ar n-obair, shaoil mi gur ann a bha mi air cùisean fhaighinn gu dol gu math le Alasdair. Chòrd an dòigh agamsa ris – chithinn is dh'fhairichinn sin. Ged a bha facal Jane gu bhith gu math feumail bha fhios a'm a-nist gun toireadh e fhèin tuilleadh dhomh nan rachainn far an robh e ga iarraidh.

Bha fadachd orm na fhuair mi air teip a chluic do Ruairidh – gu h-àraid bruidhinn churs Ìomhair! 'S ann dìreach nuair a dh'èirich a bhean fo a smachd-san a chuir mi clos air a' chlàradh. Thuige sin bha Jane air i fhèin a ghiùlan gu math na b' fheàrr na mar a chunnaic mi an cuideachd Ruairidh i. 'S ann airsan is chan ann ormsa, 's cinnteach, a bha faobhar a cuid feirge an cuimis – ge b' e dè bu choireach ris?

'Lovely evening,' dh'èigh fear a bha àrd ach crùbach – speal aige ga shiabadh le snas. 'Weeds and weeds,' thuirt e an uair sin, a' sealltainn a-null air tobhtaidh gun mhullach, 'The nettles is the worst of them all. In and out.' Chithinn nach biodh cus feum aig na crògan cruaidh dorcha sin air miotagan; cha dèanadh gath beag no losgadh planntraisg dad orra.

'Daoine a bhuineadh dhuib' fhèin a bha a' fuireach ann?' dh'fhaighneachd mi dheth. Bha mi an amharas gur e ach chòrd e rium a' cheist a chur air gu modhail, ceart.

Nochd dath na shùilean preasach; cha b' e seo idir srainnsear air thuras tron bhaile aige, ach gille a chitheadh an cudrom a dh'fhaodadh a bhith air duine is e a' gabhail do luibhean a rinn lionsgaradh san taigh seo, is an t-adhbhar dhaibh a bhith ann.

'S e a laochain, 's doch' gur e,' a fhreagairt shòlamaichte; ar dàimh ri chèile sa mhòmaid sin do-dhèante a mhìneachadh no eadar-theangachadh. 'Mi fhìn is mo phàrantan romham, ma bhuineas mise dhaibhsan no iadsan dhòmhsa tuilleadh?'

'Tha mi a' tuigsinn,' thuirt mise, is b' i sin an fhìrinn oir nach mi bha eòlach air eachdraidh gu leòr a dh'fheumadh falbh – air astar beag no mòr – o chabair an sinnsirean? Ged nach robh fios cinnteach sam bith agam mu theaghlach an duine seo – airson ùine bhig co-dhiù!

'Cò am pàirt de Bharraigh às a bheil thu?' dh'fhaighneachd e fhèin dhìomsa an uair sin gu fialaidh.

'Às Eòlaigearraidh a tha mo mhàthair.'

'Maraichean mòra, na Barraich.'

Ghnog mi mo cheann. B' fhìor sin.

'Tha sinne an seo an Uibhist,' ors esan, a' suathadh fallas le a ghàirdean tiugh bho os cionn a shùla, 'ro cheangailte ris an talamh. Is cha mhòr as d' fhiach sin – cha dèan e ach ar slugadh air a' cheann mu dheireadh.'

Dh'fhairich mi cofhurtail, blàth, an cuideachd an fhir ghasta seo ged a bha cuspair ar còmhraidh car beag dubhach. Ach na dheaghaidh sin bu choltach gun robh esan deònach rudeigin às ùr a dhèanamh mu dhachaigh a mhuinntir. 'S e feasgar snog a bh' aige cuideachd air a shon agus uallach an fhoghair fhathast mìosan air thoiseach air.

'Can thusa,' ors esan, le gàire, is e air a chuid fiosrachaidh a chur a rèir a chèile gun mhearachd, 'rid Uncail Ruairidh, gu bheil poca churran is fear thuirneap ga fheitheamh san t-sead ud thall.' Stiùir e a làmh dheas 'n rathad togalach mòr iarainn a chìte aig bàrr an leathaid. Caoimhin nam pìoban caola a chuir *agus* a thog dha iad.'

'Caoimhin bochd,' an dearbhadh aig Ruairidh. 'His heart is currently being served by two rather inadequate collateral arteries.'

'Agus dhan Arts student 's e th' annta sin ach...?'

'Blood vessels a bhios a' fàs... to help the main furred ones. Soon they'll just by-pass them altogether – mar phlumair le pìob chopair ùr – ach le cuisle na coise – can, The Long Saphenous Vein. It's being done more and more in the States with improving results. Tha iad an dùil gun toir e deich bliadhna a bharrachd do dhaoine.'

'Chan eil Caoimhin a' coimhead cho sean sin?'

'Chan eil e... agus chan e na h-arteries an aon laigse a tha a' cur air a chridhe. 'S mi tha toilichte cluinntinn gu bheil e a-muigh a' dèanamh rudan.'

'S ann a' sìor fhàs fosgailte a bha m' uncail, shaoil mi, is cha bu mhotha a dh'fhalaich e sgath dhe a chrostachd, nuair a thug mi dha mo naidheachd air Ìomhair – mar a stad e an clàradh is mar a thug e air Jane falbh. 'Such a bloody tosspot,' na thuirt e sa cho-dhùnadh. 'Ach bha ise ceart gu leòr?'

'Dìreach àlainn, eh, well, really friendly.'

Thug e sùil neònach orm. 'You heard what Ealasaid said a Chailein. Be careful, OK?'

'Am faod mi faighneachd, ma-tà, ach dè thachair eataraibh?' na leum a-mach orm is bhuam gun fhiosta. An uair sin rinn mi sluigeachdainn is car de chasad.

'Chan fhaod a Chailein.'

'OK.'

'Tha an crogan lemon curd gu bhith deiseil. Am faigh mi tuilleadh?'

'Sure, thanks.'

'Bidh iad math, currain Chaoimhin. 'S fheàrr dhomh an togail aige a-màireach.'

'Carrot and lemon curd cake,' orsa mise, 'son an t-astar eatarainn a chumail. 'S dòcha gum biodh sin blasta?'

'An dèan thusa fuine, a Chailein?'

'Bhithinn deònach feuchainn.'

'Well, gu dearbha. Cuiridh sinn air dòigh tutorial leatha fhèin... Agus phòs Fionn is Gràinne – càit an tuirt thu, a-rithist?'

'Faisg air Ceann a' Bharra, ann an Tiridhe.'

'Cha chuala mi riamh an tè sin reimhid. A rèir feadhainn eile 's ann faisg air Gleann Lonain an Earra-Ghàidheal a bhios e tachairt. Obair mhath a rinn thu a laochain.'

Air a' cheann thall cha do chluic mi idir sgeul Alasdair do Ruairidh an oidhche ud. 'S e an leisgeul a bh' agam nach robh mi airson an teip a ghluasad agus 's dòcha rudeigin prionnsapalach a chall. Bha mise ge-tà air bhioran èisteachd rithe.

Dhèanadh madainn a-màireach an gnothach; post-Ealasaid. Cuideachd bha bogsa trom a thug Jo 'Òg' Galbraith às a' Bhàgh a Tuath thugam gu pearsanta an latha ud – is esan gu sracadh a' gàireachdaich

– air mo chogais a bhrodadh a thaobh obair an oilthigh.

Bhiodh agam cuideachd ri dhol tarsainn na mara an ùine nach biodh ro fhada 'son tadhal air a' bhoireannach ghaolach a chruinnich na leabhraichean sa agus a thug leatha a Bharraigh iad. Cha chuireadh mo mhàthair uallach sam bith orm, ach mar bu mhotha a smaointich mi air 's ann bu mhotha a bha beachd an turais a' còrdadh rium; ged a dh'fheumainn mo chead o Ruairidh a chosnadh le rud math no dhà air chlàr.

8

'BHA GRÀINNE AIR fàs sgìth de dh'Fhionn...' chuir mi an cuimhne Alasdair mhic Sheumais Bhig is sinn air teannadh oirre às ùr oidhche Shathairne; Jane na suidhe tarsainn bhuainn is coltas ciùin oirre – na rud àraid shaoil mi leis mar a mhill am burraidh duine an latha againn an uair mu dheireadh.

Bhiodh a' chlann a' cur seachad na h-oidhche an taigh a pàrantan, dh'ionnsaich mi a-rithist – a' cuideachdadh an seanar a' dèanamh rùdhan air a' mhònaidh. Bha Ìomhair aig ball-coise an Èirisgeidh – gèam le dannsa às a dhèidh; thuig mi nach robh sìon a dhùil aicese ris ron chamhanaich.

Mar bu trice 's ann air Didòmhnaich a bhite a' cluic san lìog ach chaidh an gèam seo a chur air adhart airson cothrom a thoirt dha na cluicheadairean fear mòr na h-Òlaind fhaicinn. Nan dèanadh Peru a' chùis air Iran, mar a bhathar an dùil, chan fheumadh Alba ach an sgioba fhoghainteach seo a bheatadh – agus trì tadhail a bharrachd orra a bhith aca! 'A tall order' – shaoil leis an fheadhainn bu dòchasaiche dhe na pundits. Do-dhèante – barail na dh'fhuiling tàmailt an dà ghèam laig mu dheireadh.

'Bha Fionn air a dhol na bhodach,' phiobraich mi Alasdair, 'is bha a bhean òg ag iarraidh rud...'

'Na b' fheàrr,' fhreagair Jane le priob follaiseach na sùil – 'son fiamh blàth a dhèanamh – a chithinn a bha a-nist doirbh dhi a dhùnadh, ach gun duine aca a' smocadh is a' ghrian làidir air a dhol air cùl neul.

'An tè chlì?' rinn m' uncail cinnteach leam a-rithist an Taigh Eòrasdail. 'A' chiad rud a mhuthaich mi dha, a Chailein, nuair a thàinig i a-mach dhan chàr – new bruising. Subtly done too, mo ghalghad dubh. An do choimhead i riamh gu dìreach ort?

Chrath mi mo cheann. 'Laghach dhi tighinn a-mach dhan chàr, ge-tà, a Ruairidh?'

'Bheil thu a' smaointinn?'

'Agus,' ors Alasdair mac Sheumais Bhig na thaigh fhèin an Gearraidh Bhailteas, 'nach do ghabh Gràinne nighean Charmaig a' Chuilein gaol air Diarmad! Is cò bh' ann an Diarmad ma-thà?' dh'fhaighneachd e dhen rùm. Cha tug freagairt dha ach tig-tog a' ghleoc squeadhair challtainn sa chòrnair. 'Mac peathar Fhinn!' ors esan.

'An gille aig a' phiuthar aig Fionn MacCumhaill fhèin,' shoilleirich Jane dhomh – for aice gur dòcha nach biodh an gràmar agam buileach suas ri seo.

"S e gu dearbha!' dh'aontaich seann Alasdair. 'Agus bha meas mòr mòr aig Fionn air Diarmad agus a cheart uimhir spèis aig Diarmad do bhràthair a mhàthar.'

Leig Jane sgiamh bheag aiste is dh'fhairich mi pàirt dhen rud, ann an ceòl a h-uncail, a ghluais i ged a bhiodh as cinnteach a cuid eòlais air ruith na sgeòil air buaidh a thoirt oirre cuideachd.

'Is nach do dh'fheuch Gràinne ris a h-uile sìon a b' urrainn dhi a dhèanamh ach an toireadh i air Diarmad falbh còmhla rithe!

'Ach 's e nach fhalbhadh, ors am bodach, 'oir bha Diarmad na dhuine ceart – nach dèanadh dìmeas air ceannard na Fèinne no air a h-aon eile dhe a threubh dìleas. A-muigh no a-mach cha dèanadh, agus gaol a chridhe aige air Fionn on a bha e na bhalachan òg. 'S e a sheall dha mar a thogadh is mar a làimhsicheadh e claidheamh.'

'Sword,' Rinn Jayne le beul mòr, a liopan cruinn airson na thuirt i – gun fhuaim – a leigeil fhaicinn dhomh.

'A chionn,' chùm mac Sheumais Bhig air, 'on latha a rugadh e 's e bha gu bhith ann an Diarmad mac Dhuinn ach fear-claidheimh. Mun àm a fhuair e aois cha robh duine an Alba no an Èirinn a thigeadh suas ris leis a' bhall-airm sin. 'Mòraltachd': sin ainm an fhir a b' fheàrr leis dhiubh on as ann bho oide fhèin, Aonghas Òg, a fhuair e e.'

Sa bhad chithinn Diarmad air mo bheulaibh ann am badan plastaig (diaper: chuala mi am Boots air Byres Road) agus Escalibur mòr Arturianach aige ga shiabadh. Chunnaic mi an uair sin a cholainn a' fàs is ag atharrachadh – a' cur air ballaist is fèithean cruaidhe agus gaoisid a bheireadh greabhal na ghuth. Ach nuair a sheall mi suas 's ann a bha an gaisgeach treun seo – is e a' crùbadh fo chabar mhic Sheumais Bhig – fhathast cho òg a' coimhead mun aodann a bha mìn, pinc mar air leanabh.

'Mu dheireadh thall,' ors Alasdair, 'nuair a dh'fhaillich gach dòigh eile oirre, ghabh Gràinne far an robh bana-bhuidseach – an tè bu chunnartaich' is bu chumhachdaich' air an eilean; an eileanan

Earra-Ghàidheal air fad.'

Lùb an seanchaidh amhach aosta gar n-ionnsaigh ach bha mi fhìn 's Jane mar-thà air oir ar sèithrichean. Tharraing mi am maicrofòn air ais beagan ach an cumainn na h-ochd òirlich a mhol iùl Ruairidh bho Chomann Beul-Cainnt na h-Èireann. 'Agus le innleachd na tè sin,' ors Alasdair, 'A' Chailleach Bheurr, saoilidh mi – fhuair ise, Gràinne, mun cuairt air Diarmad is theich e leatha.'

Chuir sinn seachad an ath ghreis fo gheasaibh Alasdair is e gar toirt air chuairt iongantaich bho Bhaile a' Phuill gu àite-falaich nan leannan san uamhaidh mhòir an Ceann a' Bharra; air ais a Thràigh Bhì is dhan bhlàr fhuilteach eadar an Fhèinn is na Lochlannaich; èiginn MhicCumhaill is e a' sèideadh air ionnsramaid a' Ghurra-Fiùdhach airson còmhnadh; dìlseachd Dhiarmaid dha is mar a chuidich a spionnadh-san gus na nàimhdean bho thuath a spadadh. Chuir an iomagain a chunnaic mi an gnùis Jane dragh nach bu bheag orm; sin is mar a bha guth Alasdair air fàs na b' ìsle.

Gheibh Fionn grèim air mac a pheathar agus bheir e dha dùbhlan – a thathar a' meas do-dhèante – airson a shaorsa fhaotainn. 'S ann air bàta a-null a Lios Mòr a leumas iad agus Gràinne cuide riutha.

An dèidh do dh'iomadh uair a dhol seachad is mo liagh, Diarmad, air a bhith a' strì ri smachd fhaighinn air torc fiadhaich, 's ann a nì e a' chùis air agus slaodaidh e le spàirn às coille dhorcha air ais e. Ach an uair sin gabhaidh Uncail Fionn brath air a mhion-eòlas air mac a pheathar le bhith a' toirt air am beathach grànda seo a thomhas – bho a shròin gu a thòin. Thèid bior o dhruim na muice an sàs sa bhall-dòrainn air cois dheis Dhiarmaid – rud a dh'fhàgas aig uchd a' bhàis sa mhionaid uarach e.

'Trì uairean,' dh'èigh bodach Uibhist, 'chaidh Fionn dhan abhainn is fhios aige taghta gun toireadh boiseag à làmhan-san Diarmad beò ach cha chuireadh fharmad na rinn Gràinne às inntinn is leig e a h-uile deur tro a chorragan is dh'eug an gille. Is nach do leum ise a-staigh dhan t-sloc – na luma-shlàinte – air bàrr a leannain is dà chù air am muin-san mun do dhùineadh an uaigh.'

'Agus,' – am finale aige! – 'nach e sin a thug air a' bhàrd, Oisean, a chunnaic bàs a chousin, agus a shil a shùilean gu trom, a ràdh.

Thiodhlaic iad aig bun an tulaich
An àm suidheachadh na muice fiadhaich
Gràinne nighean Charmaig a' Chuilein
Dà chuilein agus Diarmad.

Dh'fhan sinn an sàmhchair fad greis. Choimhead mi gu dùr air Jane a bha air a bhith gam sgrùdadh-sa. Thog i bìdeag thombaca far a teanga eadar òrdag is colgag is chuir i an uair sin dòigh air a gruaig thana le na trì corragan tioram.

'Shin agaibh e!' na fhuair sinn bho Alasdair mu dheireadh thall. 'S ann fann a bha a ghuth a-nist is e air a chosg aige air tàillimh meud a chuid obrach. 'Mharbh iad an duine ceàrr,' ors esan, 'a bha na dhuine ceart – a chionn 's,' chuir e ris, mar gum b' ann dhuinn fhìn a-mhàin a bu chòir seo innse, 'fad na h-ùine a thug Diarmad is Gràinne còmhla san uamhaidh mhòir an Ceann a' Bharra, cha robh aon oidhche nach robh an claidheamh na laighe eatarra.'

Thàinig ruthadh grad an gruaidh Jane, nach robh dùil a'm ris, is spìon i siogarait às a pacaid – tè eile aice an siud ga sìneadh dhòmhsa. Ged a chòrd an nòisein rium aig an dearbh àm sin chrath mi mo cheann. Feumaidh gun do ghabh Jane beachd co-dhiù bu chòir dhi a toirt do dh'Aladair ach seach sin chuir i air ais far an d' fhuair i i; gun fhios nach cuireadh an tarraing bheag olc ud greasad air a bhàs fhèin is crìoch air a sgeòil-san. An uair sin shlaod i am *fag* bho a bilean slaopach is bhuail i air a' chagailte i fo spòig coin chrèadha is dh'èirich i a-mach às an rùm dhan t-seòmar. Shaoil mi gur feumadh e a bhith gun robh cead aice a dhol a-staigh dhan àite dhìomhair dhorcha seo agus thill i às le leth-bhotal *Bell's* is trì glainneachan beaga ann an cumadh meurain.

Gun faighneachd co-dhiù bhithinn-sa ag òl, lìon i na trì gum bàrr is thug i dhuinn iad – tè an t-aon. Chuir Alasdair an tè aigesan gu slàn air a cheann ach a' bhoinneag bheag a dh'èalaidh sìos gu a smiogaid. 'S ann gu socair, is aig car mun aon astar, a ghabh mi fhìn is Jane an fheadhainn againn fhìn. Dh'èist sinn gu cofhurtail ris a' ghleoc is mar a rinn fuaimean nàdair gun ghò iad fhèin an làthair.

'Tighinn nas fhaisge,' orsa Jane is dh'aontaich Alasdair rithe.

'Le naidheachd aige dhuinn.'

'An traon,' shoilleirich i. 'The corncrake. An impis tighinn air chèilidh fad sheachdainean a-nist. Canaidh iad mura tig esan ro Latha Cholm Cille gum bi droch shamhradh is foghar a sheachd uair nas miosa ann.

'Is am feum thu fhaicinn?' dh'fhaighneachd mise dhith.

''S ann as fheàrr e,' bhuaipse.

'Gu math doirbh sin a dhèanamh,' beachd a' bhodaich, 'dà thuras riamh nam bheatha a chunna mi fear. Agus is iomadh foghar math a bh' againn na dheaghaidh sin.'

Rinn Jane gàire a bha glè umhail do ghliocas bràthair a seanmhar.

Chlàir mi tuilleadh beul-aithirs mu eòin bho Alasdair an latha ud: nan gairmeadh coileach san oidhche no cearc aig àm sam bith – gur e comharra bàis a bha seo do chuideigin faisg dhut. Lean e seo le sgeul bhig eile nach robh mi riamh air a chluinntinn ach a dh'aithnich mi mar an seòrsa rud a chòrdadh rim mhàthair – a' toirt mìneachadh air carson a bu lugha air na cearcan a dhol am bogadh is gur ann air an uisge bu shona a bha na tunnagan. A rèir Alasdair, nuair a bhathar a' ruith Chrìosda fo òrdugh Herod, stiall na cearcan gun nàire air an tòrr eòrna a bha ga fhalach fhad 's a dh'fhan na tunnagan na bu stòlta. Saoil, smaoinich mi, an e seo an seòrsa rud a b' fheàrr le Mgr Pàdraig nach cluinninn?

'Cuiridh mise dhachaigh thu a Chailein,' orsa Jane, is gun i idir deònach a bhith air a diùltadh. 'Tha i a' sileadh a-nist.' 'S ann a bha an dìle bhàite ann! Ach gu dè an ùine o thòisich i cha robh dad a dh'fhios agamsa. 'S beag for a bha air a bhith agam air an t-saoghal a-muigh fad dà uair an uaireadair no mar sin is sinn a' còmhradh 'gun *a' mhachine* ud air' mar a dh'iarr Jane. Cha deach ach an aon dràm a thoirt seachad; chithinn gun robh diù mhòr aig Jane do shlàinte is buadhan Alasdair. Nan robh e air an cothrom fhaighinn 's dòcha gum biodh drùdhag no dhà a bharrachd air còrdadh ris fhèin ach cha tàinig gog às. Leis an fhìrinn, 's ann car tinn a bha mise a' faireachdainn – rud mar thuainteil air tighinn orm – is gun mi air grèim ithe o ghabh mi fhìn 's Ruairidh ar biadh mu mheadhan-latha. 'S mi a thilgeadh na pinntean cho math ri càch, ach cha robh mo stamag 'son uisge-beatha – gun bhoinne uisge no 'lemonade na mollachd' – ach meirgeach. Na bu lapaiche buileach, bha teans, an tàillimh beatha nan oileanach san West End. Gu fortanach rinn Jane tì is roinn i a bonnach mòr eatarainn. 'S ann ùr-dhèante a bha e agus aotrom, is shuidh an t-ìm air a' bhàrr na shliseagan tiugha – làn uachdair, salainn is taisealachd.

Sheall a' chiad latha-clàraidh ceart dhomh pàtaran a dh'fhaodamaid a leantail 's dòcha – sgeul nas fhaide an toiseach is an uair sin naidheachdan na bu ghiorra leis an tì mum falbhainn. Mar a thuirt mi, bha Jane ro thoilichte mo chur dhachaigh. 'An tig mi gad iarraidh a-màireach?' dh'fhaighneachd i.

'Cha tig,' orsa mise. 'Thèid aig Ruairidh air mo thoirt thugaibh mar as trice.' Thug mi sùil air m' uaireadair, 'Feumaidh gun d' fhuair e *call* no dhà...'

'San operating theatre a bhios e. Nighean às a' bhaile againne – Margaret. Tha a h-uile duine bruidhinn air appendicitis, ach, saoilidh mise gur e diabhal ectopic a th' ann.'

'Dè?'

Thug i sùil bheag air Alasdair, is ann an guth luath, àraid, ris a' bhalla thuirt i:

'When the fertilised egg doesn't make the womb but stays in a tube and grows there until it bursts and bleeds you to death. 'B' fheàrr a bhith nad chirc a Chailein,' chuir i ris a' tionndadh air ais thugam agus sa bhad nochd fiamh ait mu a beul, 'sin no do chasan a chumail dùinte gum pòs thu.'

Cha deach an t-iaranas idir seachad orm. 'Cha bhi,' ors ise, 'na deòir uair sam bith fada bhuam nuair a chì mi mar a ghabhas Gràinne ri crois Dhiarmaid – ach ò mo thruaighe is m' eudail mo chridhe.'

Bha mac Sheumais Bhig air roghnachadh fuireach sàmhach tron chòmhradh seo ach shaoil mi gun robh a mheuranaich mhodhail a-nist ri innse gum b' e seo an t-àm dhòmhsa falbh; mura robh còir agam a bhith air falbh roimhe seo? Thairg mi mo làmh dha, "S e chòrd rium, Alasdair.'

'Nach math dhut,' ors am bodach le tuigse. 'Dh'fhaodadh tu tilleadh,' thuirt e an uair sin, mar gum b' e an cèilidh seo a-mhàin a bha air a bhith fodham airson a sgeul bhrònach air miann, diùltadh is gaol a chluinntinn gu lèir.

'Tapadh leibhse gu dearbha,' fhreagair mi. ''S dòcha gun dèan mi sin ceart gu leòr.'

'S e fàileadh bheathaichean – caoraich fhliucha gu h-àraid – le seant seann tombaca orra a thachair rim shròin is m' shlugan ann am bhan bheag liath Jane. Chithinn cuideachd, ge-tà, grunn phocannan saimeant – fear aca sgàinte is a' call – agus na h-innealan: gràpa, pleadhag is sàbh a dh'fhaodadh a bhith air an leòn.

'Faodaidh tu tilleadh uair sam bith.' thuirt i. 'Chòrd an gnothach ris agus thu fhèin – mar a dh'èist thu. 'S e glè bheag a dh'èisteas cho math.'

''S ann dhomh a b' fheudar…' thòisich mi.

'Bidh do Ghàidhlig glè mhath an ceann seachdain no dhà an seo a Chailein.'

'S i bha ceart agus fhad 's a rinn mi fhìn is Ruairidh èisteachd an oidhche sin ri naidheachdan Alasdair, thog m' uncail air a dhà na trì fhaclan a thuig mi nan àite fhèin ach nach cuala mi – no nach do chleachd mi riamh reimhid.

'Well, well!' ors esan an cois a bhualadh-bhas. 'Is thug e leth-tè cuideachd dhut!'

'Thug Jane leth-tè dhomh,' cheartaich mi e, 'agus dha fhèin.'

'Seadh, dìreach,' ors esan. 'Abair sgeulachd. Abair mìorbhailt de sgeulachd. Gheibh thu tuilleadh. Gheibh thu seudan mar a thig iad, dìreach.'

'Agus sibhse?'

'Dè?'

'Ciamar a chaidh dhuibh a-nochd?'

'Glè mhath. Chaidh glè mhath, cha chreid mi.'

A' dèanamh tomhas air na bha cead aig m' uncail a ràdh, thuig mi nach robhar a-nist an dùil gur e appendicitis a bh' air a' bhoireannach òg. Agus, taing do Dhia – cudail mhòr a h-òige buain aice do Ruairidh – chaidh dearbhadh nach robh i trom na bu mhotha. Ged a bha cuideachd Crohn's Disease san teaghlach, cha robh am mionach goirt a bh' air Margaret coltach ri sin a bharrachd. Saoil, smaoinich mi, ach gu dè an rud a bu mhath le Jane a bhith oirre?

Nochd Eric Adams san ospadal, as coltach, chàraich e a làmh air a brù is ghabh e ri plàna Ruairidh: sùil mhath a chumail oirre is paracetamol a thoirt dhi gu cunbhalach. Ged a dh'iarradh mnathan-cràbhaidh a' Chridhe Naoimh a bhith air an tè bhochd a chuideachadh gus peacannan a feòla a mhathadh le Horlicks is ùrnaigh fhada, thug Ruairidh orra leigeil leatha; dh'fheumadh i fois is cha robh math dhi sgath ithe no òl.

Bha dùil aigesan Iain Nìll Dhòmhnaill fhaicinn, ach an uair sin chuimhnich e gur ann a-mhàin on dealan a bha an dàrna inneal a' ruith an-dràsta; gu mì-fhortanach dhan bhàrd (is dham uncail an latha ud) ged a chaidh an crann a chur sa ghrunnd o chionn mhìosan, bhathar fhathast a' feitheamh ceangal ri grid an t-saoghail shoilleir.

'Anyway,' orsa Ruairidh gu sunndach – onarach – 'bha am barrachd feum agadsa air machine a bha ag obair na bh' agamsa. Well done a Chailein! Mura faigh mi an seann fhear gu dol ceart an dèidh na h-Aifhrinn – loose wire a bhios ann – bheiridh mi leam an Uher feasgar. Thuirt e rium tadhal uair sam bith.'

Chuir mi na chuimhne gun deach ar fiathachadh gu taigh an t-sagairt airson a' bhuill-coise.

'Dè an uair a bhios e a' tòiseachadh a-rithist?'

'8.45.'

'Oh, well 's e seirbheis bheag chliobhair a bhios aig muinntir Dhalabroig a-nochd, thèid mi an urras, ma tha Pàdraig a' dol a ghabhail a shuipearach air a shocair.'

Ged a dh'fheuch i gu cruaidh ri dhol na aghaidh, bha Ruairidh air toirt air Ealasaid ar fàgail às aonais a taic iomholta Disathairne 's Didòmhnaich. Dhèanamaid a' chùis glè mhath leinn fhìn fad an dà latha sin is nach robh gu leòr aicese ri dhèanamh timcheall a bràithrean. Dh'aontaich i, mu dheireadh – ach gun i idir toilichte – gum faigheamaid breacaist cheart bhuaipe madainn Disathairne is gum biodh ar seachd leòr de dh'fheòil fhuair sa frids gun tilleadh i Diluain.

Air tàillimh Ealasaid is a cuid fialaidheachd dh'fhàg sin gur ann dìreach air Didòmhnaich a dh'fhaodadh duine cadal a-staigh beagan. Ach leis gun robh Ruairidh a-nist an dùil beul a' bhàird a chlàradh ron bhall-coise, fhuairear gille-a-ghnothaich (mura b' e idir 'mo ghnothaich-sa'!) air a chois, a' feadaireachd is a' seinn is a' cur car de mhaide a' bhrochain is gun e fhathast ach 9.30.

'Cha ghabh thusa hama is uighean, an-diugh, an gabh a Chailein? Cha ghabhadh idir idir! Bha e a' faireachdainn mar gun robh mi air clach a challainn a chur orm bho thàinig mi an seo o chionn faisg air trì seachdainean. Gu dearbha 's ann bun-os-cionn a bha fasan a' bhreacaist air a dhol an Taigh Eòrasdail – Didòmhnaich an aon latha air am faighte faothachadh on phraidheapan.

'Bruidhnidh mi rithe,' gheall Ruairidh, mar a gheall e an Didòmhnaich roimhe sin. 'Tha thu ceart, tha e ro throm ort a h-uile latha, a Chailein, ach chan eil mi ag iarraidh a goirteachadh. Tha i cho còir rinn.'

A-mach bhon corra chuairt air a' chladach, cha mhòr gun robh mi air sgath eacarsaich a dhèanamh. 'S ann a bha mi ag ionndrainn gym an oilthigh is an t-amar-snàimh: an lùths annam às an dèidh agus na h-igheanan fallain!

'An e na leabhraichean a bha gu bhith fa-near dhut an-diugh?' dh'fhaigneachd Ruairidh an guth car faiceallach.

'A-màireach,' fhreagair mise le cinnt, ris-san agus rium fhìn. Bha iad agam a-nist ann an deagh òrdugh air an sgeilp san rùm, is bha mi air deasg a dhèanamh de bhòrd beag làn dust a lorg sinn sa phreasa fon staidhr; ma bha sgath ceàrr air, sin rud nach fhaiceamaidne an dèidh dhuinn a nighe. Fhuair sinn cuideachd ann bòrd-iarnaigidh is ceithir iarainn throma a rachadh air bàrr na stòbha. Cho fad 's a chithinn fhìn cha deach gin dhiubh a chleachdadh o chionn bhliadhnachan – reusan eile 's dòcha airson 's na bh' aig Ruairidh de gheansaidhean le amhaich chruinn orra.

'Right,' ors esan, 'nach fhalbh sinn air spin? Dhan Aifhrinn an Àird Choinnich? Nì sinn an gnothach oirre gun dragh sam bith.' Cha b' e ruith ach leum (yeah)!

''S e baile fada a tha san Ìochdar a Chailein,' orsa Ruairidh, is sinn a' fàgail nam Meadhanan air ar rathad gu tuath – latha tioram ann ged nach robh i grianach. 'Thèid thu pìos mòr seachad air an sgoil gu ruige leithid: Baile Gharbhaidh, Cill Amhlaidh is eile. Uair dhen robh an saoghal bha taigh-seinns' ann an àite ris an can iad An Gearrradh-Gainmhcheadh ach 's fhada rom linn-sa a bha sin. Cha chreid mi nach eil e na shabhal aca an-diugh – fear gu math tìorail cuideachd a rèir nam ballaichean. Chan e gum bi sinn a' dol a sin an-dràsta,' thuirt e, a' coimhead air uaireadair, 'mura toir sinn sùil air às dèidh na h-eaglais, no am b' fheàrr leatsa an cladh?'

'Ha!' an lasgan a rug orm – dìreach mar a thachair le Ealasaid. Cuin a bha m' uncail is an òigridh air an aon leagadh mu dheireadh – fiù 's faisg air? Cò mu dheidhinn a bhiodh an athair is Iona is Claire a' bruidhinn – nam b' e is gum bruidhneadh iad air mòran sam bith? OK, 's e aon rud a bh' ann am beul-aithris – sa chainnt bu bhlasta bho shàr sgeulaiche an cuideachd àraid Jane – ach claisean làn nam marbh-Uibhisteach, nach b' aithne dhomh idir nuair a bha iad an triom na b' fheàrr, 's e bha sin ach rud eile.

Mar a thachair, dh'fhan a' cheist sin gun a fuasgladh an latha ud. 'S ann aig bonn bruthaich Thobha a bha sinn nuair a nochd fear mòr ciabhagach ann an deise-chlò – geamair gun ghunna, *An Jock* – agus e a' feuchainn ri toirt oirnn stad le gùn-oidhche an ceann maide a bha a' dannsa sa ghaoith is an impis falbh air dhan t-sìorrachd.

'Thir waantin you at thon hospital,' dh'àithn guth làidir Doric nach buineadh idir dhan t-saoghal bheag chruinn san robh sinne air a bhith fad na maidne.

'Thanks John,' freagairt Ruairidh – a chuid chneadan ag innse gu soilleir a bheachd air a' chùis. 'We'll do Ardkenneth next week Colin.'

'I'll easy tak the loon,' thairg *An Jock*, air dhòigh 's gum biodh e air a bhith buileach gun mhodh, uireasbhach sa chreideamh agus ceàrr a dhiùltadh. 'I'm heedin early tae the kirk onyway.'

Sheall mo shùilean dham uncail gum faodadh an duine seo mo thoirt leis nan togradh e. Ach gonadh air coibhneas is air Ruairidh MacGillÌosa! Ann an taigh duine nàdarra 's ann a bhithinn fhathast gu tòiseil fo na plaideachan is mo shròn ann an deagh leabhar. 'S e tuigse glè luath a bha mi a' faighinn air dleastanasan GP an seo agus a' bhuil chearbach air a' ghill-fhonaidh a bha slaodte ris.

Ged a thòisicheadh seirbheis mo chompanaich ann an Eaglais na h-Alba an Ìochdair leth-uair a thìde an dèidh na h-Aifhrinn, cha bhiodh i sin desieil gu greis an dèidh dhan t-sreath chàraichen rathad mòr an eilein a ruighinn.

'S ann a bha John Cowal air tighinn an toiseach a dh'obair do Lord Edwards an Uibhist a Tuath ach chaidh aig Loids Ghròidheigearraidh

is an uair sin bean laghach às a' Chàrnan air a chumail an Uibhist a
Deas fad mu chòig bliadhna fichead, ged a bha e fhèin is Sarah, dh'inns
e dhomh na ghuth garbh ait, nan 'childless couple'.

'All her faimily's here – and that's gie muckle!' thuirt e mu oir Loch
Druidebeag. 'Thon's the nature zone – crofters beware! Only got a sister
left in Turrif noo – she can hae it tae her sel.'

'S mi bha taingeil an ceasnachadh àbhaisteach a sheachnadh: cò às
an robh mi?; dè cho fad 's a bha mi air a bhith an seo is cuin a bha mi
a' falbh?; dè an dòigh sam buininn do Ruairidh is dè bha romham nuair
a thillinn dhachaigh? Cha do sheall *An Jock* sùim ann an sgath sam bith
a bha pearsanta mum dheidhinn – ach a-mhàin a' cheist 'Whore di yee
git that smert Sunday jaicket'.

'Glasgow,' orsa mise gun an còrr a chur ris ach sin fhèin. Thagh mi
gun innse dha nach b' ann ùr (no faisg air a bhith ùr), a cheannaich
mi i – bargan mun dèanainn bòst tric gu leòr ann an cuideachd robach
nan oileanach.

'Aye. Nice bit o' cloth. Wid ae cost ye or the parents a few pund?'
Rinn mi gàire ri a mholadh còir.

Aon rud eile a rinn fear Thurrif 's e lioft fhaighinn dhomh suas gu
deas an dèidh na h-eaglais, le màthair, athair is an triùir bhalach òga.

'We quite often go up visiting,' thuirt am boireannach, a' cur sìos a
h-uinneig – is a' leigeil le rag ghèil gabhail a-staigh dhan cheathrar dinnte
sa chùl. 'But especially today with my sister's strangulated hernia.'

Chlisg mi do Ruairidh, ach dè b' urrainn dhomh a dhèanamh –
glè bheag, ach suidhe sa chùl fhad 's a dhèanadh a' chlann trod ri
chèile thairis orm mu shaighdearan (feadhainn phlastaig), marbles is
comics. 'S ann gu math siùbhlach a bha an cuid Ghàidhlig is an gearan
sa Bheurla làn cion-ceartais. 'Sharing means sharing you know – not
hogging!'

Cha do rinn an *Scottish Catholic Observer*, air nach tug mi sùil o
chionn fhada, cus feum ann a bhith a' tighinn eadar mi is a' chlann – a
bheagan dhuilleagan de dhealbhan Chiad Chomain is Holy Jubilees an
aon rud is a bha iad riamh.

Mun àm a ràinig mi Taigh Eòrasdail, bha mi claoidhte is thuit mi
nam chlod air bàrr na leapa fionnair. An robh rudeigin ceàrr ormsa,
saoil? Bhiodh a' bhuaidh aig èadhar trom Uibhist – ged nach do bhlais
mo sgamhain-sa air mòran dheth sa mhadainn seo – air sìoladh a-nist
's cinnteach? Co-dhiù dè idir a dh'fhàgadh am fear an seo sgath na bu
treasa na fear Bharraigh – mura robh stuth sònraichte sa mhòine an

Uibhist no gur e tinneas eile a bh' orm ceangailte ri còcairachd Ealasaid? B' e seo an latha dheth aice ach fhathast bha mo bhrù làn agus mo shùilean a' dùnadh gu luath.

9

'ÈIRICH A CHAILEIN – thugainn a Dhalabrog,' chuala mo cheann tiugh mun do theann làmhan boga blàtha Ruairidh air mo dhùsgadh. Chuir an dragh na ghuth seach cho maoth 's a chaidh beantail rium mo bhruadar buileach ceàrr orm: mise a-nist a dh'fheumadh *An Jock* a dhràibheadh agus searmon sgairteil na Sàbaid romham nuair a bhiodh an geamair san 'Chapel' – mar a bh' aig Dad is mates Ghrianaig bho gach taobh oirre. Carson, mar sin, a bha Ruairidh a' feuchainn ri toirt orm dhol a dh'àite dhan robh mi a' dol a-cheana?

'Agus ciamar a tha i a-nist ma-thà?' dh'fhaighneachd mi is MG bheag Ruairidh gar cur suas aig astar a dh'ionnsaigh taigh an t-sagairt – gu fortanach gun chus dhaoine a' feuchainn ri tighinn nar n-aghaidh.

'Cò?'

'An tè ud, Margaret.'

'Glè mhath a Chailein. Math fhèin. Chaidh i dhachaigh ro àm dinnearach is purgaid làn liquorice aice mar charaid.'

'Nach do strangulate a hernia?'

'No, no; ach chan eil an tè bhochd ud eile ach meadhanach. Innsidh mi seo dhut 'ille, 's e Eric Adams an duine ann an emergency: sàr sgileil is e cho ciùin ris a' Chuan Shèimh – air an latha a b' àille!' Rinn m' uncail gàire – leis cho èibhinn 's a bha e! – is cha b' urrainn dhòmhsa, ge b' oil leam, gun fear a dhèanamh cuideachd. Thug e an aire dha. 'Ma bhios mise gu bràth nam èiginn lem mhionach, a Chailein, chan eil agad ach mo bhualadh air bàta Loch Bhaghasdail. Bhithinn cho toilichte stuaghan a' chuain fhulang fad na slighe sin nam b' e Eric Adams a bha dol gam fhosgladh is mi tioram air tìr. Tòrr dhe na city specialists a tha sin cha leiginn na bùidsearan faisg a' mhìle orm. Shàbhail esan beatha na caileig sin a-raoir ann an dòigh cho… fior bhòidheach – ealanta dìreach – mar a ghabh Nan Eòghainn 'Mo Rùn Geal Òg' gun mheang, gun fhàillin.'

'Glan fhèin a Ruairidh,' fhreagair mi. 'Mar sin 's e trì clear goals a dh'fheumas sinn a-nochd: Dalglish, Jordan chanainn is eh, Masson?' 'Chan eil esan idir a' cluic,' cheartaich fear na beul-aithris – no an e a-nist fear a' bhuill-choise? – mi. "S e sin, co-dhiù, a Chailein, beachd Mhic a' Bhròin – a skilled theatre attendant agus math fhèin air geataichean a thogail cuideachd 's coltach; fiù 's far nach fheumar iad! B' fheàrr sin, 's dòcha, na bhith dìomhain, dè?'
'Asa Hartford ma-thà?' phut mi airsan an uair sin.
'Am faodadh Gemmill fear fhaotainn?' dh'fhaighneachd Ruairidh, mar gur e rud a bha seo a bha a-nist caran cudromach dha.
'Well...?' thòisich mi, mun do ruith cù gun chiall – gun chluais chlì – le ruaiseadh chun a' chàir is gu cinnteach gu a bhàs fon roth-thoisich, ach gun do thàrr e às dhan chùl. 'S ann sa chomhartaich shona aighearaich às ar dèidh-ne a chluinnte a bharail phongail fhèin. 'Woof –*woof*–woof–woof–woof– 's e draw a bhios ann'.

'S i Ealasaid Iain Alasdair – cò ach i! – a dh'fhosgail doras Mhgr Phàdraig. 'Shin sibh fhearaibh. Fàilte gu Mendoza,' dh'èigh an sagart dhuinn, gar stiùireadh dhan rùm-suidhe làn leabhraichean an taigh-paraiste An Naoimh Pheadair. Thug na sèithrichean mòra, ged a bha coltas na bu chofhurtaile orra, nam chuimhne sa bhad turas-sgoile car doirbh – *retreat* a bh' aca air – gu Mungo Hall sa chòigeamh bliadhna. Ged a rinn mi mo dhìcheall (no faisg air!) dh'fhairtlich e orm, an sàmhchair neònaich an rùim ud, dad coltach ri ùrnaigh a dhèanamh. Ach cò aige bha fhios nach b' e caileagan St Pat's – leis agus air an d' rinn sinn midnight-feast an oidhche roimhe sin – a bu choireach seach àirneis phlèin an taigh' bheannaichte.

Bha daoine nan suidhe ann an ceithir de chathraichean Mhgr Phàdraig. 'Agus 's e seo,' ors esan, 'mo bhràthair, Calum. Bidh thu air fhaicinn am Barraigh, tha fhios, a Chailein?'

Cha robh. No, ma bha, cha tug mi for. Agus 's e seo Niall – sheall e a-null an taobh a bha gille lachdainn sa chòrnair – fhalt air ùr-ghearradh fo bhobhla? 'Hallò.' Sheot a làmh a-mach is thionndaidh a cheann bhuainn a cheart cho luath 'S ann a bha Niall òg a' toirt a-mach a bhith na shagart aig Colaiste Bhlairs, an sgìre Obar Dheathain, ach bha e a-staigh air shaor-làithean an dèidh nan deuchainnean. 'Agus an dithist chunnartach a tha seo,' lean Mgr Pàdraig air timcheall – is e a' faighnn a' ghàire a bha a dhìth air – 'dè idir a chanas mi mun deidhinn-san: *Morecambe and Wise?* The original *Steptoe and Son?*'

A rèir a h-uile coltais 's ann a bha am performance seo a' còrdadh ri Ruairidh; cha robh coltas cabhag sam bith air. Dh'fhaodadh Mgr

Pàdraig fad na h-oidhche a thoirt air ar cur an aithne a chèile. B' fheàrr leamsa, ge-tà, gun rachadh iarraidh oirnn suidhe gum faiceamaid na bha a' dol an Argentina. Bha an dà sgioba a-nist air a' phàirc: lèintean glana geala air seòid na h-Òlaind is na gillean againne a' cosg dhathan an dùthchais ach le daoimeanan sìos am muilchinnean goirid snasail.

'We're actually the other *Two Ronnies*,' dh'inns am fear bu shine is bu reamhra dhen dithist dhuinn, 'ach gur e mise Murchadh agus seo mo mhac Alfonsas.'

'Allan!' cheartaich am fear eile e, le uilinn beag gun lochd na sgairt, 'and I'm not his son or a relative – which is quite remarkable.'

Seadh, glè mhath, bha na sgiobaidhean air a' phàirc ach bha fuaim an TV air a chur sìos cho ìseal 's a ghabhadh. Chan fhada chun nan laoidhean nàiseanta. 'S e fathann a bha a' dol gum faodadh 'Scotland the Brave' a bhith againn a-nochd seach 'God Save the Queen' airson barrachd spionnaidh a chur ann an cridhe nan gillean.

'Nach suidh sibh ma-thà?' smaoinich Mgr Pàdraig mu dheireadh thall agus shuidh – Ruairidh ri taobh Mhurchaidh air an làimh chlì is mi fhìn faisg air giullan na sagartachd. 'No Masson this time,' dh'fheuch mi leis.

'Rubbishplayer,' fhreagair Niall an guth nach robh mìr na bu chruaidhe na an TV is aig 113.7 mìle san uair. 'S esan, gu dearbha, a leigeadh na creidmhich dhachaigh ann am fìor dheagh àm gu *Farming Weekly* is *Can Seo*. 'Macari'snotineitherforwantingtoomuchmoney,' chuir e ris.

'Yeah,' dh'aontaich mi oir bha mi air sin a leughadh san *Daily Record* agus laoch *Man U* a' toirt slaic air an SFA air grunn adhbharan – gnothach airgid air fear dhiubh; 's ann a bheireadh a sheann chip-shop an Old Trafford duais na b' fheàrr do Lou latha sam bith seach na choisneadh e fad mìos ri strì fo ghrèin Argentina. Agus a bharrachd air a sin bha an taigh-òsta an *Alta Gracia* dìreach '*crap*' agus chuir am plèistear a bha a' leaghadh far nam ballaichean is an t-amar-snàimh gun bhoinne ann an caothach dearg tioram air.

'Nam bharail fhìn chan eil sgath idir ceàrr air Alfonsas mar ainm,' orsa m' uncail agus e a' tionndadh ris an fhear chaol, mhìn-bheulach, a dhiùlt gabhail ris an tiotal seo is a bha a-nist a' coimhead an TV.

'Dè an rud!?' chithinn-sa ann an sùilean Allan agus e a' gluasad a chinn tiotan an taobh a bha sinne.

Ged nach robh fhios agamsa cò aca seo a bu chòir a chreidsinn – is mi coingeis gu ìre dè, gu fìrinneach, na h-ainmnean a bh' orra – 's ann glè chinnteach a bha mi nach biodh bruidhinn idir ann a-nochd air m' àrd-sgoil 'leòmach' 'elite'!

''S ann a chaidh Cailean againne...' thòisich Ruairidh, ach stad e nuair a thachair m' aodann dubh, stùirceach ris. An uair sin nochd Ealasaid a-staigh le brag agus bualadh is cha chualar an còrr tuilleadh mu a deidhinn.

'Seall a-nist sin!' orsa fear Eòrasdail nuair a chuir i sìos a' chiad tè de thrì treidhichean làn bìdh. ''S coltach gum bi sibh a' goid a' chòcaire as fheàrr an Uibhist orm, Athair?'

'Tha i math math,' fhreagair an sagart – le gruaim na ghuth ris nach robh dùil 'm idir – agus ri seo chuir e, 'as good a head-hunter as the bishop me.'

Chan fhuilingeadh bràthair an t-sagairt a' ghòraiche seo mionaid na b' fhaide. Gheàrr e leum às a shèithear is ghabh e dhan phutan am meadhan panail an TV: chaidh na dathan air an sgàilean a thur-chur thuige, a' tionndadh stocainnean nan Duitseach nan suaileachan orains. Le fallas a-nist air brùchdadh air a bhathais lorg Calum am volume, is gun spèis no tròcair rinn an rann mu dheireadh de *Wilhelmus* mùchadh air sonas Ealasaid is i a' toirt seirbhis do dhithist mhaighstirean mòra. 'The oldest National Anthem in the world, of course,' chuir seann tidsear, Archie MacPherson, an cuimhne na bha a' coimhead an dà sgioba a' ruith gun cinn fhèin dhen phàirce.

'Latha dheth aig Maighread Bhig, an e?' dh'fhaighneachd Ruairidh de Mhgr Pàdraig, a' cur dà phìos le càise orra is cèic bheag air a thruinnsear-san.

'Chan eil a h-athair idir gu math,' mar a fhreagair esan e. 'Mìosan a-nist o nach robh e san eaglais.'

Chithinn na cuibhlichean a' cur car an inntinn m' uncail: athair na bean-taighe àbhaistich aig an t-sagart 'nach robh idir gu math.' Am faca e riamh e an *Cnoc Fraoich* no aig an taigh? Robh an duine mòran na bu mhiosa a-nochd? Ma bha, an leigeadh e le a nighinn fònadh is cur a-staigh air a' chèilidh shònraichte seo? An dèidh do Ruairidh caob mòr arain a ghlamhadh, stob e a' chèic gu slàn na bheul is lìon e dàrna cupa tì dha fhèin.

'Yes!' dh'èigh Ruairidh is Murchadh nuair a sgèith am ball far ceann Bhruce Rioch, air oir a' bhogsa bhig, a dh'ionnsaigh glòir mun do thilg am maide-tarsainn a-mach e; agus 'Now!' nuair a chuir an òrdag mhòr aig Tom Forsyth a-staigh fear bho mu 15 slat a-mach ach gun robh an rèitire cinnteach gur ann 'dheth' a bha e fhèin nuair a bhreab e am ball.

'Mac an Deamhain,' orsa Calum le gnùsdail, a' sealltainn timcheall 'son diog a-mhàin 'son cead a thoirt do chàch na thogradh iad a ràdh nuair a thogradh iad – nach robh sinn uile nar daoine mòra? Chan fhaicinn gun do chuir a' chainnt seo Mgr Pàdraig fo uallach ann an dòigh sam bith.

'Behindtheballhewaswhenitwasplayed,' beachd Nìll òig air a' ghòl – seantans nach do thuig mise buileach gun tàinig leth-ùine is sinn air ar còmhradh mun ghèam a leudachadh beagan.

Dh'aontaich Calum ris ge-tà is thug e iomradh air tadhal glè choltach ris a fhuair Forsyth an aghaidh Hibs o chionn bliadhna no dhà – am fear a ghlèidh an gèam do Rangers air feasgar robach reothte an Easter Road – is b' fheàrr leis fhèin gun d' dh'fhan e an Glaschu.

Ma bha na *Two Ronnies* – Murchadh is Allan – mar bu trice nan daoine sunndach eirmseach 's ann a bha coltas car dubhach orra a-nochd, is gun iad cinnteach, shaoil mi, ach ciamar a b' fheàrr a chuireadh iad ris a' chruinneachadh seo. 'S dòcha gur e dràm a bha a dhìth orrra ach cha deach tè a thoirt ann is cha do thairgeadh tè na bu mhò.

Bha iad ge-tà deònach 'Kenny, Kenny! Kenny, Kenny!' a thogail le sluagh Mhendoza nuair a chaidh tadhal le Dalglish a dhiùltadh is Rijsbergen a' dèanamh cleas tuiteam; agus a-rithist, dà mhionaid an dèidh sin nuair a shlaic rionnag Celtic is Liverpool am ball gann òirlich seachad air a' phost.

'Quite an attractive city, Mendoza,' bha Mgr Pàdraig a' mìneachadh. 'Totally rebuilt after the earthquake last century and right at the heart of the best wine region in...'

'N!, No!!' ghlaodh sinne uile.

'Neverapenaltythat,' aig Niall. 'Neverever.'

'Dhia, m' anam,' aig Allan.

Bha Johnny Rep air tuiteam (no air dàibheadh) seachad air casan gòbhlach Stuart Kennedy is an turas sa 's ann fialaidh a bha an ref. Chuir Rensenbrink a-staigh gu furasta e dhan sgioba *Total Football* is b' e seo, a rèir choltais (agus Archie!) an 1,000mh tadhal san fharpais bho fhuair Lucien Laurent a' chiad fhear riamh ann an 1930.

'Chan eil cus ionndrainn air Cruyff,' orsa m' uncail. 'Nach iad a tha a' cluic gu math?'

'Le Alba a bha an gèam cuideachd,' chuir bràthair an t-sagairt na aghaidh, car, 'ach sin e deiseil a-nist.'

'Well, a bheil? Bheil e deiseil a-nist a Chaluim?' ceist shona Mhgr Pàdraig dha nuair a chaidh aig Dalglish, sa mhionaid mu dheireadh dhen leth, air ball bho Jordan on taobh chlì a stiùireadh gu h-àrd a lìon na h-Òlaind. 'Who says Dalglish isn't as good for Scotland as he is for Celtic. He's there when you need him!'

Nuair a thill muinntir an TV gus còmhradh san stiùidio, thill Ealasaid le treidhichean is poit-tì air an ullachadh às ùr. A dh'aindeoin a cuid diomb 's e Mgr Pàdraig a rinn an riarachadh gus an d' dh'iarr e ar leisgeul is a dh'èirich e a-mach às an rùm.

Chluinneamaid a ghuth blàth uidealach a' dol an treasad san trannsaidh fhalaimh.

'Seadh dìreach a Mhaighread,' thuirt e, a dhà na thrì uairean. 'Tha mi faicinn a luaidh. Tha mi tuigsinn. Is gun chràdh no sgath air fhèin?'

'Am falbh mi an-dràsta?' dh'fhaighneachd Ruairidh dheth nuair a thill e air ais a-staigh. 'S mi tha coma mu football is cuideigin air an leabaidh a-muigh sin.'

'Cha leig thu leas. Is cha leig ise leat, a Ruairidh. Tha an teaghlach uile aice an sin. Seo an t-àm dha – carson a mhilleamaid sin orra?'

Bha Ruairidh a' crathadh a chinn.

'Na seann fheadhainn an Uibhist a gheibh am bàs,' lean an sagart air mar gur ann à Tunbridge Wells a bha Ruairidh, 'bidh Dia a' dèanamh toileachadh riutha dìreach mar a rinn sinne ris a' ghòl àlainn sin aig Dalglish. Carson a rachamaide an-sàs ma-tà is am barrachd mòr cron a dhèanamh na thig às de dh'fheum?'

'Ach dh'fhaodainn...' thòisich Ruairidh.

'Iatrogenic,' orsa mise. 'An e sin am facal? Harm from medical treatment?'

Ach chuir a' bhreab-pheanais chinnteach, stòlda aig Archie Gemmill tràth san dàrna leth stad air a' chòrr còmhraidh a dh'fhaodadh a bhith ann mu adhbhar na beatha: saidheans vs creideamh.

'Nach tuirt mi riut a Chailein,' orsa Ruairidh le bòst, 'gum faigheadh Gemmill fear, agus fhuair. Ach seallaibh, seallaibh, a bhalachaibh, dè an rud tha e a' dèanamh a-nist?'

Gòl a' gheama – tadhal eadar-nàiseanta na 20mh linne: dòchas nèamhaidh air buaidh ga chosnadh le smuais a' chridhe chaoimh Albannaich; cha robh ann an sin ach ceòl truagh sa chùl dhan chluic ghràineil a bha a' gabhail àite san rùm-suidhe (a-nist mì-chofhurtail!) aig Mgr Phàdraig.

Bha am ball air a dhol a-mach às a' phàirc air taobh thall dhen Stadio San Martín nuair a thuit Ìomhair Dubh a-staigh air an doras mar dhòtam cam air truinnsear no 's dòcha gille-mirein gun sreing.

'Seo, tha mi a' faicinn,' ors esan, 'far a bheil na daoine beannaichte cruinn. Na reformed is na corrected. Aig Cuach na Cruinne – ha! Is sinne Clann Ifhrinn – 'poor banished children of Eve – clann na tè suaraich nach ainmich mi!'

'Gu leòr, Ìomhair,' fhreagair Mgr Pàdraig gu ciùin, gun mhìr feirge am follais, 'Nach suidh thu?'

'Suidh a laochain!' na chuir Calum ri toil a bhràthar.

'Suidh, suidh, suidh!' ors Ìomhair, a' feuchainn a-mach na bruidhinn Barraich na bheul fhèin. 'Suidhidh Ìomhair am measg nam Barrach beannaichte.' Chan ann dona idir a bha e gu atharrais a dh'aindeoin a theanga thiugh is an lòn smugaid – air nach amaiseadh muilichinn a chòta no eanchann làn dibhe fhathast.

Mar fhreagairt chlis dhan t-suarachas seo chuir Johnny Rep am ball a-staigh gu h-ealanta bho 30 slat. Fhuair Rough làmh ris ach b' e sin e: crìoch ghoirt – an iomlaid dhiogan – air bruadar na h-Alba is a rèir an nuallain a rinn an dà Ronnie (neo-Bharrach!) bu choltach leamsa gum b' fheàrr leotha falbh sa bhad. Lorg Mgr Pàdraig muga san dreasair san do chuir e tì fhuar dhubh dhubh is thagh e Orange Club do dh'Ìomhair; gun fhacal caomh no càineadh thug e dheth am pàipear is an tinfoil is shìn e am briosgaid dha.

'RepsthecentreforwardnowthatCruyff'sgone,' mhuthaich Niall.

'Bhiodh tusa nad chunnart nan tuigt' idir thu!' ors Ìomhair le nimh is ruith ruthadh gun truas tro ghnùis a' ghille – is gu bàrr a chluasan, a chaidh nan crimson domhainn, teth.

'A mhic na...' thòisich Ruairidh ach chuir e stad air fhèin gu grad.

'Good, kind Doctor Ruairidh would now like to comment,' thilg Ìomhair le smugaid. 'He commences in our local, common – that right, Colin? – tongue. 'A mhic na... son of the 'she' who is going to be a really bad 'she'. So bad maybe that she will be neglected, allowed just to die in front of our very eyes. She will never be invited to watch World Cup football in the comfort of the blessed Barraich.'

'Tha an t-àm againn thusa a chur dhachaigh, Ìomhair!' thuirt Mgr Pàdraig is dh'èirich e is spìon e thuige iuchraichean fo thobar beag plastaig – 'A Momento from Knock'. 'Carson a tha thu a' dèanamh seo ort fhèin is do...'

'Còmhla riumsa a thig e,' ors Ealasaid, a bha air tilleadh is a còta oirre, 'Nach tig Ìomhair?'

Rinn am madadh dranndan, is an uair sin meuran, a dh'fhaodadh a bhith air an cadal a chur air mura b' e a smachd-se 'An-dràsta fhèin! No gheibh thu dèiseag cho math ri tè do mhàthar is do thòn na cula-sgràth!'

B' fhurasta fhaicinn gun robh Ruairidh airson falbh cuideachd ach chùm modh na shuidhe e is dh'fhuirich sinn ann an cuideachd car truagh, gruamach, fad a' chòrr dhen ghèam.

'What a cheek,' orsa Murchadh.

'Abair bathais,' bho Allan.

Cha do rinn duine gàire.

Saoil, smaointich mi san leabaidh an oidhche ud, an d' rinn duine aca an ceangal èibhinn – aig àm cho dona – eadar an dà chànain? Bhithinn-sa air gàireachdaich a-nist mura b' e agus cho grod is a bha mo chuimhne air fhèin. 'S e bh' ann an Ìomhair Dubh ach drongair gun diù – na cholainn is na chainnt – is gun e fhathast 30.

'Nach ann às a bha an samh!' orsa Calum, bràthair an t-sagairt.

'Aig Dia mòr a tha brath ca' robh esan mun do land e seo,' chuir Mgr Pàdraig ris. 'A' siubhal nan seachd sitigean deug, tha fhios. Codhiù tha mi toilichte gun tàinig e – tha fhios againn mar sin gu bheil e sàbhailte. Tha Jane is a' chlann ud...' thòisich e, mar gun robh e dol a dh'innse sgeulachd fhada iomlan ach cha tuirt e an còrr ach, 'So 3-2 the final score. Scotland played well. Gòl math math a bha siud,' chuir e ris an guth beagan na bu togarraiche is am BBC a' sealltainn gnìomh mìorbhailteach Archie Gemmill a-rithist.

'Agus am fear ud,' orsa Ruairidh, nuair a rot an t-saighead chiùin chràidhteach aig Johnnie Rep a-staigh on làimh dheis. 'Bu chòir dhuinne ur fàgail aig fois, Athair,' thuirt e an uair sin an dòigh rudeigin foirmeil. ''S ann againn a bha am feasgar laghach ma-tà is tapadh leibhse gu dearbha.'

'Tha am fòn a-muigh a sin,' ors an sagart is e a' tuigsinn gur dòcha gum feumadh Ruairidh innse dhan ospadal gun robh e an dùil gluasad. Shaoil mi cuideachd, a-rithist, gum biodh fios glè mhath air a bhith aige cò an taigh dhan robh sinn a' dol is ged a gheibheadh e an àireamh gu furasta dhuinn los gum fònadh Ruairidh thucasan cuideachd, cha tuirt e sgath.

Shuidh sinn san MG aig Ruairidh aig ceann an rathaid chaoil suas dhan taigh bheag gheal aig pàrantan Maighrid an Taobh a Deas Loch Bhaghasdail. Bha mi an impis leum às a' chàr 'son an geata fhosgladh.

'Fan mionaid a Chailein,' ors esan, 'Na thuirt Ìomhair; na Barraich Bheannaichte. Bha duilgheadasan aig Mgr Pàdraig ann an Dùn Omhainn, rudan pearsanta. Chuidich an deoch leis a' phian. Tha e uabhasach math a-nist. Brand New Big Man!' Leig a' chainnt 'Glesga' ud leam gàire beag a dhèanamh is co-fhaireachdainn a shealltainn dha. Bha an t-uisge, a thòisich na smugraich, a-nist a' starrabanaich air canabhas a' mhullaich – fear math ceart a dh'fhosgladh a-mach ach a bha a-nochd dùinte, teann, is sinne fo a dhìon.

'Agus dhòmhsa dheth,' lean e air, 'chan e boireannach furasta a bha am màthair Ìomhair. Bhiodh a h-adhbharan fhèin aice airson sin tha mi cinnteach. Chan fhiosrach le duine an dàrna leth dhe na bhios a' tachairt air cùl dhorsan – an seo no sna taighean as fheàrr an Duns no an Dùn Èideann. Shaoil mi gum b' fheàirrde tu beagan dhen a sin fhoghlam an seo a Chailein – ge b' e dè nì thu led bheatha air a' cheann mu dheireadh.

Mar a chunnaic thu cha bhi am buamastair ud a' cleith mòran ach 's e tè a bha na mhàthair a chumadh cus na broinn agus chuir sin casg air deagh chòmhradh; còmhradh sam bith cha mhòr a dhèanadh feum.'

Thàinig dris orm is dhùin mi mo sheacaid suas gum smiogaid; cuideachd gheibhinn àileadh ar an-analach na bu treasa san àite chumhang.

'Feumaidh gur e an dàrna samhradh an dèidh dhi Càirinis fhàgail a bh' ann; an duine aice san ùir o chionn fhada ged as coltaich nach robh e idir laghach rithe no ris a' chloinn. 'S i Jane fhèin a dh'iarr oirre tighinn suas ann a sheo, tha fhios a'm air a sin.' Thionndaidh Ruairidh is sheall e orm an dòigh car neònach is leig e le a shùilean fantail an sin diog no dhà na b' fhaide. Dh'fheumadh a ghuth strì an aghaidh nan siantan. 'Nochd i ann an *Cnoc Fraoich* agus i a' cumail a-mach gun e pleurisy a bh' oirre a-rithist ach dhiùlt i a lèine fhosgladh. Antibiotics a bha a dhìth oirre, sin uile – an fheadhainn a fhuair i sia miosan roimhe sin. Bha Bill air èisteachd ri a com agus air a h-uile rud riatanach eile a dhèanamh.'

B' ann air m' uncail a-nist a thàinig a' chrith. Rinn mise mi fhìn deiseil airson a cho-dhùnaidh. Chan e fear cleas *Dr Finlay's Casebook* a bhiodh ann idir, bha mi an amharas, ach fear bho shaoghal aondranach fìor nan dotairean dùthchail.

'Dh'eug i an oidhche sin. PE mòr sgriosail a thug bhuaipe an deò.' A-rithist dh'iarr m' aodann gun eòlas tuilleadh bhuaithe ann an solas fann a' chàir. 'Stob cnap-fala na sgamhan, a Chailein. Fear a chaidh suas ann, tha fhios, bho a calpa no a sliasaid. Bha na twins aig Ìomhair is Jane gu bhith air am baisteadh aig deireadh na seachdain sin – 's ann a bha e sgriosail dìreach. Neo-ar-thaing nach robh Eric tacsail ge-tà agus làn comhairle feumail dhomh ach... well, tha fhios agad a-nist.'

'Am fosgail mi an geata ma-thà?'

''S e sin a' cheist agus a' chrois 'ille. Cha deach iarraidh ormsa riamh a dhol a choimhead air an duine seo.'

'Ach ma tha e gu math bochd, 's cinnteach gum feum sibh – gum faod sibh...?'

'Faodaidh mi tadhal a Chailein, ach am feum mi tighinn eadar nàdar is fear a tha gus a bhith 80? Is mura feum leis-san, a bheil aois ann, ma-thà, aig am feum – 75, 70, 65, 55? – nuair a tha dleastanas ormsa a dhol an sàs gun chuireadh? Nuair a bhiodh e buileach ceàrr leigeil le duine bàsachadh?'

Thàinig an càr aig Mgr Pàdraig gu stad air ar cùlaibh is dh'èirich e a-mach às is a-nall thugainne. 'Bidh iad toilichte d' fhaicinn a-nist,' dhearbh e do Ruairidh. 'Ur faicinn,' cheartaich e e fhèin gam leigeil-sa a-staigh dhan chùis.

Agus 's iad a bha sin. 'S ann ler làn-toil a fhreagair mi fhìn 's m' uncail leadain an t-sagairt an dèidh dha Sàcramaid na h-Ola Deireannaich a thoirt do dh'athair a' bhean-taighe brònaich agus fhreagair esan ar modh gun bhàsachadh mun robh iad ullamh.

'S e cupa tì eile – gun dad na bu treasa air a chur innte – a ghabh sinn leis a' bhanntraich bhochd, is corp a cèile fhathast blàth, mun do dh'iarr an nàbaidh a b' fhaisge (le fòn) air Ruairidh falbh gu pàiste an Gearraidh Sheile air an robh fiabhras.

'Chan fhada,' orsa mise ris, 'gum bi fònaichean againn uile nar pòcaidean – coltach ri *Star Trek* – is gheibhear grèim oirnn an àite sam bith aig àm sam bith dhen latha.'

'Bidh job aca an-seo a laochain,' ors esan, a' coimhead a-null taobh Easabhail, san t-sìde fhiadhaich seo gann seachdain on latha as fhaide dhen bhliadhna. 'Chanainn gun tèid againn air falach an Uibhist fad iomadh bliadhna ri thighinn – mas e sin a tha sinn airson a dhèanamh!'

'S e falach an dearbh rud a bha mise airson a dhèanamh – ged nach biodh e buileach fèir air fhèin – ach ann am blàths is an sàbhailteachd mo theaghlaich fhìn. Cha ghabhadh sin dèanamh an Grianaig airson greis ach nach fhaodainn pàirt dheth fhaighinn lem mhàthair am Barraigh? 'S ann aig 6.30m a dh'fhàgadh an t-aiseag Loch Baghasdail – fada ro thràth! Bhiodh Dan a' Phosta a' feitheamh le gàire air aodann aig cidhe beag na Lùdaig aig 9.15, deiseil gu a sgoth a stiùireadh air ais a dh'Eòlaigearraidh airson a bhreacaist.

'S e a bhitheadh cuideachd oir bha Dan is *A' Mhaighdeann-Mhara* nan sgioba glè thapaidh: mura b' e is gun deach tuil na h-oidhche raoir na gèile neart a-naoi. Cha do sheòl aon bhàta an latha sin ach an *Isle of Arran* – a fhuair cuidhteas a luchd tinn an Ìle an dèidh deich uairean a thìde de 'dhibhearsain' ann am 'brìosaig', mar a dh'inns an sgiobair do dh'Iain Stiùbhart air an rèidio.

10

ANN AN TÌR tric fo dhraoidheachd, 's e grian charthannach a chòmhdaich an rathad caol ciùin a-mach dhan Lùdaig, madainn Dimàirt – ach le fianais am pailteas sna lòin is sna lochain air na dhòirt an-dè! Bha soilleireachd fhallain ùr air tighinn dhan èadhar cuideachd a dh'fhàg dreach na bu bhòidhche air an dùthaich timcheall is neart a cuid dhathan na bu treasa. Cho fad 's a dhèanainn fhìn a-mach 's ann slàn, gun leòn, a bha bàrr nan taighean agus 's e glè bheag call de sheòrsa sam bith eile a bha mun chòrr dhiubh. Mar sin, an robh an t-eilean seo air faighinn às gun bheum bhon stoirm samhraidh seo? Is ma bha, dè, saoil, a bha fa-near dhi, a bharrachd air a bhith a' cluic leinn is a' sealltainn cò aige a bha làmh-an-uachdair air cò?

Thug Ruairidh suas a Dhalabrog mi is chuir e air dòigh lioft chun a' bhàta le saor sgeigeil a bhiodh air choinneimh dà Uibhisteach eile far a' chiad tè gu tuath; bha Coinneach a-nist pòsta am Barraigh, fhad 's a bha a nàbaidh à Stadhlaigearraidh, Roddy, air a bhith thall airson an deireadh-sheachdain – fear fada.

'Might have had to drown their sorrows for Ally,' ors an gafair – bha mi fhathast gun ainm fhaighinn – 'ach mura bi an dithist Schottlander ghoirt sin air a' chidhe an ceann fichead mionaid, thèid mise a-null gam bàthadh dhaibh.' Chreidinn sin air! 'Fhuair àsan,' ghearain e 'an 'Holiday Monday' nach d' fhuair sinne, san t-sìde ud! Loads on the now; new Army accommodation, and the rest. Chan urrainn dhòmhsa a bhith a' call dhaoine fad làithean, leth-làithean even. Ach chan eil am paidhir seo dona, canaidh mi sin mun deidhinn; rud nach canainn mu gu leòr dhiubh. 'Buachailleachd, an tuirt thu? Cuipeadh a tha dhìth!'

Leig mi fhaicinn dha gun robh tuigse agam air gnothach-obrach sna h-eileanan – na h-ainglean is na diabhail – cuid a' nochdadh mar a ghealladh iad, cuid air an dearg chaochladh. Agus dh'aontaich mi ris gun robh iadsan a dh'èireadh tràth dà latha an dèidh gèam mòr ball-coise 'son bocadaich a-nall air sgoth bhig airidh air moladh.

Ghabh na gillean dudar-leum a-mach air sliop na Lùdaig is coltas gu math fut orra le chèile nan donkey-jackets is nan Doc Martens – am bogsaichean glana meatailte a cheart cho cunbhalach. Rug iad air làimh orm fhad 's a bha mi a' feitheamh a dhol air bòrd.

'Theab sinn fuireach airson a' chonsairt an-ath-oidhche,' orsa Coinneach a' tionndadh *ris fhèin* agus a' tarraing às – oidhche Chiadain, a Dhòmhnaill Iain, cho mòr is a chì Barraigh 'son greis!'

'Gheibheamaid air ais air a shon no bother,' fhreagair a charaid, 'ma ghnogas sinn dheth ann an àm am Baile Mhanaich.'

'Droch theans' ma-thà!' a fhuaras is a chualas mun do leum an dithist a-staigh dhan bhan Vauxhall 'ghrinn, dhonn, sgiobalta' aig DJ MacPhee & Co.

Le tacsa air mo ghàirdean on fhear a bha còmhla ri Dan a' Phosta ghabh mi ceum car mòr sìos am broinn a' bhàta is a-mach leam an uair sin dhan deireadh chumhang is dhan ghrèin – a blàths uimhir ris a' ghaoith bhon einnsean put-pat-put-pat aige. Bha còignear eile nan suidhe innte, nam measg dithist Chanadianach le rucksacks is boireannach, Ceitidh – air an robh ceann geal geal ach gnùis òg – a bhiodh, shaoil mi, mun an leth-cheud. Bha na balaich air a bhith a' bruidhinn rithe mun deach iad air bòrd is mar sin thug sin saorsa dhòmhsa. Dh'fhaodainn suidhe is leigeil lem ghruaig a bhith air a sèideadh om ghuailnean suas gu m' aodann is èisteachd a dhèanamh mar a thograinn.

Air mo làimh chlì chithinn teaghlach mòr de ròin nan sìneadh gam blianadh fhèin air bàrr creige seachad air Lingeidh, is gun choltas cùram an t-saoghail orra. Air sealgairean no reubairean-bèine cha robh sgeul; cuileanan na bliadhn'-uiridh uile air chomas snàmh an àm do nàmhaid teachd.

'S ann càirdeach dha chèile a bha na gillean cuideachd – mic pheathraichean às Eilean na Nollaig – is Barraich sna daoine aca bho thùs. 'Niall a' Ghreusaiche and The Fìdhlear Bòdhach,' dh'inns iad do Cheitidh. 'Yes, yes, good for you!' ors ise le aoigh bhlàth fhosgailte is dh'fhaighneachd i dhiubh an robh iad air a bhith a' leantail a' World Cup bho dh'fhàg iad Ceap Breatainn. Cha robh. An uair sin dh'inns i dhaibh mun chonsairt am Bàgh a' Chaisteil an-ath-oidhche. 'S ann acasan a bha fios glè mhath air a sin cheana leis gur e 'huge Runrig fans' a bh' annta. Rinn Ceitidh gàire còir, aoibhneach, ris an seo is thug i deagh chunntas dhaibh air far an robh an taigh aice is iad a thadhal oirre nam biodh iad idir faisg. Ann an 1851 chaidh cuid dhe a sinnsearan fhèin a thilgeil air an *Admiral* – a sheòl le còrr air 400 Barrach on dachaighean briste a Chanada. Quebec an toiseach – 'in October and most of them destitute' – ach bha an fheadhainn aicese air leantail na h-aibhne suas gu Hamilton, Ontario. Ghabh mi iongnadh ach an e seo na teaghlaichean a chaidh a ruagadh às Buaile nam Bodach is chuir mi romham sin fhaighneachd de Mham.

An dearbh thè a chithinn-sa cho soilleir a-nist is i na seasamh dìreach os cionn cidhe Eòlaigearraidh ann an dreasa aotrom le pàtaran air agus cardaigean geal. Cha robh teagamh agam nach tug na trì seachdainean mu dheireadh a-staigh dhan t-samhradh sinn, a rèir na sìde – san fharsaingeachd! – ach cuideachd, shaoil mi, a thaobh dòighean dhaoine. Air neo, ma dh'fhaoidte gur e an teicheadh beag seo bho structaran teanna m' uncail a dhùisg mo mhuthachadh air saoghal na bu leathainne.

Mun do bhodraig i fiù 's air fàilte a chur air a gille gràdhach, sgreuch Màiri Iagain Mhòir is ghabh i – le a làmhan sraointe a-mach – do Cheitidh, nach fhaca i a rèir choltais fad ùine. Dhearbh mar a bhiodh ise a' sìor thionndadh mun cuairt an taobh a bha mise, is an gloc-gàire a bh' oirre, gun robh i a-nist a' tuigsinn cò dìreach a bha air a bhith na shuidhe ri a taobh air aiseag Dan a' Phosta.

'Is nach e tha coltach ri Anndra agaibhse a Mhàiri,' dh'èigh i, 'so like your uncle Andrew. I should have recognised you straight away, Colin, though I never got a good look at your face with all that hair blowing around.'

''S fheàrr,' orsa mise, a' gabhail brath 's dòcha air cothrom nam boireannach, 'a bhith dhìth a' chinn na dhìth an fhasain!'

Gu firinneach, thuit smiogaid Ceitidh bho a beul is chuir seo beagan de nàire air mo mhàthair.

'Tha e air a bhith ag obair còmhla ri Ruairidh, m' eudail. Bidh Gàidhlig thiugh Uibhisteach aige mun tig July. Is bidh a h-uile *sìon* glè mhath dìreach,' ors ise, a' cur oirre guth car math.

'Mura bi iad *sgràthail*!' aig Ceitidh dhi sa bhad. 'You're doing very well, Colin. Cùm a' dol e.'

'Bha sinn daonnan còmhla nar cloinn,' dh'inns Mam dhomh, a' cur a làimhe trom ghàirdean-sa. ''S fhada an t-saoghail mhòir o nach fhaca mi i. Shìos an Sasainn a tha iad; mu Hull. Fhuair an duine aice an taigh am Brèibhig. Caith do bhaga ann a sheo an-dràsta a luaidh,' ors ise is sinn air Chrysler falamh a ruighinn air cùl nan taighean-beaga. An uair sin, le sùil aithghearr air an adhar is air an dìreadh romhainn, dh'inns i dhomh gur ann a' coiseachd a thaigh a peathar, Raghnaid, a bhiomaid.

Bha mo mhàthair air iarraidh air nàbaidh dhaibh, Iain Sheumais Iain, nuair a dh'fhàg e shìos i, mo bhaga a thoirt thugam an ceann mu uair an uaireadair air a rathad dhachaigh bho na faochagan. Rim chuimhne-sa cha robh mi riamh air cuairt mar seo a ghabhail le Mam ann am Barraigh, fiù 's air tràigh, ged a bha sin car doirbh a chreidsinn. Oir 's cinnteach, gun dràibheadh aice fhèin, gum biomaid air beagan coiseachd a dhèanamh – mar a b' fheudar daonnan na h-òige-se; ach glè thric bhiodh càr aig cuideigin faisg.

'S ann gun strì a riaraich sinne naidheachdan a-null is a-nall air a chèile fad na slighe – mu mhìle gu leth – gu ruige na croite a riaraich an 'Department' air mo shin-sheanair ann an 1919; bha Calum mac Anndra air a bhith na choitear am Bruairnis. Chan eil fhios nach b' e sin bu choireach ri meas Ruairidh air Professor Boyd?

Dh'inns i dhomh gun do phòs tè on bhun-sgoil – seann ghirlfriend, bhite ag obair ormsa tric – is i eireachdail ach ro òg am barail Mary Quinn. Bu choltach gun do nochd grunn mhàthraichean *All Saints* on diugh is on dè mun eaglais 'son Anne agus an duine fhaicinn is gun do sguab rosad seòlta leis an scramble gu lèir cha mhòr – na phoca plastaig – fhad 's a rinn na neochoirich bheaga rùrach gun fheum air an glùinean.

'S ann a bha Dad am fìor dheagh shunnd, a rèir coltais, is a' sìor fhàs mòr mun World Cup ged nach biodh an còrr tuilleadh bho Alba ann. Shaoil leis-san gur i a' Ghearmailt a bha a' dol ga fhaighinn a-rithist; agus bha Celia is Flora sa Ghrèig.

'Dè!' dh'èigh mi. 'Ciamar?'

'Air plèan – le na *Paisley Buddies*. Travel-club a th' ann a...'

Rinn an dùdach àrd o bhan-ghrocery Dhorchain an sgeul seo a mhùchadh, ach 's mi bha toilichte gun robh mo pheathraichean a' cur an aghaidh air saoghal na bu leathainne cuideachd.

'Chan eil guth aig tè aca sin air pòsadh, a bheil?'

'Cha chuala mi sgath,' aig Mam, 'mura toir iad fear dubh, an t-aon, dhachaigh leotha.'

Mo nàire! smaoinich mi, ach ann an sùilean mo mhàthar-sa 's ann dhen aon dath is cinneadh a bha na Grèigich, Feadailtich, Innseanaich is Afraganaich uile. Na dheaghaidh sin, ma bha iad maiseach, coibhneil agus deònach gaol a thoirt dha na h-ìgheanan aice, ghabhadh ise riutha gun dragh sam bith. Nach do thagh ise fear bho thaobh a-muigh a cultair fhèin, ged as ann geal is Albannach a bha e – agus na Chaitligeach?

Ge-tà cha robh esan, m' athair, a dh'fhairich cuid dhe na thàinig às ùr air modhan is air craic nam busaichean, leth cho fosgailte; fiù 's san t-seachdain shona sin ron Nollaig sa chaidh.

'Gee wan o rame a chance, Pet, an' afore ye know it the whole femily's there pushin you oot the road. They're made-up wi a sixty-five pun' wage that wilnae buy holf whit it bought five year ago!'

'A telt ye, Dad, ave no intention o "winchin a wog" it ma Christmas Party,' bha Flora air a fhreagairt. 'And to bring the conversàtion back to where it all started, did your great-grandfather's family no come over here fae Donegal en masse?'

'At wis different, pet,' thill esan. 'There wis a potato famine – people destitute. A navvy wis a lucky man – he could eat!

'Listenin tae him you'd hink there wereny famines in every second country in Africa.' Chuala mi a guth eangarra ag ràdh ri Celia, na b' fhaide dhen fheasgar, is an dithist aca a' feuchainn orra tank-tops càch a chèile is a' cur suas an gruaig airson na dancin'. 'Is at stockin' line straight noo?'

"Is dè an cor a th' airsan?' dh'fhaighneachd mo mhàthair, nuair a dh'fhàg a piuthar òg – aig an robh tì is pancakes ùra deiseil romhainn air bòrd snog – a cidsin prìseil againne.

'Cò, Ruairidh?'

'Seadh. Cò eile?'

'He's...' stad mi. 'Tha deagh chor. Trang, tha fhios agad. Cha bhi e ag ràdh mòran mu... ach 's cinnteach gu bheil e ga h-ionndrainn-se. Cho math ri a bhith na dlùth-chompanach agus na deagh mhàthair do Chlaire is Iona, thuigeadh Aunt Emily uallach na dotaireachd nach tuigeadh? An do ghabh i riamh aithreachas nach do thill i thuice?

'Chan eil mi cinnteach a Chailein.' ors ise. 'Ma ghabh, cha chuala mi i fhèin no Ruairidh ga ràdh.'

'Cha bhiodh ise a' dol a dh'Uibhist leis?'

'Uair ainneamh ach...'

'Daonnan an sin ann an Duns nuair a thilleadh e.'

Ghnog mo mhàthair a ceann is chithinn na snuadh gun robh e a' còrdadh rithe mise a bhith a' sealltainn co-fhaireacheadh na bu doimhne ri suidheachadh m' uncail. 'Cha robh mi ach ri *fun* ort an sin le Ceitidh,' ors ise. 'Cluinnidh mi cho math 's a tha a' Ghàidhlig agad an dèidh fàs a Chailein. Cha d' fhuair thu fhèin cliog an Uibhist fhathast?'

'Nope,' orsa mise, a' dol ro-ruadh sa bhus, is an uair sin, gun chuireadh, rinn aodann Jane Dhòmhnallaich – nach robh brèagha ach a bha le tarraing làidir ann, gu h-àraid mu na sùilean cruinne ud – sgrùdadh ormsa ann an sin fhèin, an taigh m' Antaidh Raghnaid am Barraigh. Agus chuireadh na bha a' dùsgadh annamsa an-dràsta fhèin an neònachas seo a sheachd-mhiosad; ach an uair sin chasg na dathan goirte mu a sùil chlì – a chunnaic m' uncail sa bhad – mo chruadhachadh.

'Bheil e a' reacòrdadh mòran?' dh'fhaighneachd mo mhàthair – gun fhios no muthachadh aice air sgath, bha mi an dòchas.

'Bits and pieces. It's been...' thòisich mi. ''S ann a tha mise a-nist an tòir air seanchaidh mòr dha. Bodach snog ann an taigh-tughaidh – Alasdair mac Sheumais Bhig – tha teans gu bheil saoghal-bràth de sgeulachdan aige. Am biodh sibhse a' cluinntinn sgath mu Fhionn MacCumhaill 's na daoine sin, a' fàs suas ann a' sheo?'

'Leabhra bhitheadh,' ors ise.

'Dè an fheadhainn air a bheil cuimhne agaibh?'

'Chan eil,' ors ise, 'air gin! Is dè mu leabhraichean a' university a Chailein ?'

'Making steady progress, Mrs Quinn,' dhearbh mi dhi. 'At the risk of seeming over-confident, I really don't expect young Colin to encounter any insurmountable hurdles in the autumn.'

''S math sin a chluinntinn,' ors ise le gàire, mo leòm mas-fhiòr a' tighinn rithe ged nach b' urrainn dhìse pàirt a ghabhail ann i fhèin.

'Bhuail mi fear no dhà eile dhan pharsail ud dhut,' thuirt i an uair sin.

'Tha fhios a'm,' fhreagair mi ann an guth cinnteach. 'Tha na *Seann Sgeòil Cheilteach* fuathasach math.'

''N St Andrews a fhuair Ruairidh am fear sin, cha chreid mi.'

Dh'aontaich mi gur ann, oir bha mi air a dhol tro na cairtean caola a bh' aige glèidhte 'son a dhuilleag a chumail: pìosan de bhallrachd Med Soc is An Comann Libearalach agus aon phàipear Physiology am measg eile. Cha tuirt mi guth rithe mun leabhar ùr – *Thinking of Being a Doctor?* – is cha tuirt na ise a bharrachd. Cha b' e seo an t-àm no an t-àite.

'Thug e fear nan stòiridhean dhachaigh ann a sheo,' lean mo mhàthair oirre, 'ach cha robh de dh'fhoighidinn aig a' bhodach a leughadh, ged a ghlèidh e gu snog air an sgeilf e. Thàinig mi tarsainn air nuair a bha sinn a' cartadh an taighe an dèidh bàs Granaidh. Bha e riamh nam inntinn a thoirt air ais do Ruairidh.'

'Nì mise dhuibh e,' gheall mi, 'an dèidh dhomh crìoch a chur air. Tha mi a' faotainn a' Ghàidhlig ann car domhainn ge-tà ach tha i math agus math dhomh.'

''S ann a tha thu a' faotainn *na* Gàidhlig domhainn ann,' cheartaich i mi agus rinn i giogail, 'beagan fhathast as urrainn dhan chaillich seo ionnsachadh dhut a Chailein.'

'Nach tuirt sibh fhèin e!' dh'aontaich mi, 'ach bliadhnachan mum bi sibhse nur cailleach.'

Cha bhiodh Mam leth-cheud gu February 1980 ach chithinn ann an cidsin fìor-ghlan a peathar – guirmead fhèin an adhair, na mara is an tanalaich ri boillsgeadh – gun robh feairtean na h-aoise, dha nach tug mi an aire an Grianaig, oirre: gach cuimhneachan àraid agam air Barraigh daonnan le màthair na b' òige, ge brith dè cho sean agus a dh'fhàs a cuid cloinne.

'Agus seo agad Cailean,' dh'inns Raghnaid do dh'Iain Sheumais Iain ann an guth mòr, is coltas airsan gun robh e air a dhòigh glan an cothrom fhaighinn mo bhaga – nach robh idir trom – a thoirt thugam is cèilidh a dhèanamh air an dà phiuthair.

Bha Raghnaid air an duine aice a chall òg, nuair nach robh an aon phàiste, Aonghas, ach 11. Riamh na fhear nach iarradh a bhith fada on taigh – is e na thaic mhòr dhìse – bha Aonghas a-nist ag iasgach à-mach à Mallaig. 'S ann air bàta còmhla ri sguad Bharrach a bha e agus, a rèir na chuala mi a-rithist, cha robh a nàdar leth cho greannach a-nist. Chitheadh a h-uile duine gun robh Raghnaid a' bristeadh a cridhe ga ionndrainn is gun i idir cinnteach an robh mac a bràthar – mo chousin eile, Seonaidh sona – a' freastal chùisean, gu h-àraid a' chruidh, mar bu chòir.

'Cha d' rinn na daoine a thàinig romhainne an t-strì mhòr ud oir 's gum biodh feadhainn an latha an-diugh coma cò aca!'

'Times they are a-changing,' na thug mo mhàthair dhi agus theab i a sheinn – rud fìor annasach a chòrd ri Iain Sheumais Iain is a chuir bus air a piuthair. 'Duilich a Raghnaid.' ors ise an uair sin ga cur fhèin air dòigh is a' càradh a h-aodainn. 'But they are, tha fhios agad. Tha feadhainn òga an-diugh a' coimhead airson...'

'Career?' thairg Iain.

'Sin agus...'

'A bhith saor,' chuir Raghnaid ris. 'S e dìreach gu bheil mi used ri dòigh Aonghais: a h-uile sgath cho ceart aige, is nuair nach bi, bidh cùram orm.'

'Bidh esan air ais,' beachd a nàbaidh chòir. 'Cuiridh Clann An t-Siopsaidh craicte e air a' bhàta sin – leis cho riaslach 's a tha iad.'

'Ma leigeas *i siud* leis!' fhreagair Raghnaid a' dearbhadh an rud bu phrionnsapalaiche 's dòcha a bha a' cur 'cùram' oirrese mu staid a h-aona-ghin-mic.

Leag mo mhàthair sùil ormsa san robh tuilleadh cheistean mun ghaol. An robh mi a' falach sgath oirre? An do dh'fhairtlich e orm na deuchainnean a ghabhail air tàillimh suidheachadh air choreigin on d' ruith mi? An e a' bheul-aithris, mar sin, mo dhòigh air sin a chur air dìochuimhne seach feum sam bith a bh' agam air cumail a-staigh air Ruairidh?

'Smaoinich mise aig aon àm gum feuchadh tusa a bhith nad shagart, a Chailein,' orsa Raghnaid mar gum b' urrainn dhi fios fhaotainn air na bha nam inntinn.

'He's not like that,' fhreagair mo mhàthair gu grad. ''S ann a tha e ga chumail fhèin airson na tè cheart. Eadar Ruairidh is a bhith a' cèilidh air a' bhodach, cha bhi e a' faighinn faisg air girlfriends, tha fhios.'

Airson an dàrna uair an latha ud, 's i an tè cheàrr – Jane bheag phòsta – a nochd. Chan fhaicinn ach on chùlaibh i agus i na crùban a' cur gleans air brògan ìomhair – an fheadhainn thacaideach aice fhèin air cnàmh is am barraill nan giobagan.

'Better be making a move,' ors Iain Sheumais. 'Mum blàthaich na faochagan. Feuch gun tadhail thu a-nist a Chailein – inns dhuinn cò ris a tha Uibhist coltach. Tha tè càirdeach dhomh pòst' an Solas – ach 's ann a tha sin sa cheann a tuath – tha mi still gun a dhol null a choimhead oirre. Bidh i tric a-bhos ge-tà – meas mòr aca air Barraigh air fad, clann Lisa, ach 's i an aon duine aca a tha air fhàgail an Alba mar a thachair.'

'Thugainn,' orsa Mam ag èirigh le cabhaig. 'Cuiridh sinn mac Sheumais Iain chun a' gheata. Fàg na soithichean a tha sin a Raghnaid. Bheiridh sinne sùil air an sprèidh dhut.'

'N e an duine ceàrr a bha air a bhith ann an Iain Sheumais dham mhàthair, smaoinich mi? No an duine ceart aig an àm cheàrr? Cha robh mi riamh air beachd a ghabhail air a leithid. Ach chithinn is thuiginn a-nist gun robh uair ann nuair a bha an dithist aca na bu dlùithe dha chèile na bhios deagh nàbaidhean.

'Cille Bharra!' dh'òrdaich Màiri Iagain Mhòir – an tè a bh' ann – air a stairsnich fhèin. 'Dad's favourite tourist spot. Cò chanas nach sil i fad a' chòrr dhen ùine a tha thu an seo. Cuin a tha thu a' falbh co-dhiù?'

'Cha do rinn mi ach tighinn!'

Choisinn seo gàire na bu motha is na b' shaoirsneile is sinn a' gabhail ar ceum còmhla a-mach an rathad. Lean sinn oirnne seachad air cridhe an tuathanais a bha uair cho trang – Taigh Mòr Eòlaigearraidh leagte gu buileach a-nist is Eaglais an Naoimh Vincent am fasgadh nam ballaichan àrda o bu chuimhneach leamsa.

Ràinig sinn an geata a-staigh gu cladh nam meadhan-aoisean. 'S fhada bho nach robh mi air fheadh – is gun mi riamh air a bhith aig tòrradh air an eilean.

An dèidh dhuinn cuairt nar tost a chur air an àrainn bhrèagha

shòlamaichte stad sinn aig dà leac fìor shean nan laighe faisg air tobhta na prìomh eaglaise.
 Choisich mo mhàthair a-null gu tè dhiubh. 'Gàirdean a tha sin snaight' oirre, a Chailein, nach e?' rinn i cinnteach, 'Cha tug mi leam na glainneachan. Bhiodh iad ag ràdh gur ann às Eilean Ì a tharraingeadh a' chlach.'
 'Is dè dh'fhàg na daoine sin ann a sheo co-dhiù?' dh'fhaighneachd mi dhith.
 'An cairdeas dhan Chief, tha fhios. Ge b' e dè bha siud no cò bhiodh annta – MacNeils ge-tà, feumaidh gur e,' orsa tè mhoiteil a' chionnan chinnidh. 'Gheibh duine sam bith ann a-nist,' chuir i ris an guth eirmseach.
 Rinn sinn an uair sin air Caibeal Naoimh Màiri aig taobh tuath na Cille san robh tuilleadh dhiubh tiodhlaichte: fo dhà chloich mhòir shìos ron altair agus cuimhneachain air a' bhalla thall air feadhainn a dh'eug na b' fhaisg air ar latha fhìn.
 'Thathar a' bruidhinn,' ors ise, 'air mullach a chur air a' chaibeal seo agus a dhèanamh suas. Co-dhiù thilleas muinntir Dhùn Èideann *Rune Stone* an Lochlannaich thùrsaich an uair sin, chan eil fhios agamsa.
 'Cò an Lochlannach?
 "Steiner,' fhreagair ise, 'an t-athair leònte a rinn cinnteach gun deach a cur suas'. "After Thorgerth, Steiner's daughter, this cross was raised", sin brìgh nan symbols air a cùl.'
 Mun do dh'fhàg sinn an togalach, chaidh Mam air a dà ghlùin is theann i air a h-ùrnaigh a chur suas.
 '"Oh, God, who chose thy glorious servant Finbarr, from out of his mother's womb, and by the ministration of angels..." Cha chuala mi riamh an tè ud sa Ghàidhlig,' ors ise an dèidh dhi comharra na croise a chur oirre fhèin is èirigh. 'Dh'ionnsaich seann Chanon Healy dhuinn i. A rèir aithris, bha toil aig an rìgh màthair Finbarr a losgadh gu bàs – is i trom gun phòsadh – ach chuir am fear beag stad air a' phlàna sin, o bhroinn a' bhoireannaich! The rest is history, mar a chanas iad.'
 Chuala mi guth a bràthar, Ruairidh, sa bhad agus cho eagalach coltach ri chèile is a bha iad.
 'Agus an e an aon sagart a dh'inns dhuibh mu Steiner is a chlach?' dh'fhaighneachd mi dhith is sinn air ais air an rathad. 'Chan e gu dearbha,' ors ise, 'ach professor a thachair rium Dihaoine sa chaidh air a' chladach. Cha leigeadh an duine leam falbh gus an do sgrìobh e an rud sìos dhomh.'
 Thadhail sinn air teaghlach bràthar eile dhi, Anndra, air ar slighe

èasgaidh air ais mu Dhùn Sgurabhal: na h-eileanan beaga a-mach bho Rubha Mhìcheil: Fuidheigh, Flodaigh, Healasaigh is Gioghaigh mar chlacha-ceuma nam fuamhairean a-null a dh'Èirisgeidh. Bha coltas orra nan laighe ann an sin gun deach an càradh le cùram is an uair sin an trèigsinn.

Bha an cousin a b' fheàrr leam, Seonaidh, air ruith dhachaigh a dh'iarraidh tool sònraichte oir stad an tractar is làn-trèileir aige ga shlaodadh air a chùl. Mura rachadh na bha ceàrr air a chur air dòigh an-ceartuair 'cha bhi am bodach ach greannach – as deaghaidh sioft dustach, teth, san fhactoraidh,' thuirt e.

Bha m' uncail-sa, Anndra Iagain Mhòir, ag obair pìos beag seachad air a' phort-adhair, ann an *Suidheachan*, a' pronnadh shrùban aig *Barra Harl* – companaidh às Cumbria. 'S dòcha nach b' e seo buileach rùn Chompton MhicCoinnich nuair a chaidh an leabharlann is a bhòrd-bhilliards a chur a-staigh dha sna 30an ach bha taigh cliùiteach a' mhùirn a-nist a' toirt obair, an àm ganntais, dha na daoine. Chunna mi dìtheanan ùra dathte aig uaigh shìmplidh an sgrìobhadair is sinn an impis an cladh fhàgail. Thug mi an aire cuideachd do ghealagan-làir mu chloich Enrico Munzio, fear a chailleadh 'Per la Patria' an 1940; chuir U-boat Gearmailteach an *Arandora Star* fodha is i a' seòladh a Chanada làn 'phrìosanach' Eadailteach. Ach 's ann do Bharraigh chaomh a thagh an cuan caochlaideach a chorp, fliuch, fuar a thabhairt seach a ghaorradh dhan ghrunnd gun iochd. Thàinig e a-staigh orm 'son na ciad uair gur dòcha gum biodh an seinneadair opera seo, a rinn a dhachaigh an Lunnainn, air còrdadh ri MacCoinnich an tìr nam beò.

'Am faca sibh am feudail aice?' dh'fhaighneachd Seonaidh dhem mhàthair, a' ciallachadh crodh m' Antaidh Raghnaid.

'Dearbha fhèine!' ors ise – chunnaic an dithist againn iad – "'s ann a tha iad...'

'Cho fallain, gleansach, trom is a chunnacar riamh iad!' chrìochnaich e dhi. 'Gheibh Aonghas shock nuair a thilleas e – leis cho làidir 's a tha iad.'

'S e duine laghach a bh' ann an Seonaidh, lan dòchais, furasta a bhith miadhail air agus 's e farmad bu mhotha bu choireach dhan chàineadh a bhiodh Raghnaid agus – ri a linn-se – Aonghas – a' dèanamh air. Agus 's ann dha a b' aithne obair a dhèanamh! Bha ceithir croitean a-nist an urra ris.

Ri cuireadh Sheonaidh fhèin, gheall mi gun rachainn a-null an-ath-oidhche airson gèam na h-Òlaind a choimhead. Dh'fhaodamaid an uair sin togail a-mach dhan consairt am Bàgh a' Chaisteil; an robh mi eòlach air Runrig?

Dh'aidich mi ged a bha mi air cluinntinn mun deidhinn – mun d' rinn mi dlùth èisteachd ri còmhradh Ceitidh le na Canadianaich – nach cuala mi an ceòl aca fhathast.

'Pop songs,' ors esan. 'Their LP – Marion's got it – it's quite good really. *Play Gaelic* an t-ainm a th' air.' Dham mhàthair a bha seo.

'Oh ma-thà, nach bu chòir dhòmhsa tighinn cuideachd!' ors ise le spòrs.

'Dh'fhaodadh sibh sin!' am brosnachadh laghach aig mac a bràthar. ''S e fada as fheàrr na an *Grease* rubbish. Chan eil am fear sin agad a Chailein a bheil?'

'Chan eil fhathast a Sheonaidh. Watch-aidh mi am film an toiseach.' Chòrd seo ris. An turas mu dheireadh a bha sinn a' bruidhinn air ceòl 's ann a bha esan a' fàs mòr mu Johnny Cash ach fhathast le spèis do Status Quo. Le sin, shuidh *Grease* gu sàbhailte an àiteigin eatarainn – sàbhailte dhan dithist againn a bhith a' fanaid air an e?

Chùm mi fhìn is Mam oirnn a' coiseachd sìos chun a' chladaich shìtheil bhrèagha agus 's ann an dèidh sia uairean a bha e nuair a fhuair sinn dhachaigh. 'S e bha sgoinneil mo mhàthair fhaicinn cho saor bho uallach dachaigh is teaghlaich. Bha Raghnaid (mar a bha dùil againn) air na soithichean a ghlanadh agus an tiormachadh agus poit brot a-nist aice air a' stòbh is cottage-pie a' bruich gu snog san òmhainn dhuinn.

Dh'iarr mi cead a fòn uiseideachadh.

'Dia, Dia,' ors ise, 'mar gum feum e faighneachd! Tha i fo dheasg na staidhr' a Chailein. Tha an number agad, a bheil?'

Chithinn cho furasta 'Eòrasdail 268' ann an ionc dubh air a dial rag is cha mhòr nach fhaighinn fàileadh na dampachd far frèam nan còtaichean ri a taobh. Ron àireamh seo chuir mi an còd a thug Ruairidh dhomh mun do dh'fhàg mi Grianaig – o chionn cian nan cian.'

'S ann slaodach, faiceallach a bha guth Ealasaid an toiseach ach an uair sin luma-làn saorsa. ''S tu fhèin a th' ann a Chailein! Bidh e cho toilichte cluinntinn gun do dh'fhòn thu. Fònaidh e fhèin, tha fhios. 'N do rinn i latha math dhuibh am Barraigh an-diugh?'

Agus b' e sin e: cha d' fhuaras tuairmse tuilleadh air dè b' adhbhar nach robh m' uncail an làthair aig àm-suipearach, no carson a bha Ealasaid fhathast an Taigh Eòrasdail. An deach Ruairidh a ghairm a-mach gu grad am meadhan a bhìdh ga fàgail-se na stob an sin ga chumail blàth dha? No an e nach do thill e dhachaigh fhathast?

Theab mi faighneachd ach dè an rud blasta a bhiodh aige – nuair a gheibheadh e e! – ach dh'inns am fuaim an-ath-doras dhomh gur ann a bha an dinnear agamsa deiseil is chuir mi stad cliobhair air ar còmhradh.

Mun tàinig naoi uairean dh'fhairichinn mu thunna gu leth a chudrom air mo shùilean is bha an ceann air teannadh ri gogadaich gun smachd. A dh'aindeoin sin phut mi mo mhodh (no phut mo mhodh mise) gu deich agus dhiùlt mi tost no cupa tì beag – dad idir idir a chuireadh ri cràdh mòr mo sgìths.

11

'S E COGAIR CHRUAIDH mo mhàthar ri fireannach – is esan ga freagairt na ghuth nàdarra – a dhùisg mi aig glasadh an latha.

Bha caora air a dhol air seacharan air Seonaidh: dhealaich i ris a' chòrr mun chroit is cha do chòrd sin idir rim chousin. Cha robh math do chroitearan Eolaigearraidh leigeil len caoraich falbh air a' bheinn as t-samhradh agus an deagh ionaltradh sin ga chumail air leth dhan chrodh.

"'S cinnteach gur ann ag òl Shandy sa Heathbank a bhios an òinseach, a Chailein,' ors esan, 'ach 's fheàrr a faotainn, dè, mum bi m' ainm-sa air gach crogan-silidh sa bhaile?' 'S e lasgan salach a rinn mo mhàthair ri seo; 'ha, ha,' a chualas trì uairean aice na rathad dhan taigh-bheag – rud a chuireadh Raghnaid às a leabaidh le cinnt.

An latha ud bha factoraidh Uncail Anndra fo uallach cùmhnaint ùir à Singapore agus bhiodh dà bhràthair Sheonaidh – AJ is Gerald – air bàta an Obain is sùil aca air Datsuns mu Ghlaschu. Thug na gillean an gealltanas seachad, tron *Exchange and Mart,* gun nochdadh iad aig an àm cheart. Chaidh innse dhaibhsan gun robh feadhainn eile ag iarraidh nan aon chàraichean – is cha b' annasach sin aig a' phrìs – ach gun robh cliù aig na Barraich airson am facal a chumail. Cha robh na dhà dhiubh ach air a bhith aig aon dràibhear roimhe is 's e glè bheag mhìltean a bh' orra airson an aois.

'S mi bha sunndach falbh còmhla ri Seonaidh Anndra. Bheireadh ar cuairt orm beagan eacarsaich – rud air an robh mi glè fheumail – a dhèanamh is bhithinn cuideachd, bha mi an dòchas nam thacsa air choreigin dhàsan. 'Tè dhe na h-othaisgean agam fhìn a th' ann a Chailein – beathach gun tùr. Tha caoraich Aonghais fhathast air Fùideigh; of course. Cha d' rinn mi ach am beagan dhiubh a thoirt far an eilein an dèidh 's dhomh an rùsgadh – feadhainn caran caol a' coimhead.' Nochd cù mo chousin gu h-obann: fear gleusta, dubh is geal – aon chluas suas an tè eile shìos – is e na chrùban a' feitheamh gun ghluasad, mun do ruith e aig fhead gu sàil.

'S ann gu math cas a thòisich ar turas suas is sìos Beinn Eolaigearraidh is thug mi an aire do dheannan mhart shìos air a' chladach fodhainn a bha air an cùl a chur – air adhbhar air choreigin – ris an t-sàr fheurach seo; mura b' e 's gun robh miann aca air ducadh sa chuan mun nochdadh na tourists a-nuas. Ach 's e bha riochdail ar sealladh a-null gu beinn, monadh, tràigh is muir, gun luaidh air a' phlaide fhlùraichean for casan is na dh'èireadh os ar cionn air sgèith.

An uair sin 's ann glè chothrom – ach na gnobain is na sluic – a bha an ath chairteal a mhìle tarsainn a' mhachaire thana eadar An Tràigh Mhòr is Tràigh Ìais.

'A' bruidhinn air Fùideigh,' orsa Seonaidh is mo shùim-sa sa phlèan a bha gu laighe air a' ghainmhich ghil an ear oirnn, "n do dh'inns do mhàthair riamh dhut mun oidhche a nochd Niall Sgrob ann?' Ma dh'inns cha robh cuimhne a'm. ''S ann à Tiridhe a bha an duine seo,' ors esan, 'is bhiodh e tric a' tighinn a Mhiùgahlaigh le tarbh. Ach gur ann air an t-Sluagh a thigeadh iad – is iad ann mun canadh tusa no mise Dia leat!' Sheall mo chousin orm feuch an robh fhios a'm dè bha san t-Sluagh is sheall mise dhàsan gun robh. ''S e sin,' lean e air, 'an dòigh 's gum biodh crodh Mhiùgahlaigh a' breith a h-uile bliadhna is gun tarbh idir air an eilean. Co-dhiù, an oidhche a bha seo chùm Niall Sgrob roimhe gu Fùideigh agus stad e aig taigh an fhir a bh' aig MacGillvary air an eilean is dh'iarr e a bhiadh. "Nach tu thàinig aig an deagh àm," ors an cìobair, "tha mi dìreach a' dol a ghabhail brochain mun tèid mi dhan leabaidh." Ghabh Niall Sgrob bobhla mòr brochain còmhla ris an duine chòir. "Fuirichidh tu an oidhche a charaid?" ors esan. "Tha e anmoch a-nist."

'"Dà, chan fhuirich," orsa Niall Sgrob.

'"Well," ors an duine, "chan fhaigh thu d' aiseag air ais a dh'Eòlaigearraidh aig an àm seo a dh'oidhche."

'"Gu dè am feum a th' agamsa air aiseag," fhreagair am fear a bh' ann agus ann am prioba na sùla bha an Sluagh air e fhèin is a tharbh a thogail air ais a Thiridhe."'

Nuair a rug sinn air a' chaora mu dheireadh thall 's ann car ann an droch staid a bha i. Tuiteam a rinn i, feumaidh, ann an clais dhomhainn is i cha mhòr air baile Chliaid a thoirt a-mach. Bhiodh i air a lùths a chall na spàirn gus streap suas am bruthach air ais – beachd a' chìobair dhìlis,

'S ann lag, air chrith, a bha an creutair agus a' caoineadh is shaoil mise gur dòcha gun tigeadh air Seonaidh an cruadal seo a stad le peilear no an dòigh eile. Ach thug mo laochan a-mach botal beag Special Brew is leig e leatha na b' urrainn dhi òl às is, an dèidh dha sùil mhath a thoirt air a cnamhan, thog is chuir e mu a ghuailnean i is tharraing e suas i gu far an robh an talamh na bu rèidhe.

An dèidh dhan truaghan a dhà na thrì cheumannan cugalach a ghabhail thòisich i ri cuachail le faicill agus chùm Bob (an cù) dlùth-fhaire oirre na rathad dhachaigh.

'An creid thu seo,' orsa Seonaidh, 'ach tha an t-uisge sa phìos-sa ìseal a-rithist. Dh'fhaodadh an samhradh seo fàs a cheart cho teth ri fear a' bhòn-uiridh. Seall cho tioram is a tha an talamh a Chailein! Cha bhiodh i siud ach air a dhol sìos a shiubhal rud a mharbhadh am pathadh. An deach Beinn Mhòr Uibhist na teine o chionn ghoirid?'

Dh'inns mi dha gun deachaidh is gun robh samh an fhraoich fhathast làidir nuair a bhiodh a' ghaoth san Ear.

Thill sinn a dh'Eòlaigearraidh an ùine car goirid an taca ris na thug e dhuinn faighinn ann, ged a dh'fhan sinn greis a' coimhead chomharran na cloich-iongantaich air an robh 'Lorg an Deamhain' aig Seonaidh.

Ach aig 11.30 's ann a bha mise am bogadh gum bhroilleach – le pailteas Radox – gus cobhair a dhèanamh air na cnàmhan agam fhìn. 'S i mo mhàthair a ghabh uallach a' bhreacaist is leig sin le Raghnaid Seonaidh a cheasnachadh gu bonn a dhà bhròig mu staid na beinne is gu dè an còrr a chunnaic sinn mu 'Shlighe na Ciste'?

''S beag an t-iongnadh,' ors ise, nuair a bha e air an taigh fhàgail, 'ma tha thu dol a leigeil led chaoraich falbh nan sgoran is nan sloc gu ruige Maol Dòmhnaich, tachraidh tubaistean is bidh damaiste agad is aithreachas ort.'

Bu choltach gun do dh'fhòn Ruairidh – cabhag na anail – aig deireadh surgery na maidne, is dh'iarr e a leisgeul o nach d' fhuair e air bruidhinn rium roimhe sin. Dh'fhàs am feasgar aige an-dè complicated, thuirt e – gun sgath a' chòrr innse – rim mhàthair. Dh'fhònadh e air ais à Taigh Eòrasdail aig beagan an dèidh sia – nam biodh a h-uile dad an òrdugh. Cho fada 's a chitheadh e cha robh sìon dhe na bha a' dol an-dràsta le coltas cunnartach air.

Gun aon loch-mòintich sa bhaile, bha mi air cur romham a dhol a dh'iasgach an Loch Nì Ruaidhe; deagh sgrìob a-nist, leis na choisich mi sa mhadainn le Seonaidh; ach gun do thog Iain Sheumais mi, gann slatan on taigh, is gun do dh'fhàg e ann mi cha mhòr aig ceann Loch an Dùin!

'Gabh a-staigh dhan Ghleann Dorcha, a Chailein, is nuair a chì thu an drochaid bheag... ach bha thu ann reimhid, tha fhios... droch theans gun cuir a' Chailleach Ghlas no spiorad sam bith eile dragh ort air latha cho snog!' Rinn e car de ghàire ris a sin, 'Nach math,' ors esan, a' fosgladh an dorais agam, 'do mhàthair fhaicinn an triom cho math.'

Cha tug mi fichead mionaid a' faighinn ann ach mun àm a fhuair mi mi fhìn air dòigh bha a' ghrian air fàs làidir às ùr is a gathan a' gabhail dìreach dhan loch àlainn chiùin. Mar sin cha do chuir e orm cus nach do ghlac mi sgath an dèidh uair gu leth de 'dhannsadh' le cuileagan mo sheanar.

An uair sin dh'fhairich mi grèim – nach do mhair diog ach a bha fìor – a chùm dòchas rium fad greis eile mun do leig mi bhuam an cleas amaideach seo airson roile le spam is mustard agus Blue Riband.

An dèidh dhomh an seòclaid imlich far mo bhilean is mo làmhan a shuathadh, ghluais mi is shuidh mi san spot a bu docha leam – dìreach ron chrannaig far an do chùm iad *an Nighean Ruadh* bhon ghrunn à Lochlann a thàinig ga sireadh. Agus 's ann an sin a shir mise – Cailean Quinn à Grianaig – dà naidheachd eile san leabhar a fhuair Ruairidh na oileanach òg.

Ann an *Cridhe Eimeir* leugh mi mu bhuaidh Chù-Chulainn air tè phròiseil Shlèiteach is thug *Tuilleadh air Naomh Brìde* cunntas air mar a ghabh an nighean òg seo ri obair bean-ghlùine am Betlehem.

Abair deagh shìde: gun deò air a' ghaoith – ro theth, 's dòcha, dhan mheanbhchuileig, ach chan ann dhan chanach a bha air an raon a chòmhdach le brat geal fìnealta no dhan dealan-dè bheag orains ud a nochd is a dh'fhan glè fhaisg orm 'son greis.

Cha b' e nach robh an ùine seo air falbh bho shaoghal Ruairidh a' còrdadh rium, ach dh'fheumainn aideachadh cuideachd gun robh mac Sheumais Bhig air ais nam inntinn is mo shùil air Beinn Ghunnaraidh; 's ann fo a sgàil-se thall a bha taigh sgeulaiche cliùiteach eile is e fhèin a-nist fad bhliadhnachan san ùir.

Nach b' e seo, mar sin, an t-àm a bhith a' tilleadh gu Alasdair – cho tric 's a b' urrainn – is na bheireadh e dhomh a chur air chlàr? Agam fhìn a bha an ùine is cothrom sin a dhèanamh, nach ann? Gheibhinn cuideachd am barrachd saorsa bho obair làitheil Ruairidh, mar a bu chòir – dhàsan, shaoil mi, agus do mhuinntir Uibhist.

'S e adhbhar-dragh a bh' ann an Ìomhair ge-tà, ach gheibhinn dòigh timcheall air. Bhiodh plàna air choreigin aig Jane – ged a dh'fhaodadh sin a fàgail-se air astar o obair bràthair a seanmhar is bhuamsa. Chan eil rian nach do sheall an dà latha ud a bha mi aig Alasdair gun robh na sgilean cearta agam: gum b' fhurasta dhomh bruidhinn ri bodach dhe a sheòrsa, ùidh a nochdadh na bheatha is an spèis air an robh e airidh a thoirt dha?

Bha mi a' tuigsinn glè mhath gun robh mac Sheumais Bhig a-nist deiseil cuid de dhualchas falaichte fhuasgladh dhomh. Mar sin carson a bha mise a' call mo shùim air cnocan am Barraigh gun deargadh èisg air dubhan?

Rachadh leam gu math, bha mi ag innse dhomh fhìn, is mar bu mhotha a dh'obraichainn leis 's ann bu torraiche a dh'fhàsadh cùisean. Bhiodh Jane taghta. Dìmeas sam bith a bh' aicese air Ruairidh 's e Ìomhair a bu choireach ris nach e? Dè an rud a bh' aice fhèin na aghaidh co-dhiù? Glè bheag, shaoil leamsa. Agus 's e glè bheag air am feumadh feairt a bhith aice na dèiligeadh riumsa – a bharrachd air blad curs a' bhurraidh ud.

Dh'fhòn mi gu m' uncail cho luath 's a thill mi a thaigh Raghnaid, is gheall mi dha nach bithinn fada sam bith gun tilleadh a dh'Uibhist. Thug mi an uair sin rud mòran na bu chinntiche dha: 'a-màireach ma-tà is tha Alasdair mac Sheumais Bhig nam shùilean 'son Dihaoine.'

Bhruidhinn sinn air tè eile dhe na sgeulachdan san leabhar aige, *Conall Gulbann*, oir 's ann aig fear eile à Gearraidh Bhailteas, John MacDonald, a chualar i a rèir choltais. Dhearbh Ruairidh gur e bràthair seanair Alasdair a bha seo is gur ann bhuaithesan a fhuair e fhèin is Iain tòrr dhem beul-aithris. Cha do phòs Seonaidh Sheumais a-riamh is bha e a' cur bhuntàta air a' mhachaire an t-seachdain mun do dh'eug e aig aois 93.

Thuiginn gun robh Ruairidh air a bhith a-muigh am measg dhaoine, a' cur ri eòlas air an teaghlach seo. Cha tuirt e co-dhiù thadhail e a-rithist air Iain is Ceiteig agus an ceangal a-nist againn ris a' bhràthair mhòr ris nach bruidhneadh iad – Iain co-dhiù. 'S ann agam a bha fios nach biodh mo shaothair-sa le Alasdair air a dhol seachad orrasan idir, no gu dearbha air duine sam bith eile.

An ceann leth-uair, bhithinnsa a' dol a thaigh m' Uncail Anndra airson an gèam eadar an Òlaind is an Òstair a choimhead: a 'great escape' gun teagamh sam bith bho na smaointean seo uile! A rèir choltais chuala a bhràthair trang an Uibhist rudan air an rèidio a chaill mise am Barraigh. An toiseach thuirt Ruairidh gun d' rinn fans 'leanabail', 'suarach', na cluicheadairean a bhoo-adh fhad 's a bha iad a' feuchainn ri fois a ghabhail ann am Mendoza is an tuigse ghoirt a' drùdhadh orra gun deach an cur às an fharpais. An uair sin thug ceò tiugh orra gluasad gu Buenos Aires, far an robh an t-àite-fuirich ann am barrio thruagh –

mar a thuirt feareigin dhiubh – 'unfit fir hoors.' Gu fortanach choisinn deagh Spàinntis Mhàrtainn Bhuchain rud na b' fheàrr dhaibh is theich iad bho thuinn na tàmailt. Bhiodh an sguad brònach a' ruighinn portadhair Ghlaschu feasgar a-màireach. Agus romhpa an sin bha dùil ri sluagh cus na bu lugha – ach le fearg cus na bu mhotha orra – na an t-arm bòidheach ceòlmhor a leig soraidh slàn a-null dhaibh. Cha chuala e gun d' fhalbh aon duine à Uibhist a-mach an turas sa.

Eucoltach ri taigh an t-sagairt an Dalabrog cha robh ach aon duine an taigh Anndra is Seonaig airson a' bhuill-coise, a bharrachd air Seonaidh fhèin, ged a thuirt a nàbaidh, Eòghainn, gur dòcha gun nochdadh esan fhathast.

Leis gun robh criutha *On the Ball* gu bhith a' sealltainn, an ùine ghoirid, a' chiad ghèam dhen dàrna cuairt aig an Òlaind 's ann ann bu mhotha a bha sùim againne.

Aig a' World Cup mu dheireadh 's e am BBC an aon roghainn-chraolaidh am Barraigh, ach a-nist bhiodh cuid a dhachaighean sa cheann a tuath cuideachd a' faighinn (gu tric a' fulang) Grampian – an sianal ITV – às Obar Dheathain. 'S ann a bha seo gu h-àraid fìor dhan fheadhainn aig an robh taighean air cnuic, cruinn àrda no aerials chumhachdach. Bha bràthair mo mhàthar air fear dhiubh sin.

'S e na Duitsich am beachd mòrain (ach m' athar fhìn 's dòcha) a thogadh Cuach '78 ach rinneadh tuilleadh brunndail mun bhuaidh a dh'fhaodadh a bhith orra iad a bhith gun Johann Cruyff. Thuirt an sàr-chluicheadair gun robh e ag iarraidh barrachd ùine a chur seachad le a theaghlach.

'When a politician says that,' orsa Jim Brand – fear ùr dhan bhaile – nuair a bha Seonag sa chidsin, 'it means he'll spend much more time with his mistress, but with added privacy.'

Ged a rinn sinne gàire le Jim cha do dh'fhairich duine againn gun robh sgath ro amharasach mun cho-dhùnadh gun tàinig Cruyff. 'S fheudar gur e, ge-tà, rud car mòr a bha air crathadh mar seo a thoirt air caiptean Bharcelona.

Bhathar cuideachd a' meòrachadh – g' e b' e dè am feum a dhèanadh sin a-nist! – mar a b' fhaide a rachadh an Òlaind san fharpais gur ann a b' fheàrr a bhiodh Alba a' coimhead. Nam buinnigeadh na Duitsich Cuach na Cruinne, ma dh'fhaoidte gur e sinne, mar sin, an aon dùthaich a bhiodh air an gnothach a dhèanamh orra? Cò aige a bha brath nach toireadh siud air a' ghràisg a bha gan càineadh, an àird a' chlaiginn, an Argentina cur-seachad math eile an lorg. Cha robh Jim Brand idir cinnteach gun toireadh.

'S ann am Buidheann A a bha an Òlaind is an Ostair leis gun do chrìochnaich an Ostair co-ionann ri Brasil – air thoiseach air an Spàinn is an t-Suain – bho gheamaichean na ciad chuairt. Mar sin cha robh math do Johnny Rep is a chuid *jongens* cothrom sam bith a thoirt dhaibh.

'S e an t-atharrachadh bu mhotha air an Òlaind a-nochd, dh'inns guth-sìoda Hugh Johns (air a' bhogsa!) dhuinn, gum biodh Joengblood – am fear-gleidhidh nach do ghlèidh trì an aghaidh Alba! – air a' bheingidh; 's e Piet Schrijvers bho Ajax a bhiodh eadar na puist na àite.

'S ann ag èisteachd ris a' chiad bhreithneachadh aig Jackie Charlton – gaisgeach Leeds le *maic* – a bha sinn nuair a chaidh an Òlaind suas.

Leig Seonaidh glaodh às agus bho m' uncail Anndra chualas an sgairt chinnteach, 'That's it now!' Is theab gum b' e cuideachd: aig deireadh na ciad leth, bha na balaich ann an orains trì air thoiseach air sgioba nach robh èasgaidh ann an dòigh sam bith. Thug m' Antaidh Seonag tuilleadh sgonaichean is tì thugainn is thuirt i:

'Now I can watch Scotland but beyond that I lose interest – those look nice, though.'

Dè, smaoinich mi? Na h-aodannan aca? No an collainnean? An lèintean? An stoidhle-chluic? Air neo dè? Cha bu dùraig dhomh soilleireachadh iarraidh. Bha mo mhàthair air a ràdh gur dòcha gun tigeadh ise a-nall 'son beagan taic a chumail ri a piuthair-cèile ach dh'fhan i a-staigh còmhla ri a piuthair fhèin a bha air a bhith a' coimhead às ar dèidh cho math. Chan e oidhche Chiadaine tè air am biodh Raghnaid a' dol air chèilidh is cha robh gèam ball-coise Holland v Austria a' dol a thoirt oirre an cleachdadh sin a bhristeadh air chor sam bith.

'S e 5:1 an sgòr a bh' ann nuair a sheinn an rèitire air fheadaig 'son an turais mu dheireadh is abair gum faca sinn neart nan Netherlands san uair a thìde gu leth de chluic air Pàirce Chórdoba.

'S dòcha nach e, air a' cheann-thall, comharra ro dhona a bha seo air na choisinn Alba nan aghaidh. Ach a' coimhead air an sgioba chumhachdach seo a-nochd: a' dol gam beatadh-san le trì tadhail, nach ann do shaoghal nam bruadar a bhuineadh am beachd siud? Agus an e ar fàgail na farpais gu grad aig àm-dùsgaidh an tula-fhìrinn phiantail?

Ach gu cinnteach, bha ceist eile ann: nam b' urrainn do dh'Alba a' chùis a dhèanamh air na laoich seo – a chuir còig seachad air an Ostair – ciamar idir nach deach againn air a dhà na thrì fhaighinn air Iran?

'Delusions of grandeur?' bha cuimhne a'm cuideigin ag ràdh uaireigin air an rèidio. 'We'd be happy in Scotland wae delusions o' adequacy!'

Thall am Buenos Aires, dh'fhairtlich air nàimhdean na h-Òlaind an '74 – Gearmailt an Iar – an lìon a bhualadh is iad fhèin is an Eadailt a' criochnachadh 0-0 ann an gèam gun loinn ach a-mhàin na rinn Dino Zoff le sgil is miotaig. Bha gu leòr fhathast a' faireachdainn gum b' urrainn dhan Ghearmailt buinnig a-rithist ged nach robh Uncail Anndra ag aontachadh. 'Watch the home nation,' ors esan, grunn thursan, 'They've got such a vocal crowd behind them: the voice of the people. Let's just see what they do.'

Bho thàinig Liverpool Jim nar cuideachd 's i a' Bheurla a bha air a bhith againn uile ri chèile – fiù 's eadar m' uncail is m' antaidh, rud neònach gun teagamh, ged a thuig mi gur dòcha gun robh gnothach aig a' bhall-coise ri sin cuideachd.

'We might hear commentaries in Gaelic one day?' dh'fheuch mi orra, a' chiad ghèam de Bhuidheann B gus tòiseachadh aig 8.45. 'What?' thill Seonaidh gu cas, 'between Brazil and Peru?'

Sguids mi mo ghuailnean. Saoil an robh sinn idir a' dol gu consairt? 'What time you thinking of heading up to Castlebay, Seonaidh?' dh'fhaighneachd mi.

'Pretty soon,' ors esan, 'when Eòghainn comes.'

'And what's he doing?'

'Watching this in his own house or somewhere else.'

Chuir mi 45 +15 +45 ris an uair agus 's e 10.45f am freagairt leamh a fhuair mi. Nach biodh an consairt gu bhith ullamh mun àm sin? 'Probably a Chailein,' chaidh innse dhomh.

'Can we maybe go up a bit earlier?' phut mi. 'I don't fancy too late a night if I'm going back to...'

'Best wait for Eòghainn.'

Chaidh Brasil air thoiseach an dèidh mu chairteal na h-uarach nuair a chuir Dirceu, bho Vasco de Gama, a-staigh e bho set-piece is e mu 30 slat a-mach. Esan cuideachd a fhuair dàrna fear le fortan dhaibh air an leth-uair – dhan tug Seonaidh 'Yes!' agus 'They're good too you know!'

'Good!' orsa Anndra. 'Three World Cup wins in a row! No team will ever equal that feat nor will we ever see another Pele. Brazil will just do what they want to do.'

Ged a bha fhios a'm nach ann an sreath a chèile a rinn an sgioba sgoinneil seo a' chùis na trì turais cha tuirt mi dad – cha tuirt na duine eile – ach 's cinnteach, smaoinich mi, nach deach Wembley '66 à cuimhne m' uncail, mura b' e is gun do shaoil e gun robh fear Mexico ann roimhe sin?

Bha Eòghainn, aig an robh, feumaidh, meas mòr air ball-coise no air an robh a cheart uimhir a chabhaig ri Seonaidh-sona-na-shìneadh-air-an-t-sòfa fhathast, gun nochdadh aig cairteal an dèidh deich.

Thàinig m' antaidh Seonag a-staigh le bobhlaichean brot is sandwiches. 'It's looking like a late one – or should I say an early one!'

'What the f...!' theab Seonaidh crìochnachadh, nuair a thuit Roberto an dèidh do Pherubhianach a spealadh agus a lèine a-nist ga cumail an dòrn ceachearra fir eile dhiubh. B' e mothar an uamhais a rinn seann naomh na h-Alba, Ian St John, ris a sin agus dh'fhaighneachd a chompanach dheth ach saoil, seach aon bhreab-peanais, am faigheadh Brasil a dhà?

'S ann le cinnt agus comas a chuir Zico – gann mionaidean air a' phàirc – an treas tadhal seachad air Quiroga bochd.

Bha an gèam mu dheireadh sa bhuidhinn, Argentina v Poland, dìreach gu tòiseachadh aig cairteal an dèidh aon uair deug, is mise am bun leigeil romham is tilleadh a thaigh Raghnaid, nuair a nochd gràidhean nan daoine, Eòghainn Bowie – is e somalta sunndach le blàthachadh beag laghach air.

'Well, well, a Chailein,' dh'èigh e, mun do chuir e a chorrag gu a bhilean fhèin. 'Dè idir bha gad chumail? Sinne a' feitheamh riut ann a sheo fad-finn-fuain na h-oidhche is gun sgath agad ri dhèanamh ach a bhith coimhead an diabhal football a tha seo.'

'Ha!' agamsa ris gun sannt – cò b' urrainn a bhith brothach? – is dh'òl mi na bha air fhàgail nam chupa. Cha deach dràm idir a thairgsinn an taigh Anndra is Seonaig. Cha b' ann air adhbhar cho fad 's a chithinn ach 's mi bha toilichte nuair a thog Seonaidh a chuid iuchraichean mar shoidhne gum biomaid a' falbh an ùine nach biodh cianail fada.

"S aithne dhu... you know Jim?' dh'fhaighneachd e de Eòghainn.

'Never set eyes on him!' a fhreagairt-san agus an cois sin lasgan eile.

'You're an awful lad, Tickles,' ors an Scouser.

'Oh, I see, not just on first name, but on nickname terms. What do they call you then, Jim?' Chithinn gun robh seo a' cur air mo chousin beagan.

'That would be telling!' aig a nàbaidh is a charaid seòlta. 'He'll find out one day when the time is right.'

'Is dè tha gad fhàgail-sa cho fiosrach?' thilg Seonaidh airsan aig peilear a bheatha.

'Right erru,' orsa Jim ag èirigh, 'Mack a shaw! This poor guy's been waiting to go to a dance for the last two days.'

'I thought it was a concert?' dh'fhaighneachd mise.

'An dà chuid, nach e?' rinn Seonaidh cinnteach. 'With that Runrig.'

"N e?' aigesan 'Oh ma-thà, bidh sin math, math. What's the time? Dia, Dia 's fheàrr dhuinn a bhith togail oirnn.'

'And you're sure you don't fancy it, Jim?' dh'fheuch Seonaidh a-rithist.

'Absolutely. Enjoy yourselves.'

Aig cairteal an dèidh meadhan-oidhche ràinig sinn an talla coimhearsnachd a bha làn gu sgàineadh is a rèir beul an t-sluaigh – seadh, na bha cruinn dhiubh an Sgueadhair Bhàgh a' Chaisteil – 's e glè bheag a chaill sinn.

Thàinig an còmhlan air an stèids aig cùl naoi uairean, chluic iad a dhà na thrì de dh'òrain is an uair sin le cead a' bheagain a bha an làthair, dh'aontaich iad tilleadh mu leth-uair an dèidh aon uair deug – mun àm a chuir Mario Kempes Argentina air thoiseach is a dh'fhàg sinne taigh Anndra mu dheireadh thall.

'S e còmhlan de chòignear a bh' ann an Runrig: seinneadair dorcha le feusaig; dithist chaola air giotàr; drumair cnagach agus fear-bogsa beag èibhinn aig an robh cainnt muinntir Ghlaschu seach càch. Chan ann idir traidiseanta a bha an coltas. Shaoil mi gun cluinninn rudan bho Wizard is Wishbone Ash sna ruitheaman is sna riffs ach bha an cuid òran gu cinnteach – is gu h-àraid – cho Gàidhlig ri... seadh, ri dè? Bha iad car poppy mar a thuirt Seonaidh ach fhathast le ceangal ri cuid de chuspairean a dhùisg na bàird bho riamh: cianalas, uallach an dualchais, gaol.

'S ann air leth binn is ceòlmhor a bha guth an t-seinneadair is gun a' bheag a stiùireadh bhuaithesan bha an sluagh òg deònach gach fonn a thogail còmhla ris. 'S iad a bha eòlach orra cuideachd; iad fhèin agus an dà Chanadianach shìos aig an aghaidh a bha air triall chun nan seachd neòil.

Cha robh teagamh nach robh an stoidhle is an riochd aca seo air cultar na Gàidhlig glè eadar-dhealaichte ris an rud air an robh Ruairidh – agus a-nist mise – an tòir bhon t-seann fheadhainn an Uibhist. Is nach bu mhath sin!

Fhad 's a dhèanainn fhìn a-mach 's e bha fa-near do Runrig ach an saoghal san robh sinne an-diugh beò a chur an teis-meadhain a' chiùil ach le a bhith a' cleachdadh cànan ar sinnsirean airson teachdaireachdan làidir a chur an cèill. Bha e soilleir cuideachd dhomh bhon dòigh san do bhruidhinn iad air am freumhaichean Uibhisteach, Sgitheanach is Sgalpach – sgeul am muinntir fhèin! – gun robh moit mhòr orra a thaobh cò bh' annta san t-saoghal seo a bha ri caochladh cho luath.

SAMHRADH '78

Gu h-obann thàinig smaoin thugam: ach an robh mise an-dràsta a' gabhail pàirt ann an eachdraidh àraid? Dè cho faisg, mar sin, is a bha an Diciadain seo am Barraigh air an toiseach? Agus am biodh, can an ceann fichead bliadhna, tòrr math chòmhlan ann a' dèanamh an rud aca fhèin – *rock, blues, heavy-metal* no g' e b' e dè – ach iad uile a' creidsinn gun robh a' Ghàidhlig iomchaidh is prionnsapalach dha na chruthaicheadh iad? Air neo an e rud sònraichte ach faileasach a bhiodh sa chòignear bhalach seo nach seasadh fada sam bith? Ge-tà, nam maireadh Runrig, dè an t-atharrachadh a dh'fheumadh tighinn orra airson èisteachd na bu mhotha a thàladh?

Chithinn bhuam Seonaidh is Tickles is iad air an làn-dòigh an lùib charaidean – leth-bhotail am pailteas a-mach is a-staigh à pòcaidean sheacaidean is tòine. Dh'fhaodainn a dhol a-null thuca gun dragh – 's mi a dh'fhaodadh! – ach b' fheàrr leam fuireach far an robh mi 'son coimhead. Dh'aithnich mi gu leòr aig an rud is smìd mi gu modhail an siud is an seo ach cha do charaich mi bho far an robh mi nam sheasamh. Bha mi ag iarraidh gum biodh na faireachdainnean seo agam dhomh fhìn.

Sheall fear a' bhogsa a shàr-sgilean nuair a theann am band air sreath phort togarrach a chluic. Bha e riamh a' cur annas orm ach cho buileach math 's a dhannsadh òigridh Bharraigh, na caileagan gu h-àraid, is chaidh aig an luchd-ciùil innleachdach seo – a bheothaich iad len òrain – air an casan sgiobalta a bhiathadh le snas. Cha deachaidh mise suas; cha b' e dannsadh rud a dhèanainn-sa tric, ach chòrd e rium a bhith ag amharc orra.

Leis cho cumhachdach is a bha a' chuirm is an teas mòr san àite far nan daoine fliucha ud, smaoinich mi, an dèidh dhomh Strip the Willow car fiadhaich a choimhead, air leum a-mach 'son èadhar.

Bha an t-adhar làn reultan is an oidhche bruthainneach blàth. Aig doras na talla 's e fireannaich bu mhotha a bha a' bruidhinn agus 's iad gu math sunndach gus an tàinig atharrachadh grad air a sin.

'Chan esan an aon fhear!' chuala mi aig cuideigin – mar smugaid mhòr shalach ga caitheamh.

'Tha iad air fad a' gabhail drugs – a h-uile h-aon dhiubh.'

Oh, dear, smaoinich mi, tha mi an dòchas nach eil na cousins an sàs ann is an uair sin bha mi toilichte (well, 's e faothachadh a bh' ann) cluinntinn, 'Willie Johnston dìreach a' ghloidhc a ghlac iad!'

Dh'fhàg mi ann an sin iad is chaidh mi seachad air an Top Shop, is tarsainn an rathaid is mi gus a dhol sìos an t-Sràid chun a' chidhe nuair a dh'fhairich mi ceumannan luatha is anail chruaidh air mo chùlaibh.

'A' falbh mar-thà, a Chailein?' dh'fhaighneachd guth tùchanach, seagsaidh, a bha gu breith orm. Saoil dè b' adhbhar dhan Ghàidhlig seo leamsa? An robh ròs aig a h-uile mac màthar an seo air na bha mi fhìn is Ruairidh ris an Uibhist, no an e gnothach-aoise a bh' ann is mi gu bhith 21?

'Dìreach a' gabhail beagan èadhair a Chatriona?' fhreagair mi tè a mhuinntir Mhiùgahlaigh; is gu dè an sgeul, saoil, a bhiodh aice fhèin air Niall Sgrob is a tharbh?

'Bha thu coimhead lonely,' ors ise.

'Really?'

'An do theich Seonaidh is Tickles ort? Faodaidh an dithist ud a bhith nan don...'

'Cha do theich. Fuirichidh iad rium.' Bha sinn a-nist nar seasamh air beulaibh a chèile – ar làithean – no oidhcheannan – còmhla soilleir rim faicinn na snuadh-ghàire-se is na bilean tlachdmhor ud làn feòl' a dh'fhosgail i mìr beag. 'S ann leotha a chuir i pòg bheag gun lochd air m' fheadhainn-sa. Cha tàinig teanga trompa idir. Dh'fhan a h-uile sgath tioram sàbhailte.

'Thanks,' orsa mise.

'You're welcome. Thusa OK?'

'Tha. Ciamar a tha thu fhèin?'

'You know. Nach iad a tha math?'

'Cò?'

'Runrig?'

'Seadh, seadh,' dh'aontaich mi, 'glan fhèin.'

Ghabh mi grèim air a làimh is gheàrr sinn tarsainn gu rathad na Leideig. Cha mhòr nach canadh tu gur ann an tè de thìrean a' Mhed a bha sinn – Argentina fiù 's (ach as t-samhradh!) – leis cho ciùin, blàth is a bha i fon iarmailt. Agus an stoirm mhòr ud a dhall oirnn oidhche Luain, an e siud rud a bhuineadh do stòiridh eile aig Alasdair mac Sheumais Bhig?

'S e 'Chunnaic mi do mhàthair an latha reimhid sa bhanca,' a thug an tè a bha còmhla rium dhomh agus i a' cur a gàirdein mum mheadhan.

'Robh sibh a' bruidhinn?'

'Bidh Màiri daonnan a' bruidhinn riumsa.'

'Yeah, bidh.' Thionndaidh mi mun cuairt i.

'A bheil i snog?' na dh'fhaighneachd Catrìona an uair sin dhìom.

Ceist dham biodh freagairt leithid: 'Tha mo mhàthair glè shnog,' air a bhith grànda, tàireil – dearmadach air na bha fhathast làidir eatarainn.

Chrath mi mo cheann. Agus san taigh-tughaidh dhoilleir ud an

Gearraidh Bhailteas sheall Jane Dhòmhnallach trom shùilean-sa a dh'àite cus bu doimhne annam. 'S i an fhìrinn a bh' ann nach robh *'ise'* buileach *'snog'* – ach bha i na h-adhbhar mòr dhomh gun a dhol na bu dàine air Catrìona a' Chlachair an-dràsta. Air tàillimh Jane bu chòir dhòmhsa a bhith faiceallach – stuama – an seo am Barraigh. 'S e sin rud a bh' aice orm; ise agus – gu h-annasach – a h-uncail, Alasdair mac Sheumais Bhig.

'Tha do mhàthair fhèin gu math?' dh'fhaighneachd mi is rinn mo leannan o shean gàire beag car brònach mun tug i bhuam a làmh.

'Tha cho math a Chailein.'

Ann an 1971 a dh'eug a h-athair, 'An Clachair Ciùin'; am meadhan seachdain an airgid ùir – nochd nam chuimhne gun fhiosta. Cha b' fhada idir bho phòs a bhanntrach a-rithist – rud a chuir iongnadh air gu leòr. 'Feuchaidh mi ri tadhal,' thuirt mi is cha bu bhreug sin. Rachainn a choimhead air Catrìona is a teaghlach; an ath turas.

Phòg mise an uair sin a bilean san aon dòigh shàbhailte agus stiùir mi air ais 'n rathad an dannsa i. Chluinninn sèist eile de 'Tillidh Mi Dhachaigh' ga gabhail àird a' chinn a-mach air sgàilean fosgailte nan uinneagan.

'Fancy a gin and lime, friend?' dh'fhaighneachd ise – tarraing asam gun truas. 'An tig Gordon's idir rid chàil?'

'Dè?'

Lorg i botal beag gin am broinn a còta. 'Bha Angela thall am Benidorm.'

'Robh gu dearbha?' dh'fhaighneachd mi.

Bha lime bheag aice a-nist am bois a làimhe air an do rinn i dà leth le sgithinn bhig is dh'fhàisg i an sùgh a-staigh dhan bhotal mun tug i deagh chrathadh air.

Agus 's e a chòrd ri sannt ar beul – ged nach d' fhalbh teanga air thòir teanga – is thill sinn dhan talla is rinn sinn a' waltz mu dheireadh dìreach mar bu chòir: le modh agus cùram.

'S e boireannach is caraid cudromach a bh' ann an Catrìona agus chlisg mi leis cho fìor fhurasta is a bha e air a bhith dhomh a cur às m' inntinn nuair nach deach dìochuimhn' oirre nam chridhe. Tìm agus a nàdar carach: rachadh i a Thaigh 'ain Ghròt'!

Bha mi toilichte a bhith a' tilleadh a dh'Uibhist làrna-mhàireach; a bhith a' fàgail na b' aithne dhomh ro mhath am Barraigh, dìleab bheò nam bliadhnachan a thriall nam shaoghal fhìn; rùintean mo mhàthar nach tàinig gu bith dhìse is nach rachadh a choileanadh dhòmhsa; beachdan claona mo chàirdean orm ge b' oil lem oidhirpean an fhìrinn (no rud car faisg oirre) a chur fan comhair.

Ged as e seann rudan a bhiodh fa-near dhomh thall 's ann mu dheidhinn an ama seo fhèin – Samhradh '78 – a bha an t-eilean: Ruairidh a' faighinn tron locum fhada agus mise a' clàradh a dhà na thrì neamhnaidean dha.

B' e mo dhleastanas, mar sin, cur ris an tional mar a b' fheàrr a b' urrainn, ach aig an aon àm a bhith a' toirt orm fhìn leabhraichean an oilthigh fhosgladh is rudeigin fiachail a dhèanamh leotha. 'S ann a bhiodh easbhaidhean Uibhist – gu seachd h-àraid taigh gun teilidh – nan cuideachadh mòr a thaobh seo uile.

12

DHAN CHUDAIL CHRUAIDH is a' phòig shleamhain a spàrr Mam orm an cidhe Eòlaigearraidh thug mise mo ghràdh cianda – ged nach b' ionann 's mar a sheall mi sin. Ach gu dearbha 's e chòrd rium greiseag bheag a chur seachad còmhla rithese is 'Clann Iagain Mhòir' – daoine a bha eòlach orm bho riamh is a dh'fhuilingeadh mo laigseachan.

Choisinn a' mhisneachd ùr aicese lioft a Thaigh Eòrasdail dhomh le fear de Chomhairlichean an eilein – '*Lord*' *John* – aig an robh coinneamh am Baile Mhanaich mu rocket fuel – 'The real stuff,' thuirt e gun gàire a dhèanamh.

Fad dà bhliadhna bha esan air suidhe air cùlaibh mo mhàthar ann an clas Rudhachain agus 's ann ainneamh a bhiodh cailc aige is e le sgliongairean mu shròin daonnan – 'a shamhradh is a gheamhradh a Chailein,' ors ise, 'ach cho èibhinn is a bha e. Dh'fhaodadh dibhearsain math a bhith agad le Seonaidh is cha ghabhadh e idir dona e.'

Dìreach mar a rinn i airsan sa mhadainn sin – is i gus leum air bàrr a' chàir aige is a' maoidheadh air an duine bhochd 'an uinneag ud' fhosgladh. 'Seadh ille. Is cò bhios nad choinneimh san Lùdaig…? O, ma-thà; bheiridh sibh an gille agamsa '*Colin*' sìos còmhla ribh – ma bhios mo bhràthair trang?'

Dè an roghainn eile a bh' aig an duine, saoil? Agus carson '*Colin*'? Airson inbhe na bu Ghallta no, is dòcha, na bu spaideile a thoirt dhomh? No an ann a' gabhail a leisgeil a bha i airson nam pàirtean dhe a mac nach robh cho buileach Gàidhealach?

Bu mhath gun robh còmhdhail aig John bho Chomhairliche Uibhisteach – fear dùr, dùinte, air an robh Dòmhnall Francis – oir sgeul no sealladh cha robh air Ruairidh mun chidhe no coltas sam bith gun robh e air sgath a chur air dòigh dhomh.

'Duilich, duilich, a Chailein. Glan às mo chuimhne a chaidh e,' dh'aidich e is sinn ag òl ar brot – leek is buntàta – an dèidh uair feasgar. 'Smaoinich mi,' ors esan, 'nan cumainn orm mu na taighean, gun toireadh sin ùine dhuinn rud dòigheil ithe an-dràsta.' Bha Ealasaid air fuireach airson seo innse dhomh cuideachd agus 'son mo rùm a sgioblachadh – gu ceart! 'Ach,' ors esan, 'a thaobh 's mar a gheibheadh tu a-nuas an seo – well 's e rud eile a bha sin. Cò bh' ann a-rithist a chuir sìos thu?'

Ghabh mi iongnadh co-dhiù bha m' uncail air a chois tron oidhche, no an robh madainn thrang air a bhith aige? Dh'inns mi dha ainm an duine a-rithist.

'Seadh, dìreach. Cha b' fhuilear dhan chula-ghreann ud, Dòmhnall Francis, grèim fhaighinn air beagan rocket-fuel e fhèin is a chur suas a... Dia nan Gràsan, chan eil an duine sin leth-cheud fhathast. Tha an *'Lord'* còir air a bhith ga h-uiseideachadh fad bhliadhnachan! Bheil fhios agad gum biodh esan a' suidhe...?'

'Air cùl Mam,' chrìochnaich mi dha, 'an rùm Rubhachain – le sglèat gun chailc is daonnan 'coryzal'.

'Dè?'

'Coryzal,' thuirt mi rithist. 'Nach e sin a chanas tu 'son showing signs of having a cold?'

'Cà 'n cuala tu sin?'

'Oh, chan eil fhios a'm,' is chùm mi an rud a' dol leis, 'mur an do leugh mi an àiteigin e.'

'Well, well. I think you heard it and contextualised it. Tha deagh chluas agad, a Chailein, airson fhaclan *agus* fhaireachdainnean. Chòrd Barraigh riut, ma-tà?'

Dh'inns mi dha mum mhàthair – a' chuairt laghach againn – is Raghnaid, na geamaichean ball-coise is mu a bhith a' falbh an cois Sheonaidh a shiubhal caora. Chan fhaca esan riamh 'Lorg an Deamhain' ach b' aithne dha bad àraid eile far am bite a' cur sìos na ciste 'son 's gun leigeadh muinntir a' ghiùlain an anail air an t-slighe a Chille Bharra.

Thug mi teags cuideachd air ar turas anmoch a Bhàgh a' Chaisteil is Eòghainn Bowie còmhla rinn – mu dheireadh thall. 'Fhios agaibh, a Ruairidh,' thòisich mi, 'tha band ùr ann a-nist air a bheil Run...'

'Great, Colin, so I'll drop you at Alasdair's house on my way back to the surgery OK?'

Ged nach robh lùth cuileig annam, leig mi leis. Dè am math a bhith a' cur dheth gu a-màireach rud a ghabhadh dèanamh an-diugh! Dè am math gu dearbha!

'Seo an t-àm as fheàrr dhen latha dha,' orsa m' uncail gu rothogarrach. 'Bidh am bodach a' fàs sgìth feasgar. Is bidh a' chlann aicese san sgoil – gu deireadh a' mhìos co-dhiù. Cò aig a tha fios nuair a thig July nach bi cùisean nas duilghe?'

Cha tuirt Ruairidh facal air co-dhiù chuala e sgath às ùr mu Bhill Marr is a mhamaidh 'dhoolally', ach thuig mi bho na thuirt e an siud gun robh e air bruidhinn rithese.

'Co-dhiù,' ors esan, 'fhad 's a bha thusa gad sgogadh fhèin le football am Barraigh, bha cèilidh air leth agam le Iain Nìll Dhòmhnaill. A thuilleadh air a bhith ag aithris cuid de bhàrdachd fhèin – a tha math, math – bhruidhinn e cuideachd air a... eh... muse is dh'inns e fìor dheagh sgeulachd a chuala e aig bràthair athar dha 'Gusag'; fhios agad an tè mun nighinn as òige aig an duin'-uasal... is pòsaidh ise mac an rìgh air a' cheann mu dheireadh.' A bit like Cinderella but there's no mention of her older two sisters being mean to her – just the hellish fix of having to marry her own father.

'Incest?'

'Indeed. All too bloody sanitised now, Colin: for mass consumption and money spinning a la Walt Disney.

'Cha dèan e ach fàs nas miosa,' mo chuid fàisneachd dha, 'mura fàs e mòran nas fheàrr?' chuir mi ris, is mi deònach a rothaigeadh beagan cuideachd.

'Well, cò aige a tha fhios, so, eh...'

Bha dùil a'm gun robh Ruairidh a' dol a ràdh rudeigin domhain, pearsanta fiù 's. Dh'fhairich mi sin sa chaochladh na ghuth ach 's e rinn e ach coimhead bhuam a-mach air an uinneig.

'Does it matter?' dh'fhaighneachd esan de phàircean Eòrasdail.

'Dè?'

'If one dominant, indiscriminate, culture destroys the others in its quest for supremacy?'

Thug mi air mo ghuailnean carachadh rud beag.

'Who cares? Do you care, Colin? Do these people who come to see me here and never stop telling me 'ach cho math 's a tha e dotair làn Gàidhlig a bhith againn?'

'Yes,' shad mi air ais; thug siud air tionndadh. 'We do! We care. A lot!' Agus an uair sin – is ro àrdanach, shaoil mi a-rithist – chuir mi seo ris: 'I also wish Aunt Emily were still alive – she was a fine woman – and that you'd be returning to her from here, like you used to, Ruairidh. But unlike in the stories...' ach bha m' uncail air am bòrd fhàgail.

'Duilich,' dh'fheuch mi, airson an t-sàmhchair fhada fhuar eatarainn a bhristeadh; 's ann ag èaladh nan troighean corrach mu dheireadh a bha Ruairidh mun stadadh e a chàr beag ri taobh na bhan liath – is i na tàmh na h-àite àbhaisteach.

'No need,' fhreagair esan. 'Your frankness is refreshing, Colin – if not entirely accurate or should I say complete?'

Ciamar? An e nach robh e a' caoidh Aunt Emily? Nach robh iad air a bhith nan cupal cho rèidh agus a smaointich sinn uile? Cò ris a bhiodh Dad coltach ann an leithid a shuidheachaidh – ach e a bhith buileach air chall a thaobh 's mar a lorgadh e lèine gun: 'your side of the wardrobe, Tom? No. The dispenser? No. The washing-line? No. The linen-basket? No. Oh, dear, still in the shop un-bought? Yes? – impossible – indeed. Ahaa, hanging under those new cardigans! What a shock!'

'S e shock dha-rìribh a bhiodh ann, ge-tà, dham athair nam falbhadh Mam a fhlathanas air; bheireadh sin bhuaithe a bhuadhan gu buileach. Cha bhiodh a phlàna faiceallach – fo a smachd-se – gus maireachdainn beò rè na seachdain no a' chola-deug aice am Barraigh ach truagh is gun fheum.

'Life gets complicated, the longer you bother living it,' orsa Ruairidh. 'Your past assumes a distorted significance which makes your present anxious, pressured, rather than enjoyably lived-in as it once was.'

'Is na bliadhnachan air thoiseach ma-thà?'

'The future towards which you've been striving all this time, Colin, with 'once I've done this – if we only sacrifice like this for another three, five, ten years – we can do that, we'll then have achieved such and such. It all proves rather illusory I'm afraid.'

'Ceart.'

'Bha thu ceart cuideachd. Tha ionndrainn mhòr agam air Emily. I just wish we'd lived more of the present of our past; let ourselves play a little more often. Ach, O-hò, a Chailein, seall thusa, 's dòcha gur e cluic seach clàradh a nì thu fhèin an-diugh – is dè ged a dhèanadh!'

Nochd dithist nighean bheaga is an neochoireach bràthar thar bràigh an tulaich is spleuchd iad oirnn – nan stoban reothte – mun do theich iad à sealladh mar an dealanaich.

'Chan eil iad siud san sgoil ma-thà,' mhuthaich agus thuirt mi.

'Air sgàth a' bhreac-òtraich a bhith orra, an ann?' orsa Ruairidh le leth-chasad a chaidh na leth-ghàire. 'Tha i a' lìonsgaradh an-dràsta. Bidh thusa sàbhailte gu leòr, tha fhios.'

Cha robh mi cinnteach. Bha fhios a'm gun do ghabh mi a' ghriùthrach, oir bha cuimhne glè mhath agam air an t-slighe fhada air ais bhon choillidh – dhan deach sinn a lorg uighean – nuair a bhuail droch fhiabhras is a chaill mi cothrom nan cas.

'Ach,' ors esan, 'chan eil e cho èibhinn sin a Chailein. Oir ma thig i orrasan 's dòcha nach bi Alasdair...'

Leum Ruairidh a-mach às an MG is dh'fhalbh e na ruith suas an cnocan is sìos chun an taighe. Nuair a rug mi air thug mi an aire do sheann chairt air a ceann foidhpe, nach fhaca mi roimhe, shuas mun ghable-end. 'S ann ri seòrsa falach-fead na broinn a bha a' chlann ach gum feumadh aon duine an t-each a chluic cuideachd. 'S e Dobbin (dè eile!) a b' ainm dhàsan.

'Chan eil spots orra sin a bheil?' thilg Ruairidh air Jane mun do bheannaich e an latha rithe fhèin no ri bràthair a seanmhar.

'Chan eil gin,' fhreagair ise. 'Ghabh an dithis mhòra reimhid i. Ghabh is e fhèin,' chuir i ris a' coimhead a-null taobh a' bhodaich shàr-ghlain, shàr-sgeadaichte, nach robh buileach a' leantail brìgh a' chòmhraidh seo.

'Why are they off school then?' dh'fhaighneachd Ruairidh.

'An gnothach agam fhìn a tha sin a Dhotair,' fhreagair Jane. ''S mise am màthair. Cha tig iad nad chòir,' thuirt i an uair sin riumsa ann an guth fada na bu bhlàithe, mar dhearbhadh gun leanadh m' obair-sa le Alasdair an-diugh gun dragh.

'Ach cha do ghabh am fear beag fhathast iad?' phut Ruairidh – a' Ghàidhlig ga cleachdadh aige le adhbhar.

'An aon rud a tha ceàrr airsan,' orsa Jane, ''s e gu bheil e air a mhilleadh aig a mhamaidh.'

Shaoil mi seo na rud cho neònach dhìse a ràdh; mar gur e faclan cuideigin eile, mu phàiste eile, a bha Jane a' cur gu feum is gun robh i, mar sin, ag aideachadh a cion gaoil is cùraim dha a mac beag bochd a bha a-muigh a' cunntais gu deich – le spàirn – air a chorragan. Is an robh a màthair fhèin còir dhàsan is dha na twins? Bha mi an dòchas, a Dhia, gun robh is gur e sin bu choireach nach fhaca mi riamh mu thaigh Alasdair i.

'Agus co-dhiù,' chùm i oirre,'cha do leig mi am broinn an taigh' iad is cha leig – ged a thigeadh an dìle – faodaidh iad a dhol am falach sa bhàthaich.'

'Glè mhath,' orsa Ruairidh. 'Glè mhath ma-thà.'

'Bheil duine agaibh idir a' dol a shuidhe?' dh'iarr Alasdair mac Sheumais Bhig bhuainn an guth car cas. 'Rinn Jane an tì mar-thà.'

'Cha ghabh Alasdair,' fhreagair Ruairidh, is e a' fuireach na sheasamh. 'Feumaidh mise cumail romham. Feuch gun inns sibh tè mhath dhan ghille an-diugh. Tuigidh e feadhainn mhòra fhada a-nist.

Tha deagh cheann air is deagh Ghàidhlig aige.'

Leig sinn le m' uncail falbh is shuidh Jane le dealas nochdte na h-aodann – chan e a-mhàin gun do rinn i tì ach gun robh i air bonnach ùr fhuine is pancakes a dhèanamh. An dèidh na thug Ealasaid dhuinn de dh'aran leis a' bhrot 's ann a bha seo a' coimhead air leth mòr.

'Post-prandial,' thuirt mi rium fhìn – gam fhaighinn fhìn deiseil airson am feasgar seo a bhuileachadh mar a b' fheàrr a b' urrainn dhomh.

'Dè?' dh'fhaighneachd ise le craos làn fhiaclan. 'Tha thusa èibhinn,' thuirt i an uair sin ann an guth gun a bhith aotrom.

Ach dè b' fhiach a ràdh rithe? 'Chuir mo mhàthair leabhraichean thugam,' thòisich mi, 'agus nam measg bha fear – 'Seann Sgeòil Cheilteach' – a bh' aig Ruairidh nuair a bha e na student. Làn bhookmarks a tha e. Post-prandial means after food, tha e coltach. Chan fhad' o ghabh sinn ar biadh an Eòrasdail. Am biodh e mòr leat mura feuchainn do bhèicearachd sgoinneil an-diugh, Jane, gun coisinn mi i?'

'Do thoigh fhèin,' fhreagair ise gu snog, socair, tuigseach, shaoil mi, ach an uair sin le glaodh – a bha a-rithist le cuideigin eile – thuirt i 'ach feumaidh tu a h-ithe mum falbh thu... a h-uile grèim dhith no thèid thu bhuaithe a Chailein òig!'

Thug seo gàire mòr air Alasdair, a leig leis an tè a bha a' frithealadh air siogarait a lasadh san spot. Chaidh an toit air a h-anail ach mhùch i a' chasad air cùl a dùirn.

'Seadh ma-thà, Alasdair,' theann mise leis fhèin, 'Ciamar a tha sibh an-diugh?

'Nach ann a bha an t-àm aig cuideigin faighneachd!' ors esan gun tuairmse spòrs no fealla-dha. 'Chan eil mi ach...'

'Mach!' sgreuch Jane, nuair a dh'fhosgail an doras is a ruith pàiste a-staigh air.

'Theich àsan orm,' ghearain am fear beag, Donnchadh, a' dèanamh rànaich, a làmhan – air nach tugadh feairt – sìnte a-mach thuice. 'Is tha an t-acras...'

'Thalla,' dh'àithn ise, 'tog fear dhe na pancakes leat. Sgob Donnchadh leis am fear bu tighe agamsa is dh'fhalbh e air aona chois a-mach dhan ghrèin an tòir air a dhà phiuthair chlaoidhte.

'Gheibh thusa fear eile,' dh'inns i dhòmhsa, 'ma bhios tu math is dìcheallach.'

Thug Alasdair mac Sheumais Bhig sùil a-null far an robh i – b' aithne dha glè mhath na bha ann an rùn Jane – is thionndaidh e an uair sin thugamsa.

'Bheil an rud ud deiseil agad?' rinn e cinnteach.

'Tha a leabhra,' dhearbh mi – is mi gam phlùcadh fhìn rud beag na bu ghiorra dha is a' cur a' mhaicrofòn aig an astar cheart fo a smiogaid – na b' fhaisge, shaoil mi, na mar a bha e agam an turas mu dheireadh. 'An cuala tu riamh air Tìr nan Òg? "The Land of Youngness",' dh'eadar-theangaich e.

Bha mi air an aire a thoirt gun robh 'Tìr nan Òg' san tiotal aig tè dhe na sgeulachdan nach do ràinig mi fhathast an leabhar Ruairidh ach sin cho fiosrach is a bha mi oirre. Chrath mi mo cheann.

'Far am bi a h-uile duine òg gu bràth,' ors esan, 'Aocoltach riumsa, chan fhàs iad sean is gaiseach. Cha chrìon iad mar a nì grian an t-samhraidh ro oillt a' gheamhraidh.' Chòrd sin rium.

'Seadh, Alasdair,' phiobraich mi e, 'Nach inns sibh dhomh mu dheidhinn Tìr nan Òg?'

'Tha i fada mach dhan iar,' lean e air, a' stiùireadh a chorraig air a' cheann sin dhen taigh. 'Nas fhaide na Hiort.' Shad e ronnan dha a bhobhla is thog Jane nèapraig ghlan far torran beag dhiubh air an iarnaigeadh.

'Ach mun ruig thu New York!' dh'fhaodainn-sa a bhith air a ràdh ann an suidheachadh diofraichte, le cuideigin diofraichte agus, tha mi cinnteach, sa chànain eile.

'''S ann às a sin a bha Niamh.' Thuirt e a h-ainm turas eile. Cha b' ann idir mar a chuala mi roimhe sa Bheurla e; bha Niamh Cleary – tè de dheichnear cloinne – sa chlas aig Celia. Bhiodh a bràthair-se 40 a-nist – smaoinich mi – abair aois! 'S ann a bha an ath nighean, Rose, na dias.

'Dh'innseadh i seo dhut a h-uile sìon mu dheidhinn Niamh,' lean Alasdair air, a' coimhead a-null far an robh Jane. ''S tric a chuala i oirre. Nach robh i a cheart cho laghach rithe agus a cheart cho brèagha!'

Dheàlraich Jane mu na gruaidhean is leig i le a sùil laighe air luath a siogarait a bha air fàs glè fhada. Chuir i às sa bhad e is fhuair i cuidhteas olc saoghalta sam bith a bha glèidhte na com.

'Ach gur ann à Tìr nan Òg a bha an tè sa is chan ann à Gearraidh Bhailteas.' Rinn an dithist againn gàire. 'Ach bha fear ann an Uibhist aig an àm ris an canadh iad Oisean. Oisean mac Fhinn 'ic Cumhaill.' Seadh, bha cuimhne a'm a-nist air tiotal slàn na sgeulachd sa chlàr Bheurla 'Ossian of Fionn and Tìr nan Òg'. 'Ach cha bu thoigh leis-san a bhith a' sabaid is a' cogadh is a' murt,' lean Alasdair air. 'Dhèanadh e sealg, allright, Oisean, ach cha do mharbh e duine riamh. Bha an còrr dhen Fhèinn cho mòr mu chlaidheamhan is na b' urrainn dhaibh de spadadh a dhèanamh leotha. Chan iarradh tu a bhith fada an cuideachd nan daoine sin – gu h-àraid nam b' e fear Lochlannach a bh' annad.'

'No Leòdhasach!' chuir Jane a-staigh air agus rinn Alasdair ciriseil; an e seo, smaoinich mi, fear eile dhe na nithean aicese a bha gràineil le Ìomhair? Mura robh a leithid riamh innte fhèin – buil nam bliadhnachan mòra sin sgarte o eileanaich eile a bha a-nist nan dlùth nàbaidhean san aon archipelago aig Comhairle nan Eilean? Nàbaidhean a dh'obraicheadh còmhla a chùm maith is a shiùbhladh gu furasta suas is sìos a choimhead air a chèile air sgàth rathaidean is chidheachan is bhàtaichean na b' fhèarr.

Ach saoil, nan robh Jane air a cuid foghlaim fhaotainn an Steòrnabhagh seach an Loch Abar am biodh a beatha-se an-diugh idir diofraichte? 'S dòcha gum bitheadh. Ach bha teans, cuideachd, nach biodh i an-dràsta a' cur seachad na h-ùine seo, a bha cho prìseil, le Alasdair mac Sheumais Bhig. Gu dearbha cha robh coltas mòran uallaich sa chloinn dhi; ged nach innseadh an cluic air latha samhraidh mòran mun àbhaist san dachaigh.

An e nach robh cus aig màthair Jane mu Alasdair air neo an e m' obair-chlàraidh-sa a bha a' cumail a' bhoireannaich trang is na h-ionad fhèin? Ged nach robh m' eòlas fhìn air teaghlach a thogail ro mhòr 's ann a bha an ùine le Mam am Barraigh air aithne ùr fhosgladh dhomh – is mi ga faicinn-se an sin mar thèile: na boireannach fìor chofhurtail is i air a deagh thatadh aig a piuthair; mar a bhruidhneadh i gu saorsainneil, spòrsail, ri Iain Sheumais Iain.

'Chan eil Jane fada ceàrr,' thuirt Alasdair airson ar tilleadh gu ar cùrsa. ''S e Lochlannaich a bha anns na Leòdhasaich, no co-dhiù na daoine on tàinig iad. Sìol Leòid nach e? Is cò bh' ann an Leòd ach mac Olaif Dhuibh, rìgh Mhanainn is nan Eilean – e fhèin is fear Norway cho mòr aig a' chèile!

Co-dhiù no co-dheth...,' bha am bodach a-nist a' dol is le sin bha e mar fhiathachaibh orm fhìn is Jane spèis a thoirt dha – ann an smaoin, facal is gnìomh.

''S e bàrd is filidh a bh' ann an Oisean mac Fhinn 'ic Cumhaill is bhiodh daoine tighinn ga èisteachd às a h-uile ceàrn dhen t-saoghal cho fada a-mach ris a' Ghrèig is na dùthchannan ìseal' – i.e. Mighty Holland; a' Bheilg cuideachd, bha fhios? – 'ach latha dhe na làithean seo, cò nochd am measg a' chòmhlain ach boireannach àlainn air each geal nach fhacar riamh a leithid san àite.'

Dh'inns a' phriobag bu lugha bhuaithe, an taobh a bha Jane, gum b' i seo Niamh.

'Agus an dèidh 's dhan t-sluagh sgaoileadh, dh'fhuirich ise is chaidh i suas a bhruidhinn ris fhèin, Oisean, is rinn i moladh air a bhàrdachd –

mar a chòrd i rithe – is am faodadh i idir tilleadh an ath latha a-rithist? "Faodaidh gu dearbha," ors esan rithe is gum biodh esan glè thoilichte nan dèanadh i sin. Is dh'fhalbh i air a h-each geal is an oidhche sin, bha esan ag obair gun sgur air òrain is air bàrdachd fhaighinn deiseil dhi – oir bha e air nòisean sgràthail a ghabhail dhith – do Niamh a bha seo – ged nach robh fios no forfhais fon ghrèin aige cò a bh' innte no cò às a thàinig i!'

Chithinn deur a' trèigsinn sùil Jane is ghabh mi eagal mo bheatha 'son Oisein, Ruairidh is i fhèin. 'S ann a bha binn orra sin uile. Cha tigeadh beò às a' gheimheal seo, ach Alasdair mac Sheumais Bhig is mi fhìn: esan leis gun do rinn e a bhàs a thoirt a thaobh cho sgileil thuige seo far an do dh'fhairtlich sin air a' mhòr-chuid – iad spealte an cogaidhean fuilteach no air an còpadh fon fhòid leis a' chaitheamh is a charaidean, nuair a ghluaiseadh àird na gaoithe.

Ach carson mise? Carson a bu chòir dhòmhsa a bhith maireann is a dhol am feabhas? Air tàillibh 's nach ann buileach às na h-eileanan seo a bha mi? Gum b' urrainn dhomh taghadh co-dhiù rachainn an sàs no am fuirichinn aig astar? Cha robh mi cinnteach carson, ach thuig mi ann an sin, airson na ciad uair, ann an deur dèirceach Jane is mar a dhealbhaich Alasdair cumhachd Niamh air cridhe Oisein òig, gun sàbhailinn-sa.

Gun for aige air a liut fhèin, shocraich Alasdair mo chuid iomagain agus threòraich e air ais a dh'àm na naidheachd sinn – ar latha fhìn sna meadhan-aoisean.

'Ach an toiseach cha robh sgeul oirrese is cha robh sùim Oisein idir anns na bha e a' cur a-mach ged a rinn e mar a b' fheàrr a b' urrainn dha oir bha mòran an làthair an latha ud – feadhainn gu math ionnsaichte nam measg.

'Ach an sin nochd i is ruthadh beag na gruaidh – mar gun robh cabhag no dragh oirre nach biodh i ann na uair. Cho luath 's a chrom i far an eich is a shuidh i am measg na buidhne 's ann a chaidh esan gu òrain is gu bàrdachd – gach fear a lean na b' fheàrr na chèile. Is rinn na daoine a thàinig an lamhan a bhualadh nuair a chuireadh crìoch mu dheireadh thall air a' chuirm.'

Bha Jane a' sgrùdadh bàrr a meòirean buidhe is a' bìdeadh pìos beag de chraicean cruaidh an siud is an seo. Dh'fhàg mar a bha a' ghrian a' deàrrsadh oirre, tro lòsain na h-uinneige bige, na lagain-mhaise aice na bu mhotha am follais is a smiogaid na tè dhùbailte. Chithinn salchar am pailteas air a peitean is gun robh snàithleanan ribeagach ris aig bonn a' mhuilchinn air a làimh dheis. Bha a' bhriogais aice cuideachd ro theann dhi – gu h-àraid mu a meadhan is an siop lag plastaig gu sracadh oirre. Ghabh mi iongnadh ach an robh a dileag oirre an dèidh dhi an dà mhuga mhòr ud de thì òl is na ghabh i, bha fhios, mun tàinig mi. Chan fhalbhadh i aig an àite seo san sgeul. Chan fhalbhadh na mi fhìn – ach chan fhada gum feumainn.

Thuit dorchadas gu h-obann air an t-seòmar is dh'èirich Jane is las i an tilidh.

'Is nach do ghabh Oisean,' lean Alasdair air, 'gaol air Niamh is ise gaol airsan.' Thug a dhà Chù Chrèadha air an dreasair sùil a' mhulaid air a chèile is tè eudach air na trì geòidh air a' bhalla is iad ri sgèith gu tìr chèin thar treidhe a' Choronation.

'Is cha b' fhada gus an do dh'iarr esan oirre a phòsadh.' Thàinig crith na ghuth fhèin aig an àm seo. An robh an t-aithreachas idir air Alasdair nach do phòs e? Is an robh dùil is dòchas aige ri duine na b' fheàrr na am bugair ud Ìomhair 'son Jane bheag nan sgeul?

'"'S mise a nì sin," ors ise, Niamh. "Ach," ors ise, "ma tha thusa, Oisein, Mhic Fhinn 'ic Cumhaill ag iarraidh mo phòsadh-sa, feumaidh sin tachairt san tìr on tàinig mise."

'"Cò an tìr tha seo?" dh'fhaighneachd Oisean.'

'Tìr nan Òg!' dh'èigh Jane – an nighean bheag shnog ud agus an tè sean ro a h-àm; car fireann na dèanamh air sgàth dearmaid is dìmeas.

Thog Alasdair a làmh.

'"Ach," ors ise, "ma phòsas sinn an sin, cha bhiodh e ceart dhut tilleadh a dh'Uibhist. Ach tha Tìr nan Òg na àite brèagha, chì thu fhèin, Oisein, cha bhi a' ghrian uair sam bith dol fodha is cha bhi na daoine a' fàs sean ann."'

Rinn am bodach againne osna.

'Well, ged a bu mhòr leis athair, Fionn, is an còrr dhen Fhèinn fhàgail, bha Niamh air leithid a tharraing a thoirt air a chridhe 's gum b' fheudar do dh'Oisean gèilleadh – leigeil leatha – is air latha brèagha earraich, thog an dithis orra air muin an eich ghil gu ruige Tìr nan Òg.

'Is an dèidh turas fada thar nan tonn – ràinig iad cladaichean taitneach na dùthcha san d' rugadh is do thogadh an tè àlainn seo, Niamh.

'Is abair thusa sluagh gam feitheamh – is bodach le crùn air a cheann is boireannach ri a thaobh a bha a cheart cho rìoghail.

'"Cò na daoine leòmach seo?" dh'fhaighneachd Oisean.

'"Oh," ors ise, "Sin m' athair is mo mhàthair is na searbhantan aca. Nach do dh'inns mi dhut gur e bana-phrionnsa a bh' annam?"

'"Cha do dh'inns! Well, well," ors Oisean, "Is tha mise a' dol gad phòsadh."

'Is ann an ath latha a bha a' bhanais agus is 's i bha sònraichte – a h-uile duine na b' uaisle na chèile oirre agus am biadh bu bhlasta a dh'fheuch mise na thusa riamh nar beatha.'

Rinn mi oidhirp gus smaointinn ach dè am biadh a bu bhlasta a dh'ith mise riamh? Gu dearbh cha b' ann aig gin dhe na bainnsean Hotel dhan deach mi a ghabh mi grèim dheth.

'Is fad mhìosan às a dheaghaidh sin, bha an dithis aca cho rèidh is chòrd Tìr nan Òg is a mhuinntir ri Oisean. Ach an dèidh sin thòisich e ri Uibhist ionndrainn, na daoine a dh'fhàg e – athair is Diarmad is Daorghlas is Bran, an cù, is dh'fhàs e sgìth dhen ghrèin seo.' Choimhead Alasdair a-mach air uinneig bhig dhorcha, 'Bu thoigh leis latha sgràthail fiadhaich fhaireachdainn a-rithist!'

Chuir Jane sgraing oirre a thuirt: Biodh iad agaibh fhèin ma-tà! Bidh sinne a' faighinn ar sàth dhen t-sìde ud.

'"Tha mi dol dhachaigh," ors esan rithe aon latha. "Ach tillidh mi."

'"Ach, Oisein, gheall thu nach rachadh..."

'"Agus tha mi a-nist a' gealltainn dhut gun till mi," ors esan. "Feumaidh mi a h-uile duine is Uibhist fhaicinn aon uair eile, sin e."

'Ged nach robh i toilichte, thug Niamh cead dha; ach 's ann air an each gheal air an tàinig iad a dh'fheumadh e falbh is tighinn agus thuirt i ris, "Ge brith dè nì thu Oisein, na tig a-nuas far druim an eich sin. Ma bheanas aon phàirt dhìot ri talamh Uibhist, chan ann dhut as fheàrr!" Agus sin an cùmhnant, ma-tà, air an do dhealaich iad.'

Stad Alasdair tiotan, shèid e a shròn is sheall e gu mion air a' stòbh mun do dh'fhosgail e i 'son dà fhàd shlàn a chur na goile – mhaireadh iad sin, shaoil mise, na b' fhaide na an còrr dhe a naidheachd.

'Ach cha b' fhìor fhada,' ors esan, 'ged a bha astar mòr ann – gus an d' ràinig iad eadar Orasaigh shuas is far a bheil factoraidh na feamad an-diugh; ged nach robh sgeul no sealladh air a leithid san àm sin. Sin far an tàinig an t-each air tìr ge-tà. Cha chuala mi riamh cò às a dh'fhalbh iad.

'Is an toiseach, cha do chuir Oisean uimhireachd air mòran – na taighean-tughaidh dìreach mar a bh' ann ach gun robh similirean orra ach an uair sin chunnaic e gun robh Dùn na Cille na thobhta air Eilean Buidhe is gun robh Dùn an Doichill fo ghìogain is shealbhaig. Cha do thuig e idir dè bha dol. Ach an uair sin nochd na daoine len aodach fasanta, mar a bhiodh air muinntir Ghlaschu uair dhen robh an saoghal, a' tighinn far an *Dunara Castle*.'

Choimhead mi sìos air na bh' orm fhìn: deise buileach gun snas no tuar an fhasain. An e seo m' oidhirp fhìn gun a bhith diofraichte bho chàch? Is dòcha gur e, ged a dh'fhaodadh gnothach a bhith aig a' mheall aodaich sa phreasa ris cuideachd. A dh'aindeoin miann Ealasaid, bha mi fhathast gun an cothrom a thoirt dhi mo dhrathais no rud sam bith eile leam a nighe le a làimh.

'Is nuair a thug e a thaigh fhèin a-mach, mu dheireadh thall,' orsa Alasdair, 'cha robh ann dheth ach tòrr chlachan is gun duine dhe na bhuineadh dha ri fhaicinn faisg. Chùm e fhèin is an t-each air aghaidh, is esan san dìollaid fad an t-siubhail.

'Is an sin stad e duine, is dh'fhaighneachd e dheth an cuala e guth riamh air an Fhèinn – air Fionn MacCumhaill is na daoine sin? Thuirt e nach cuala. Cha chuala no an ath duine. Ach sheall esan dha an taigh aig fior sheann bhodach – na bu shine na mi fhìn, even!'

Rinn sinn uile gàire is na chois thàinig faireachdainn na b' aotruime air an taigh.

'Fuirichibh!' dh'èigh mi, a' spìonadh is a' tionndadh an teip; agus dh'fhurich, tiotan.

'Ghnog Oisean air doras a' bhodaich is e fhathast air an each. Thàinig e fhèin a-mach. Chuir mac Fhinn an dearbh cheist airsan.

'"Well," ors esan, "mura b' e is gun d' fhuair mo shinn-shinn-seanair aois mhòr – mar a fhuair mi fhìn – cha robh mi air sìon idir a chluinntinn orra sin – An Fhèinn. Fionn – 's e an ceannard aca, nach e?"

'"'S e ma-thà!"

'"Agus bha fear, Diarmad, ann a bha cho math air a' chlaidheamh."

'"Tha sibh ceart," dh'èigh Oisean. "Cuin a bha na daoine sin an Uibhist mu dheireadh?"'

Nochd faileas a' bhròin an aodann Jane is dh'fhosgail is dhùin i a phacaid thoitean mun do thruis i – an dòigh chlis àraid, shaoil mi – a muilichinnean.

'"Oh," ors am bodach, "leig leam seo obrachadh a-mach. Bidh trì cheud bliadhn' ann co-dhiù."

'Cho luath is a chuala Oisean an aireamh sin trì ceud bliadhna, thuig e sa mhionaid na bha air tachairt – bha esan gus a bhith bliadhna ann an Tìr nan Òg. Airson a h-uile latha a bha e ann a sin, bha e air bliadhna a chall an Uibhist. Trì cheud latha an sin – trì cheud bliadhna an seo.

'"Nach robh fear ann," ors am bodach, "ris an canadh iad Oisean a bha math air bàrdachd?"

'"Bha gu dearbha!" ors Oisean. 'S e a th' annamsa ach eachdraidh an seo a-nist, smaoinich e, is thug e taing dhan duine is chuir e an t-each 'n rathad an iar.

'Ach cò thachair riutha air an t-slighe ach dithis a bha feuchainn ri ulpag – fhios agad clach mhòr mhòr – a ghluasad a dh'oir an rathaid. Dh'iarr iad cuideachadh air Oisean.'

Chithinn gun robh Jane air a dhol seachad air deireadh na sgeòil na cridhe – is crìoch dhubhach oirre cha mhòr cinnteach. Bha agus mi fhìn. Cha robh e gu cus diofair dè dìreach a thachradh. Ann an dòigh air choreigin bhristeadh Oisean a ghealladh do Niamh is chan fhaiceadh e tuilleadh i; thilleadh Jane dhachaigh gu Ìomhair is a dochann – bha mi a-nist cinnteach às a sin cuideachd san dòigh chùramach san do shuidh i is an t-aodann goirt a rinn i nuair a ghluais i gun fhiosta am meadhan na h-aithris. 'S e mearachd a bha san t-sùil dhubh. Leis an ath bhuille 's ann falaichte, shaoilinn, a bhiodh patan is cnapan a chumhachd. Bha teans cuideachd gun robh fios aig Alasdair mac Sheumais Bhig air na bha an deamhan a' dìoladh oirre. Ma dh'fhaoidte gum biodh Jane fhèin air innse dha: ach b' ise fhathast a bhana-phrionnsa bhòidheach, cha chuireadh duine smal air a sin.

Agus an ùine nach biodh ro fhada an dèidh na sgeulachd seo, bhàsaicheadh Alasdair is bheireadh e leis an sgeulachd seo agus na ficheadan eile nach deach innse. Is dè an uair sin a bhiodh anns an tè a chlàr mise bhuaithe? Pàirt eile dhen tiomnadh chulturach – cho beò ri Cù Crèadha?'

'Not necessarily,' orsa Ruairidh, nuair a chluic mi dha gu lèir i na b' fhaide dhen fheasgar. 'I must apologise, Colin, for being a little maudlin earlier. Bha deagh latha agam; a thug toileachas is riarachadh dhomh, dh'fhaodadh tu a ràdh; mar a bh' agad fhèin, is coltach. Agus dh'fhan clann Jane modhail?'

Cha mhòr nach robh mi air dìochuimhneachadh gun robh iad idir ann gus an do nochd mi fhìn is ise a-mach air a' bhlàr bhlàth. 'S ann a' ceangal neòineanan a bha iad is gun for aca air sgath eile san t-saoghal ach sin fhèin.

'Rinn e math an-diugh!' orsa Jane a' cur a làimhe an tacsa a droma.
'Fìor mhath. Iongantach dìreach.'
'Robh thu a' smaointinn gun clisgeadh e?' dh'fhaighneachd i.
'Cò?'
'An t-each geal – nuair a chunnaic e Oisean na sheann bhodach preasach de thrì cheud bliadhna a dh'aois? Robh thu a' smaointinn gum fàgadh e na laighe ann a shin e – gun teicheadh e air ais a Thìr nan Òg?'

Dh'aidich mi nach robh beachd eile air freastal Oisein air a bhith agam – gun do ghabh mi ris na dh'èirich dha dìreach mar a chuir Alasdair sin far comhair.

'Fhios agad dè a Chailein?' orsa Jane is chuir i a gàirdean trom fhear-sa. Theann plapadaich luath làidir nam uchd 's nam amhaich. Am faiceadh a' chlann idir sinn? Cha leigeadh an t-eagal dhomh tionndadh, ged a bha sinn thar an tulaich, ach dè nan ruitheadh Donnchadh beag às ar dèidh? 'Bha mise daonnan,' chùm ise ris, gun chùram sam bith oirre, 'airson 's gun tilleadh Niamh ga iarraidh. Nam faigheadh Oisean air ais gu Tìr nan Òg, dh'fhalbhadh an aois dheth is bhiodh e air ais na dhuine òg brèagha.'

Bha mi air a ràdh ri Ruairidh nam biodh i fhathast na turadh gun coisichinn-sa dhan rathad mhòr; stadadh cudeigin is cinnteach. Ach dè nan robh esan air sgur a dh'obair tràth is gun robh e a-nist a' tighinn nam choinneimh a Ghearraidh Bhailteas? Shaor mi mo ghàirdean bho Jane gun rud mòr a dhèanamh dheth agus dh'fhosgail mi an geata. Bhuail orm an uair sin, gun rabhadh, iarraidh mòr is aithreachas nach do phòg mi Catrìona a' Chlachair – làn miann air a beul am Barraigh – airson seo uile fhàgail cus na b' fhasa.

'Aon oidhche,' thuirt ise, 'dh'obraich mi air m' uncail ach an atharraicheadh a' chrìoch aice dhomh. Rinn e sin ach dh'aithnich mi nach robh e a' creidsinn ann agus an-ath-oidhche thug mi air a h-innse dhomh a-rithist mar bu chòir.'

'Sgeulachd air leth,' orsa Ruairidh, 'is cho ealanta, siùbhlach, mar a chaidh e rithe. Is nach ann aig Alasdair cuideachd a tha an guth a nì an caochladh ceart; do dh'fhear dhe aois, a Chailein!'

'Is dòcha gur e a bhith ag aithris na sgeulachd seo gu tric a ghlèidh a chuid òige-san ma-tà?' Chluinninn an 'youngness' a thug e fhèin oirre.

'Well, a-nist,' thuirt m' uncail, ''s e smaoin a tha sin, gun teagamh 'ille. Cha chreid mise, ge-tà, gu bheil e air mòran dhe na tàlantan seo a chur gu feum fad deannan bhliadhnachan, on a bha Jane na h-ighinn bhig, agus roimhe sin, well...? Is dè an cor a bh' oirrese co-dhiù?'

'Deagh chor. Well, a bit stiff looking actually.'

''S beag an t-iongnadh,' a fhreagairt. 'Na bhios an tè ud a' cur a-staigh a' ruith an dèidh nam beathaichean sin – anns na seann bhrògan sin cuideachd. Sin an dearbh sheòrsa dhaoine air an tig druim goirt.'

Yeah, yeah, smaoinich mi! 'S ann aig Ruairidh MacGillÌosa a bha tuigse air mòran a bharrachd air sin ach gun do thagh e – air adhbharan fhèin – gun a dhol na bu doimhne an sàs ann oir 's gun leanadh m' obair-sa gun dragh. Cha bu thoigh leam sin idir.

'Tuilleadh chickenpox shuas sa cheann a deas,' chuir e ris. 'Cha do nochd broth air duine dhen chloinn ud fhathast?'

'Cha tàinig iad cho faisg sin 's gum faicinn.' Fhreagair mise, ''S ann a tha iad air an deagh thrèanadh aice.'

'Rudeigin mar sin; na truaghain,' beachd m' uncail. 'Mar a dh'fhiosraich Oisean, a Chailein, ma nì thu malart air d' òige airson rudeigin eile – nas fheàrr, nas motha, ge brig dè – chan fhaigh thu air ais i is fuilingidh feadhainn eile air a tàillimh.'

Bha Ruairidh ceart ge-tà. 'S dòcha gur e a bha gam fhàgail-sa cho cinnteach na bu tràithe gun sàbhailinn fhìn, 's e cho mòr is a chòrd m' òige rium. Bha i fhathast a' còrdadh rium glan (ach ceist bheag bhìodach nan deuchainnean!). Cha b' ionann idir is na ginealaich a chaidh romhainn.

'Tha sgeulachd à Japan ann, a Chailein,' thòisich m' uncail, 'a tha glè choltach ri tè Oisein. Ach 's e Harashimo...'

Dh'fhairichinn mo shùilean a' dùnadh. Bha am mocheirigh an dèidh Runrig, truimead na saothrach an taigh Alasdair is an iomagain a bha a' sìor fhàs annam mu Jane air an diog a thoirt asam.

'Tè 'son latha eile, dè?' thuirt Ruairidh is le sin thill e a-mach a-rithist gu caillich nach rachadh dhan ospadal. Dhiùlt i a mac de 50 bliadhna a dh'aois, air an robh Downs' Syndrome, fhàgail a dh'aindeoin gach cuideachaidh a gheibheadh i leis.

'S ann a bha mise glè thoilichte a bhith air m' fhàgail leam fhìn agus tòiseil san leabaidh ro leth-uair an dèidh naoi. Shiubhail is lorg mi *Ossian of Fionn and Tìr nan Òg*, an leabhar m' uncail, ach chan e fiù 's an dà loidhne fhèin a leugh mi mun do thuit e dhan làr is suain bhith-bhuain mhòr air mo bhualadh a-rithist.

13

BHA AN RÈIDIO ri bùirein nuair a dhùisg am faireachdainn uabhasach ud mi: gun do chaidil mi a-staigh airson rudeigin cudromach – agallamh no mo chiad latha aig obair ùir no deuchainn? 'S ann làidir, saillte a bha àilidhean a' chidsin is rinn ge b' e dè an t-iasg a bh' ann e fhèin aithnichte nan lùib.

'Ged a dhèanadh iad siud bleatraich gu Là Luain,' bha Ruairidh a' cur às fhèin ris an rùm fhalamh, an sgian bheag aige gus ìm a chur air pìos arain, 'cha robh Alba riamh a' dol a bhuinnig a' World Cup.' Shuidh mi ri a thaobh is mu choinneamh mo bhradain shnoig fhìn. 'B' e sin am bruaillean againne cho math ri fear Ally bhochd a Chailein.' Chùm m' uncail air, 'feumaidh an sluagh – muinntir na dùthcha seo – an cuid fhèin dhen choire a ghabhail leis gun robh sinn cho deònach ar tùr a leigeil bhuain. Bidh Oisean taghta ged a bhiodh e…'

Cha do chuir e crìoch air sin agus 's ann le gnùig bhig a theann mise ris an t-iasg a ghearradh is cha b' ann le comas. Cha do sheas foighdinn m' uncail fada is ghabh e fhèin dha le taobh maol a sgeine-san. Le sgil an eòlaiche chaidh cnàmhan an èisg a chutadh às uile, a' fàgail na feòla pinc sughmhòr, slàn air an t-soitheach.

'I did consider becoming a surgeon, Colin!' ors esan, 'but in the end I reckoned I lacked sufficient cruelty, or perhaps that I was too smaltzy, touchy-feely.'

'Ha!' mo fhreagairt. Bha mi far an cuala mi na faclan sin is gu dearbha cha do shaoil mi gun robh iad buileach a' tighinn ris an Ruairidh a b' aithne dhòmhsa.

'If they waant tae boo us, they kin,' bha Willie Donachie ag ràdh air an rèidio is bu choltach a rèir a chion sunnd nach robh cus dùil ris a' chòrr. 'But that's no gonnae chinge any'hin. We done whit we done and we done wur best.'

'And perhaps in rather difficult circumstances?' chuir sliomaire a' Bheeb ris.

'Aye!' dh'aontaich an cluicheadair-cùil aig Man City, 'Whit a heat John, know?'

'Gu leòr!' beachd Ruairidh is dh'èirich e gu a chasan gus na guthan sin a mhùchadh is an t-sìth a bha a dhìth air fhaotainn; 's ann a bha làn-chothrom a-nist aig dìosgail gach sgrìob air ar truinnsearan an seòmar a lìonadh.

Agus b' e seo an aon fhuaim a chluinninn-sa ach a-mhàin a' ghaoth – a bha air gobachadh is a' bagairt dhol na gèil – a dh'aindeoin ghathan meallta na grèine a bhith a' sgaoileadh am blàiths thar bòrd a' bhreacaist. Am broinn gàrradh àrd Thaigh Eòrasdail, agus a' leum far preas rhododendron gu bara-làimhe gun roth, mhuthaich mi do bhrù-dhearg; ach cho tràth seo sa bhliadhna? – well, smeòrach ma dh'fhaoidte.

Chuir mi smirg beag orm – a ghlacadh sùil Ruairidh – mun do ghluais mi mo cheann 'n rathad na sgularaidh. Fhreagair aodann-san gun robh Ealasaid fhathast innte. Feumaidh nach robh e idir cho anmoch is a bha dùil a'm; fhathast ro ochd dhearbh dong-dong a' ghleoca mhòir san trannsaidh. Dh'inns snuadh m' uncail an uair sin dhomh nach robh e a' tuigsinn carson a bha an tè a bh' ann cho sàmhach.

'Shh,' thuirt mi ris gun bhìog a dhèanamh – mo mheur suas gum bheul – is dh'fhàg mi an rùm air mo chorra-biod. 'S ann an impis doras na sgularaidh fhosgladh le fruis a bha mi nuair a thug faireachdainn àraid orm sèithir fhaighinn on phoirds is chuir mi sin an tacsa an dorais.

Sheas mi an uair sin air agus shlaod mi mi fhìn suas chun nan trì lòsain bheaga. Ged as ann sgleòthach air an dèanamh a bha a dhà dhiubh, gheibhte sealladh tron fhear sa mheadhan – mura b' e cho salach 's a bha e!

Chithinn ge-tà Ealasaid na suidhe air stòl le a ceann crom, a sùilean dùinte agus a lamhan paisgte mu phaideirean fada na Conair Mhoire. 'S ann a' sior ghluasad a bilean a bha i agus chluinninn air èiginn monbar a h-ùrnaigh.

'Anniversary air choreigin, 's dòcha?' beachd Ruairidh air a seo. 'Chan eil mìos o dh'eug Norma bhochd a Chailein a bheil? Cha ghabhainn iongnadh ged a chumadh cuid an seo 'month's minder' nan Èireannach. Dhòmhsa dheth 's ann a dh'fhaodadh grunn mhìosan a bhith air a dhol seachad o bhreab mi am ball trom ud dha na coin. Uair eile bha mi a' faireachdainn nach robh tìm Uibhist a' tighinn air riaghailtean an t-saoghail on thàinig mi is gur ann a bha an rud ag obair an rathad eile an seo seach an Tìr nan Òg. Saoil, nuair a thillinn a Ghrianaig, am bithinn-sa fada na b' òige na an riochd seo de Chailean Quinn an Eòrasdail?

'S dòcha gur e mo chuideachd an seo bu choireach gu ìre – Ruairidh, Ealasaid, Alasdair mac Sheumais Bhig, Jane – cha b' urrainn a ràdh gun robh cus dragh aig a h-aon dhiubh sin mu chultar is cùisean modern? Agus agamsa? Bha gu dearbha: 's e dìreach nach robh an cothrom air a bhith agam.

'Seo a-nist thu a m' eudail,' thuirt Ruairidh ri Ealasaid nuair a thill i a thogail nan soithichean. 'Bha sàman Choinnich fichead uair na b' fheàrr na fear fansaidh na Ritz. Can thusa sin ris; agus chan eil aon reusan air an domhain nach bu chòir latha dheth a bhith againn uile – gu h-àraid aig feadhainn a bhios ag obair gu cruaidh air fish-farm.'

Thàinig blìonas oirre, ''S ann gu math ròiceil a tha i a-nist a-muigh,' ors ise. 'Gèil' air an rathad, cha chreid mi; seallaibh cho dorcha 's a tha i air fàs. Cuireadh sibh umaibh gu ceart a Dhotair!'

'Deagh latha-obrach dhan oileanach,' fhreagair Ruairidh airson mise a thoirt a-staigh dhan chòmhradh. 'Sin am plàna,' nach e a Chailein? Tha thusa a' dol a phass-adh nan resits seo nach eil?'

Bhuail am fear ud mi, mar bu chòir tha fhios, ach cha tuirt mi sgath. 'S ann a' cosg m' analach a bhithinn – is gun fheum a dh'òrdaich Dia aig Ealasaid air – a dhol a ràdh ris-san a-rithist nach e resits a bh' annta leis nach do ghabh mi feadhainn an t-samhraidh.

'Nì thu deagh thòrr an seo sa mhadainn,' bha e air cur roimhe – agus romhamsa! – 'is faodaidh tu an uair sin tighinn a-mach còmhla riumsa feasgar.'

An e nàdar faothachaidh a bha mi a' faotainn an seo bhuaithe – mura a b' e an sack ga thoirt dhan oileanach mheadaigeach gun teist no cead? No saoil an robh an cleas againn a-nist air foghnachdainn do Ruairidh – le deagh adhbhar 's dòcha cuideachd? – co-dhiù chòrdadh sin rim mhàthair gus nach còrdadh?

'Is cò tha a' cluic a-nochd a Chailein?' dh'fhaighneachd Ealasaid. 'Ally bochd,' thuirt i an uair sin is, gun am mìr bu lugha de nàire, lean i oirre, 'Chuir mi Decade bheag dha an sin – agus dha a bhean bhochd. Ach cho cruaidh 's tha iad air a bhith oirrese cuideachd is i cho laghach ris an òr. Tha mi an dòchas nach cur seo às dhaibh.'

'Bidh iad taghta,' chuir m' uncail air shùilean dhi le cinnt, mar as iomchaidh do dhotair de a bhliadhnachan, ge b' e dè a bheachd pearsanta air a chùis. 'Gheibh iad uile os a chionn ri ùine!'

Cha robh mise cho cinnteach ach gu dearbha cha robh Ruairidh fada ceàrr mum dheidhinn-sa oir rinn mi 'deagh thòrr' air a' chiad latha-obrach sin airson nan deuchainnean – air mo bhrosnachadh, dh'fhairich mi, le cridhe mòr Ealasaid. Thuiginn a-nist nach dèanadh leisge no fèin-sgrùdadh feum dhomh tuilleadh agus cuideachd nach robh bàrdachd Bhyron cho buileach bog 's a shaoil mi an toiseach i.

Aig leth-uair an dèidh aon uair deug, bha mi air an t-adhartas a dhèanamh a leigeadh leam tòiseachadh air an sgeulachd àlainn aig Alasdair a sgrìobhadh a-mach bho aithris a bheòil.

Ged a bha dùbhlan na bu mhotha san obair seo, chòrd i glan rium. Bha Ruairidh air duilleag a thoirt dhomh air a sin cuideachd: stiùir gus briathran an duine fhaighinn sìos facal air an fhacal agus, is 's dòcha nas cudromaiche, mar a dhèante cothromachadh eadar cainnt cheart agus pìos-ealain air a sgrios le iomadach 'err' is 'urr' is 'uhm'.

Cha do chuir sgrìobhadh na Gàidhlig cus dragh orm – rud a chuir eagal an tòine air mòran, mo mhàthair is Raghnaid air dithist dhiubh. Ach cò às idir a thug mi m' eòlas air riaghailtean leithid: 'leathann ri leathann, caol ri caol'? Cha robh sìon a dh'fhios a'm, ach bha iad agam.

Ged as e tacsa air leth feumail a bha sa 'Bhioball' aig Dwelly bu thoigh leam cuideachd faclair beag ùr a bha Ruairidh air fhàgail air an sgeilp thana os cionn an *Aga*: *Abair Facal!* – 'Say a Word!' No an e 'What a Word!'? Mar 'Abair latha math', rud nach robh idir ann an-diugh an Uibhist – mar a gheall Ealasaid.

Bha feum cuideachd ge-tà air sgilean teicnigeach nach robh agam buileach fhathast ach a thigeadh, ri uine, bha mi an dòchas. Dh'fhàg mi bristeadh Jane air aithris a h-uncail ann an [...] airson an-dràsta. B' airidh i air a h-àite, ge-tà – am pàirt mòr a bh' aice ann a bhith dèanamh cinnteach gun cuimhnicheadh is gun innseadh Alasdair a chuid sgeulachdan.

Chluic is chluic mi air ais na dh'èigh i mu Niamh. Làn neoichiontais a bha e, shaoil mi – làn dòchais òig. Chan eil fhios nach b' ionann is mar a dh'fhairich Oisean nuair a dh'aontaich e ri cùmhnant nam bòidean-pòsaidh leatha.

'The good news or the bad?' dh'fhaighneachd Ruairidh dhìom nuair a thog sinn a-mach mu dheireadh thall.

'Chan eil sibh airson gun tig mi còmhla ribh tuilleadh? Tha sibh gam chur dhachaigh a Ghrianaig? I've spoken out of turn once too often?'

'Hold your horses! 'S ann a bha mi a' bruidhinn mun dà thaigh dha bheil sinn a' dol. 'S e làn dìth do bheatha a bhith còmhla riumsa an seo, 'ille, cho fad 's a thogras tu, ach ma tha rudan eile agad ri dhèanamh a-nist tha sin OK cuideachd.'

'Oh,' orsa mise, 'Taing.'

'Rud eile, a Chailein, tha Dr Marr an dùil tilleadh an ùine nach bi ro fhada. Bhruidhinn mi ris oidhche Chiadaine – tha a mhàthair air seatladh gu math a-staigh dhan home no ge b' e dè an t-àite a th' ann. Chan eil aige a-nist ach an taigh is a dhà na thrì nithean laghail a chur ceart.'

'OK ma-thà,' orsa mise, 'Well, tha fhios gum bu chòir am 'bad news' fhaighinn às an rathad.' Mura b' e sin an droch naidheachd, smaoinich mi: fios na bu chinntiche a bhith againn mu na làithean air fhàgail dhuinn an Uibhist.

'Actually, 's ann a dhèanadh e barrachd ciall,' fhreagair esan, a' dol seachad air ceann rathad Smeircleit, an 'good news' a dhèanamh an toiseach.'

Chithinn càr dorcha an taobh a-muigh taigh a' bhoireannaich air an robh, shaoil lem liagh eudmhor, Cailean Quinn, depression; is am pàiste aice, an turas ud eile a bha sinn an seo, na shuidhe gu cugallach air baidhc a bràthar-cèile.

Ged a bha an t-sìde air fàs na b' fhiadhaiche 's e coltas is faireachdainn cus na b' fhallaine a bha mun dachaigh seo. Ach cò leis an càr? Bha fhios a'm nach ann leis an duine aice – bhan eile a bh' aigesan. Cha robh mi riamh math air rudan mar sin a chumail air chuimhne. B' aithne dhomh Barraich a gleidheadh figearan number plates air a' chiad sealladh is a dhèanadh an smìdeadh deiseil is iad air fear fhaicinn bho chòrr air leth-mhìle air falbh. B' aithne dhomh cuideachd feadhainn a dh'aithnicheadh ceum-coiseachd dhaoine is iad nan dotagan air a' bheinn no a' mhòintich.

'S e Mgr Pàdraig a choinnich rinn aig an doras is Theresa MacLean gu tur diofraichte na chuideachd. B' fhurasta sin fhaicinn air a h-aodach, na h-aodann a dhèanadh gàire fìor, is mar a chaidh aice air dealachadh gun strì ris an t-sagart los gum faiceadh Ruairidh i.

'Trobhadaibh a-staigh a Dhotair,' dh'iarr i air m' uncail le gàire, 'shaoileadh tu dìreach gur ann air ais sa gheamhradh a bha sinn, an fhìrinn a th' agam.'

Bha Mgr Pàdraig letheach-rathaid dha Volvo mhòr nuair a ghlaodh e dhòmhsa tighinn far an robh e. 'Pailt cho mhath dhut suidhe a-staigh,' ors esan. 'Leigidh sinn leotha.' Cha tuirt e sgath an dèidh sin 'son mionaid. 'How's the story-collecting going?' dh'fhaighneachd e an uair sin. Dh'fhaodadh an Cailean Quinn car naive a bh' annamsa, uaireigin dhen t-saoghal, a bhith air làn-chunntas a thoirt dha air cho math is a bha Alasdair is gu h-àraid mar a chaidh dhuinn an-dè.

'Pretty well,' fhreagair mi.

'Good. That's good Colin,' ors esan is an uair sin. 'Tha sin math. Tha feadhainn eile ann cuideachd ge-tà,' chuir e ris. 'Tha daoine eile ann a sheo a tha math agus sgeulachdan eile rin togail. Uaireannan,' lean e air, 'faodaidh sinn a bhith dèanamh tuilleadh 's a' chòir mu aon duine is le sin caillidh sinn cuid eile a tha a cheart cho math riutha no even nas fheàrr. Dh'ionnsaich mi fhìn sin uair no dhà nam obair fhìn is b' e an call sin.'

'Bha Ruairidh...' thòisich mi, is thuig mi nach b' ann mu dheidhinn-san a bha seo idir ged a chlàr esan dithist o chionn ghoirid, Nan Peigi, nàbaidh Iain Nìll Dhòmhnaill, air tè dhiubh. 'S ann mu mo dheidhinn fhìn – fear òg à Grianaig, a bhuineadh do Bharraigh, is nach robh a' toirt a-mach a bhith na dhotair – a bha seo uile!

'Thanks, Father,' orsa mise. 'I'll bear that in mind,' is an uair sin chuir mi ris is mi nam amadan, 'A bheil sibh a' smaointinn gum beat Holland a' Ghearmailt oidhche Dhòmhnaich?'

'Hard to say. The Germans look very competent and they'll have the psychological upper-hand from '74. A bheil sibh a' tighinn suas thugam?'

'Eh... chan eil mi cinnteach... eh.'

'Tha Ìomhair banned,' dhearbh e dhomh. 'Na gabh thusa dragh is cuimhnich air mo chomhairle.'

Naidheachd mhath a bha sin – dhan fheadhainn a rachadh ann. Gheibheadh iad air an gèam a choimhead ann am fois – is gun ghuidheachan – ach cha bhithinn-sa idir còmhla riutha.

Bha Ruairidh na sheasamh air an stairsnich: a cholainn a' dèanamh sgàthan air na cuinseachan mòra sona a bha làmhan is ceann Theresa a' dèanamh ris-san – gus an do ruaig fras a-null chun an MG le roid e. Rug mi air làimh air an t-sagart is ruith mise cuideachd. Nam rathad fliuch suas smìd mi dhan bhoireannach chòir – cha bhithinn idir fada gun tilleadh, mo ghealladh dhi! – agus dh'fhosgail mi doras càr m' uncail.

'Dhia nach i dh'fhàs robach,' ors esan, 'an t-sìde, tha mi a' ciallachadh.' Thug siud gàire air. 'That woman's a hundred times better. Her house is pefect. Good old Mgr Pàdraig.'

Rinn mi slugadh mòr a ghoirtich mo sgòrnan.

'You or I might have had her on a six-month course of drugs when all she needed was to talk to the right person at the right time. He's some guy, as our trans-Atlantic chums would say.' Thàinig e a-staigh orm ach saoil an robh na gillean Canadianach fhathast am Barraigh.

'A Ruairidh...' thòisich mi ach chithinn nach robh e a' dol a dh'èisteachd. Cha b' e seo an t-àm prìne a chur na thoileachas mun phiseach a bha air tighinn air Theresa no air na rinn Mgr Pàdraig dhi. Ach gu dearbha 's e gabhail agam cus na b' fhasa a gheibhinn-sa Didòmhnaich aig Tormod Mòraig an Eòrasdail ge brig dè dhèanadh m' uncail còir mun chuireadh a Dhalabrog.

Dhaighnich an ath duine air am feumadh Ruairidh tadhal – am *bad news* – mo bheachd gu buileach.

Cha b' fhada idir bho dh'fhàg bhan Jane a rèir nan lorgan ùra sa pholl is a-mach dhan rathad. 'S i fhèin a chuir fios gu *Cnoc Fraoich*, dh'inns Ruairidh dhomh; bha am bodach far dòghach agus druim goirt air.

'Feumaidh gu bheil e car dona,' orsa mise, 'son 's gun do dh'fhòn ise is gun do leig Alasdair leatha.'

'Chì sinn. Tha iad a' fàs measail oirnn – air fear againn co-dhiù.'

'S e an fhìrinn a bh' aig m' uncail; gun robh an corraich a bh' air Jane nuair a thachair sinn an toiseach air cnàmh gu mòr is i air fàs glè dhòigheil – ro dhòigheil 's dòcha? – fo gheasaibh sgeòil bràthair a seanmhar. Ach le sin a ràdh 's e glè bheag de Ruairidh a chunnaic i san t-seachdain no dhà a chaidh seachad.

'Cha bhi i fada!' dh'inns Alasdair dhuinn. ''S ann a dhol a dh'iarraidh phileachan dhomh a dh'fhalbh i. Na beachd-se nì iad feum air choreigin dhan diabhal droma seo.'

Steig na faclan sin nam cheann fad mhìosan an dèidh sin – 'Diabhal droma.' Gàidhlig ealanta airson rud làn cràidh.

'Ann an siud?' bha Ruairidh a' faighneachd, is e a' bruthadh bho air cùl a' bhodaich.

'Chan ann. Ach air an taobh dheas!' B' e seo a chànran nuair a nochd Jane a-staigh le botal aspirin na bois. 'Chan ann idir san taobh cheàrr!' thuirt mi. An e amadan a bha san dotair seo, saoil, fear dha nach b' aithne an dàrna taobh on taobh eile?

Na shiomaid chotain bhuidhe a bha Alasdair a-nist aig Ruairidh is esan ga phutadh gu cruaidh mu na h-àirnean. Sheall an uair sin a bhathais do chùl a làimhe gun robh e car beag teth is chaidh sin a dhearbhadh aig 100°F fon achlais.

'Bheil sibh air a bhith a' ruith dhan toidhleat, ma-thà, Alasdair?' dh'fhaighneachdadh dheth an uair sin.

'B' fheàrr is gum b' urrainn dhomh,' ors esan, gun tuairmse a leigeil ris na aodann. 'Agus gun robh fear agam dhan ruithinn!' Freagairt eirmseach fhèin – bho bhodach goirt de 88!

'Bheil samh idir far na poit-mùine nuair a bhios tu ga falmhachadh?' chuir Ruairidh an uair sin air Jane.

'Esan a bhios a' dèileadh ri na rudan sin,' ors ise – a ruthadh bras ga nàrachadh – mar a dhèante 's dòcha air seann phiuthair dha nach do phòs riamh. Creutair annasach a bh' ann an Jane Dhòmhnallach, gun teagamh sam bith.

''S an do ghlèidh sibhse sgath?' dh'fhaighneachd Ruairidh an uair sin dheth fhèin.

'Sgath dè?' dh'èigh Alasdair.

'Mùn. Sa phoit?'

'Thug mi dha na feanndagan e,' chaidh innse dha. 'Chì thu cho math 's a tha iad a' fàs o thrèig mi an rùbarb.'

Thionndaidh Ruairidh air a shàil gum biodh e aghaidh ri aghaidh ri Jane, 'Ciamar a tha am fear beag an-diugh?'

'Math gu leòr airson na sgoil?'

'Robh esan teth sa mhadainn?'

'Bidh temperatures orra siud daonnan, nan robh thu dol gan cumail far...'

'Alasdair,' orsa Ruairidh an guth nach dèanadh math do dhuine a dhol às àicheadh, 'tha sinn a' dol a thoirt dhibh an t-siomaid sin.' Cha robh sgath ceàrr air a bheast ach 's ann a shaoileadh tu, mar a bha am fear bu leis e ag ochanaich, gun robh àm sònraichte aige airson a toirt dheth agus nach b' iomchaidh idir am feasgar geamhradail seo san Ògmhios. 'S dòcha nach biodh e fhèin ga shioftadh gu madainn Dòmhnaich, smaoinich mi? Is am biodh Jane fhathast ga thoirt dhan eaglais air neo an robh Alasdair air dispensation a thoirt dha fhèin? Gu dearbha, ma bha, chanainn fhìn gur e bha airidh air.

''S fheàrr dhut,' orsa Ruairidh ri Jane, 'Donnchadh beag,' – cha robh fhios a'm gun robh ainmean na cloinne aige – 'a thoirt dhachaigh às an sgoil. Ma tha chickenpox air 's e àm cunnartach a tha seo dhan tidsear aige agus i an dùil ri pàiste a chionn ghoirid.'

'Shingles, Alasdair!' thuirt e an uair sin. 'Chì mi a' chiad spotag. Bidh tuilleadh oirbh an-diugh fhathast. Cùm tioram iad, Jane!' dh'òrdanaich e, 'is bheir dha an *aspirin* sin trì no ceithir uairean san latha. Tha an stamag agaibh ceart gu leòr, ma-thà?'

'Tha, tha,' aig mac Sheumais Bhig. 'Cho làidir ri tè eich!'

Dh'aithnich mi an genitive shnog eile ud ged nach robh an t-ainm sin agam dhan rud an uair ud. B' urrainn dhomh tòrr ionnsachadh bhon bhodach seo, gu h-àraid mura fàgadh na shingles ro bhochd e.

'Chì sinn dè thachras a Chailein,' orsa Ruairidh sa chàr. 'Faodaidh an galar ud a bhith trom air seann fheadhainn – their immunity is poorer, sin as coireach gun gabh iad iad: mar gu bheil am bhioras a dh'fhan aca bho àm na breac-òtraich a' dèanamh dùsgadh. 'S math ge- tà nach ann mun t-sùil a nochd iad – bidh iad sin gu math nas miosa mar as trice.'

'Le sin,' dh'fhaighneachd mise, ''s e a' chlann a chuir air iad?'

'Chan e buileach a laochain. Cha bhi e ag obair an rathad sin ann; ach tha a h-uile teans gur e iadsan a lagaich a neart.'

'Ach 's cinnteach,' chuir mi ris, 'nan robh Jane air sgath sam bith fhaicinn air Donnchadh gum biodh i air a chumail far na sgoile is pìos math on bhodach.

'Well, bhiodh tu an dòchas. Ach gu mì-fhortanach leis an chickenpox faodaidh a' ghalla rud a bhith ort greis mun nochd broth de sheòrsa sam bith! Thusa fhathast OK?'

Bha mise a' faireachdainn taghta ach bha cuimhn a'm mo mhàthair a' bruidhinn ri piuthair m' athar nuair a ghabh an tè bheag aicese iad. Agus goirid an dèidh sin nach do chuir iad mise an cois mo pheathraichean 'son 's gun gabhainn bhuapasan iad? No an e German measles a bha siud? Dh'fheumainn fònadh thuice. A-nochd fhèin a bhiodh i a' ruighinn Ghrianaig. Dh'fhàgainn gu madainn a-màireach e. Leiginn leatha Dad a mholadh air cho math is a chùm e an dachaigh dhi. Thàinig smaoin àraid thugam an siud ach saoil am biodh sìon idir romantic a' dol an Grianaig a-nochd is gun an dithist air a chèile fhaicinn fad cola-deug is ise air a bhith aig fois air eilean àghmhor a h-òige? Gu dearbha 's e taigh buileach gun uallach phàistean – deugairean fiù 's – a bh' aca a-nist. Chuirinn mo cheist oirre – gun sgath a sheachnadh – mu 9.30 sa mhadainn air an t-seann fòn dhubh ud an Taigh Eòrasdail.

'Hope I didn't interrupt any wild passion, Mum?' chanainn. 'Just wanted to know if I've definitely had chickenpox?'

Rinn mi gàire (ged as cinnteach gun robh passion, no rud coltach ris, aca uaireigin) is mi gam chluinntinn fhìn – No way! – a' dol cho dàna sin air mo phàrantan.

Ge-tà, bhon ùine a chuir sinn seachad còmhla an Eòlaigearraidh 's ann a shaoil mi gum faighinn freagairt bho Mham a bhiodh blàth, ged nach leigeadh i guth oirre rium; mar bu chòir!

'Absolutely no idea, son,' orsa Dad an ath latha mu aon uair deug. Air a' bhreac-òtraich, a bha esan a-mach, chan ann air co-dhiù chuir mo mhàthair na theasaich a-raoir e! 'You probably did. See they Germans, they're gonnae win that Cup again – you watch them the morn. Holland's good but without Cruyff they're no that good.' Dè an còrr dòigh a bhiodh aig Alba air an gnothach a dhèanamh orra, smaoinich mi?

"S tu a ghabh a Chailein!' Bha cuimhne is cinnt aig Mam gur ann bhon teaghlach tarsainn an rathaid (à Ratharsair) a fhuair mi iad. Leis a sin chuir i dhan leabaidh mi còmhla rim dhà phiuthair air an deach iad seachad cuideachd nam pàistean. Cha robh i airson gum biodh iad fìor bhochd leotha aig aois na bu shine.

'Tha mi toilichte sin a chluinntinn,' orsa Ruairidh bho air cùl *Scotsman* Dhiardaoin – '*Callaghan's Socialist Expiry Date looms*,' an ceann-naidheachd a leughainn is fo sin '*Autumn or Spring, Sunny Jim?*' An uair sin thog m' uncail a ghuth is thuirt e seo ann an dòigh ghleusta àraid, 'tha diosgo gu bhith san Gym Hall a-nochd.'

Shaoil mi 'son mionaid gur ann a' dol a ràdh gun rachamaid ann còmhla a bha e. Bhiodh sin cho annasach. An robh m' uncail a' fàs car beag èibhinn dheth fhèin?

'Dh'fhaodainn fhìn,' ors esan, 'a dhol a choimhead air Iain is Joan MacDonald. Chan eil mi ag ràdh nach do ghabh iad san t-sròin e beagan gu bheil sinn air a bhith cho fritheilteach air Alasdair. Cupal còir a th' annta is tha ise math math gu seinn. Nach robh birthday aigesan o chionn ghoirid.' Bha, chuimhnich mi, an latha a sgrios Ìomhair Dubh a' World Cup oirnn.

'Chan urrainn dhomh falbh gu diosgo leam fhìn a Ruairidh,' thuirt mise, 'even nan robh mi ag iarraidh a dhol ann.' 'S ann buileach neònach a bha e dhomh smaointinn air leithid a rud an Taigh Eòrasdail ged a bha fhios a'm glè mhath – dìreach mar am Barraigh is am Barrhead – gum biodh òigridh an eilein sa gam bogadh fhèin ann an TV is ceòl-pop is a' dol gu diosgos is gach eile. Carson nach bitheadh? 'S e dìreach gun do chuir mise eòlas, thuige seo, air Uibhist a bha cus na b' aosta. A bharrachd air Jane (is gun ise ro òg na dòighean) cha b' aithne dhomh duine sam bith eile mum aois fhìn.

'I thought you young people back-packed and hitch-hiked solo across Europe...' thòisich esan.

'Well, is dòcha gun rachainn leam fhìn gu diosgo – no co-dhiù cafè – ann an Czechoslovakia ach chan ann an Uibhist.'

"Glè bheag de chafes an sin an-diugh a Chailein,' fhreagair Ruairidh. 'Tha na Ruisianaich a tha siud air...' Cha b' urrainn dha e fhèin a chumail mòran na b' fhaide; 's ann gu stracadh a bha e is e a' feuchainn rim chupa a lìonadh. Thuig mi a-nist gur ann a' tarraing asam a bha e, ach dè dìreach an rud a bh' aige?

'Tha diosgo ann a Chailein,' ors esan, a' feuchainn ris fhèin a shocrachadh, 'is fhuair thu fiathachadh snog.' Choimhead e suas gu luath, is a dh'aona bhàgh, 'bho Steafan agus Patricia.'

Dh'fhosgail an doras is, sa cheart mhionaid, dhùin mise an seann ghùn-oidhche – a bha fìor leisg a' coimhead – mum mheadhan.

'Steven will do fine,' thuirt gille donn beagan na b' òige na mi fhìn agus thàinig gean beag air. 'How are you enjoying the holiday, Colin?'

'Yea, not too bad.'

Mas e gean a bh' airsan 's e blìonas a bh' air aodann Patricia. 'Much nicer today than yesterday,' ors ise, 'I don't know where all that rain came from.'

'Probably the Atlantic, dear,' freagairt gheur Ruairidh dhaibh. 'Steafan and Patricia live in the house at the other end of the village. Bidh thu air iomradh a chluinntinn air Clann Fhearchair, a Chailein?' Cha robh. 'Well, sin na daoine aca. Air taobh ur n-athar?' dh'fhaighneachd e.

'Mamaidh,' rinn Patricia craos eile. Nach i bha sona dhith fhèin. 'We're thinking of a walk along the shore if you fancy it?' thuirt i a' coimhead ormsa. 'Get some fresh air in the system before all that stuffy dancing.'

Thug mi sùil air m' uaireadair. Cha robh e fhathast ach mu chairteal gu meadhan-latha.

'Will we call back about two?' dh'fhaighneachd Steven dhìom. 'Give you time to get up!' Chluinninn gur ann spòrsail, èibhinn a chaidh seo a ràdh is nach b' ann idir le beul-sìos.

'Sure,' orsa mise. 'Cheers.'

'A bheil sibh ag iarraidh an lioft a tha sin a-nochd a Phatricia?' thairg m' uncail – is e gu mòr a-staigh air plàna na h-oidhche. 'Cha ruig sibh leas, tapadh leibh,' fhreagair an tè laghach seo; bu thoigh leam a guth grinn Gàidhlig gu mòr. 'Bheir mi leam an càr aig Dad. Bidh sibhse feumach air an fhear agaibh fhèin gun fhios nach fhaigh sibh *calls*.'

'Would four actually get into it?' ors a bràthair ann am fealla-dhà.

'Just about,' fhreagair Ruairidh. 'Of our proportions. Ciamar a tha Dùn Èideann ma-tà?'

'Fuar, but fun and no resits. I heard yesterday.'

'Boy done good!' thàinig thugam ann am 'beul-suas' a' bhuill-coise, ach seach sin a ràdh sheall mi mo mhoit dhan ghille nam aodann.

'Math fhèin, a Steafain,' orsa Ruairidh. 'Math dha-rìribh, mar a chanas iad. Will you be following in your brother's footsteps, Pat?'

'Not quite,' fhreagair ise a' coimhead air a casan. 'I'm off to Glasgow – well Bearsden – teacher training, at Notre Dame.'

'Sounds posh,' dh'fheuch mi leatha: faic dè gheibhinn.

'Sounds like hard work from what they all tell me,' fhreagair ise – a' chiad rud car trom bhuaipe bho nochd iad. 'Thugainn a Steafain,' dh'iarr i air a bràthair, 'tha rudan aig na daoine seo ri dhèanamh. Chì sinn an ceartuair sibh. Faodaidh sibhse tighinn còmhla rinn dhan tràigh cuideachd,' ors ise ri Ruairidh is chanainn gur ann a bha ise ga chiallachadh an taca ri sùim mo mhàthar de chonsairt Runrig.

'Tha mi duilich a Phat,' fhreagair m' uncail, 'ach cha dèan math dhomh a bhith ro fhad' air falbh bhon fòn.'

'Of course.' ors ise, agus 's ann an sin fhèin, tha fhios, a thuig mi gu ceart an ciopan a bha dreuchd mar GP a' cur air an fheadhainn a bha deònach a bhith ag obair an seo. Ged a dh'fhaodadh iad a bhith suas is sìos an t-eilean – le brath ro làimh chun ospadail – cha b' urrainn dhaibh dìreach falbh feasgar samhraidh, mar a thoilicheadh iad, air chuairt fhada air an tràigh no beinn bheag a dhìreadh is an t-sìde math.

Chòrdadh, gu cinnteach, a shaorsa ri Ruairidh nuair a thigeadh an locum seo gu ceann – ge brith cuin a thachradh sin? – ged nach biodh tè chòir a chridhe roimhe nan dachaigh mhòir bhrèagha 'son Branndaidh is Sòda a thoirt dha agus an ùine sin a mhealtainn leis.

'Civil Engineering,' am freagairt a thug Steafan (no *Steven!*) dhomh is sinn a' coiseachd gu deas air a' chladach – gun osag a b' fhiach oirre a dhèanadh diofar cò an taobh a rachamaid. 'Your uncle was always on at me to be a doctor, but five years seemed just a bit too long an apprenticeship. I always liked getting my hands dirty – but not bloody!'

Thuiginn sin ach bho na chunnaic mise de na bhiodh Ruairidh ris o latha gu latha, cha robh cus feòl' no fala na lùib. 'S i Nurse MacAlastair a bhiodh a' coimhead às deaghaidh a' chuid bu mhotha dhe na gearraidhean is lotan sa choimhearsnachd agus banaltraman an ospadail a bha an urra ris a' chòrr.

'No shortage of work for Civil Engineers here with the state of the roads,' orsa Patricia. 'And you're thinking of changing tack, I hear, Colin?' dh'fhaighneachd i, a' tamhainn Juicy Fruit oirnn a ghabh mise is a dhiùlt a bràthair.

'Well, eh... sort of... Ruairidh's... ' thòisich mi.

'If mac Sheumais Bhig and spooky Jane don't turn you into a ghost hunter,' orsa Steafan a' tionndadh. 'Did you know that little hillock you cross to get to the house is a sìthean?'

'Ist a Stefain!' throid a phiuthar ris. 'They're fine!'

'She's not. She's touched, that one.'

'Gu leòr! OK.' aicese. 'Please excuse my brother's insensitivity. He's spent his life trying to get away from Uist. He's not quite able yet to appreciate some of what we have – what many would pay a fortune for.'

'You wouldn't have to pay her much, 'orsa Steafan. 'Maybe that's why Ìomhair...'

'Sguir dheth!' mo ghlaodh-sa: airson dìon a chur air mo charaidean is air na thug iad dhomh de spiorad a' chridhealais; airson spèis m' uncail do bheul-aithris na Gàidhlig a ghleidheadh slàn. 'They're just people – like you and me. And they've treated me very well. Come on let's jog a bit.'

Chuir e iongnadh orm gun robh an dithist aca cho deònach agus aig astar cuimseach luath rinn sinn mu mhìle gu leth mun tug an anail nar n-uchd oirnn stad is suidhe air iomall chreagan le pailteas phortan nan lòin.

'Wow, that was great,' orsa Patricia, an guth ro-shunndach. (Feumaidh gum b' e seo an rud a dhleas ise – a bhith a' dèanamh chùisean rèidh, gu h-àraid nuair a bhiodh a bràthair rudeigin doirbh.)

'Sgoinneil.' orsa Steafan. 'Gabh mo leisgeul cha robh còir agam...'

'Don't worry about a thing,' thuirt mi is theann mi ri seinn mar Bob Marley wannabee truagh.

Thàinig Patricia a-staigh air an òran gu binn, ceòlmhor, Gàidhealach – a gàire mar ghrian ag èirigh.

'Rise up this mornin',' sheinn Patricia gu binn, ceòlmhor, Gàidhealach, 'Smiled with the risin' sun...'

'S ann rudeigin rag, gun chofhurt, a bha coltas is colainn Steafain, agus mi fhìn 's a phiuthar ris an spòrs fhosgarra seo, ach cha do dh'fheuch e ri tighinn eatarainn is cha tuirt e dad gus an do chuir sinn crìoch air ar n-òran.

'The old Wailers,' ors esan, 'no an e na Whalers?'

'Ha, ha, boom, boom,' aig Patricia dha. 'Let's hear your rendition!'

Agus chuala; gu math na b' anmoiche dhen latha. Aig àird a chlaiginn – ach gun smachd a chall air an fhonn – ghabh Steafan MacInnes 'I Shot the Sheriff' nuair a chluic an DJ am fear sin an uairean beaga na maidne ann an talla làn am Baile Mhanaich. Chithinn is thuiginn a-nist carson a bha Patricia cho dèidheil gum faigheamaid na b' urrainn dhuinn de dh'èadhar a' Chuain Shiar ro làimh.

Bha dithist eile a bha càirdeach do Chloinn Fhearchair – à Loch a' Chàrnain – air tighinn nar cuideachd is rinn an còmhlan còigneir dannsadh a bha snog is saorsainneil. Chithinn gu leòr de Steafan is Patricia anns an nighinn, Marion, ach cha b' urrainn dhomh idir a ràdh gun robh suaip aig Pòl Antonaidh ri duine aca.

Òran eile a chuir air ar casan siùbhlach sa bhad sinn an oidhche ud, b' e 'Night Fever' aig na Bee Gees. 'S e tè bhòidheach à Troon a thàinig còmhla rium dhan ABC a dh'fhaicinn a' film sin agus sinne a bha sona às a dhèidh, shaoil mise, ach nach do dh'fhòn i riamh air ais thugam.

Cha bu luaithe a theann na smaointean sin air Joy bheag na chaidh bristeadh gu borb air an dannsa laghach ud an cois charaidean le ceathrar gu tur neo-bhòideach. Ge b' e cò bh' annta seo, no cò bu leis iad, b' e an teachdaireachd shoilleir, shuaicheanta: nan cuirp chritheanach chaola; nan gruaig bhiorraidich dhathte; nan tea-shirts reubte is an leathair salach sgrìobte làn phrìnean; gun robh – gun aon teagamh mu dheidhinn – Punk air Beinn a' Bhaghla a lorg; biodh bleidean *Prog Rock* is *Funk* is *Disco* a' dol!

'Dh'iarradh tu dìreach na breaban a thoirt dhaibh mun bhus,' chuala mi, san taigh-bheag; sin agus glugadh na dibhe. Dh'aithnich mi guth Ìomhair Dhuibh sa mhionaid uarach.

'Tough guys, tha iad a' smaointinn,' thug am fear a bha còmhla ris dha.

'Dhochainn mi feadhainn gu math na bu chruaidhe na iad siud,' orsa Ìomhair le miann, is an uair sin, thuirt e seo: 'Fhios agad dè, a Chailein, a charaide. Nam faighinn-sa duine – duine idir – faisg air mo bhean, 's ann a spadainn e!' Ach dè idir an ceangal a bh' aig seo ri obair nam Punks, smaoinich mi?

'Mach a seo!' dh'iarr a chompanach air. 'Na tòisich sìon an-dràsta. Leigidh sinn leotha is leumaidh sinn orra nuair nach bi dùil sam bith aca rinn.'

Cha ruiginn-sa a leas dragh a ghabhail: chan ann ormsa a bha e a' maoidheadh! Sin co-dhiù na dh'fheuch mi ri toirt orm fhìn a chreidsinn air an rathad dhachaigh. Bha dràibheadh Patricia sòbarra is sàbhailte is chuir a speuclairean mòra cruinne snas a bharrachd ri a h-aodann snog. Chithinn cho furasta na tidsear a-nist i no na tè a bhiodh ag obair ann an leabharlann ach a bha dèanadach, còir.

Nach iomadh Cailean – is Dòmhnall is Iain is Alasdair – a bha an Uibhist? Carson a bhodraigeadh Ìomhair agus a charaid mo leantail-sa a-staigh a thoidhleat airson an t-eagal a chur orm. Ach carson nach bodraigeadh? Ach leis an fhìrinn, a dh'aindeoin iomagain, cha do shaoil mi gur e sin a rinn iad an turas seo.

'S ann a bha am blàr mòr fhathast gun tòiseachadh mun àm a dh'fhalbh sinne is 's mi bha toilichte mu dheidhinn sin. Ge-tà cha robh mi cinnteach co-dhiù dh'fhàg sin bòst Ìomhair Dhuibh sgath na bu choltaiche no nach do dh'fhàg?

Cha bu mhotha bha mi cinnteach – air dhomh lùths nam Punks fhaicinn – gum biodh an latha air a dhol leis. Mura b' e sin, air a' cheann thall, an dearbh rud a chuir bacadh air na breaban?

Bha an MG bheag aig cùl Taigh Eòrasdail nuair a leig Steafan is Pat dheth mi is rinn mi toileachadh ris a sin. Chithinn gun robh m' uncail air fàs sgìth is gum b' fheàirrde e oidhche no dhà de chadal airson e fhèin ùrachadh.

'Oidhche mhath, ma-thà,' Smìd mi rim charaidean òga ùra. 'Taing mhòr airson m' fhiathachadh.'

'Any time,' dh'èigh Steafan. 'See you soon.'

'S ann a-mach an comhair a cùil a thill Patricia, gun an t-einnsean a chur gu dol cha mhòr, is dh'fhalbh iad à sealladh dhan mhadainn rionnagaich shamhraidh – a' chiad bhalt dhen ghrèin aig 'White Boy Bob' gus nochdadh.

'Don't worry. About a thing, Colin' na bh' agam fom anail fhad 's a rinn mi tì agus a smìor mi m' aran fuar – chan ann le lemon curd ach peanut butter. 'Bidh a h-uile sìon ceart gu leòr.'

Agus bha an oidhche ud; gun Ruairidh air a thoirt às a leaba na bu mhotha.

14

CHA ROBH RI chluintinn an Eòrasdail, nuair a dhùisg mi madainn Didòmhnaich, ach ceòl nan eun is bòlaich na bà aig Tormod Mòraig. Ged a bhiodh croitearan eile a' cumail cruidh eadar an taigh againne is am fear aigesan bha mo chluasan air fàs cleachdte ri moch-èigheachd Marjory – ged a b' anmoch an-diugh i – airson a breacaist.

Bho nach e fear-eaglais a bh' ann an Tormod, leigeadh e leis fhèin fantail innte uair a thìde no a dhà a bharrachd, gun chiont, air an t-seachdamh latha; nach robh a h-uile mac beathaich fo a chùram – na mairt, caoraich, cearcan is an dà chù: Sleek is Samson – gam biathadh gu math is air an deagh choimhead às an dèidh?

Ge-tà bha esan gu làidir dhen bheachd gur e galar-acrais àraid a bh' air Marjory chòir. 'Chan e gum bi i ag ithe diofraichte on chòrr, a Chailein, ach an straighlich ud a bhios i a' dèanamh ga fheitheamh, 's ann a chanadh tu gur e pàiste às a rian a bh' innte.'

Saoil, smaoinich mise, an e 'pre-prandial tantrums' a bhiodh a' tighinn air a' bhoin? Chuir mi romham mo bhriathrachas ùr fheuchainn a-mach air Ruairidh.

Cha robh cus coltais gum biomaide a' falbh dhan eaglais an-diugh na bu mhotha. An e gun d' fhuair m' uncail *call* a bha cudromach? Ma fhuair, bha e fhathast gun an taigh fhàgail. Chluinninn a' gluasad sa cheann shìos e – a' dèanamh oidhirp – agus sin a' fairtleachdainn air – a bhith sàmhach.

Shlaod mi mi fhìn às an leabaidh is a-staigh dhan t-seomar-ithe is lìon mi bobhla le Corn Flakes. A rèir cùl a' bhogsa nan cuirinn ochd flapaichean is postal-order fiach £2.25 thuca, chuireadh Kellog's 'space-hopper' thugamsa sgeadaichte le coileach mòr uaine is dearg. Nan robh mi a' dol a dh'innse na tula-fhìrinn dhomh fhìn: 's ann a bhithinn beò às aonais – gu h-àraid an Uibhist – ged a chòrdadh dòigh air siubhal, gun dragh a chur air duine, gu mòr rium. Chan e nach ruiginn taigh Alasdair air baidhsagal – nam faighinn grèim air fear – ach càite an ceanglainn an Uher mhòr mun cothachainn ris a' ghaoith?

'Never wanted to drive, Colin?' bha Ruairidh air faighneachd dhìom uaireigin sna ciad làithean a bha sinn còmhla. Ged a thuiginn-sa a-nist cho buileach math 's a bhiodh an comas agus an cead sin, feumaidh gun do chuir eagal no cion-misnich air choreigin dheth mi an Grianaig is an Glaschu.

'I'll easily show you the basics on the machair,' thairg e, ach thuige seo cha do thachair sin. 'S dòcha gum bu chòir an cuspair a thogail leis an-diugh, smaoinich mi, is sinn nar suidhe gu socair, gun rothair no space-hopper aig fear seach fear againn. Bha mi dìreach a' dol a ràdh rudeigin mu dheidhinn – eadaras a bhith a' lìonadh mo bheòil le tost (làn lemon curd!) – nuair a thuirt esan, 'ma thèid sinne dhan Aifhrinn a-nochd an Dalabrog, a Chailein gheibh...?'

Chuir mi stad air sa bhad. 'Chan eil mise airson an gèam fhaicinn an taigh Mhgr Phàdraig a Ruairidh?'

''S mi tha coingeis cuideachd,' ors esan. 'Tòrr fuss leis gur e a' Ghearmailt is Holland a bha sa final an trup mu dheireadh – mar gur e match mòr a th' ann a-nochd. Ach seach gun tug e fhèin fiathachadh dhuinn, tha fhios gum bu chòir...'

'*No!*' dh'èigh mi – is fada na b' àirde na bha mi a' ciallachadh. 'Chan urrainn dhomh. Feumaidh mi a dhol a choimhead air Tormod Mòraig!'

Thog Ruairidh aona dhe na mailghean aige – an tè nach robh idir gam chreidsinn. Dè an nonsense a bha seo: gum 'feumadh' mo leithid tadhal air duine cho somalta, rèidh, ri Tormod MacGuaire?

'Cha chreid mi gum bi uimhir a dhaoine ann a-nochd,' phut esan. 'Dìreach an dithist againn agus Ìomhair!' chuir e fiamh mòr annasach air a dh'aona ghnothach.

A ghia! Thill an guth curs ud sa bhad – agus samh na dibhe far analach: e fhèin is a phal cho faisg orm san taigh-bheag is a' toirt orm dèanamh deiseil fo iargain – clann an deamhain! Chaidh ròineag – ouch! – a ghlacadh nam spèir: rud nach do thachair idir aig an àm ach a bha fìor ghoirt nam shuidhe aig 11.30 an Taigh Eòrasdail le Uncail Ruairidh.

'I know:' orsa mise, 'he's banned.'

'So what do I say to Mgr Pàdraig?'

'Dè bu thoigh leibh a ràdh ris?'

'Yes!' freagairt m' uncail. 'He's an important, eh, ally and friend – to have here.'

'An e?' dh'fhaighneachd mo chuid neoichiontais, 'Well, carson, ma-tà, a tha e a' feuchainn ri tighinn eadar mi fhìn is Alasdair mac Sheumais Bhig?'

'Dè tha thu ag ràdh?' Bha Ruairidh a-nist ri glaodhaich ach, gu grad, ghabh e smachd air fhèin: 'Is chòrd an diosgo ribh uile a-raoir?'

'Chòrd ma-tà. Bha spòrs ann. Daoine laghach. Agus,' lean mi orm, gun leigeil leis cuspairean doirbhe a sheachdnadh uile gu lèir, 'ciamar a bha an oidhche agaibh fhèin le bràthair Alasdair?'

'Uabhasach fhèin math. Tha Iain is Joan taghta. Cha tugadh guth air fhèin agus 's e gabhail romham còir ceart a fhuair mise. 'Sheinn ise *'S trom an t-eallach an gaol* gu h-àlainn. 'Chan eil duine ann an Albainn,' thòisich Ruairidh is e an ìre mhath air ghleus – ach ga chall rud beag mar a b' àirde a chaidh e – 'Ris an earbainn cò i!' 'S ann a bha Iain mac Sheumais Bhig a-mach air fear, Iagan Dubh, aig an robh mi an dùil stad greiseag a-nochd, air an rathad dhan eaglais. Cha dèan mi ach hallò a ràdh ris. Cuiridh sinn air dòigh latha eile 'son tilleadh. 'S ann air tàillimh a chuid dhuan a tha ainm aigesan: duain Challaig is feadhainn Chàsg – an deagh thòrr aige dhiubh, as coltach, is cha do reacòrd duine riamh e.

Leis cho mòr 's a bha sùim Ruairidh dheth, bu bheag orm faighinn san rathad air obair agus a mhiann air obair.

'Well, glè mhath ma-thà,' orsa mise, 'nach tig mi còmhla ribh? Bidh e OK. Tadhlaidh sinn...'

'Cha tig is cha tadhail,' ors esan. 'Feumaidh tusa a dhol a choimhead air Tormod Mòraig, mar a gheall thu.' Cha b' urrainn dhomh sùil m' uncail a choinneachadh. 'Còrdaidh do chuideachd ris. Tha am fear ud cho math gu coimhead às a dhèidh fhèin – gun taic o dhuine – gu bheil gu leòr ann a chumas clìoras e; gun adhbhar ceart no snog aca, saoilidh mise.'

'Well, ma tha sibh cinnteach a Ruairidh?' 'S ann mar dheugaire òg car millte a bha mi a' faireachdainn: *I don't want to do that Mum!*

'Tha. Tha gu dearbha fhèine. Nì mi fhìn an gnothach le Iagan is Pàdraig. Co-dhiu, tha latha mòr romhadsa a-màireach a Chailein. 'S gann gun tàinig shingles Alasdair gu sgath, taing dhan Àgh; bidh dùil aige riut mun a dhà. Gheibh thu, mar sin, deagh mhadainn le na leabhraichean. Togaidh Jane thu; bheiridh siud am barrachd ùine dhut. Fàgaidh Ealasaid biadh ann a sheo. Bha plàna m' uncail dhomh soilleir agus dèante, is 's ann taingeil a bha mi nach do dh'fhàg e taigh an t-sagairt ann mar phàirt dheth.

G' e brith dè am plàna a dh'fhaodadh a bhith air a bhith aige fhèin 'son na maidne ud b' fheudar a chur dheth oir ùine ghoirid an dèidh ar còmhraidh chaidh a ghairm a-mach gu baile tuath oirnn, Dreumasdal. Ged a b' ann seachad air crìochan ceart *Chnoc Fraoich* a bha seo –

mar a bha taigh Chaluim Raghnaill – cha ghabhadh an tè a bh' ann, ban-Èirisgeach a phòs an Uibhist, duine eile ach Bill Marr is dhiùlt i atharrachadh; bha an còrr de chloinn Shandaidh fon dotair an Grìminis. 'S ann fior dhuilich a bha Seònaid dragh a chur air Ruairidh Didòmhnaich is cha leigeadh i leamsa fuireach sa chàr – a-muigh no a-mach!

Dh'fhairichinn an caochladh beag air mar a bhruidhneadh m' uncail orm a-nist seach sna dearbh fhaclan a chleachdadh e. 'Tha an gille sa deònach ionnsachadh a Sheònaid. Cò aige a tha fios nach dèan iad dotair dheth fhathast mura gabh a' bheul-aithris grèim ro mhòr air.'

Rinn mi gàire – nach do dh'aidich cus – agus dh'fhan mi sa chidsin nuair a chaidh iadsan tron taigh. An e seo, ma dh'fhaoidte, aisling Ruairidh air beatha-obrach eile – nach d' fhuair esan – dha fhèin: le ùine is airgead gu leòr aige gu saothair a chridhe a leantail mar a thogradh e?

Ach ciamar? Cò no dè bhiodh air a' mhaoin a chumail ri a leithid – fiù 's le 'First' agus PhD?

'S e glè bheag de dhaoine a thogadh mar Ruairidh MacGillÌosa a fhuair cothroman dhen t-seòrsa sin. B' e sin sochair nan uaislean: cuid le fearann – oighreachdan aig feadhainn eile – is gun dragh mòr sam bith orra mu bhith-beò o latha gu latha. Ged a bha fear dhiubh sin, Iain MacGill-Eathain Friseil, sònraichte dìcheallach is dèanadach!

'Fear Cholla a th' aca air,' bha Ruairidh air a chantail airson an treas turais am meadhan òraid eile air seòid na Ceiltis bu mhotha cliù. 'Mura bu chòir a ràdh gur e sin a th' aigesan air fhèin? Cheannaich e an t-eilean ann an 1940. *As you do, Colin!*' chuir e ris. 'Ach abair sgoilear.' Nochd lasadh na aodann. 'Seminal works, time and time again – in the field and in his fabulous library. Agus sguad mòr cloinne aige cuideachd! An robh thu riamh an Colla, a Chailein?'

Cha robh mise ach air a bhith am Barraigh is a-nist ann an Uibhist a Deas.

'B' abhaist dhan *Lochmore* stad a-sin, agus an Tiridhe,' chùm e air. 'Bha mi daonnan ag iarraidh tighinn dhith airson am faicinn ceart. 'S ann oirrese a thachair mi an toiseach ris 'an *Èibhleig*' – a-nist, sin agad a Chailein, seinneadair math agus duine cho gasta. ''N cuala tu an t-òran 'Dhìrich mi suas gual an t-slèibhe'?'

Chrath mi mo cheann. Cha deach m' eòlas-sa air na h-òrain mòran seachad air a dhà a bu docha le Mam: 'A fhleasgaich ghuanaich' is 'Uamh an Òir.'

'Thug Nan Eòghainn version dheth dhomh,' bha Ruairidh ag ràdhtainn, 'nuair a bha thusa thall an taigh Raghnaid. 'S ann gu math diofrach o dhòigh na h-Èibhleig a sheinn i e ach 's e bha snog aice. Cho luath 's a tha thu ullamh de na th' aig Alasdair dhut dh'fhaodadh tu tòiseachadh air òrain a thional.'

Rinn mi gàire. Nach robh crìoch idir air rùn Ruairidh fear a dhèanamh dhìom a rachadh gu dragh mòr air thòir dualchas nan daoine? Dè cho fada 's a bha dùil aige gum bithinn an seo co-dhiù? An robh plàna dìomhair eile aige – is aig mo mhàthair? Nam inntinn fhìn 's e deireadh an Iuchair an ceann-uidhe – dhachaigh leinn, dhachaigh leinn, às deaghaidh sin! Ged as e faothachadh mòr a bhiodh ann an sin dhàsan, saoil am buaileadh am mulad Ruairidh nuair a thilleadh Dr Marr?

Ach ge-tà, smaoinich mi – mo shùil air dà fharspaig ri farpais ach cò aca bu chruaidhe am fead – nan robh m' uncail-sa air a dhol taobh Arts is air job fhaotainn, can san Scottish Archive, am biodh sin air status gu leòr a thoirt dha sa cheann fhada? No an e gun do dh'fhàs e cho cleachdte ri inbhe shònraichte – agus an tuarastal na cois – a dh'fhàg ro dhoirbh dha an uair sin a chùl a chur riutha?

'Seadh a Sheònaid,' chuala mi e ag ràdh làn sunnd, ''s e a th' annadsa ach boireannach òg is cha robh an cridhe air duine agaibh. Cus ruith an dèidh an ogha bhig a tha sin, canaidh sinn!'

''S mise a dh'fheumas sin,' ors ise. 'Tha am fear ud cho luath air a chasan – is gun àite ann dha nach tèid e! An cuala sibhse gu bheilear an dùil sitig a dhèanamh mu Choilleig a' Phrionnsa? A Dhia nan Gràsan ach gu dè an ath rud a thèid a dhumpadh air m' eilean bheag bhòidheach?'

Cha chuala Ruairidh sgath mu dheidhinn sin ach dh'inns e dhòmhsa gun d' rinneadh granaidh de Sheònaid Anderson nuair nach robh i ach 42. 'S ann còmhla rithese a bhiodh am pàiste gach latha tron t-seachdain is obair aig a nighinn am bùth na NAAFI am Baile Mhanaich.

'Ciamar a dh'aithnicheas sibh nach e an cridhe a th' air duine?' dh'fhaighneachd mi dheth is sinn a' tighinn goirid do Thaigh Eòrasdail – smugraich uisge a-nist ann a bha a' sìor-chur às dhan bhogh-fhrois bhrèagha, shlàn, a bh' ann.

'Uaireannan, a Chailein, chan eil idir furusta,' fhreagair e. 'Ach bidh i siud a' worry-adh is a' crùbadh agus a' glamhadh a bìdh tha mi glè chinnteach cuideachd. Agus tha a h-aois na fàbhar.'

'Losgadh-bràghad ma-thà?' orsa mise, le gàire a sheall eòlas air choreigin air an rud'

''S e, 's e. Cha chreid mi nach e. Màiri againne fhathast dona leis?'

Bho thòisich Mam air na pileachan ùra (an deagh àm airson street-party Jubilee na Banrighinn!) cha robh i air sgath dhen chràdh a theab a cur cracte – agus dhan leabaidh – fhulang. Fhathast ge-tà cha leigeadh an t-eagal dhi tighinn dhiubh.

Mun deach mi idir dhan sgoil, chithinn na bha 'losgadh-bràghad' a' ciallachadh dhìse a cheart cho math 's a thuiginn na bh' aig 'Mach às mo shealladh!' agus 'Cuir sgoinn ort!' ri innse dhòmhsa.

'Shin am balach agad,' orsa Ruairidh, a' coimhead a-null an taobh a bha Tormod Mòraig – is esan a' dèanamh a shlighe tarsainn na pàirce; coltas car robach air fear a bha daonnan cho sgiobalta, deiseil.

'Theich iad uile orm!' mar a ghearain e rinne – an crodh faondranach a b' adhbhar dha a bhròn. 'Dh'fhàg amadan air choreigin an geata fosgailte fad na h-oidhche. Marjory an aon tè a dh'fhuirich, eagal 's gun cailleadh i a biadh. Abair calamity!'

'Am bu chòir dhòmhsa tadhal a-nochd?' dh'fhaighneachd mi dheth – a' cur an ìre gur ann a' gabhail ri cuireadh àraid a bha mi; ged a bha sinn air aontachadh gum biodh tuilleadh football ann.

'A-nochd a tha thu tighinn?' fhreagair Tormod, a' losgadh mo bhrèige far bhàrr Ruaidheabhail chun nan speuran. 'Well,' ors esan, 'bidh mise ann a' shin gad fheitheamh a Chailein.' Chuidich sin. An uair sin thug e sùil air m' uncail is thuirt e, 'cha bhi mise idir ag òl Latha na Sàbaid a Dhotair. Dh'fhalbh an còrr, ach lean sin rium.

'Cha bhi no e fhèin,' na thug Ruairidh dhàsan ged nach ruigeadh e a leas. 'Thu cumail gu math a Thormoid?'

'Chan eil guth agam ri ràdh. Mura b' e 's gun robh agam ri ruith nan siùrsaichean seo anns gach galla clais!'

Rinn Ruairidh an gàire a thoill briathrachas a' bhuachaille. 'À Muile a bha a sheanair,' mhìnich e dhomh a-rithist, 'athair Mòraig. Chaidh a thoirt a-staigh mar obraiche air an tac seo mun do bhristeadh na croitean i. Fhuair mi an eachdraidh gu lèir bhuaithe latha nuair a bha droch cnatan air. Duine treun ge-tà. Cha robh esan riamh air mo *chall-adh*.'

Thug an cèilidh romham fhìn is Tormod orm deagh fheasgar 'oilthigh' a chur an grèim. An dèidh mìosan a chall gun diù gu leòr a chur innte, 's ann a bha mi a-nist air mo bheò-ghlacadh – mas iad sin na faclan cearta – aig sgeul chruaidh na Pòlainn. Na bliadhnachan mòra a bha an nàisean uasal seo fo smàig chumhachdan eile; i buileach far clàr an t-saoghail fad tòrr dhiubh sin. Agus i uair eile na tràill – an turas sa san Aonadh Shòibhieteach, ach le sgioba ball-coise fada nas fheàrr na Alba!

Dh'fhàs an smugraich gu bhith na meall, rud a chuir faireachadh fuadain, tropaigeach cha mhòr, an Taigh Eòrasdail. Leis mar a bha glainne na h-aimsir a' sìor èirigh, chan iarradh duine ceòl a chluic no èisteachd ris an rèidio is rinn sin feum cuideachd, tha mi cinnteach, gus cocoon a chruthachadh san dèanainn obair meadhanach math.

Mhuthaich mi, ged a b' ann gun chus feairt, gun do chuir Ruairidh a cheann a-staigh air doras an rùim uair no dhà mun do bhruidhinn e rium is e gus falbh. An deagh thriom a bha e – a' dèanamh sogan ri Iagan Bàn a choinneachadh is leisgeul aige a shaoil leis a dhèanadh a' chùis dhan t-sagart. 'Òigridh an latha an-diugh, Athair. Tha am beachdan fhèin aca.' Ach dh'aontaich e an uair sin rium gum biodh sin car làidir.

Tormod Mòraig ma-tà!? Sin na bhiodh aig Ruairidh dha – an t-adhbhar agam fhìn – gu h-àraid on as i an fhìrinn a bh' ann a-nist!

Aon rud dhan tug mi an aire – mo làn aire – an dèidh dhomh ath-sgrìobhadh car corrach a dhèanamh air *Oisean an Tìr nan Òg*, gur e crìoch mòran na bu tiamhaidhe a chuir mac Sheumais Bhig air an naidheachd na leig mi leam fhìn a chluintinn na thaigh fhèin.

'Agus nuair a thionndaidh an t-each bàn,' ors esan, ''s ann a chlisg an t-anam às. An gille òg bòidheach a thug e leis dhachaigh a dh'Uibhist air a dhruim – bha e air a dhol na bhodach, seangarra, grànda, de chòrr air trì cheud bliadhna a dh'aois. Agus 's e tharraing cho luath 's a bh' aige thar nan tonnan siar. Cha chuala mi idir gu dè dh'èirich do dh'Oisean – an do mhair e even an latha sin fhèin? Ge brig dè bu dàn dha, tha fhios a'm nach do laigh a dhà shùil riamh tuilleadh air Niamh no air Tìr nan Òg.'

Gu dearbha chan fhaicinn-sa sgath ro bheannaichte no cràbhaidh mu sgeòil Alasdair – thuige seo. Dè an rud, mar sin, a bha a' cur air Mgr Pàdraig mum dheidhinn? An e gun robh dragh air, an dèidh 's dhan t-seanchaidh a shlige fhosgladh dhòmhsa gun dùineadh e an uair sin gu bràth i, mar thè-chreachain, mum faigheadh an aois is gaiseadh-slàinte an toil fhèin?

No an e dìreach farmad a bh' aig an t-sagart rium is mo chothrom air a' bhodach agus an ùine a bh' agamsa ri a thoirt dha?

Mura b' e rud gu tur diofraichte a bh' ann? Mar can, seann nàimhdeas – cleas na feadhainn-fala aig muinntir Albania – eadar an teaghlach againne is a theaghlach-san am Barraigh: is gun fhios an t-saoghail agam fhìn no aig Ruairidh air? Mura b' e is gun robh e gu fìrinneach a' creidsinn gun robh sgilean air leth aig an fhear a bh' ann, Cailean Quinn, san raon-obrach seo, is gum bu chòir an sgaoileadh na b' fharsainge? Shaoil mi ge-tà gum b' e seo an reusan bu laige dhiubh uile.

Feumaidh, mar sin, smaoinich mi a' dèanamh gàire a-staigh annam fhìn – is mi a' siubhal rud a bheirinn gu Tormod ann am puigean – gur e an rud Albanianach a bhiodh ann. Bha mi a' fas teth cuideachd nam chòta is sna bòtannan. Robh toirds sa phocaid? Bha. Agus e ag obair? Yip. Churinn fòn gu Mam, 's dòcha gum freagradh ise gu h-onarach nam faighneachdainn dhith gu ceart?

'Seadh, a laochain – a h-uile bliadhna fad ceud is ceithir bliadhna, tha sinn air cuideigin acasan a spadadh is iadsan an dearbh rud a dhèanamh oirnne.'

Mgr Pàdraig bochd! Bha mo mhac-meanmna ro-bheothail air nàmhaid cunnartach a dhèanamh dheth; duine a bha air fiathachadh snog a thoirt dhomh a thighinn a choimhead gèam math ball-coise. Cò aige a bha fhios nach robh esan cuideachd ag iarraidh dèanamh suas airson na thachair an turas mu dheireadh: cha tig mìorbhailt Ghemmill suas, ach mu làimh, ri caothach Ìomhair Dhòmhnallaich air an daoraich!

Ach cha robh guth air gin de na rudan sin aig Tormod Mòraig an Eòrasdail is abair sàr-spòrs a choimhead mi fhìn is e fhèin; 's e chuir suidse ris nuair a sheòl ball bòidheach far bròig Arie Hann – bho 30 slat a-mach – àrd a dh'ionnsaigh glòir. 'S ann na stob a bha an goalie Gearmailteach agus rinn mi fhìn is fear an taighe dannsa beag Dòmhnaich na rùm-shuidhe mun do thill sinn gu ar ginger beer is black bun (a lorg mi ann am preasa àrd – 'son threataichean; mar am feasgar taitneach seo!)

1:1 a bh' ann a-nist – a' chiad tadhal a chaill sgioba iongantach Helmut Schön ann an Cuach na Cruinne fad ceithir bliadhna. 'S e beachd Hugh Johns gun robh an Òlaind a-nist a' dol ga bhuinnig. Agus nan dèanadh iad a' chùis – 'or possibly yet a draw, Jack' – air an Eadailt, chuireadh sin a-staigh iad dhan chuairt dheireannaich airson an dàrna turais an sreath a chèile.

Ach chomhairlich Charlton le ciall, nach robh math uair sam bith gèam ball-coise a thoirt gu crìch a bha fhathast ga chluic – is gum b' e seo a' Ghearmailt, cuimhnich. Nach robh e fhèin – fear a bha thall is a chunnaic – air gleidheadh agus air call (!) ann an suideachaidhean glè choltach ri seo. 'S ann a chuir tadhal snog – gun a' bheag a mhì-chinnt – far ceann Müller fichead mionaid ron deireadh taic ri smaoin an t-Sasannaich Mhòir.

'We'll just have to see how it all turns out, Hugh!' orsa Jackie. 'And let's face it, Italy might not be playing their best ever football here but they are, man for man, a much stronger side than the Scots!'

Dh'fhairich mi fhìn 's Tormod Mòraig geurad an lanna ud is b' fhìor thoigh leam a bhith air èigheachd àird mo chinn:

'Thalla thusa a shalchair!'

Ach a dh'aindeoin 's an dibhearsain car curs a bh' aig Tormod na bu tràithe rim uncail cha bhiodh e air a bhith idir ceart dhòmhsa leithid a rud a ràdh san taigh aigesan. Cha b' aithne dhomh an duine ro mhath idir. Cò dha a b' aithne, smaoinich mi? Cuideachd bha meas mòr agam air Jackie Charlton is bhiodh e doirbh a dhol buileach an aghaidh a bharail ged a bha e goirt.

Seach sin dh'inns Tormod dhomh mu a sheanair nuair a ràinig e Uibhist an toiseach à Muile. 'S ann a shaoil e gur ann an ceann thall an t-saoghail a land e – no fiù 's air gealaich eile làn lochan.

'A Chailein, bhiodh iadsan a-null is a-nall dhan Òban às Tobar Mhoire fad an t-siubhail agus sìos a Ghlaschu air an trèan. 'S e bha san àite seo ach rud eile – seachd uairean a thìde gu Mallaig deich dhan Òban no trì latha is dà oidhche a Ghlaschu.

'Ach,' chùm e air, ''s mi tha toilichte gun tàinig e. Tha beagan Ghàidheal air fhàgail an seo – a' sìor fhàs gann a tha iad am Muile. Toffs an sin air fad cha mhòr!'

Nuair a bha sinn a' dealachadh aig an doras, dh'fhan an dithist againn mionaid nar tàmh a' coimhead air Raghnall an Tàilleir a' càradh an taighe an iar air fear Thormoid is goirid do Loch an t-Seileasdair; b' e seo an taigh-tughaidh mu dheireadh an Eòrasdail. Aig faisg air aon uair deug a dh'oidhche bha an duine innleachdach seo fhathast a' filleadh sguaban-murain a-staigh dhan mhullach chruinn air an tug na siantan buaidh. Chan e oidhche cho soilleir sin a bh' ann agus 's fhada o laigh a' ghrian.

'Dhèanadh e le a shùilean dùint' e, Raghnall,' mhuthaich Tormod. 'Chan eil duine coltach ris an Uibhist na làithean seo gu tughadh. Bidh iarraidh mhòr air an dearbh fhear as t-fhoghar, a Chailein. Bho thòisich e air a' gheàird am Baile Mhanaich chan eil e air a bhith cho furasta dha; sioftaichean a bhios e ag obair dhaibh, a latha is a dh'oidhche.

'Bheil e a' fuireach faisg air Eòrasdail?' dh'fhaighneachd mi.

''S e nach eil,' aig mo charaid. 'Dràibhidh e sìos a Hacleit fhathast. Cha bhi e uair sam bith a' dìochuimhneachadh Bean Eachainn ge-tà. Bha i math math dhaibh nan cloinn; first-cousin athar – a dh'eug, gu mì-choltach, is gun e mòran seachad air deich bliadhna fichead.

Smìd mi air ais ri Tormod is a-null ri Raghnall a bha, mu dheireadh thall, a' togail àradh trom fiodha, san dorchadas, far mullach taigh na caillich. Duine aig an robh tàlant air leth: fear eile dhiubh. 'S ann a bha na h-eileanan seo a' cur fairis le daoine a bha cho fìor mhath: air saoirsneachd; clachaireachd; treabhadh; togail chruachan-mhòna no le speal is forc san fheur is eile. Cha robh deireadh air an comasan: air an do chuireadh loinn thar iomadh bliadhna an cois obair phractigeach na croite. Is nach ann a bha an tàlantan làidir fhèin aig na boireannaich cuideachd – na b' fhaisge air an dachaigh is an teaghlach dhan mhòr-chuid ach cha b' ann uile gu lèir.

'S ann a bha mi a' gabhail iongnadh ach ciamar a chaidh aig na sgeulachdan is na h-òrain – a bharrachd air feadhainn fuaighte ri obair – air an sàr-ealantas is air an inbhe a ghleidheadh thar nan linntean agus beatha dhaoine cho mòr an crochadh air deas-làmhachd is spàirn an fhallais.

Bhiodh, bha fhios, feum aig gach coimhearsnachd air cothrom anail a leigeil. Rinn na bha a' gabhail àite an seo a-nochd juxtaposition annasach dhomh: sgil is spionnadh Raghnaill an Tàilleir dhan chaillich cho follaiseach an Uibhist fhad 's a bha mise is Tormod nar suidhe air ar tòinean a' coimhead 22 a chluicheadairean – gun sinn eòlach air a h-aon dhiubh – a' breabadh ball (ged a b' ann cuideachd le sgil!) timcheall pàirce ann an Argentina.

'S cinnteach a-nist gun cuireadh tadhal Van de Kerkhof an Òlaind a-staigh dhan chuairt dheireannaich: 2:2 a chrìochnaich an gèam? Shaoil le Tormod gun cuireadh Raghnall còir crìoch air a chuid ealain an ath turas a gheibheadh e nuas. B' fheudar dha a dhol gu 'extra-time' dhan chaillich a-nochd, ach ann an saoghal far am feumar gluasad daonnan eadar obair-tuarastail is obair-chroite chan eil àite ro mhòr aig 'penalties' ann. Cha bhiodh aige ach tilleadh latha air choreigin eile nuair a bhiodh an t-sìde freagarrach – fad 15 mìle deas à Beinn a' Bhaghla.

Smaoinich mi – ged nach leigeadh an nàire leam a ràdh ri Tormod – am bodraigeadh am fear a bha a-nist 'disgraced' air sgàth dhrogaichean rudeigin còir a dhèanamh do sheann tè a bha laghach ris-san na bhalach? Ach gu dè dh'fhaodadh Willie Johnston a dhèanamh dha leithid? Keepie-uppie a chluic le a h-oghaichean, 's dòcha, airson a leigeil-se a-mach dhan bhùthaidh? Air neo...?

Neo-ar-thaing nach deach mo bhuaireadh le gu leòr de smaointean is de dh'ìomhaighean annasach eile air mo rathad dhachaigh, ach mun àm a sheòl am ball far ceann Raghnaill an Tàilleir tro làmhan Dino Zoff – is Wee Willie fhathast na bhoil mun chruaich-fheòir – dh'èigh gob druide dhomh gur ann a bha MG Ruairidh air ais aig an doras-chùil.

Fhuair mi m' uncail le a cheann ann an leabhar mòr tomadach is gun aige ach lampa lapach 30w laiste air a chùlaibh.

'Tuilleadh solais?' dh'fhaighneachd mi.

'Thanks.'

'A bheil òrain no sgeulachdan aig Bean Eachainn ma-thà?'

'No idea, Colin. Who?'

'Fhios agaibh,' thuirt mi, 'a' chailleach aig an loch. Tha Raghnall a' càradh mullach an taighe aice. Gu dearbha tha i a' coimhead sean gu leòr.'

'Age has nothing to do with it, Colin,' ors esan is thionndaidh e gu grad, a' bualadh an leabhair sìos. 'It's about interest, memory, artistic sensibility and prowess.'

'Ùine?' dh'fhaighneachd mi.

'Dè?'

''Son obair cheart a chur a-staigh. Oir 's cinnteach ma tha an còrr agad ach gum falbh saothair an t-saoghail led ùine, nach bi thu mòran nas fheàrr dheth, air a' cheann mu dheireadh, na an duine nach d' fhuair na tàlantan riamh?'

Lean greis sàmhchair car fada eatarainn às a dheaghaidh sin. Smaoinich mi air a lìonadh le ceist mu Iagan Bàn, no taigh Mhgr Phàdraig ach leum dealbh de Willie Johnston, Raghnall an Tàilleir is Alasdair mac Sheumais Bhig nam inntinn – lèintean na h-Alba is bonaidean tartain air an triùir aca – a chùm annas rium san tost chruaidh.

'Shh,' bha Raghnall an Tàilleir ag ràdh, 'tha sinn a' dol a hitch-eadh sìos à border Mheagsago –'s aithne do Willie gu leòr an Colombia – deagh charaidean fhios agad – tha wheelchair againn dhan bhodach. Na leig guth ort – no thig Ìomhair Dubh is cuiridh aodann grànda na daoine dheth o bhith gar togail.'

'Did you know, Colin,' bha Ruairidh ag ràdh air ais an dubhar sgìth Taigh Eòrasdail, 'that in 1942 I won the Cuthbertson Diagnostic Medal. It was a highly contested award which went beyond St Andrews. Unlike lots of our exams before and after, it wasn't about amassing and regurgitating screeds of facts. It was about assessing real patients with real illnesses – minor and major – and reaching the correct differential diagnosis, then narrowing to the most-likely one plus an appropriate management plan.'

'Wow,' orsa mise, 'nach math a rinn sibh.'

'Among them, Colin, was a young woman who'd lost the power in her limbs she'd... anyway, it was Guillain-Barré syndrome, quite a rare, eh, condition. And there was an older chap with a foot sprain – nothing more – rest, ice compression, elevation and some analgesia.

The X-ray was completely normal though lots confused his rather large posterior talar process with a fracture. Ten cases overall – a mix of long and short.'

Cha robh mi idir a' smaointinn gur ann a dh'àite ro laghach a bha seo a' dol is le sin chuir mi stad orm fhìn bho bhith ag ràdh rudeigin faoin gun fheum. Ach dh'fhaighneachd mi seo dheth 'An dèan mi sùipear dhuinn a Ruairidh? Cha dèan black bun is lemonade ach…'

'She did have a heart attack,' orsa m' uncail, 'A mild one – but still in all a heart attack. An ECG at the hospital showed definite acute changes.

'Sorry?'

'An tè air an robh losgadh-bràghad: Seònaid. Cha b' e a bh' oirre idir.'

'Oh, shit.'

'Exactly. An t-àm agamsa sgur dhen ghòraich tha seo.'

'Fuirich ma-thà,' orsa mise. 'Cuiridh mi air an coire. Dà spàin siùcair?'

'Dìreach an aon tè, a Chailein, bho thionndaidh mi sixty.'

15

BHIODH AN DOTAIR Bill Marr air ais air an eilean air an dàrna Disathairne dhen Iuchar. Dh'fhòn e fhèin airson seo a dhearbhadh an làrna-mhàireach, greis an dèidh do Ruairidh an taigh fhàgail. Bha mi fhìn is Ealasaid fhathast a' còmhradh.

Airson na ciad uair bho choinnich mi rithe bha i air suidhe rim thaobh. Mar bu trice bha cabhag mhòr oirre falbh a dh'àiteigin: mura b' e cleas a bha seo airson dad a mhì-shocaire eadar fear òg is boireannach mun mheadhan-aois a sheachnadh? Thairg mi cupa cofaidh dhi is dh'aontaich i fear beag a ghabhail.

'Yes,' ors ise, 'bha uair ann a bha mise car dèidheil air cofaidh; làithean na Palace san Òban. Ach cho tràth is a bha na sioftaichean a Chailein – 's e cofaidh an aon rud air a shon. 'S ann air a bha gràin agam an toiseach.'

Leig mi leatha bruidhinn oir b' e sin, bu choltach, a bha a dhìth oirre – o chionn fhada 's dòcha.

'Bhiodh an hotel làn ann an July is August agus dh'feumadh a h-uile sìon a bhith dìreach ceart do 'Smart Alick'. 'S ann às an Eadailt fhèin a bhiodh iad a' ceannach a-staigh a' chofaidh; bha bràthair-cèile an fhir leis an robh an t-àite a' fuireach thall an sin. Agus dh'fheumamaide a' ghloidhc boiler a bha seo a lasadh aig còig uairean sa mhadainn, a h-uile latha riamh, mun nochdadh an fheadhainn a bha ag iarraidh breacaist aig a sia; 's dòcha daoine falbh air bàta. Dh'fhalbhadh na Tirisdich tràth is bàtaichean Uibhist cho anmoch – 's ann a' dol air ais chun nan làithean sin a tha sinn a-rithist le MacBraynes – agus prìsean sgràthail.

'Ealasaid,' dh'fhaighneachd mi dhith, 'a bheil sibh a' smaointinn gu bheil esan ceart gu leòr?'

'Cò, d' uncail Ruairidh? Tha gu dearbha fhèine. Bidh e sgìth. Agus tha e an dèidh a bhith air *call* fad ùine a-nist a Chailein. Deagh dhotair a th' ann is tha meas mòr aig daoine air. Tha gu leòr an seo as fheàrr leotha e na Marr – dòigh fada nas laghaiche aig Dr Gillies, canaidh iad.' Thug seo beagan faothachaidh dhomh. Bha mi air tòiseachadh ri dragh a ghabhail mu dheidhinn. 'S dòcha gum faodadh dotair sam bith a bhith air losgadh-bràghad fhaighinn air Seònaid Anderson seach am mild heart-attack a bh' ann – gu h-àraid thuirt Ruairidh a dhà na thrì thurais – gun inneal ECG aige a bheireadh e a-staigh dhan taigh.

Nan robh e air a cur-se dhan ospadal, bhiodh sin a' ciallachadh turas suas is sìos de mu uair a thìde is Dougie beag crochte rithe, air feasgar Didòmhnaich. Rud nach iarradh Seònaid a dhèanamh a cheòl no a dh'aighear. Feumaidh e a bhith ge-tà gun do dh'fhalbh i ann a-rithist; a nighean a' toirt oirre far nach tug an dotair? 'S e Ruairidh a bhiodh toilichte an locum seo a thoirt gu ceann nuair a thilleadh Bill Marr gu a chathair fhèin is a shealladh gasta a-mach air Beinn Ruighe Choinnich is bàgh Loch Baghasdail.

An dèidh sin uile a ràdh cha robh coltas air m' uncail madainn Diluain gun robh an liosta roimhe an theatre Dhalabroig a' cur mòran uallaich air. 'S ann a bha e ann an triom na bu shona na bu chòir as dòcha; 'getting into gear Colin,' ors esan. Bu thoigh leis gu mòr a bhith an sàs aig lannsaireachd Mhgr Adams is a bhith a' rothaigeadh na sgioba le a chuid spòirs.

Bha fhios a'm cuideachd gum biodh e ag iarraidh gun stiallainn-sa orm le stuth Uni is na bheireadh Alasdair mac Sheumais Bhig dhomh, fad a' chòrr dhen ùine a bhiomaid còmhla an Uibhist. Leis nach robh shingles a' bhodaich a' cur dragh idir air bha Ruairidh cinnteach gun dèanadh e an gnothach air seanchas rium mar a chaidh aontachadh.

'Is ciamar a tha *Lady Muck*?' dh'fhaighneachd Ealasaid.

'Cò?'

'Cò ach Jane?

Dh'fhairich mi sa mhionaid, a' mhàthair òg annasach seo a' dinneadh a gàirdein trom fhear-sa is sinn a' coiseachd sa ghrèin am fianais an t-saoghail – agus na bha air oir an t-saoghail sin le binoculars!

'Math gu leòr,' fhreagair mise, is mi a dh'aona ghnothach a' seachnadh sgath nas mionaidiche innse. 'Saoilidh mi gu bheil e a' còrdadh rithe a h-uncail a bhith ga reacòrdadh.'

'Tha iad ag ràdh gu bheil e glè mhath,' dh'aidich Ealasaid, 'ged nach cuala mise e ag innse aon sìon. Gu dearbha cha bhiodh Alasdair mac Sheumais Bhig air an uair innse dhut nuair a bha an dithis aca a sin: e fhèin is Dòmhnall. Bidh ise air a bhith ag obair air – mum bi e ro anmoch!' orsa Ealasaid, dìreach mar a smaoinich mi fhìn tric. Rinn mi gàire – mar a rinn mi reimhid – a-rithist gun mhagadh am follais, bha mi an dòchas. Bha tàlant àraid aig Ealasaid le cànain a dh'fhàg a briathran am badeigin eadar neoichiontas is fealla-dhà sgaiteach.

'Well,' orsa mise, 'bha còir agaibh a bhith air a chluinntinn ag innse mu Oisean is Tìr nan Òg, an latha eile. 'S ann a bha e dìreach eireachdail.'

Cha bhiodh e air cus croin a dhèanamh pàirt beag – an sgeul gu lèir fiù 's? – a chluic dhi ach roghnaich mi gun. 'S ann a shaoil mi gum biodh sin a' dèanamh dìmeas air an dàimh is an dìlseachd eadar Alasdair (agus Ruairidh) is mi fhìn. Cuideachd cha robh mi cinnteach am fanadh Ealasaid fada gu leòr na tàmh airson a leithid is cha chòrdadh suidheachdadh doirbh rium: Ealasaid miannach air falbh is mise ga cumail air ais le 'rubbish'. 'N e dha-rìribh rud a bh' ann an cultar an seo a dh'fheumadh a bhith a' sìor ghluasad – rud beò nach tigeadh ach a-mhàin a rèir gach nì riatanach eile a bha ri a bhuileachadh ann an turas latha?

'Bidh ise...' stad Ealasaid, 'bidh Jane, eh... a' dèanamh move ort mura d' rinn i sin fhathast?'

'Sorry?'

''S fhada o thòisich sin aice. An robh thusa a' smaointinn gum bu tusa a' chiad fhear a Chailein?' Bha gàire Ealasaid garbh – co-dhiù na ròic, do thè nach biodh a' smocadh. Ach dè dìreach an dearbhadh a bh' aicese – sgath idir? 'Agus thig gu leòr eile às do dhèidh-sa cuideachd,' chuir i ris, 'ach seo a' chiad turas a dh'ùisnich i am bodach airson, eh... na bha i ag iarraidh fhaighinn. Bi thusa faiceallach a Chailein!'

Cha do dh'fhairich mi idir saorsainneil. Cò aca san cuirinn m' earbsa: an tè 'shean' seo a dh'fhuirich, no a dh'fhàgadh, na h-aonar aondranach no an tè chaillte am mòran dhòighean – ach am blàths bràthair a seanmhar – a bh' ann an Jane Dhòmhnallach?

'Tha an dochann a' dol am miosad,' orsa Ealasaid an uair sin, 'mar a bhios Ìomhair a' sìor dhranndan.'

Ach mollachd orra seo air fad! Cò uile aige an robh ròs is muthachadh air a' bhurraidheachd seo? Is iad cho deònach dìreach gabhail ris? An e an fhìrinn, mar sin, a bh' aig Steafan na rabhadh leabh is aig Ealasaid na ròic?

An robh, mar sin, Jane beagan 'touched'? Agus na targaid nas fhasa is nas 'airidhe' air leatraigeadh bho leithid a dhroch isean? Dh'fhairich mi a-rithist an gàirdean aice a' sireadh is a' greimeachadh fèithean teanna an fhir agam fhìn.

Air neo, an ann a' cluic gèam a bha ise leamsa agus leis an duine aice – a' grìosadh Ìomhair gus tighinn às mo dhèidh le adhbhar? Mura b' e 's dìreach gun robh Ealasaid – dhìleas dhìcheallach dhòigheil chòir – na spideig bhig làn eud do Jane? Bu choltach nach robh e doirbh dhan tè òig fireannach is feise is clann fhaighinn; bha i dlùth do dh'Alasdair mac Sheumais Bhig is bha i cuideachd, smaoinich mi an dèidh do dh'Ealasaid falbh, a' cur uairean fada seachad còmhla riumsa.

Thàinig sgleò luath air a' mhadainn shoilleir a bh' againn is bha Eòrasdail a-nist fo uisge mìn a dh'aithnichinn sa bhad mar fhear ceart Gàidhealach seach an rud neònach bruthainneach a bh' ann roimhe.

A dh'aindeoin brìgh ar còmhraidh, chaidh agam air stòladh is aire meadhanach math a thoirt air na leabhraichean. Bha siostam a-nist agam cuideachd a bha ag obrachadh glè mhath: le saidhceòlas a thòisichinn – 's e a b' fhasa faighinn a-staigh ann – is an dèidh sin ghluaisinn gach dàrnacha latha eadar eachdraidh is litreachas na Beurla.

Rudeigin air nach cuala mi iomradh riamh chun a sin b' e 'cultural psychology': gun robh cultaran a' cur an cumadh fhèin air daoine is na daoine a' fàgail cruth sònraichte air cultaran. Chan e a-mhàin, chanadh na h-eòlaichean, gum biodh diofar chultaran ag altram social values eadar-dhealaichte ach logical reasoning cuideachd. Bha an ùine a bha mi air a chur seachad an Uibhist an cuideachd Alasdair mhic Sheumais Bhig is Jane air seo a dhèanamh gu math follaiseach dhomh. Chithinn gu soilleir sa chàraid àraid ud, 'ethnic divergence in mind, self, and emotion'. Mar a chithinn cuideachd, gu mì-fhortanach, ann an gràidhean nan daoine, Ìomhair Dubh!

Saoil an e seo rud, no raon, sam bu chòir dhomh tuilleadh a shireadh nam faighinn tro na deuchainnean – rannsachadh ùr a chur air bhonn am measg Ghàidheal, coimeas a dhèanamh, 's dòcha, eadar an fheadhainn a dh'fhan nan coimhearsnachdan is cuid a dh'fhalbh – agus an sliochd-san?

Dh'fheumainn aideachadh cuideachd, gun robh an dàimh seo eadar m' uncail is Prof Boyd a' faireachdainn ro fhaisg dhòmh – gu h-àraid mura tigeadh m' oidhirpean-sa a rèir miann Ruairidh. Cha dèanadh e ach esan a thàmailteachadh nam faigheadh Cailean Òg an cothrom sgoinneil seo is nan leigeadh e an uair sin a dholaidh e.

Is dè dìreach am feum a dh'fhaodadh a bhith aig an stòras phrìseil de bheul-aithris Uibhist (agus an àitean eile 's cinnteach) ann an Celtic Studies? Mura biodh cothrom nas fheàrr ann is mi nam phost-grad? Ach 's e bhiodh sin a' ciallachadh ach trì bliadhna eile – aig a' char as lugha – gun tuarastal ceart?

Mar sin an e saidhc-eòlas a bha gu bhith ann no an i eachdraidh na Roinn Eòrpa – a bha, le fòcas ceart ga thoirt dhi, a' còrdadh rium gu mòr? Air neo am faodainn-sa, fhathast, feuchainn air dotaireachd – dhomh fhìn – ge b' e dè rùn mo mhàthar no Ruairidh dhomh.

Ge brith dè an rud a dhèanainn air a' cheann thall 's ann a bha an ùidh is an obair seo ga fhàgail cus na bu choltaiche gun rachadh deuchainnean '78 leam? Is bha greis fhathast thuca sin; chan fhìor fhada ge-tà – meadhan an Lùnastail – an t-àm aig duine 'sgoinn a chur air'!

Rinn mi cofaidh eile is dh'èist mi ri na frasan a' sluaisreadh aig bonn na h-uinneige. Rug is dhragh mi air a' chùirteir thana naidhlean – a shiolp a-mach, feumaidh, is a ghlac air rudeigin – a bha bog fliuch is stracte. Cha chluinninn Marjory idir; air a' mhachaire a bhiodh i 's cinnteach. Thug siud teansa dha na druidean brath a ghabhail agus 's e a' ghleadhraich acasan bu mhotha is bu treasa a bha ri chluinntinn fad greis.

Cha dèanadh prògram sam bith – fear Radio 1 gu h-àraid – ach àite dligheach nan eun a thruailleadh is an cead beachd a thoirt air sìde is baile fo chaochladh a chur an dìmeas. Agus dè an tuairmse a leigeadh iad sin ris an duine a dh'èisteadh gu math air mar a thachradh sa bhall-coise? An dèanadh an Òlaind an gnothach air a bhith co-ionann no na b' fheàrr an gèam na h-Eadailt agus cuairt dheireannach Cuach na Cruinne a ruighinn a-rithist?

Is cò an sgioba chogadhach chruaidh a bhiodh romhpa am Buenos Aires: Brasil nam mìle tadhal tlachdmhor no 'Don't Cry For Me Argentina'? 'S ann feasgar Diciadain a bhiodh iadsan a' cluic is fear eile de mhanaidhean Ally – Peru – nan aghaidh. Saoil, a-nist, am biodh am miann-san air òr, nan dachaigh smàdail fhèin, ro mhòr is seachad air comas chàich?

Làithean togarrach matha ro shaoghal bhall-coise an Ceann a Deas Mòr-thìr Ameireaga: rud nach robh mi a' faireachdainn cho buileach fìor mu cheann a deas nan Eileanan Siar.

Cha robh dùil a'm tadhal air Alasdair gu feasgar a-màireach – treiseag eile a thoirt dha fàs cleachdte ri anshocair. Chuireadh fios gu Jane – chan ann le calman (chan fhaca mi gin an Uibhist) – ach le nàbaidh on tug Ruairidh gartan tiugh às àite doirbh faighinn thuige! Bha Mòr Iain air an còrr dhiubh – aon deich – a phiocadh aiste fhèin an dèidh dhi na caoraich a thoirt far na beinne airson an rùsgadh. Chan e nach robh Jane air a' fòn, ach cha bu thoigh leam idir a bhith air Ìomhair Dubh fhaighinn is gum feumainn bruidhinn ris-san le inneal dubh cruaidh Thaigh' Eòrasdail nam làimh.

Daingit, Ealasaid, smaoinich mi, is mi a' togail notaichean air cànan Shakespeare, chan eil Jane ach a' feuchainn ri dèanamh cinnteach gun tèid eòlas bràthair a seanmhar a ghleidheadh dhaibhsan a thig às ar dèidh. Ged a bha, dh'fhaodadh duine ràdh, nàdar car 'sònraichte' aice ach cha b' ionann sin is i a bhith gam ruith-sa no gu dearbha a bhith a' ruith nam fear eile.

Le sin, carson a bha mo smaointean mu deidhinn-se air buaidh a thoirt air mar a thachair, no nach do thachair, le Catrìona am Barraigh? An i Jane a thug dhomh an leisgeul stad a chur air na bu chòir a bhith air sgur o chionn fhada – pògan gun cheangal no ghealladh; barrachd air sin bho dheireadh?

Agus dè a bha a dhìth ormsa bhuaipse – a' thuilleadh air cothrom fhaighinn air fear dhe na seanchaidhean a b' fheàrr a bha beò? Dè bhiodh sàbhailte dhomh iarraidh tuilleadh?

Cha mhòr nach robh e leth-uair an dèidh uair mun do sheall mi suas is mi air a bhith san t-saoghal sin – saoghal nam faclan, saoghal nan smaointean – fad an dà uair a thìde mu dheireadh. Bha fois is sìth an taighe an-diugh nan cofhurtachd ach cuideachd nam brosnachadh 'son 's gum maireadh an spionnadh sin a chuireadh rud ceart às mo dhèidh. Cha robh a-nist bìog bho na h-eòin is bha bò Thormoid Mòraig fhathast gun tilleadh bho a cuairt. Thòisich an uair sin fuaim trom, doilleir – stab feansa, is dòcha, ga chur an sàs no sguad-obrach na b' fhaide air falbh ri spàirn na bu chruaidhe – ach an dèidh greis stad sin cuideachd.

Lean *tiog-tog tiog-tog* a mhac-talla san trannsaidh is thug sin doimhneachd is gluasad dham obair – ruitheam fheumail ris am faodainn cluas a thoirt mar a thograinn fhìn. Deich latha air ais agus bha an ràsan seo ga mo chur droil. Dh'iarrainn dìreach leum thuige is am plug a tharraing no na batteries a spìonadh às, ach chuimhnich mi, nam amadan, nach b' ann ri an leithid a bha an gleoc mòr seo an urra airson a chunbhalachd – an-diugh no gu dearbha nuair a rinneadh ann an 1916 e.

Chuir mi air an Uher agus thill mi an teip dhan toiseach.

'Ach bha fear ann an Uibhist aig an àm ris an canadh iad Oisean. Oisean mac Fhinn 'ic Cumhaill. Ach cha bu thoigh leis-san a bhith a' sabaid is a' cogadh is a' murt is... dhèanadh e sealg, allright, Oisean, ach cha do mharbh e duine riamh. Bha an còrr dhen Fhèinn cho mòr mu chlaidheamhan is na b' urrainn dhaibh de spadadh a dhèanamh leotha...'

Bha an sgeul a' siubhal fo làn-èideadh is cha robh sgath iomagain ormsa gum feumainn a glacadh mun cuireadh clann Jane a-staigh oirre no mun teirigeadh lùths Alasdair.

'S e bh' ann ach pìos-ealain fìor chumhachdach is abair fhèin tlachd a bhith a' suidhe air ais is ag èisteachd ris – a dhol na bhroinn – leam fhìn air madainn dhorcha fhliuich san Ògmhios an Uibhist. On astar seo, chan fhaicinn Jane ach mar thè riatanach ann a bhith dèanamh cinnteach gun tachradh seo uile: bha i slàn, fallain, gun ghaoid oirre. Carson nach fhàgadh e buileach air a dòigh i bràthair a seanmhar a chluinntinn a' toirt a' char às a' bhàs a-rithist le alt air leth? Carson nach leigeadh i le a gàirdean suathadh rim fhear-sa aig deireadh latha cho inntinneach? Dh'fhan a h-àileadh orm fad a' chòrr dhen latha sin.

Chuala mi an gnogadh – Ruairidh, bha fhios, is e air tilleadh 'son biadh. Dh'fhàg Ealasaid brot is aice ri a piuthar a thogail aig cidhe Loch nam Madadh mu 2.00f. Dhearbh brag na bu chruaidhe agus an uair sin nuair a dh'fhosgladh an doras – le Patricia – nach do thill m' uncail fhathast.

''N e sin e fhèin?' dh'fhaighneachd i dhìom on doras.

'Alasdair? 'S e.'

'Cha robh mi ag iarraidh...'

'Tha thu taghta.'

Agus 's i bha taghta. Bha e gu math laghach cuideigin ùr òg fhaicinn is mi san triom seo. Bhiodh feadhainn eile – Ealasaid no Ruairidh (!) – air sin uile a dhroch mhilleadh orm.

'Sgeulachd air leth,' orsa mise a' slaodadh is a' putadh an t-sèithir rim thaobh-sa a dh'ionnsaigh Patricia.

'An tig mi uaireigin eile?' a freagairt chòir, gun charachadh.

'Cha tig! Cuiridh e crìoch oirre an-diugh fhathast.'

Rinn Pat gàire snog is shuidh i. Dh'fhan sinn gun bhruidhinn gus an robh mac Sheumais Bhig ullamh. Cha do dh'fhairich mi sin neònach no ceàrr – rud a bhiodh, bha fhios a'm, nan robh Steafan air a bhith còmhla rithe. Gun rabhadh chuir an t-acras fharam fhèin nam mhionach-sa is dh'èirich mi. Thill Patricia a-mach dhan sgularaidh às mo dhèidh.

'Bobhla lentil soup ma-thà?' na thairg mi dhi is mi a' lorg mhaidseachan.

'Nì thu sin cuideachd?' ors ise le mì-mhodh gu leòr na gnùis.

'Cuiridh mi air an stòbh e. Gum bi e teth. Rinn an tèile an còrr.'

'Nach ann agaibh a tha an saoghal dheth!' beachd na tè a thadhail.

'Fireannaich leotha fhèin air allaban.'

Ged nach cuala mi riamh an abairt sin bha mi muthachail gun robh mo chomasan air còmhradh na bu phongaile a dhèanamh sa Ghàidhlig a' sìor fhàs – is sin na thoileachadh mòr dhomh.

Ghabh Patricia ceathramh de dh'òran:

'Air allaban a tha mi 's mi an àite fliuch, fuar...' fear fìor iomchaidh dhan latha a bh' ann.

'Very nice,' orsa mise, is lean mi siud sa bhad le, 'Tha guth snog agad a Phatricia. Bheil tòrr òrain agad?'

'Deagh thòrr *òran*,' cheartaich i mi, is le aoigh spòrsail thuirt i, 'Bu chòir gu leòr a bhith agam – bhiodh mo sheanair is mo mhàthair... is bha mise sa chòisir – chaidh sinn gu Mòd Obar Dheathain; chaidh is piuthar na Banrighinn. Cha ghabh mise sìon tapadh leat.'

'Siuthad!' orsa mise, a' càradh bobhla is dà phìos arain phlèin air a beulaibh. 'Bha mi air a chur a-mach dhut mar-thà.'

'S ann a chuala mi mi fhìn ro choltach rim mhàthair – no gu dearbha ri m' Antaidh Raghnaid! – is gun mi deònach, a bheò no a bhàs, nach gabhte mo bhiadh.

'Chan eil do shoup ro shaillt' idir,' thuirt i is b' e moladh a bha siud.

'Chan eil,' dh'aontaich mi. 'Tha Ealasaid math – *modern* – mar sin.'

'Tha Blood Pressure orra sin air fad,' chuir Pat ris; a cothrom-se a-nist a dhol na caillich. 'Bha bràthair dhi a ghabh stroke òg is an uair sin heart-attack, ach bha e mòr mòr cuideachd, Iain 'ain Alasdair, is e... do you really enjoy the stories, Colin, or is it something else you're searching for?'

'Mar dè?'

'Chan eil fhios a'm. Sin a thug orm faighneachd. Bheil thu a' siubhal rudeigin sònraichte?'

'S e ceist dhoirbh a bha seo freagairt cheart fhaotainn dhi. ''S e Ruairidh...' thòisich mi, 'Esan a dh'iarr orm tighinn an seo – companas a chumail ris is a chuideachadh leis an obair aige, ach...' Ach dè a-nist a bha gam bhrosnachadh-sa – dè an sùim phearanta a bh' agam fhìn ann an seo uile? An dualchas? No na daoine? Measgachadh dhen dhà? Ri seo rinn mo leadaidh Jane gàire, mar a thigeadh bho thè bhig ann an taigh-dhoileag, agus stob i a gàirdean trom fhear-sa – leus na sùilean cruinne giomlaideach – air an tulach a thuirt Steafan a bha na shìthean.

An e idir moladh de sheòrsa eile a bha mi a' sireadh – spèis fiù 's – bho Ruairidh, is troimhesan bhom mhàthair? 'Duine ceart a th' ann an Cailean againne. Chan ionann is tòrr dhen òigridh aig nach eil diù air thalamh dhe a leithid. Chan eil rian nach cuir seo air dòigh e is gu slighe nas dìriche!'

'S e boireannach brèagha a bh' ann am Patricia ach tè, thuige seo, nach do leig cus rium a bha sensual – sgath flirting idir: 's e sin a bh' ann. Bhiodh eadhon Ealasaid bhochd ri beagan dhen a sin na dòigh neochoireach fhèin. Mura b' e agus gun robh Pat a' dol còmhla ri cuideigin is gun do chuir i dheth suids a' chumhachd sin innte fhèin; 'SOS! NOW!' na bhiodh Edward Heath a' guidhe oirnn rè geamhradh dorcha, fuar na dìth agus nan seachdainean fada trì làtha.

'Dè do bheachd fhèin orra?' dh'fhaighneachd mi.

'Air dè?'

'Stòiridhean, naidheachdan – rudan dhen t-seòrsa sin?'

'Tha mi measail gu leòr air na h-òrain a Chailein. Cha chreid mi ge-tà,' ors ise, 'nach eil mi nas dèidheile air na daoine seach air na dh'fhaodadh a bhith aca is deònach a thoirt dhuinn. Bheil thu gam thuigsinn?'

'Tha, tha. Tha gu dearbha,' fhreagair mi. ''S ann a tha sin na rud ceart.'

''S e tha mi ciallachadh,' ors ise, 'nach cuirinn seachad mòran dhem shaoghal ann an cuideachd seann bhleigeird dìreach air sàillibh 's gun robh e 'fab' gu sgeulachdan innse,' rinn i lasgan ri seo. 'Duilich, a Chailein, leugh mi cus dhen *Jackie* nam òige – nach aithnich thu sineach orm? "Fab Alasdair mac Sheumais Bhig and dishy grand-niece Jane tell all to cool Col's listening ear and the Uher that never lies!"'

'Ha, ha, you know your technology too.'

'Seall,' ors ise, 'tha ainm an rud sgrìobhte air a' mhullach. Air an t-sèithear ud thall. Bu chòir dhòmhs' falbh.' Bha i fhathast gun adhbhar a thoirt dhomh airson a' chèilidh is cha do ghabh mi fhìn orm faighneachd. 'S e bha laghach a bhith a' smaointinn air Patricia dìreach a' tadhal orm an-dràsta is a-rithist an Taigh Eòrasdail mar a thoilicheadh i fhèin.

'Just one for the road,' orsa mise a' seasamh.'

'OK then,' dh'aontaich i, 'ach dèan na tè gu math beag i, a Chailein, 's e càr m' athar a th' agam.'

'S e òran san dealachadh a bha air a bhith bhuamsa ach a-nist dh'fheumainn uisge-beatha fhaighinn dhi! 'S ann air èiginn a thràigh is a roinn mi an dà dhràm mu dheireadh às a' bhotal a lorg mi am preasa àrd eile sa phoirds dhamp – dh'fheuch mi àileadh gu math, eagal 's ar puinnseanachadh le *paraquat* no turpentine.

'Nist a luaidh,' orsa mise ann an guth beag milis tlàth, 'gabhaidh tu òran dhomh, am fear ud a thòisich thu ma dh'fhaoidte?' Thug mi dhi a' chiad sreath dhen t-sèist is a-mach leathase an dèidh sin gu coille dhlùth dhorcha Chanada làn 'fògarraich' is a h-uile mac-màthar 'air allaban'.

Lean i seo le òran gaoil a rinn bàrd gu math beò – do nighinn à Barraigh air an do laigh a shùil mu chidhe Loch Bhaghadsail.

'Nach iongantach an tarraing aig bòidhchead nam Barrach air a' chridhe cheart,' mhol mise.

'Dearbha,' dh'aontaich Pat, 'is 's ann gu math special a bha i seo.

Tha eagal orm nach eil sgeulachd sam bith agam – well...' Theann i an uair sin – is le snas – ri aithris, gun a' bheag a dh'earail bhuamsa, naidheachd mu thè òig a bhios a' suirghe air duine ris an tachair i fhad 's a tha i ri nighe a cuid shiotaichean a-muigh mu Loch Chill Donnain. Mu dheireadh, chì i rafagaich na ghruaig: comharra cinnteach gur each-uisge e. Nuair a chaidleas esan fo dheireadh air a sgiùird, gearraidh i i fhèin air falbh le sgithinn bhig – iallan a h-aparain fhathast snaidhmte na fhalt – agus a rèir na sgeòil-sa co-dhiù, chan fhaic i tuilleadh e.

Chluinninn Patricia ga h-innse seo sa chlas le blàths is tàlant ach fhathast a' gleidheadh làn-ùghdarras Miss MacInnes.

'Seadh, 'ille,' ors ise is mi a' fosgladh an dorais dhi, 'cha robh sìon a dhùil a'm ri dad dhen a sin. Nach tu tha math air faighinn na tha thu ag iarraidh à daoine?'

Rinn mi gàire is ghabh mi ri seo mar dheagh rud, ged a sheall e cuideachd, 's dòcha, gum faiceadh Pat taobh eile orm nach robh buileach cho snog. An ann car carach a bha mi gu daoine a làimhseachadh?

'Cha robh dùil agam fhìn ri dad dhen t-seòrsa!' fhreagair mise is mi ga chiallachadh. Bha an t-uisge-beatha is a performance air dreach a chur na busan is na sùilean. 'An fhìrinn,' chuir mi ris ged nach ruiginn a leas agus choisich mi a-mach leatha tron phoirds.

Bha Ford Avenger a h-athar ga feitheamh a-muigh le foighidinn; feumaidh gur ann an àite eile a bha i an toiseach is gun do chùm i oirre a-mach thugamsa. Gu h-obann thàinig MG Ruairidh am fradharc is chlisg mi. Dh'fheumadh Pat falbh an-drasta fhèin! Dh'fhaodadh i smìdeadh ri m' uncail air a rathad seachad ach cha robh math dhàsan a faighinn an seo. Gun fhiosta dhi fhèin rinn i dìreach na bha a dhìth orm is gheall i tilleadh. Ach an ann leatha fhèin a bhiodh i an uair ud, no còmhla ri a bràthair? Agus cò bhiodh an làthair an Taigh Eòrasdail a bharrachd ormsa?

Shaoil mi gur e coltas glè shona a bh' air Ruairidh an dèidh madainn thraing is deannan roimhe an *Cnoc Fraoich* air dha tilleadh on ospadal; b' fheudar dha an uair sin tòiseachadh air tadhal air daoine: 'all over the bloody place'. Chan eil an rathad ud gu Strom ach curs fhathast a Chailein – far a bheil rathad agad! Tha a' Chomhairle mhìorbhailteach trì bliadhna a dh'aois a-nist; cha bu mhiste cuid acasan cuairt a ghabhail a-mach an sin ann an droch shìde! 'S mi bha fortanach gur ann ri solas an latha a chaidh mi an-diugh ann airson a' chiad uair!'

'Tha soup ann,' thuirt mi ris.

'Math fhèin a laochain. Cha do ghabh mi snap om bhreacaist. Bidh i fhèin air ais airson na dinnearach, am bi?'

'Bithidh, bithidh, taxi-service only. Cha do thrèig i buileach sinn; fhathast co-dhiù! Blasta nach eil?'

'Dà bhobhla a Chailein?' ors esan a' toirt an aire dhan fheadhainn agam fhìn is Pat nach do thog mi far a' bhùird.

'Thàinig visitor,' dh'aidich mi – 'a ghabh òrain is a dh'inns sgeulachd dhuinn – air chlàr!' Ghluais mi mo cheann an rathad an rùm-suidhe.

'Nach buidhe dhut!' Nochd boillsgeag na shùilean. 'Mar a thuirt mi – daoine laghach dham buin i, is cho grinn 's a bha a seanair gu seinn. 'S beag an t-iongnadh gu bheil comas aig Patricia. Cha bhiodh rathad aig pàirt dhe na rudan sin air a dhol seachad oirre. Ach nach math cuideachd,' chuir e ris, 'gun robh i deònach an toirt dhuinn.'

Cha do phut ise tuilleadh mi air a' cheist: ach dè bha mi ag iarraidh on obair seo? Dè dha-rìribh a bha fa-near dhòmhsa – air leth bho thoil Ruairidh? Bu nèonach, ge-tà, mura faca Pat a ceist ga freagairt, gu ìre air choreigin, anns na shìn i fhèin dhomh gun chùram: an toileachas àraid sin a thig an cois thiodhlacan domhainn, onarach.

Coltach ri Ruairidh is a liuthad consultation diofraichte, nach toireadh gun robh mise an Uibhist – is inneal mòr m' uncail agam! – cead dha na bha deònach fosgladh is rudan air leth prìseil a thoirt seachad an-asgaidh? Abair urram. Abair blast! Is Alasdair mac Sheumais Bhig an smior-maothain na cùise.

'Eric Adams a bhios an *Cnoc Fraoich* feasgar,' orsa Ruairidh. 'Furichidh e air *call* airson dà latha. 'S ann gu math tuigseach a bha e mu Sheònaid. Thuirt e nach biodh esan air a toirt a Dhalabrog sgath na bu tràithe na bu mhotha. Nach dèan sinne rudeigin diofrach an dèidh 's na dinnearach, a Chailein – rud a chòrdas rinn fhìn?'

Bha Eàirdsidh Fhionnlaigh, 'An *Ghillie* Baghlach', gar feitheamh ri oir Loch Olaidh; an sgoth bheag aige air a ceangal gu math ri trì clachan mòra agus sealladh sgoinneil aig na bha a' tàmh an cladh Àrd Mhìcheil sìos oirnn.

'Tha sibh cinnteach a-nist a Dhotair Ruairidh?' ors esan is a shùilean gun fhiaradh dheth, 'bhithinn-sa ro thoilichte ar cur a-mach is a-staigh. 'S iomadh latha a rinn mi e, is ma bheir Dia dhomh mo shlàinte 's iomadh latha a nì mi fhathast e.'

'Ro chòir dhuibh, Eàirdsidh,' freagairt Ruairidh dha. 'Nach fhaic sibh na ruigheanan seo? Tha an t-àm aig na muscles orra beagan obrach a dhèanamh. Uair dhen robh an saoghal cha robh na ràimh às mo làmhan ach ainneamh. Cha bhi sinn ro fhada idir ma-tà.'

An taca ris an latha dhorcha, smugraicheach, a rinn i roimhe bha am feasgar air fàs car snog is na bu bhlàithe a' faireachdainn. Aon bhoinne no uspag cha robh faisg nuair a chuir sinn ar casan is ar colainnean air bòrd *Beileag Bheag* – currach Eàirdsidh a rinn a làmhan fhèin is a chaidh a bhaisteadh an dèidh na caillich a chùm sùil gheur air obair is a thug thuige tì.'

'Beileag Aonghais,' dh'inns Eàirdsidh dhuinn. 'Bhiodh a h-athair a' togail gheòlaichean – feadhainn mhòra cuideachd. Thuig i an gnothach glè mhath. H-uile gin de phìosan a' bhàta aice air a teangaidh is gun fhacal Beurla nam measg. Ciamar a bhiodh is gun i idir aice, 'n creutair! Dh'eug i an latha mun deach i seo air bhog. Cor olc an t-saoghail, dè?'

Cha robh teagamh aig Ruairidh nach biodh sgoth Eàirdsidh air a togail cho math 's a ghabhadh – Beileag ann no às – is sin bu choireach gun deach e far an robh e. Gu dearbh dh'fhairich mise gur ann nan suidhe gu stòlta, sàbhailte, air a tobhtaichean a bha ar mionaich làn shepherd's pie is custard is sinn a' dèanamh ar slighe a-null gu meadhan an locha. Bha m' uncail fìor chomasach air iomradh agus deagh thomhas aige gu falbh an comhair a chùil.

'Gheibh sinn iasg ùr dhut 'son breacaist,' gheall Ruairidh do dh'Ealasaid is sheas e ri fhacal: ceithir bric àlainn air an tàladh às an loch le sàr-chuileagan Eric Adams. 'S e an acainn seo bu phrionnsapalaiche, feumaidh, oir an dèidh dhòmhsa greis a thoirt air biathachadh is cuibhleadh gun fheum leis an t-slait agam fhìn ghabh mi tè Ruairidh is cha b' fhada gun robh leth-dusan againn. Bhiodh dealbh dhen ghrèin a' dol fodha mar coinneimh air a bhith fìor àlainn air oidhche na b' fheàrr; ach fiù 's le neòil os ar cionn, is àile làn uisge, 's ann bòidheach fhathast a bha e na sgleò de dhearg-orains.

'Bha mi a' smaointinn, a Chailein,' orsa Ruairidh, 'air... eh... of cutting the locum short. I mean, Bill mightn't get back mid-July, his Mammy could go bonkers again. What if it's the end of the month, Colin, or into August, then what do we do? You've got your studies and...'

'Cha tachair sin idir,' chuir mi a-staigh air. 'Bidh Dr Marr air deagh bheachd a ghabhail air a' ghnothach agus air an ùine a bhios a dhìth air. Tha esan an seo fad na bliadhna a Ruairidh.' Bha mo chuid eòlais air a' chuspair seo agus na daoine a bha an sàs ann cuideachd air fàs math.

'Cuimhnich, a Chailein. Tha mise air a bhith an Uibhist fad mu shia seachdainean a-nist,' lean e air. 'Tha... Eric's shared the on-call, I know, but still it's obviously taking its toll. Brian Scott in Benbecula has a good bit of anaesthetics in him, and covered before, when they've failed to get locums; all their holidays booked in advance.'

Dè bu chòir dhomh a ràdh? Cha robh mi a' dol a dh'fheuchainn sgath gòrach no ròlaisteach le fear a bha mion-eòlach air an t-suidheachadh. An àite sin, choimhead mi air an loch dhorcha dhomhainn. Nochd biast-dubh faisg air a' bhòrd gu tuath oirnn. Ach an uair sin thuirt mi, 'Cha chreid mi nach fhaigh mi beagan a bharrachd bho Alasdair mac Sheumais Bhig fhathast a Ruairidh. Tha e cho riatanach sibhse a bhith an seo còmhla rium – duine ris am faod mi bruidhinn mun bheul-aithris.' Ga chur an dòigh eile, dè chumadh an Uibhist mi às aonais? Mura gluaisinn a-staigh còmhla ri Ealasaid, ha!

'Well,' fhreagair esan. 'Tha fhios, a Chailein, gu bheil thu ceart. 'S e call a bhiodh ann an cothrom seo a leigeil às. Agus tha thu a' dèanamh cho math cuideachd. Fhios agad, ma dh'fhaoidte gun till mi as t-samhradh sa tighinn, roimhe sin, 's dòcha, dìreach airson tadhal air an àite, stuth a thional bho na daoine. Cha d' rinn mi sin a-riamh.' Cha do leig sibh riamh leibh fhèin, smaoinich mise.

'OK ille,' ors esan, 'an toir mise air ais a-staigh sinn no...? Put that man out of his misery.'

An dèidh dhòmhsa spàlagan no dhà eile, gun chus feum, a thoirt air an loch shìn mi na ràimh dham uncail.

'Fear a th' ann am mac Fhionnlaigh, a Chailein, a bhios a' gabhail dragh; mar athair roimhe – 'Iomair thusa Choinnich Chridhe...' theann Ruairidh ri seinn is e aig an aon àm a' tarraing gu làidir a-mach is a-staigh. 'Chan fhaca esan riamh air an uisge sinn is tha an sgoth bheag seo glè mhòr aige, 'son cosnadh a bharrachd. Canaidh sinn gur e low key tour-guide a th' ann an Eairdsidh; 's aithne dha càite is cuin a bu chòir iasgach.'

Cha b' urrainnear idir a ràdh gun robh m' uncail a' fàgail air an duine e a bhith ri poidseadh no gabhail airgid na làimh. Ach feumaidh mi aideachadh gur e sin an smaoin a nochd nam cheann nuair a chuir e fhèin ris 'a' chosnadh a bharrachd' seo le nota no dhà gam bualadh ann am bois glè thaingeil.

"S ann againn a bha an oidhche air leth Eàirdsidh, orsa m' uncail. 'Tha na sia bric bhòidheach seo againn mar...'

'Dhearbhadh,' chrìochnaich esan dhuinn.

'Chan e,' orsa Ruairidh ach riumsa, an dèidh làimh is sinn linn fhìn. 'Chan e na h-èisg a nì dearbhadh air an oidhche air leth againn, ach sinne. 'S e duais a bharrachd a tha sna bric – added-value, the economists might say – ged a tha fadachd ormsa gum blais mi na nì Ealasaid leotha sa mhadainn.'

Chut is ghlan sinn na h-èisg ann an sin fhèin, ann am pèile uisge, is chaith sinn an uair sin iad dhan bhogsa-fhiodh a thug Ruairidh às an taigh. Smìd sinn ar soraidh ri Eàirdsidh – a churrach a-nist air a deagh dhìon le ropa tiugh is molagan fo chanabhas.

'Bha mi an dùil tadhal air Oighrig Thòmais aig àm air choreigin,' thuirt Ruairidh ann an Taigh Eòrasdail. 'Tha iad ag ràdh gu bheil saoghal bràth de dh'òrain aice – ged nach bi i a' seinn a-muigh tuilleadh. 'Tha thusa aig Alasdair mac Sheumais Bhig feasgar a-màireach, nach eil?'

'Tha ma-tà, 's e sin a chaidh aontachadh.'

'Bheir sinn latha eile dha fhèin is dha na shingles aige a Chailein,' orsa m' uncail, 'gheibh mi brath thuige. Nach tig thu sìos a choimhead air Oighrig còmhla rium – boireannach gasta a th' innte.'

B' fhìor sin, agus i na leadaidh ann an dòigh ris nach robh dùil a'm – an robh coltas car Frangach oirre? – do chaillich de 75 nach do dh'fhàg eilean a h-àraich ro thric fad an fhichead bliadhna a dh'fhalbh. Bha a cuid òran air an gabhail gu plèin, nàdarra mar Phatricia – gun othail no 'falderals' – ach gun cuala mi cridhe annta nach do dh'fhairich mi aig an tè òig: comharra 's dòcha air saoghal a fhuaradh agus air na dh'fhaoidte fhaighinn fhathast nam biodh i air a cùmhnadh.

Chòrd mar a ghabh i 'A Mhic Dhùghaill 'ic Ruairidh' gu mòr rium. 'S ann cumhachdach, saidhbhreach a bha e aice is bu choltach gun robh i fhèin air a bhith beò ann agus troimhe na turas pearsanta gu ruige seo. Ged a sheall mi timcheall a seòmair dhreachail, comharra sam bith chan fhaicinn air cèile no cloinn. Dh'fhaodadh Ruairidh, bha fhios, a bhith air fiosrachadh am pailteas a thoirt dhomh air a staid ach thagh mi gun fhaighneachd dheth.

'S ann a bha Oighrig cho aocoltach is a ghabhadh ri spinster; ge b' e dè a sgeul fhèin dh'inns a cuid seinn gu leòr mòr mu ghaol a ghleidheadh is an uair sin a chaidh a chall.

Gu dearbha, chithinn ann an Amsterdam mar Eva i; san Ròimh mar Emiliana agus ann an Seville mar Estela.

Ach air an Dimàirt ud san Ògmhios: b' ise Oighrig ann am Baile nan Cailleach, beò ann am bungalow ghrinn air a breacadh le plaosg a' chladaich is am vw Beatle air a beulaibh gun smal air.

Rud a chuala mi aig Ruairidh 's e gun robh i air a bhith na rùnaire aig companaidh-togail is gun do ruith i an t-àite le dòigh mhath chinnteach. Bha na fir uile air guidhe oirre fuireach bliadhna no dhà eile ach choisich i a-mach air an doras aig aois 60: fallain is riaraichte.

'S iad an Òlaind agus Argentina an dà sgioba a bhiodh sa chuairt dheireannaich am beachd Oighrig Thòmais. 'Tha Poland cruaidh is cha chreid mise, mar sin, gun cuir Brasil gu leòr seachad orrasan 'son àite a ghleidheadh dhaib' fhèin. Agus is cinnteach gun toir muinntir Pheru teans bheag air choreigin dhan nàbaidhean is iadsan a' dol a-mach co-dhiù? Chuireadh an dùthaich sin feum air airgead mòr bho Argentina – a' tòiseachadh le rathaidean is an uair sin tourism. 'S e sin a tha iad a' cantail co-dhiù,' chuir i ris, ann an guth car èibhinn.

Is cò *iad* seo a bha ga ràdh, smaoinich mi? Jimmy Hill, Arthur Monford, wrvs Uibhist a Deas? Air neo an e gillean òga a' bhaile aice fhèin? 'S e. 'S iad fhèin bu choltaiche is bu chearta!

16

'S ANN GU math fìor a bha fàidheadaireachd Oighrig is ged nach cuala mise guth air foill ro làimh 's e sin a bha ga dheasbad, le teas, an dèidh do dhùthaich na farpais droinneadh – 6 gu 0 – a thoirt air Peru. Seach gun do sgòr Lato dhan Phòlainn an aghaidh Bhrasil, dh'fhàg sin gun robh aig Argentina ri bhith co-dhiù ceithir tadhail air thoiseach aig deireadh a' gheama acasan.

'Rubbish!' dh'inns manaidsear Shasainn, Ron Greenwood, dhan phrògram Today, madainn Diardaoin. 'There's no team in the world could have withstood that colossal attack.'

Cha b' urrainn dhòmhsa a bhith cinnteach oir 's ann a-mhàin sna deilbh a chithear air aghaidh na rèidio a fhuair mise mo thuigse orra seo. Bha mi air a bhith ro thrang a dhol air chèilidh, ged a smaoinich mi air Patricia fhaicinn air sgàth modh. 'S beag teansa a bhiodh ann ge-tà ise fhaighinn a-staigh leatha fhèin – no co-dhiù gun Steafan faisg. Ged 's ann car tràth a bha e fhathast beachd coileanta a thoirt oirre cha robh mi an dùil gum biodh ball-coise, fiù 's aig an t-sàr-ìre seo, na thàladh ro mhòr dhi.

San fharsaingeachd cuideachd bha mi deònach cion-teicneòlais an taighe a chur gu deagh fheum is a rèir a h-uile coltais bha Ruairidh toilichte gu leòr dìreach leigeil leam; fhad 's a bha mise toilichte *agus* trang!

'S ann am fìor dheagh thriom a bha Alasdair mac Sheumais Bhig nuair a ràinig mi Diciadain agus dh'inns e naidheachd abhcaideach dhomh air mar a thug Fionn MacCumhaill an car às an fhuamhaire Albannach le e bhith a' cur an ìre dha gur e pàiste mòr mòr a bh' ann fhèin. 'S ann a theab am bodach againne a mhùn a chall nuair a theich Aonghas Mòr dhachaigh is e a' milleadh a' chabhsair a thog an dithist aca gu faiceallach eadar Contaí Antraim is Eilean Stafa.

Lean e seo le tè os-nàdarra, *Àirigh na h-Aon Oidhche:* bàs oillteil ro dhithist de Chloinn a' Phì a thèid am buaireadh innte le gruagaichean olca nan gob cnàmhach. An dèidh 's dha faighinn dhachaigh – air a dhearg chrathadh – òlaidh an cù bochd trì miasan bainne mun sprèidh a stamag air.

Thug Alasdair ormsa tilleadh an ath latha agus an ath latha a-rithist is gu dearbha is ann bho neart gu neart a bha e a' dol. B' ann an uair sin, ann am meadhan stòiridh mu shìthiche, a chuala mi a' seinn an toiseach e; ghabh e rann an fhir a chaidh a dhiùltadh – an leannan-sìthe. Thòisich Jane, a bha air a bhith a' dlùth-èisteachd, air fonn an òrain a thogail còmhla ris is thàinig a guth-se a rèir fear a h-uncail gu glan.

Aocoltach ri Patricia is Oighrig, chluinninn rud àraid ann an guth Jane – is gun e idir cho ceòlmhor – mar acras lom no langan ionnsramaid a bha tur nàdarra ach nach deach a chleachdadh no a ghleusadh mar bu chòir.

Cha b' ann airson na ciad uair a thug an dithist ud an Taigh Alasdair mhic Sheumais Bhig na deòir glè fhaisg air mo shùilean. Ach cho fann, àraid is a bha seo uile: seann bhodach is boireannach òg ann an comann gràsmhor, dùthchasach, dlùth, na mìltean mòra air falbh bhon chèilidh *kitsch* aig Wee Andy Duncan (no fiù 's Norrie John Mackay a ghabh làn-duilleig de *Phàipear* na mìos sa airson an LP ùr aige, 'It's your Norrie John!' a reic). Nach iomadh rud a dh'fhaodadh a bhith air tighinn eatarra is an càirdeas; gum biodh iad fiù 's eòlach air a chèile san t-saoghal seo air aonan dhiubh. Thug mi an aire cuideachd do dhathan ùra mu mhalaidh Jane. 'S fheudar mar sin gun robh am fear seo, Ìomhair Dubh, car coma comharran a chumhachd a leigeil am follais. Bu luaithe chanainn, ge-tà, nan toireadh tu geansaidh is briogais Jane dhith gum faicte meudachd a dheòin mu a timcheall! Is dè bha a pàrantan-se a' dèanamh mu dheidhinn seo uile? An e gun do chuir iad bhuapa an cuid uallaich dhi nuair a chàraich ise a leaba ro thràth do dh'Ìomhair? Air neo am b' e an roghainn-san cuideachd gun for a bhith aca air sgath – gun a dhol an sàs; ga fhàgail aig a' chupal an nithean pearsanta a rèiteach, iad fhèin?

Is dè bha sinne, na proifeiseantaich – Ruairidh co-dhiù – deònach a dhèanamh air a son?

'Chan eil mòran ann as urrainn dhuinn a dhèanamh?' bha e air a ràdh. 'Cha deach dragh sam bith a thogail mu chor na cloinne, mar sin 's ann an urra ri Jane a tha e fios a chur air a' phoileas ma tha i a' faireachdainn gu bheil i ann an cunnart.'

Air Dihaoine 's ann buileach bideanach a bha ise, is e cho doirbh

dhi a bhith suidhe socair is a h-earbsa a chur ann an comasan Alasdair
– gun cuimhnicheadh e a h-uile sgath. Cha do chòrd e idir rium mar a
dh'fheuch i ris an seann-fhear a chur ceart – ga stad dà thrup mun bhaile
san do thachair sgeul Dheasach – ach gur e cainnt rudeigin gaolach a
bh' aice na comhairle dha:
'O ulaidh mo chridhe. Nach ann an Cille Bhrìghde, a dh'inns sibh
dhomh, a bha iad? Cuimhn' agaibh – gur ann aig Fear Bhaghasdail a
bha an searbhanta ag obair?'
''S ann, 's ann,' ghabh Alasdair rithe ann an guth gun diù. Saoil,
smaoinich mi, an robh mi air an duine a chlaoidh thar an dà latha mu
dheireadh? Chan fhaicinn coltas cràidh sam bith ge-tà, no gun robh e
far a thì is a sgonaichean.
Ach gu dearbha 's e bheothaich a-rithist mar a chaidh e tron
naidheachd seo – a cuid fhaireachdainnean gam foillseachadh beag air
bheag ann an aithris is an gnùis a' bhodaich chòir.
'S ann mu shearbhanta is nighean an duine uasail a bha i seo: paidhir
a nì suirghe gu falchaidh gus an tuigear gu bheil ise trom. Cuiridh a
h-athair-se air dòigh gun tèid esan a mharbhadh. Air deireadh thall, 's e
am mac a bheirear an ceann dà ràithe is mìos, a gheibh dìoghaltas dhan
fhear nach maireann, nuair a ruigeas e fhèin ìre inbhich.
Ge-tà nuair a dh'fheuch Jane ri dhol an aghaidh rud a thuirt a
h-uncail aig toiseach na sgeòil mu dheireadh dhearbh am bodach gun
robh e fhathast air làn-chothrom an tè a bh' ann a chur na h-àite. 'Chan
e, Jane!' ors esan. 'Bha Caoilte *agus* Diarmad sa bhuidhinn an latha ud!'
'S ann a bha am boss beag goirt ceàrr agus dh'aidich i sin le a bhith
a' lasadh siogarait eile on tè a bha i air a bhith a' smocadh is shuath i
a bathais leis an an làimh eile.
'Siuthadaibh,' ors ise an uair sin, le fiamh – an tòir air tròcair – oirre.
''S ann agaib' fhèin as fheàrr a tha fhios ma-thà.'
'S coltach gun robh Fionn MacCumhaill is na laoich air a bhith
a-muigh a' sealg – gun dad a b' fhiach fhaighinn. 'S ann air an taigh
a rinn iad, air slighe fhada sgìth far Beinn Ghulbainn. 'San Spittle of
Glenshee a tha i' – dh'inns Alasdair dhuinn. 'An t-àite san do thachair
an tale seo. Nach robh mi fhìn ann an tèarm a thug mi air a' farm faisg
air Baile Chloichridh.'
Thug Alasdair an uair sin cunntas glan, slàn air mar a chaidh dhan
Fhèinn an latha ud iomadh linn mun deach esan no duine eile againn
faisg air a' bheinn-sheilg: mar a ghlac Bran fiadh òg no mangan – 's e gu
deimhinne 'langan nam mangan' a bh' ann an guth Jane!; truas Fhinn
ris a' bheathach agus a ghràdh do Shàbha bhòidhich – tè a thig dha a

sheòmar is a cheart shùilean cruinne innte; geilt Sàbha ro Fhear Dorcha nan Sìth ach an gealladh a gheibh i o a leannan ùr nach tachair beud dhi an Dùn Ailinne; blàr marbhtach aig na Lochlannaich sa Mhorbhairne; MacCumhaill a' tilleadh dhachaigh na bhoil ach gun sgeul aige air Sàbha: ged as ann fo òrdugh cruaidh fhèin a bha còir a dìon!; a shiubhal is a shireadh cràidhteach air a son gun bhuaidh; misneachd na gaisge ga thrèigsinn-san agus a shaoghal a' sìor dhùnadh air – gus ann an ceann trì bliadhna chì Fionn gille beag rùisgte ris nach bean na mial-choin ge b' oil lem beòil làn cop. Cha dearg am fear beag seo fuaim sam bith eile a dhèanamh ach langan an fhèidh òig. 'Oisein,' their Fionn ris. 'Mo mhangan beag, mo mhacan fhìn.' Is togaidh e a bhalach caomh àrd air a ghuailnean, is cha leig e leis tuiteam gu bràth.

Cha do rinn duine againn fuaim eile a bharrachd fhad 's a bha am bodach ri bruidhinn. 'S ann a shaoileadh tu gun robh fiù 's na batteries is an t-inneal a' feuchainn rin srann a mhùchadh. Cha do chuir Jane thuige *fag* eile na bu mhotha. Cha do mheantraig – caora bheò no mharbh tarsainn an tulaich airson 'meh' a ràdh rinn.

An aon rud a bha a' cur iomagain ormsa 's e gur dòcha gun teirigeadh an teip ro dheireadh na stòiridh; cha robh dùil a'm ri tè buileach cho fada. Chanainn gun tug Alasdair aon leth-uair ga h-innse ach mar a rinn fortan 's e teip ùr mòr a shuain mi air aig àm na tì.

'S i Sàbha,' ors esan, a' cur crìoch oirre, ann an guth tiamhaidh, 'bu mhàthair do dh'Oisean. 'S e leth-fiadh, leth-duine a bh' annsan.'

Ghabh mi iongnadh ach am biodh sin idir air a bhith na chuideachadh do dh'Oisean, gum buineadh e dha na fèidh, gus deagh bhàrdachd a dhèanamh? Agus an robh fàth idir aig Niamh air a sin mun tug i air falbh gu Tìr nan Òg?

Shaoil mi gur ann gu math ceacharra, truagh a bha e – do dh'fhear a thòisich a chuairt san t-saoghal air seòl cho àraid, eagalach ach sealbhach – gun tigeadh beatha Oisein gu ceann is e na bhodach seangarra, grod ron sgèanadh an t-each pròiseil aig Niamh.

Ach 's cinnteach gu bheil tòrr rudan ann a bheir caochladh – ma thig iad oirnn còmhla – no a chuireas cas-bhacail air rùintean ar turais air an talamh seo, ge b' e dè cho gealltanach no gràdhach is a bha ar ciad cheumannan. Tinneas no cogadh no bàs – gu h-àraid ma thig gin dhiubh ro dhlùth dhuinn. Eilthireachd cuideachd ma dh'fhaoidte?

Leis gun do dh'iarr – no gun tàinig air – mo mhàthair Barraigh fhàgail airson nam bailtean mu dheas, an tug sin mise na b' fhaisge no na b' fhaide air falbh o Thìr nan Òg? Am biodh rathad no cead agam tilleadh ann is an gnìomh aicese dèante?

Am faodainn-sa a-nist a dhol a dh'fuireach am Barraigh no an Uibhist, mum biodh e ro anmoch 's dòcha? A Leòdhas fiù 's – Steòrnabagh suairce a' Chaisteil? Ged nach biodh e do-dhèante chanainn nach bu mhotha bhiodh e coltach. Ge-tà b' fhiach a bhith ri meòrachadh. Thug sin tacsa dhomh gus feuchainn ri fuasgladh fhaighinn air a' cheist: cò a bh' ann an Cailean Quinn – cò dha a bhuineadh e ach cuideachd cà' n tigeadh e beò o latha gu latha?

Do dh'Alasdair mac Sheumais Bhig aig aois 88 is do Jane Dhòmhnallach aig 26, b' e seo na fhuair iad is na bha iad fhathast ris x bliadhnachan an dèidh làimh – x x 4, bha fhios, a thaobh Alasdair! Bha an sliochd is an sloinntireachd air cumail orra gun bhristeadh bho mheadhan na seachdamh linn deug.

Cha robh leithid a rud idir ann ri Tìr nan Òg ach a-mhàin 's dòcha – cleas Ghlaschu is Lunnainn – mar ro-shealladh air a' bhàs dhan fheadhainn ud a bha gu tur freumhaichte san fhearann.

'Tha meas mòr mòr agam air Oisean,' orsa Jane is sinn a' coiseachd thar an tulaich. ''S toigh leam uabhasach na phàiste beag e, a Chailein, ach 's toigh leam cuideachd e na dhuine mòr eireachdail is mar a ghabhas ise nòisean dheth. Nach truagh ge-tà mar a dh'èirich.'

'Carson a tha thu a' smaointinn a thachair siud dha?' dh'fhaighneachd mi dhith gun tionndadh an taobh a bha i.

'Leis nach robh e buileach riaraichte? Leis gun robh e ag iarraidh rud na b' fheàrr nach fhaigheadh tu ann a' sheo. Leis gun robh pleit air – gun robh e làn dheth fhèin,' leudaich i, 'os cionn chàich.'

'Yea.'

'Air neo,' ors ise is i a' coimhead orm, ''n e dìreach gun do phòs e an tè cheàrr – a thug airsan atharrachadh gu bhith na dhuine nach robh dìleas dha fhèin.'

Chrath mi mo cheann. Dh'fhaodadh iad uile a bhith fìor.

An uair sin chuir Jane a gàirdean trom fhear-sa a-rithist – rud nach do dh'fheuch i an dà latha roimhe sin – is thionndaidh i thuice mi mun do stob i teanga na toite nam bheul. Fhreagair mise seo mar leth-fhiadh òg fo iongnadh clis mun do shaor mi mi fhìn bhuaipe gus rathad caol a' bhaile a thoirt orm.

'Tha e gad iarraidh ann a sheo a-màireach,' ghlaodh i às mo dheaghaidh. 'Bidh a' chlann aig mo phiuthair.' Agus ri siud chuir i seo – ma b' fhìor dhan chnoc – 'tha am football am Barraigh. Friendly a th' ann!'

17

'MISE A TH' AIR *call* a-rithist an-diugh a Chailein,' orsa Ruairidh an ath mhadainn ann an guth car greannach. 'Tha dùil aig Eric a bhith... co-dhiù... so, can't do anything too wild.' Bha m' uncail air aparan an deireadh-sheachdain a chur air, a dh'fhàg coltas rudeigin gòrach air a bhodhaig bhig chruinn. 'S ann ri roinn uighean Ealasaid, ìm màthar Patricia agus aran a' Cho-op a bha e. 'Chan eil fhios a'm dè na plànaichean a th' agadsa a laochain. Ag iarraidh tighinn a-mach còmhla rium ma thachras sgath?'

'Eh, well...' fhreagair mi.

'No,' ors esan, 'ma tha obair agad no nam b' fheàrr leat rudeigin eile a dhèanamh tha sin taghta.'

'Mac Sheumais Bhig,' thòisich mi, 'Tha e keen gun tèid mi a choimhead air.'

'A-rithist?' Gàire bho Ruairidh nach robh buileach gam chreidsinn. 'An ceathramh trup an t-seachdain seo? Tha an duine ud sean a-nist. Feumaidh iad fois.'

'Agus tha shingles air.'

'The mildest of touches,' dhearbh Ruairidh, 'air neo, bheil thu fhèin is, eh, Jane, a' faighinn air adhart cho math a-nist?' Cha robh cead aige sin fhaighneachd is 's ann gun chàil a bha e ga chluinntinn bho fhear dhe aois an dlùth chàirdeas dhomh. Rinn mi casad bhorb – pìos arain an cùl m' amhaich a thug leum às gu toiseach mo bheòil – ach bha mi fhathast gun a dhol às àicheadh sgath. 'Well, tha... chan eil, mar sin. Tha Jane pòsta.'

'Aig Ìomhair,' chuir Ruairidh nam chuimhne. 'Duilich a Chailein, cha bu chòir dhomh a bhith a' cur mo shròin a-staigh nad ghnothaichean. Bha Patricia ann a sheo a-rithist an-dè.'

'Robh?'

'Le Steafan. Thachair Ealasaid riutha. Obviously some new companionship was what was needed.'

'An tuirt iad na bha iad ag iarraidh?' dh'fhaighneachd mi.

'Cha chreid mi gun robh sgath sònraichte a dhìth orra; a' cèilidh dìreach. Mar sin tha dùil aicese gun reacòrd thusa am bodach feasgar, a bheil?'

Cha do gheall mi dad do dh'Alasdair no Jane, is ged nach robh miann agam blas lobhte na tombaca fheuchainn a-rithist, bha mi ag iarraidh ise fhaicinn: coimhead na sùilean cruinne, a toileachas mòr aig sgil a h-uncail a thoirt fa-near, a langan neo-thìmeil fhaireachdainn ged nach seinneadh i facal.

'Dh'fhaodainn-s' beagan dhen dà chuid a dhèanamh ma-tà,' fhreagair mi m' uncail. 'An tig mi còmhla ribhse sa mhadainn?' Dìlseachd do dhithist a-rithist gam bhualadh is gam fhàgail mì-chuandail. 'Mar a thuirt sib' fhèin, a Ruairidh; chì sinn dè thachras.'

B' seo na thachair:

Tubaist-chàir air rathad Loch Aoineirt: gille de dh'ochd bliadhn' deug ga dhràibheadh le fear na bu shine – mac bràthair athar dha – a bha a-staigh air shaor-làithean; tuilleadh cumhachd sa Ford Capri na bu chòir is gun chrios no crios air duine.

'S e feuchainn gu a làimh chlì a rinn e air an rathad thuathach aig astar craicte, mun do chaill e smachd air na rothan ron drochaid bhig thar an locha is dh'fhalbh an dithist aca air am beul fòdhpa sìos an leathad. Ciamar idir nach do mharbh sin iad? – sin a' cheist a bh' ormsa a' coimhead sìos air an sgrios a rinneadh air a' charbaid san fhraoch phronnte. Dh'aontaich am Poileas, an Luchd-Smàlaidh is balaich na h-ambalains a ràinig romhainne.

Seo a' chiad turas a chunnaic mi m' uncail an sàs ann an rud cho èiginneach: agus sàr-chomasan bhuaithesan cho buileach riatanach. Dh'iarr e fiosrachadh mionaideach bho na proifeiseantaich eile; rinn e sgrùdadh cùramach air àrainn na tubaist; ghabh e dha na h-euslaintich gun bhristeadh na cheum; Airways, Breathing, Circulation – an staid aca is am feum air taic: 'It's *ABC* first, Colin. Always!' na h-aon fhaclan a bh' aige riumsa is sinn a' tionndadh – gun a chas fhèin ga togail ach mìr beag far a' ghas – an ear air Ormacleit.

Chan e seo a-nist duine a bha air fàs 'aosta' ro a latha – is e a' call beagan de a thàlantan – ach lighiche làn dealais is geur, abaich na smaointean, bliadhnachan de dh'eòlas a' ruith tro fhuil bho a chridhe làidir.

Abair buzz, dh'fheumainn aideachadh, a bhith an sàs còmhla ris.

Chuidich mise le a bhith a' cumail splintichean is thancaichean ogsaidean nan àite is le a bhith a' ceangal ghàirdeanan is chasan air stretchers, an dèidh dhan luchd-smàlaidh an 'crogan' oillteil ud a ghearradh fosgailte le cùram.

Mar a rinn tròcair, bha a' ghrian a' deàrrsadh; bhiodh seo air a bhith fichead uair na bu mhiosa ann am fras de sheòrsa sam bith. Goirid dhuinn chùm caora chaol – a bhiodh air leum às a clòimh, bha teansa, aig àm an sgiorraidh – sùil iargaineach oirnn is i tric a' dol air chrith.

A' leantail gu teann ri riaghailtean thubaistean: dhùnadh an t-àite dheth le na Poilis; chaidh a' charbad-eiridinn is an luchd-smàlaidh an deagh shuidheachadh; dh'iarradh air a' bheagan dhaoine a stad – buidheann de chloinn air pròiseact-nàdair nam measg – falbh gu far am biodh iad sàbhailte oir dh'fhaodadh a' chula-sgràth seo, na laighe air a ceann, a dhol suas fhathast. Chaidh breith air an fheadhainn òga gun dàil is a-mach à seo leotha dhachaigh ann am minibus!

Bhathar eòlach air an dithist ghillean ged nach robh duine air sgath innse dhan teaghlaichean fhathast. Chluinneamaid na b' fhaide dhen latha gun robh iad air a bhith ag ullachadh airson pàrtaidh sònraichte aig piuthair an Uibhistich. Bha am fear à Glaschu air aontachadh a dhol dha na bùithean is le priob na shùil dh'iarr e air 'wee cousin Mìcheal' tighinn còmhla ris 'son spin. Cha do ràinig am paidhir ud *AC MacDonalds* riamh.

Is abair fhèin faothachadh air aodann glas Ruairidh nuair a thug iad freagairtean reusanta an t-aon dha a-mach air an uinneig smodalaich. 'S e an dràibhear am fear bu bheothaile dhiubh – a chompanach òg ciùrrte le cràdh.

'Mìcheal comes first,' dh'òrdanaich Ruairidh, 'he might have a fractured pelvis.'

Mhuthaich mi do Ruairidh a' cumail grèim cinnteach cùramach air amhaich a' bhalaich mum b' urrainn colair cruaidh fhaighinn mun cuairt oirre. Bha m' eòlas fhìn – a' mhòr-chuid dheth bho TV – *Z-Cars* is a leithid – air innse dhomh gun robh e car cumanta amhach no druim a leòn ann an tubaist mar seo. Mura rachadh do mharbhadh sa bhad dh'fhaodadh tu a bhith air d' fhàgail ciorramach fad a' chòrr dhed bheatha.

Shàbhaileadh pelvis Mhìcheil ach bhrist e cnàimh na shlinnein, nuair a sgèith esan air adhart is a chuir a cholainn car san tuiteam; rinneadh droch chron cuideachd air a splìn. 'S e sia pinnt fala a bha gu bhith a dhìth air: gach boinne ga thoirt seachad an làrach nam bonn leis an teaghlach – an fheadhainn aig an robh an aon seòrsa ris fhèin.

Thug a phiuthar – a chaidh a co-là-breith a sheachd-mhilleadh – trì dhiubh sin dha.

Cha robh cus ceàrr ri fhaicinn air an dràibhear, John, ach patan mun chom ged a sheall an X-ray gur dòcha gun robh asna bhriste aige a dh'fhaodadh cron a dhèanamh air a sgamhain fhathast.

'S ann a bhiodh Ruairidh MacGillÌosa agus Eric Adams nam màl fad an fheasgair; ma bha dùil aig a chompanach rudeigin eile a dhèanamh an-diugh, seo far an robh is far am bitheadh e! Shaoil le m' uncail gun robh liut Mr Adams le cnàmhan dìreach sònraichte: 'do General Surgeon a' tighinn beò air eilean iomallach a Chailein!'

Fhad 's a bha Mìcheal na shìneadh san rùm-lannsaireachd chumadh iad sùil dhlùth air John, eagal 's gun rachadh am fear ud bhuaithe gun fhiosta.

Thug mi an aire do chaileig òig – a phiuthar 's cinnteach – na suidhe is dreach glas an aoig oirre, le dithist òga eile is am pàrantan; beanchràbhaidh a' toirt dhaibh an leòr de thì is aran-cridhe – a làmhan gun fhalbh dhiubh. B' fhìor thoigh leam bruidhinn riutha, ceangal air choreigin a dhèanamh riutha, a' toirt orra a bhith a' creidsinn, ged a b' ann cruaidh an càs, gun robh na gillean a-niste sàbhailte is gun tigeadh iad troimhe.

Ach, aig an ire seo, cha robh fiosrachadh cinnteach ri fhaiginn is cha bu mhotha bha an t-ughdarras agamsa leithid a thomhas a dhèanamh. Cha tuirt mi sìon. Dh'fhalbh mi a-mach a shireadh èadhair.

Aon tomhas a rinn mi ge-tà, an dèidh 's dhomh teicheadh on ospadal, b' e seo: gun tachradh rudan fìor sgriosail ri dotairean sna h-àiteachan seo agus nuair bu lugha an dùil riutha. Cha bu mhath do dhuine sin a chur air dìochuimhn no an dearmad. Bha Bill Marr is Eric Adams – a bha beò leis an an-fhois seo fad na bliadhna – air mo làn-spèis a chosnadh; bha agus m' Uncail Ruairidh, a bhiodh a' toirt tacsa dhaibh air a 'shaor-làithean'. Dreuchd dhùbhlanach gun teagamh sam bith, ach tè, air a' cheann thall, le sàsadh thar tomhais dhan fheadhainn a bha deònach; b' olc an airidh nach robh Cailean Quinn air fear dhen bhuidhinn àraidh sin.

Thàinig Volvo dorcha na leum a-mach bho air beulaibh Oifis a' Phuist is stad e ma b' fhìor 'marbh' gann deich slatan air adhart. Roilig Mgr Pàdraig sìos an uinneag.

'Dol dhachaigh a bheil?'

Cha robh fhios a'm buileach cà' n robh mi a' dol, ged as cinnteach gum bithinn, aig àm air choreigin, a' dèanamh air Taigh Eòrasdail. Càit eile an rachainn? Ach airson an-dràsta cha robh fodham ach a bhith leam fhìn a-muigh san àile fhionnar feuch an dèanainn stem air na thachair fad nan trì uairean an uaireadair mu dheireadh.

'Nì mi an gnothach, Athair,' thuirt mi ris an t-sagart – gun dad a thoirt dha. Ach an uair sin, is air èiginn, chuimhnich mi air beagan modh. 'Taing 'son faighneachd ge-tà.' Agus às deaghaidh sin, mar ghomaidh, mhol mi an latha.

'Tha iad ag ràdh,' ors esan, 'gur e am balach òg as miosa. Bidh am prìosan a' feitheamh an fhir eile,' phut e.

Cha robh smaoin sam bith eile – ach na bha fillte ri beatha is bàs – air tighinn a-staigh orm. Ach 's e Mgr Pàdraig a bhiodh glè eòlach air na gnothaichean seo. Cha tuirt mi guth.

'Bha e an impis a licence a chall co-dhiù.'

'Oh?'

''N ann a' coiseachd a dh'Eòrasdail a tha thu a Chailein?'

Dh'fhairich mi an ceasnachadh seo a bhith fada ro phearsanta, is cha bu thoigh leam mar a bha sin a' toirt ormsa gach rud a b' urrainn a chleith bhuaithe. B' fheàrr leam dìreach gum falbhadh an duine seo cho luath 's a ghabhadh. An uair sin nochd beachd iargalta nam cheann ach saoil an tug Mgr Pàdraig an t-Sàcramaid do Mhìcheal mun deach a chuibhleadh sìos gu theatre – gun fhios nach dùisgeadh e a-rithist.

'You're both of course very welcome tomorrow night,' na dh'fheuch e a-nist. 'Ruairidh said he'd come to Mass first. But maybe you're busy again Colin?'

Cha robh sìon a dh'fhios a'm dè an rud a bh' aige a-nist. Dithist òga a chaidh a shlaodadh às teinn an dolaidh – fear dhiubh an-dràsta fo lannsair. A-màireach? An-ath-oidhch'? Am biodh an leithid ann tuilleadh?

Chùm an sagart air – a chuid Ghàidhlig gun cus feum oirre: 'Calum fancies Argentina, but I think Holland will want to make up for last time. The Dutch, of course, loath the Germans – their treatment of them during the war it was... Some of that unrequited 'hate' will be put to good use tomorrow night in *El Estadio Monumental*.'

Wow, an robh, gu dearbha, na bha siud a dh'ùine air a dhol seachad bho thadhail mi an taigh Thormoid Mòraig? Ged nach robh mi a' tuigsinn beachd an t-sagairt, b' aithne dhomh glè mhath an gamhlas buan ud dha na Gearmailtich aig cuid dhe a ghinealach – rud daonnan deiseil gu goil is gu cur fairis air iomadh adhbhar.

'Yes, thanks,' orsa mise, 'That'll be great.' Dè an còrr a b' urrainn dhomh a ràdh? Dh'fheumainn-sa a bhith cuidhteas an duine seo is e air a dhorranachadh le fhèin-fhiosrachadh truagh.

'Glè mhath a Chailein,' ors esan, 'Bidh sin glan. Bidh sinn gur feitheamh.'

Nach biodh seo a-nist na dheagh chothrom dha uinneag a chur suas is mise fhàgail lem smaointean. Ach an àite sin dh'iarr e orm suidhe a-staigh mionaid. Ge brith dè bhiodh aige dhomh, cha b' e poca shuiteas a bhiodh ann! Chrùb Cailean Quinn a-staigh an aghaidh a thoile is chàraicheadh a thòn air an t-suidheachan dhubh leathair – mo shròn stobte 'son 's nach puinnseanaicheadh samh a' pholish mi – ach cha deach an doras a dhùnadh gu lèir.

'Alasdair, mac Sheumais Bhig; an Gearraidh Bhailteas shìos,' thòisich e fhèin mar nach biodh fhios agam cò dìreach air an robh e a' bruidhinn. 'Chan eil e fàs sgath nas òige. Tha fhios agad fhèin air a sin a Chailein.' Nist, saoil, smaoinich mise – is b' fhìor thoigh leam a bhith air a ràdh – am bi mòran dhaoine thar a' cheithir-fichead a' tilleadh nan ruith dhan òige gun taic dementia?

''S ann air a bha sgìths a-raoir,' lean e air, 'tha an obair seo a' toirt tòrr às. An d' fhuair sibh a-nist gu leòr?'

Sibh? chuir mi orm fhìn. Sibh? Ged as e, gu cinnteach, m' Uncail Ruairidh a dh'iarr orm a dhol far an robh Alasdair an toiseach 's ann riumsa a bha seo an urra a-nist. Rium fhìn; is rithese. Cha d' fhuair mise 'gu leòr'.

'Tha uallach oirrese mu dheidhinn cuideachd.' Cò air – Jane? 'S e bha seo ach bruidhinn làn spùt. Nach ise a bha gam phutadh, dèanamh cinnteach gun robh ar spionnadh mar bu chòir, gun tiginn-sa an deagh àm an ath latha a-rithist. 'S ann gu soilleir a chluinninn a guth: 'Tha e gad iarraidh a-rithist a-màireach. Tha am football am Barraigh.' No an ann air màthair Jane a bha an sagart a' bruidhinn: an tè air an robh uallach na cloinne – is dè an còrr? – is an dithist againne an sàs gu domhainn le bràthair a màthar?

'Tapadh leibh, Athair,' orsa mise is dh'fhosgail mi an doras gus m' fhaighinn clìoras an càr aognaidh seo. An uair sin thuirt mi – gun sgath a ràdh a-rithist – 'bruidhnidh mi ri Ruairidh.'

'Chì mi an-ath-oidhche sibh,' ors esan, 'seo am final nach fhaca Alba riamh!'

''S e ma-thà,' agamsa agus a-mach leam air ais dhan èadhar fhallain. B' e seo cuideachd am final nach fhaiceadh Ally beag – mura coimheadadh esan air an TV e còmhla ris a' chòrr, *cairrie-oot* bheag luideach aige (Sweetheart Stout 's dòcha) dhan phian?

Dè, mar sin, an gèam seo a bha Mgr Pàdraig a' cluic leamsa? Is dè a' choire mhòr a gheibhinn fhìn air an duine a bhiodh dad na bu treasa na smachd-làn-eud no eud-son-smachd – is an t-sròn ud a bha a' cur dragh uabhasach air? Aig Dia mòr bha fhios; ach aon rud a chuala mi an latha ud, air nach robh sìon a dh'fhios a'm roimhe: gum buineadh an sagart (mo thruaighe!) do dh'Ìomhair Dubh – second-cousin – air taobh a mhàthar.

Chaidh am boillsgeadh beag tuigse seo a thoirt dhomh, gun fhaighneachd is gun iarraidh, am broinn bhan gheal duine sunndach air an robh Dòmhnall Chaluim. Bhrùth e an dùdan is mi a' coiseachd am bruadar beò mu Abhainn Ealtraidh, mo shùil air na lochan-mòintich an ear oirre: *Donnie Wright (Decorator)* a bha sgrìobhte gu snog air cliathaich a charbaid ghlain is foidhe sin *Lochboisdale 342*.

'S ann aigesan a bha fios am pailteas mun obair-chlàraidh againn is e leòmach às Alasdair agus a chuid ealain. ''S e cuideigin a ghabhadh ùidh a' cheart rud a bha a dhìth air a' bhodach,' mar a chuir e fhèin e. 'Chan eil na daoine ann a sheo an-diugh...' Ach cha do chrìochnaich e an seantans seo: cha robh feum air; bha an dithist againn air a chluinntinn ro thric na dhiofar chruthan dubhach. ''N cùl na Beinne Mòire a bha na daoine sin – seadh an fheadhainn on tàinig e!'

'Àite iomallach!'

''S e a leabhra! Ach àite bòidheach, sìtheil a Chailein. Robh thu riamh ann?'

'Cha robh ma-tà.' Am b' e seo a-nist an t-àm mo shaoghal beag cumhang a leudachadh?

'Chòrdadh e riut,' gheall Donaidh. 'Chitheadh tu mar a bha na daoine ud beò. A dh'Èirisgeidh a chaidh deagh thòrr aca – ach thàinig an fheadhainn aig Alasdair a-mach ann a sheo – trì teaghlaichean. 'S e dol a Bharraigh às an seo fhèin a rinn màthair Mhaighstir Phàdraig: piuthar seanmhair Ìomhair Dhuibh.'

Ach ge-tà nach ann à Càirinis, an Uibhst a Tuath, a bha Ìomhair? Nach robh creideamh idir na chuspair an seo? Dh'fhaodadh Donnie Wright – no *Dòmhnall Ceart* mar a bha aige gu h-eirmseach air cùl na bhan – a bhith air sin innse dhomh cuideachd, bha fhios. Ach seach faighneachd dheth, leig mi leis m' fhàgail mu leth-mhìle on dachaigh ach an coisichinn sa bhlàths gun fhios nach cuidicheadh sin an ceann goirt a bha a-nist orm gun fhanadh.

'Cò aig an diabhal a tha brath cuin a gheibh esan dhachaigh!' na bha aig Ealasaid dhomh aig doras Taigh Eòrasdail, ris an do chuir i 'speed-adh na Galla. Thoireadh iad grunn Ifhrinn orra!' is le sgàth obann oirre, dh'fhaighneachd i, 'bheil iad gu bhith beò a Chailein?'

'Bhruidhinn an dithist dhiubh ris,' dhearbh mi. 'Chan eil fhios fhathast dè buileach an cron a rinn iad orra fhèin.'

Dh'fhaodainn a bhith air beagan a bharrachd a thoirt dhi: cò chaidh fo lannsair; cò aig a bha feum air fuil is cho luath 's a thàinig i. Ach cha d' rinn mi sin idir; chan ann a-mhàin air tàillibh proifeiseantachd, ach cuideachd air eagal dòchas a chur nam chunntas nach tigeadh air a chois.

'Na abair facal – ri duine!' dh'òrdanaich Ruairidh; tro a mhasg – a ghùn uaine ga cheangal – is e an impis falbh sìos an trannsa le Eric Adams. 'Sin daonnan an dòigh as sàbhailte, a Chailein. 'S tu fhèin a thug an cuideachadh mòr dhomh an-diugh, 'ille sa h-uile dòigh!'

'Clunk-click every trip,' orsa Ealasaid is shuidh i rim thaobh aig a' bhòrd mhòr san t-seòmar-ithe. 'Chuala mi gur e an aon seatbelt dòigheil fear a bha sa chùl. Is an toir siud a-nist orrasan shuas leud a chur ris an rathad mhì-chiatach sin? No am feum bàs a bhith ann? Irish Stew a-rithist a Chailein – chan eil aige ach a theasachadh nuair a thig e a-staigh, mura dèan thu fhèin dha e! Dh'fhuirichinn fhìn ris ach seo an oidhche mu dheireadh aig mo phiuthair – Barraigh a-màireach. An Leòdhas a thòisich iad. Thogadh Clive ann an Crewe is bu thoigh leis riamh rudeigin seach Uibhist fhaicinn.

'Seadh,' orsa mise, 'Tuigear sin.'

'Ha!' fhreagair ise, a' call a h-anathaidh. 'Cluinn am Barrach a' bruidhinn! Cha mhòr nach robh mi air dìochuimhneachadh.'

Cha mhòr nach robh mi fhìn air dìochuimhneachadh! 'S ann a bha na làithean mu dheireadh agus na thachair annta air mo ghabhail thairis gu tur.

''N do chòrd Leòdhas riutha?' dh'fhaighneachd mi dhith, 'son ar gluasad beagan bho sgrios am bunan a' bhàis agus còmhradh cùramach.

'Chòrd ris-san. Chan fhaigheadh Rona fairis air tràighean na Hearadh.'

'Robh sibhse riamh ann?' dh'fhaighneachd mi. Chrath i a ceann. 'An do chuir iad sin miann annaibh?'

'Dearbha cha do chuir. Sin far am feum a' chlann a dhol a-nist ma tha iad a' fuireach san sgoil. Tha gràin an uilc aig nighinn mo bhràthar air a' hostel.'

'Barraigh?'

'Theab mi dhol ann uairegin – bidh fichead bliadhna ann mura bheil an còrr.'

'Ach?'

'Ach, 's ann a chaidh sinn gu Lochgilphead na àite! Is mum faighneachd thu, bha mi an Èirisgeigh; tric gun leòr, doch' gun robh, is piuthar mo sheanar pòst' ann. Tha i beò fhathast, Ceanag, ged a tha i an-diugh an Uibhist.'

Saoil dè an aois a bha Ealasaid? Fhathast sna 40an, ach i air cur roimhpe – mura deach a thaghadh dhi? – an t-seòrsa beatha seo o chionn fhada? Cha b' e boireannach gun tlachd a bh' innte. 'S dòcha gun do rinn i cus strì ri na fir uile aig an toiseach is sguir iad an uair sin a dh'fheuchainn an dèidh sin tuilleadh.

'Tha e,' ors ise, 'gu bhith seachd uairean. Pailt cho math dhutsa ithe an-dràsta, a Chailein, no a bheil thu a' dol a dh'fhuireach gun tig d' uncail?

'Nì mi an dà chuid, a ghràidh,' orsa mise, is shlìob mi mo bhrù bhòcte.

''S e rudeigin eile a rinn mi dhuibh airson a-màireach – faodaidh tu na thogras tu dhe seo a ghabhail. 'S ann gu tuiteam a bhios esan!'

'Tha i glè mhath air biadh a dhèanamh, Ealasaid,' orsa Ruairidh nuair a leig e fhèin na shìneadh san t-seithear mu chairteal gu deich.

'Tha, tha,' dh'aontaich mi. Bha sinn air a bhith sàmhach car fada nar suidhe aig a' bhòrd.'

'Young Mìcheal was not quite as straightforward as we thought, Colin,' thòisich e, 'he bled into his chest too: a haemothorax. He was two and a half hours on the table, blood pressure began to fall and...' stad m' uncail feuch dè chanadh e. 'It's a hard balance to strike – the surgical work is imperative, but the anaesthetic process has to be safe. The longer it goes on – especially in these emergency cases – the more twitchy I get. We get our share of boy-racers in Duns – so it's nothing new but...'

'Ciamar a tha John?'

'Air falbh dhachaigh. Nach minig a thachras e! Coisichidh am fear as sine, an dràibhear, air falbh is gheibh sinn am mess a dh'fhàg e às a dhèidh. Is dòcha gum bi buaidh aig na lotan psychological airsan a nì feum dha latha air choreigin ach cha chuirinn airgead air, a Chailein!'

'Rinn i apple pie,' thuirt mi an uair sin, 'am buail mi dhan òmhainn e?'

'A-màireach a laochain, mura bheil thusa...?'

'Ghabh mise mo chiad bhobhla a-cheana.'

'Gille òg is e a' fàs...'

'Ithidh e mar a bhleithes brà,' chuir mi crìoch air dha. 'Rud eile a bu thoigh lem mhàthair a bhith ag ràdh.'

'Am faca tu riamh tè?' dh'fhaighneachd m' uncail. 'Brà – a quernstone?'

'Chan fhaca.'

'Bha bodach am Borgh, nuair a bha mise òg, is bhiodh tè aige tric ga h-usaideachadh. Shaoil leis gum faighte min fada na b' fheàrr – na bu foighne – leis a' bhràthain, gu h-àraid ma bha a bhean a' dol a dhèanamh brochan-eòrna. Bheil beachd agad air mar a dh'obraicheas i?'

Chrath mi mo cheann. Bha mi air na faclan a chluinntinn mìle uair ach cha do bhodraig mi riamh air faighneachd dè bu sgialt dhaibh: a' bhrà seo a bhleitheadh cho luath 's a dh'itheadh balach no an rathad eile mun cuairt.

'Well,' thòisich e, a' beothachadh beagan, 'tha dà chloich agad – tè gu h-àrd is tè gu h-ìseal...' Mhùch Ruairidh meuran na dhòrn, is an uair sin dh'fhairtlich fear na bu mhotha is na b' fhaide air. 'Am biodh e mòr leat, a Chailein' ors esan, 'nan cumainns' mo sgeul gu a-màireach?'

Rinn mi gàire: ach cho fìor mhodhail 's a bha seo bho uncail còir – a bha gu fannachadh leis an sgìths an dèidh latha làn dràma! 'No, no,' dh'fhaodadh Colin Quinn olc, grànda a bhith air sgreuchail ris, 'I've waited a lifetime. Tell me now you old saddo, stuff the rest!'

Gu fortanach 's e Cailean fada na bu laghaiche a dh'èirich bhon bhòrd is a chuir a thruinnsear air truinnsear bràthair a mhàthar. Thog mi a sgian is fhorc is leig mi lem làimh shaoir laighe 'son tiotan air a ghualainn dheis.

''S e bha blasta, ma-thà. Oidhche mhath a Ruairidh!'

Bha e fhathast gun charachadh nuair a thill mi a dh'iarraidh nan cupannan.

''S ann ormsa a bha a' mhoit an-diugh,' orsa mise, gu soilleir, làn misneachd. 'asaib' fhèin is gur sibhse m' uncail.'

'Tapadh leat.' fhreagair esan. 'Mòran taing a Chailein.'

Na mo leabaidh shìmplidh, shingilte, bhlàth leugh mi sgeul shubhach mu *Bhoban Saor*, caractar nach tug Alasdair teags air fhathast. Bheir am fear gleusta seo a char às an Rìgh gu buileach is e a' leigeil air gur esan apprentice a mhic.

A-nist saoil an robh samhla sam bith san sgeulachd seo ris na bha a' tachairt an Uibhist eadar Ruairidh MacGillÌosa is mac amh a pheathar? Ged a dh'fhairich mi san àm sin gur faodadh e a bhith gun robh, fhuair an cadal làmh-an-uachdair mun do lorg mi sgath susbainteach.

18

'SEADH 'ILLE,' ORS esan a' toirt thuige pìos pàipeir, làrna-mhàireach, 'cà' n robh sinn?' Thog Ruairidh an uair sin a ghuth, 'mar a dh'innseas Ealasaid fhèin dhut,' ('s i nach gabhadh an Dòmhnach seo dheth: piuthar ann no às, bàta moch no anmoch!) 'bha dà chloich ann: gu h-àrd is gu h-ìseal.' Thill am boireannach còir dhan rùm – searbhadair-shoithichean na làmhan. ''S i a' chlach-àrd a' bhrà, a Chailein, oir 's e sin an tè a rachadh mun cuairt, is bha toll innte sa mheadhan agus sloc eile, bheil mi ceart, Ealasaid – 'an t-sùil' – sam bite a' cur a' mhaide-tionndaidh?'

Chuir Ealasaid fiamh, ma b' fhìor feargach, air a h-aodann, 'Dè cho sean 's a tha sibh a' smaointinn a tha mi a Dhotair? Chuala mi orra gun teagamh ach chan fhaca mi riamh tè ag obair. "'S fheàirrde brà a breacadh gun a bristeadh," a chanadh iad ann a sheo tric gu leòr, ge brig dè bh' aig sin ri innse dhuinn.'

'Co-dhiù a Chailein,' thuirt m' uncail is an uair sin rinn e leth-èigheachd ged a bha Ealasaid fhathast còmhla rinn. ''S ann a tha a' hama seo fìor bhlasta a ghalghad! Mar a bha stiùbha na h-oidhche raoir; d' fheòil fhèin tha mi a' creidsinn?'

'Chan i,' ors ise, 'ach b' aithnte dhomh gu math i!' Choisinn seo gàire a chuir Ealasaid a-mach dhan sgularaidh is thill i le leth-dusan waffle is botal maple syrup air treidhe. 'Thug Clive is Rona thugam iad seo à Sasainn; dè bha mise a' dol a dhèanamh leotha? Bochd, ge-tà, nach leig iad le Clive dràibheadh tuilleadh. Siuthadaibh, a bhalachaibh, gabhaibh ur biadh mum fàs e fuar is innsear an uair sin sgeul na brà – facal air an fhacal – air stamaig làin.'

Cha bu ruith ach leum lem uncail – is gun chus coltais stad air! – leis a' chofaidh a lean na tì às dèidh a' bhìdh. Leig mise leis bruidhinn is rinn mi mion-èisteachd – mo shùil gun togail far na h-ìomhaigh chruinn a' tighinn an cruth le a pheansail ghlas.

'Co-dhiù no co-dheth,' ors esan, ''s ann car mar sin a bha i a Chailein. Agus 's i a dhèanadh an deagh bhreacag dhan Bhòsan bhochd am Borgh. Right ma-thà, tadhlaidh mi air an teaghlach mum falbh iad dhan eaglais is an uair sin thèid mi dhan ospadal far am bi mo ghille math, Eric, ann cheana. Am feum thusa lioft suas a Chailein?'

'Bheir mise...' thòisich Ealasaid, 'Faodaidh e suidhe innte còmhla riumsa. Cha chan duine guth.' Rinn i giogail ghòrach, a bhiodh air a bhith nàr leam reimhid ach nach robh idir a-nist leis cho coibhneil is a bha i rinn fad nan 24 uairean a dh'fhalbh.

'Nach ann a-nochd a tha sinne a' dol dhan eaglais?' dh'fhaighneachd mi de Ruairidh. 'Tha dùil aig Mgr Pàdraig rinn an dèidh làimh.'

'Carson?'

'Ball-coise. The World Cup Final?'

'Cò tha a' cluic?' dh'fhaighneachd e. 'Chan ann a' tarraing asam idir a bha m' uncail; bha am fiosrachadh seo air inntinn a thrèigsinn. Sin agus gun do dh'aontaich sinne a bhith ann.

'Argentina.' orsa mise, 'agus Alba.'

'Aidh aidh! Holland?'

''S e.'

'Right. Well. Chì sinn. Feumaidh tusa a choimhead a Chailein.'

'Ìochdad!' thuirt mi, ''S mi nach fheum a Ruairidh!' Chan 'fheumainn-sa' an gèam seo a choimhead ged a b' e am fear bu bhrèagha dhen fharpais air fad a bhiodh ann! An dèidh 's dhomh dithist òganach fhaicinn a' tighinn cho faisg air bàs grànda cianail, chan fheumainn sgath a dhèanamh an-diugh. Agus gu dearbha cha b' e taigh Mhgr Phàdraig am fear bu docha leam airson a leithid.

'Bidh sin taghta,' orsa m' uncail. 'Gheibh mi dòigh air obrachadh a-staigh dhan fheasgar agam – mar as fheàrr as urrainn dhomh. ''S tusa a th' air duty a-rithist aig an t-sagart, Ealasaid, an tu?' chuir e oirrese.

'Dearbha cha mhi,' a freagairt ghoirt. 'Tha i fhèin air ais. Bidh mi ann a sheo ge-tà,' thug i sùil bheag air a' ghleoc is rinn i sums gu cliobhair, 'aig leth-uair an dèidh dhà, le dinneir – fònaibh ma tha sibh gu bhith anmoch. Tè dhe na cearcan agam fhìn; làn àm car a chur an goc na h-òinsich.'

Ged a chòrd e rium gun do dh'fhalbh Ealasaid, dh'fhairich mi an taigh rudeigin trom gun ach an dithist againn ann. Bha a' ghrian chaomh on dè – fon d' sgrios am fear air chaoch ud a chàr – air triall bhuainn agus na h-àite 's e uisge mìn dian a bh' againn a-rithist; an seòrsa a shireas an craiceann, air a shocair fhèin, mun gabh e a-staigh domhain sna cnamhan.

Air an ath latha meadhanach-math, thogainn-sa orm tràth agus 's e Barr na Beinne Mòire a shirinn fhìn. Cha robh fhios a'm am biodh e cus dhomh a dhol a dh'feuchainn sìos a Ghleann Chorghadail agus dìreadh às a-rithist air an aon chuairt? B' fhìor thoigh leam, ge-tà, na taighean ann fhaicinn is beachd a thoirt air an t-saoghal a bh' aca a-muigh an sin – mìltean mòra bho ullathruis Bhail' a' Mhanaich!

Ach nach àraid, eagalach, an rud e: sinnsirean Ìomhair Dhuibh is Mhgr Phàdraig a' tighinn beò thall an sin cuideachd – mun deach an dàrna fear na bu doimhne a chridhe nan Caitligeach is am fear eile tuath dhan chreideamh ùr. Is dithist a bhuineas dha na daoine sin an-diugh air ais a' fuireach an Uibhist a Deas: nam fir cho diofraichte ann an saoghal cho diofraichte.

Bhiodh Jane air gu leòr a chluinntinn mun tubaist agus air tuigsinn, is cinnteach, carson nach tàinig mi a choimhead air Alasdair; cha deach sìon a ghealltainn co-dhiù. Gu dearbha leis mar a dhealaich sinn, bu luaithe a chanainn nach biodh cus dòchais aice m' fhaicinn Disathairne. Agus dè a-nist a bha a' dol a thachairt nuair a chitheamaid a chèile?

Sgath! Cha tachradh sgath idir! Bha Jane cunnartach, no briste an dòigh air choreigin, agus i beò ann an pòsadh puinnseanta. Sàbhailteachd agus stuamachd – sin dà rud a bha gu bhith fuathasach feumail dhòmhsa nan robh mi a' dol a chumail orm a' clàradh Alasdair mhic Sheumais Bhig.

Mura b' fheàrr dìreach stad a chur air an obair seo gu buileach? Nach robh fiach deich uairean a thìde de stuth agam air teip a-nist, sin fichead 's a h-ochd rud air leth! Dè an còrr a dh'fheumainn fàsgadh às a' bhodach bhochd? 'S e bha toilichte, Ruairidh, leis na thog mi. Bhiodh agus an Scottish Archive. Ach an uair sin chunnaic mi spàirn chruaidh m' uncail air rathad Loch Aoineirt agus a thoileachas le sgeul na bràthann is thug mi thugam mo leabhar-sgrìobhaidh.

Mun do dh'fhosgail mi e ge-tà bhuail miann obann làidir mi – gus bruidhinn rim theaghlach. ''S ann fada ro phrìseil a tha a' bheatha seo a Chailein Quinn!' shad mi orm fhìn, agus sinne ro thric cho uabhasach fhèin leisg mu a timcheall! Carson a dh'fhàsas sinn cho mòr is cho draghail mu rudan suarach nach d' fhiach – air a' cheann mu dheireadh, air an fhìor cheann mu dheireadh – am poll-sitig fhèin?

Bha cainnt Dad air a' fitbaw sona is chuidich sin gu mòr gus mo shunnd-sa a thogail is m' aire a thogail far cùis a' ghruaim.

'A telt you son – Holland wiz a force to be reckoned with. Wee Johann Cruyff'll be kickin' himself, so he will.'

'Seadh a luaidh,' orsa mo mhàthair, 'diamar a tha sibh uile? Bheil e fhèin gu frogail?'

'Tha, tha,' dhearbh mi dhi – bha a bràthair-se an deagh thriom; rachadh aige a-nist air ceann-uidhe fhaicinn a' tighinn dlùth; chan fhada tuilleadh is bhiodh a shaorsa aige.

Cha tug mi naidheachd idir dhi mun tubaist no gun robh sinne air a bhith an sàs innte. Bha mi an dùil gun toireadh na jungle-drums eadar na h-eileanan a deas is Glaschu sin thuice an ùine ghoirid; agus gan leantail-san, the *Stornoway Gazette*? Saoil an gabhadh na pàipearan nàiseanta ùidh ann? Bha mi an dòchas nach gabhadh. Aon rud ge-tà a shoilleirich mi dhi – ann am Beurla! – b' e seo: 'I'm not quite sure what your or Uncle Ruairidh's hopes for me were before I came to Uist, but medicine's out the window! I will though sort myself out, OK?'

'Glè mhath a ghaoil,' ors ise agus seach nach tug mi àireamhan mo pheathraichean leam on taigh b' fheudar dhìse an toirt dhomh. Cha bhiodh James a' bruidhinn uair sam bith air a' fòn is cha b' e seo an t-àm tòiseachadh leis – ge b' e dè cho diomain is a bha ar turas air talamh tròcair! Dhen dithist eile cha robh ach Celia a-staigh. An dèidh dhi greis mhath a thoirt air an annas seo mise a' fònadh thuicese – 'Is at oor Colin I says to masell? If it is, he's gone awfy Gàidhealach oan us?' – 's e còmhradh car san àbhaist a bh' againn. Bha Uibhist OK, dh'inns mi dhi, is gun robh iad ro chruaidh air am Barraigh: b' fhiach an t-eilean fhaicinn, gun teagamh sam bith. 'S ann rudeigin sàraichte a bha nursadh san *Royal* a rèir choltais agus am matron aice na tàidsear à Fìobha. Chan fhaighte tì is tost – sìon idir idir ach obair – air oidhche mhòir fhada le Wee Jinty.

Aon àireamh eile a nochd nam cheann – nach do dh'fheuch mi riamh thuige sin – b' e tè Catrìona ann an Grinn. 'S ann na bu shaoire a bha am fòn Didòmhnaich – aocoltach ri beatha. Thàinig car de chritheadaich orm is mi a' cur mun cuairt na dial is dh'fhairich mi plosgadh àraid nam stamaig a' feitheamh freagairt. Bha mi an impis an rud trom a leigeil sìos – iadsan, feumaidh san eaglais no air chèilidh às a dèidh – nuair a chuala mi tùchan an fhir a phòs a màthair.

'Tha sibh gu math Eòs?' orsa mise a' siubhal misneachd, 'an gille aig Màiri Iagain Mhòir a th' ann. Bheil Catrìona a-staigh?'

'Mionaid bheag,' aigesan is abair faothachadh.

Rinn a' bhruidhinn thoilichte, thlachdmhor aicese mo mhòmaid a bheannachadh. 'An ann am Barraigh a tha thu, a-rithist, a Chailein?' dh'fhaighneachd i.

'Chan ann ach an Uibhist.'

'Seadh.'

'Seadh ma-thà, a Chatrìona. 'S e dìreach... bha mi airson do ghuth a chluinntinn.'

'Agus dè do bheachd air?' phut ise gun truas.

'Cho snog is a tha thu fhèin. 'S e boireannach gasta a th' annad is tha mise air a bhith cho fortanach eòlas fhaighinn ort.'

'Bheil thus' allright?' a bh' aice an uair sin – gun spòrs no magadh an turas sa. 'An do thachair sgath a luaidh?'

'Cha do thachair,' orsa mise, 'ach uaireannan thig ort stad is smaointinn air rudan – cho fiachail is a tha daoine is mura h-inns thu dhaibh no mura seall thu sin dhaibh, 's dòcha nach fhaighear an cothrom a-rithist.'

Cha tuirt i sìon fad greis ged a chluinninn a h-anail ceart gu leòr. 'Bha mi riamh measail ort a Chailein – o nochd thu aig mo phàrtaidh is mi deich – ach bha dùil a'm nach robh thus…' Thuig mi a-nist na bha gus tighinn. 'Thòisich mi dol còmhla ri cuideigin. Dè 'm feum a bhith a' feitheamh gu sìorraidh? Chan e rud ro mhòr a th' ann, ach 's toigh leam e is tha e air a bhith gam iarraidh a-mach o chionn mhìosan.'

'Tha sin math a Chatrìona,' thuirt mi is dh'fhairich mi gun robh – ged bu ghoirt e, na bu ghoirte na dh'fhaodadh dùil a bhith agam. Theann deòir ri èaladh sna sùilean ach cha do leig mi lem chainnt mo bhrath. 'Bha thu glè cheart. Cha robh mise deònach… cha b' urrainn dhomh sgath cinnteach a thoirt dhut. Bidh e laghach riut.'

'Chì sinn a Chailein,' ors ise – a dà chois air a' ghrunnd bho riamh – 'dè cho fad 's a mhaireas e. Is bidh thusa sa university?'

'Cha chreid mi nach bi, a Chatrìona. Nach tig thu a-mach 'son weekend – no seachdain.'

'Mar a thuirt mi,' ors ise, 'chì sinn.'

Chuir mi cùl ris na leabhraichean is tharraing mi air machaire Eòrasdail. 'S ann na àilleachd chiùin a dh'iarr mi a bhith cuidhteas mo phian ann am buille lùthmhor colainn is cridhe.

Chaidh an aifhreann an Dalabrog seachad ann am prioba na sùla is i cus na bu choltaiche ri tè sia sa mhadainn na sia uairean feasgar. Bha Mgr Pàdraig air iarraidh air a threud cead a thoirt dha tòiseachadh leth-uair an uaireadair tràth. Cha bhiodh an World Cup Final againn, mhìnich Allan – car mar a mhìnich mise cùis na h-Alba do Ruairidh – ach air aon latha gach ceithir bliadhna. Bha fhios gun tuigeadh Dia sin; thuigeadh agus an t-easbaig ma dh'fhaoidte!

A dh'aindeoin an nì fìor annasaich seo bha cuid, a bha a' fuireach aig astar on eaglais, dhen bheachd gum faodadh an sagart a bhith air a sheirbheis a chur air aig 5.30. Bheireadh sin teansa dhaibh uile faighinn dhachaigh is suidhe le cupa tì airson an còmhradh ron ghèam a chluinntinn.

'Ceart gu leòr dhàsan!' chuala Ruairidh an Taobh a' Chaolais, 'is gun aige fhèin ach coiseachd a-staigh dhan Pharish House is am bogsa a chur air. Bidh mise co-dhiù leth-uair; mun àm a gheibh mi a-mach às a' charpark is a chrawlas mi air cùl chàich gu Deas.'

'Nach fhaodadh tu,' chuir a bhean an cuimhne a truaghan duine, 'dìreach èirigh airson tè Gearraidh na Mòna.'

'Sin an aon latha nach fheum mi dùsgadh tràth a Dhotair!' a ghearan fhèin. 'A h-uile mac latha eile aig a còig.'

'S ann a bha an t-aon sguad cruinn is romhainne an Dalabrog – ach fear diùid na sagartachd – is iad a' feitheamh Mhgr Phàdraig a bhith ullamh dhe a dhleastanasan. Ghabh mi iongnadh, is cha b' ann airson na ciad uair, ach dè an uimhir de dh'obair sagairt a bha fìor riatanach – seadh, gun tighinn-às aige air – agus gu dè b' urrainn a sheachnadh ri linn suidheachadh àraid?

Sheall 'i fhèin' – Maighread Bheag, a-staigh sinn dhan rùm-suidhe agus làn-bhùird de bhiadh math fuar air a chur air dòigh an sin dhuinn. Chithinn is thuiginn carson nach biodh cus gnothaich aig Ealasaid ris a' bhoireannach seo. 'S ann le a misneachd phearsanta fhèin a bha Maighread – tè nach fheumadh a bhith na leum gu freasgairt fad an t-siubhail – ach na tè gu math diofraichte a-nochd, cuideachd, bhon nighinn bhrònaich ris an do choinnich sinn cola-deug air ais aig leaba a h-athar. 'Nì sin feum mhòr dhi,' baraíl Ruairidh air mar a thill Maighread a dh'obair car luath.

'Bheir mi ur tì is ur cofaidh a-staigh,' ors ise, 'nuair a thig Mgr Pàdraig. Chan eil còir aige a bhith fada.' Dh'fhairich mi rud cuideachd na dòigh-bhruidhne air fhèin a bha cothromach seach làn ùmhlachd fhaoin no fuadain ach aig an aon àm gun dad a dhìth spèis aice dha. Cha rachainn an urras nach b' aithne dhan dithist aca a chèile gu math mun tàinig esan a-mach na shagart; cò-oghaichean is dòcha? Leannain fiù 's? Sin an smaoin a nochd nam cheann-sa nuair a nochd Mgr Pàdraig san rùm is a leig e e fhèin na shuidhe air an t-sòfa. Mura b' e seo gu firinneach na bha a' cur air Ealasaid mun tè laghaich seo!

'A vivid imagination Colin!' bhiodh mo mhàthair air a ràdh rium aig àm eile, an àite eile, glè fhada air falbh.

Ach dh'fheumainn aideachadh gun d' dhrùidh e orm – an dèidh 's dhomh guthan mo phàrantan is Celia a chluinntinn – cho mòr 's a bha an ionndrainn agam orra. 'S ann mu ghluasad air adhart gu luath a bha na dhà na thrì bhliadhnachan a dh'fhalbh air a bhith dhòmhsa. Ge-tà bha na seachdainean sìtheil Uibhisteach seo – ach an tubaist-chàir! – agus na làithean snoga am Barraigh air toil socrachaidh a chur annam.

Bha mi ag iarraidh nach fhalbhadh tìm cho ealamh idir is gum biodh sinn air chomas barrachd rudan a dhèanamh còmhla mar theaghlach agus an dèanamh na b' fheàrr.

'A Bhochain a Mhìn, ach a bheil iad seo idir a' dol a chluic?' ghlaodh bràthair Mhgr Phàdraig. An ann a' fantail an Uibhist fad na h-ùine a bha Calum a-nist, saoil? Bha na cluicheadairean Duitseach – an dèidh dhaibh a bhith air am bàthadh is air an snaimeadh ann an stoirm ticker-tape – fhathast a' feitheamh Argentina tighinn air a' phàirc agus còig mionaidean air a' ghleoc mar-thà.

''S beag an t-iongnadh gu bheil iad diombach,' thuirt fear dhe na 'Two Ronnies' – Murchadh, cha chreid mi. Mar a thachair – agus a thachradh tric, a rèir choltais, le Argentina! – 's e iad fhèin a bha ri gearan: mun bhann air làimh Van Der Kerkoff. Ach 's ann a bha e air a bhith aige oirre – ga dìon – bho ghoirtich e sa chiad ghèam an aghaidh Irain i!

Chithinn gun robh m' uncail car fad às is fada bhuainn na shùim dhen bhall-coise a-nochd is seo a' chiad chothrom a bha aige suidhe aig fois is leigeil le inntinn falbh far uabhas is uallach na dh'èirich an-dè. Ged a thill e na uair 'son cearc ròsta Ealasaid, shlaodadh a-mach a-rithist e gu seanmhair Mhìcheil am Mingearaidh. Bha an tuaintealaich neònach ud air teannadh oirre gu dona. Bha Mìcheal – dh'inns Ruairidh dhomh agus dhìse – fada na b' fheàrr agus chumadh Eric Adams sùil glè fhurachail air.

'A Mhoire Mhìn!' dh'èigh Calum, oir bha caiptein na h-Òlaind, Ruud Krol, a-nist ag iarraidh air a chluicheadairean tighinn far na pàirce.

'Unbelievable,' mar a chuir commentator Coleman e. 'Are we actually going to have a final, I ask myself?'

'Did work a treat though, David!' orsa Bobby Charlton an ceann a dhà na thrì mhionaidean nuair a rinn an dà sgiobair air a' chearcall a bha an cridhe *An Estadio Monumental* agus a shluaigh.

Agus buil a' gheama mhòir chudromaich seo? Aon gu neoni do dh'Argentina aig letheach-slighe – taing do Khempes is a shùbailteachd – ach 's ann co-ionann a bha an dà sgioba aig 82 mionaid air sgàth obair fìor ghrinn le a cheann bho Naninga.

Sa bheagan ùine theth sin a bha air a fàgail cha robh teagamh nach ann an siùil nan Duitseach a bha a' ghaoth ri sèideadh, agus fìor choltas-buinnig orra, mun do sgoch sgleog ghrànda bho Phassarella air Neeskens an ruitheam. Ge-tà fhuair Rob Rensenbrink a chas air buille-shaor bho mheadhan na pàirce ach gu dè a rinn am ball cuilbheartach

– a bha a' sgèith a-staigh – ach an talamh a bhualadh is an uair sin am post!

Thàinig ùine a bharrachd a chuir dàil air film anmoch ITV *M*A*S*H*; bha sinne air an sianal a thionndadh an dèidh mu uair a thìde de chluic. Agus b' e am fear ud, Mario 'Matador' Kempes – le a bhròig ri ball a dh'fhaodadh a bhith air a chlìoradh – a dh'fhoghainn a-rithist dhan Òlaind; mun do chuir Bertoni an tarraing mu dheireadh nan cistidh. Bha an sgioba cumhachdach Eòrpach seo air World Cup eile a chall agus Argentina air a ghleidheadh airson a' chiad turais riamh nan eachdraidh. 'S ann a shaoileadh tu gun robh am manaidsear, Menotti, dìreach air liùgadh tro gheataichean Phàrrais – a chòta fada Clouseau air agus *pucho* eile ga lasadh na bheul.

Chaidh luchd na dùthcha am Buenos Aires 'absolutely mental' – briathran chaiptein Shasainn, Kevin Keegan – an taca ri muinntir Dhalabroig a bha fada na bu stòlda. Dh'fhairich sinn cràdh mòr nan Duitseach ach shaoil sinn cuideachd gum bu chòir dhaibh a bhith air a dhol suas a dh'iarraidh nam meadailean. Nach e dol-a-mach lethchar leanabail a bh' ann an diùltadh?

'Forty-eight free-kick! Forty-eight!' throid am manaidsear ris an TV. 'That's how much that idiot referee give to Argentina. And for Netherlands team sixteen only. He is cheating always for a cheats' team.'

Thàinig is dh'fhalbh Maighread Bheag gun ùpraid sam bith: tì, cofaidh, tuilleadh shandwiches, aran-coirce le càise is briosgaidean seòclaid. Shuidh i ge-tà còmhla rinn greiseagan a' coimhead a' gheama; cha robh Ealasaid riamh air sin a dhèanamh fiù 's nam biodh ùidh aice ann.

Chùm Ìomhair Dubh air falbh is cha tug Mgr Pàdraig aon iomradh air m' obair-sa le Alasdair mac Sheumais Bhig. Cha bu mhotha phiobraich e – is m' uncail an làthair fad an t-siubhail – bruidhinn sam bith mun tubaist.

Nuair a chaidh Ruairidh a ghairm gu fear le tinneas an t-siùcair choisich an sagart còmhla rinn a-mach air an doras. Thug e taing dha airson a h-uile sgath a rinn e dhan choimhearsnachd: 'An-dè, an-diugh agus a-màireach!'

''S e ur beatha, Athair,' mar a chaidh a fhreagairt, 'agus tapadh leibhse 'son oidhche laghach eile. Bidh sinn ag ionndrainn a' football – nach e rinn an deagh thaigh-cèilidh dhuinn?'

'Cha tadhail sibh tuilleadh?' dh'fhaighneachd Mgr Pàdraig is e a' feuchainn ri spòrs a dhèanamh dheth – rud nach deach aige air.

Rinn Ruairidh gàire car mòr ach cha do gheall e sgath. 'S e splutraich ùr nearbhasach a rinn an MG mun do thòisich i ceart. 'Cus choke, an e?' dh'fhaighneachd e dheth fhèin. 'Cha bhi mise seo fada tuilleadh a Chailein. Cola-deug a-màireach – tòisichidh am fear eile.'
Cha tuirt mi sìon.
'Chan fheum thusa fuireach, nam b' fheàrr leat falbh. Thuirt mi sin riut.' 'N uair sin chuala mi car de ghròsdail aige mar a rinn an t-einnsean beuc. 'Do thoil fhèin a laochain.'
'A Ruairidh,' orsa mise, 'dè thuirt mise ribh? Nach iarrainn a bhith ann an àite sam bith eile.' Thug siud blìon-faothachaidh air agus 's e an fhirinn a bh' agam cuideachd – gu beagnaich. 'Gu leòr, ma-thà, nach tug am bodach ud dhomh fhathast!' a thug mi dhàsan an uair sin, airson an dàrna uair.
'Sgoinneil fhèin a Chailein. Dh'inns mi dhìse gum biodh tu aca a-màireach,' chùm m' uncail gleusta a shùil air an rathad roimhe, 'leis gun do chaill thu an cothrom an-dè.'
Dè idir a rachadh seachad air an duine seo? Cha rachadh sgath; cha bhiodh aon sgath a' dol seachad air duine sam bith ann a sheo. Is ciamar a bha Jane a' dol a bhith leam? Sgoinneil fhèin; 's i a dh'fheumadh!'

19

CHAN FHAICINN GUN tug dol na h-oidhche raoir an Ameireaga a Deas buaidh mhòr sam bith air taigh Alasdair mhic Sheumais Bhig ann an Uibhist a Deas. Bha Jane is e fhèin mar a bha iad riamh: ise a' gabhail gnothaich, gu ciùin deònach, ri a chùram-san is ri na caran.

"S ann a thàinig e a-staigh orm, ged a dh'fhaodadh clann Jane a bhith san sgoil an-dràsta, nach b' fheudar dham màthair deagh chuid dhe a h-obair-dachaigh is croite a chur an dàrna taobh air tàillimh na beul-aithris seo? Mura feumadh a màthair no a h-athair-se sin a dhèanamh cuideachd dhi?

Aon rud às an robh cinnt agam, 's e nach biodh an nuadal mu Ìomhair sa bhàr a-raoir air còrdadh rithe idir. Thuirt Ealasaid gun cuala i gun robh an dòigh san robh e a' bòlaich is a' speuradh 'dìreach grod' – do dh'fhear a bha 'na athair do chloinn bhig is e gu bhith 30.' Cha bhiodh a chridhe aige tilleadh gu taigh a chousin 'bheannaichte' ach cha do chuir sin casg air an tràill o bhith a' feuchainn ris a' Final a thruailleadh air na residents a chruinnich ga choimhead ann an taigh-òsta ùr a' *Bhorrodale*.

Cha do leig gnùis shoitheamh Jane sgath oirre riumsa ge-tà. An do dh'èirich an duine aice an-diugh a dhol a dh'obair is, saoil, an tigeadh e ga lorg-se a thaigh a h-uncail a-rithist? Cha bu mhotha chithinn sìon, neònach, mì-chofhurtail na h-aodann – 's ann a bha cùisean gu math rèidh eadar an dithist againn, taing dhan tubaist.

'Siuthadaibh ma-thà, Alasdair,' thòisich mi, 'a bheil sgeulachd agaibh dhomh an-diugh.'

'Chan eil fhios a'm a bheil,' ors esan. 'Cha chreid mi nach tug mi dhut na bh' agam mar-thà.'

'S dòcha, smaoinich mi, gur ann a' sealltainn sgìths a bha an cion-misnich seo – latha gun a bhith cho buileach math aig fear faisg air

90? Mura faodadh gnothach a bhith aige ri iarraidh-san gun tiginn Disathairne is nach tàinig. Bhiodh agam ri a choiteachadh beagan; thuig mi sin.

'Bidh gu leòr mòr naidheachdan eile agaibh, thèid mi an urras,' dh'fheuch mi an toiseach.

'Dh'inns mi dhut mu Oisean?'

'Dh'inns gu dearbha, is bha i math fhèin – mar a rugadh e is cuideachd mar a thàinig clos air a bheatha.'

'Duine laghach a bh' ann,' ors esan. 'Cha bu thoigh leis idir a bhith sabaid mar a bhiodh càch. Tha cus sabaid san t-saoghal seo. Fhios agad air a sin.'

Cha chuala mi riamh cho trom seo na inntinn e. An robh am barrachd mòr for aige air staid Jane na shaoileadh duine? No an ann a-mach air cuspair mòran na b' fharsainge a bha e: a' tòiseachadh na eòlas fhèin leis a' Chogadh Mhòr – Cogadh Afraga fiù 's?

Dh'èirich ise airson fàd no dhà eile a chur dhan stòbh mun do shrac i pìos fada pàipeir, a shàth i na bhroinn, is chuir i thuige siogarait air an lasair chunnartaich mhòir sin mun do shuidh i a-rithist. Chòrd seo ri Alasdair is thug e fiamh-ghàire òg dhuinn – tuar a' mhì-mhoidh air – agus a-mach leis mu dheireadh thall le:

'Bha fear shìos an Ormacleit ris an canadh iad Mac 'ic Ailein. 'S ann leis-san is le na daoine a thàinig bhuaithe – Clann Raghnaill, ma-tà – a bha an dùthaich seo air fad bho theich MacNìll Bharraigh à Baghasdail. Agus bha maoir daonnan aig Mac 'ic Ailein a bhiodh a' togail a' mhàil dha. Ann an gràn a bhite ga phàigheadh leis nach robh airgead aig na daoine bochda san àm a bh' ann a sheo – glè bheag a th' aca fhathast.'

Rinn Jane leth-ghàire, leth-sitrich a ruith toit a-mach air a cuinnleanan – 's ann dìreach mar dhràgon beag a bha an tè seo – an dà chlàraig bhig bhioraich a' cur ri a caractar. Ach gu dè idir an t-airgead a bha Jane a' faighinn a thuilleadh air na shìneadh Ìomhair Dubh dhi? Nochd ach dh'fhalbh – taing do Dhia – smaoin air na thuirt Steafan MacInnes mu chosnadh eile a bhith aice. Cha robh mi air esan fhaicinn o chionn greis – trang, bha fhios. 'S e fear a bh' ann nach do bhlàthaich mi buileach ris air adhbhar air choreigin, ach 's e bhiodh laghach, ge-tà, an cothrom fhaotainn bruidhinn ri Patricia a-rithist is an guth-seinn ud a chluinntinn. Ach bha Alasdair gu domhain na sgeulachd agus m' inntinn-sa an àite eile; gu fortanach 's ann a' dèanamh dlùth-èisteachd ris a bha maicrofòn na h-Uher.

'...ach, a' bhliadhna a bha seo thàinig dithis a-mach a Loch Aoineart ga phàigheadh – gu Rubha an Taigh Mhàil. Cha robh thu

fhèin ro fhada bhuaithe air a' bhon-dè, a Chailein.
Cha do rinn bilean Jane gàire idir – 's e bh' orra ach snodha suairce làn co-fhaireachdainn.
'Agus 's e dà phoca mhòr lan gràin a bh' aca gan tarraing do mhaoir Mhic 'ic Ailein. Is cò bh' anns an dithis seo ach Gille Padara Dubh agus a mhac, Iain Dubh – Iain Dubh mac Ghille Phàdraig. 'S ann do Chloinn an t-Saoir a bhuineadh e. Chì thu làrach an taighe shìos mu Ghèirinis – an àite ris an canar An Gearraidh Fliuch.'
Ghluais Alasdair goirid dhan mhaic is thog e a làmh.'
'"Tud, tud," orsa fear dhe na maoir an dèidh dha na pocannan-gràin fhosgladh, "Tha peice a dhìth air an fhear seo a dhuine." Tomhas, feumaidh, a bha sa 'pheice' – beag no mòr cha robh fhios a'm.
'"Saoil a bheil?" orsa Gille Pàdraig. "'S ann slàn a bha e nuair a dh'fhàg mise Gèirinis."
"Well," ors am fear eile, "chan eil e slàn a-nist. Ciamar a tha thu dol ga lìonadh?"
"Innsidh mi sin dhut!" orsa Gille Pàdraig is rug e air sgòrnan air a' mhaor is chuir e a sgian ris is leig e an fhuil gus an do lìonadh am poca às ùr.
'Is cha do rinn Gille Pàdraig is Iain Dubh ach an aghaidh a chur air an taigh ach bha fhios aca nach biodh e fada mun tigeadh an tòrachd orra.
'Agus bha iad ceart. Nuair a chuala Mac 'ic Ailein mar a thachair, ghabh e an dearg chaothach. Bu mhiann leis murtair a mhaoir a mharbhadh. Ach cha robh math dha sin a dhèanamh a chionn 's gun robh Gille Pàdraig air fear cho math, leis a' bhogh-saigheid ri duine sna h-eileanan air fad. Cha robh duine a thigeadh suas ris ach a mhac fhèin – Iain Dubh Mac 'Ille Phàdraig. Mar sin bha feum mhòr aig Mac 'ic Ailein air na daoine seo san arm aige. Ach neo-ar-thaing nach robh e ag iarraidh sealltainn dha cò an t-eun a b' àirde sa chraoibh – cò aige a bha command air cò!
'Nam b' urrainn dha 's dòcha an t-eagal a chur air Gille Pàdraig, dhèanadh sin fhèin an gnothach." Is cò thàinig a chèilidh air Mac 'ic Ailein goirid às a dheaghaidh seo ach MacLeòid Dhùn Bheagain – bhiodh am paidhir ud a-mach air a chèile uaireannan ach 's ann a bha iad rèidh mun àm seo.
'"Carson?" orsa MacLeòid ris, "nach leig sinn oirnn gu bheil fear agamsa san Eilean Sgitheanach a chuireas ugh far ceann cuideigin le saighead ann an astar ceithir fichead slat; ach gun tuirt thusa riumsa gun dèanadh Gille Padara Dubh an rud cianda ach o cheud slat air

falbh. Bidh e cho mòr is moiteil às fhèin 's gum feuch e. Ach 's ann air ceann a mhic a thèid an t-ugh a chur. Chan eil rathad nach dèan e call air a' bhalach san astar sin – co-dhiù a ghearras e a chraiceann no a sgudas e sùil às."'

Gu grad thàinig rud dorcha a-staigh dhan sgeul dhàna seo. Shlaod Jane a peitean teann seacte tarsainn air a broilleach mòr. Chithinn toll a' dol am meud fo a h-achlais a thug ormsa fàs cruaidh gun fhiosta is gu luath, is b' fheudar dhomh mo chas a ghluasad is m' inntinn a chur air ghleus. Dhèanainn mo mhùn nuair a bhiodh Gille Pàdraig Dubh air na bha esan dol a dhèanamh a dhèanamh.

'Chuireadh a dh'iarraidh an dithis aca is 's ann air each an urra a thàinig iad suas a Chaisteal Ormacleit.

"Fàilt' ort fhèin 's do mhac," ors Mac 'ic Ailein.

"Seadh," orsa Gille Pàdraig, "dè tha dhìth oirbh bhuainn?"

"Well," ors am fear uasal, "tha an duine seo, MacLeòid, a' cantail gu bheil fear aigesan a tha cho math leis a' bhogh-saigheid 's gum brist e ugh far ceann fir eile ann an astar ceithir fichead slat. Ach, orsa mise, 's beag leamsa sin, oir nì Uibhisteach as aithnte dhòmhsa an dearbh rud is e ceud slat bhuaithe."

"Well, well," ors esan, Gille Pàdraig, "nach e tha tapaidh an t-Uibhisteach. Cò am fear a th' ann?"'

Thug Jane sùil an iargain orm. Sgròb Alasdair mu stubag-feusaig mun do bhlàthaich e aodann.

'"Thusa!" orsa Mac 'ic Ailein.

"Well," orsa Gille Pàdraig, "chan eil mi dona ach chan eil fhios a'm a bheil mi buileach cho math sin."

"'S tu tha!" orsa Mac 'ic Ailein, is chuir e breug ris, "'s ann a tha mi air m' oighreachd a chur air gheall gun dèan thu e!"

"Well, 's fheàrr feuchainn ma-thà," orsa fear a' Ghearraidh Fhliuich, "ach cò sheasas fon ugh?" Cha tuirt duine smid. "Mar a thuirt mi," orsa Gille Pàdraig, "feuchaidh mi an rud ach feumaidh cuideigin seasamh fon ugh." Cha do ghluais duine. "Ah," ors esan, "an e sin bu choireach gun tugadh air mo mhac tighinn còmhla rium?"

"Saoil am biodh e deònach?" dh'fhaighneachd an t-uachdaran.

Thionndaidh Gille Pàdraig gu Iain Dubh, "An seas thu fodha a bhalaich?"

"Ma tha sibhse ga iarraidh orm athair – 's e sin mo thoil."

"Mo laochan ort!" orsa Mac 'ic Ailein.

'Cheangaileadh an t-ugh air bàrr ceann Iain Duibh agus 's e athair fhèin a thomhais an ceud slat is thill e air a' chois-cheum chianda air ais.'

'S ann air Alasdair agus air freastal Ghille Phàdraig is a mhic dhìlis a bha ar làn-aire: sgath a' tighinn eatarainn is ar cuspair.

'Thug e thuige saighead,' ors an seanchaidh, 'is thog e a chuimis leis a' bhogha is bha e an impis a leigeil às nuair a stad e is thug e trì eile às a bhalg is 's ann fon chrios a chaidh an cur-san. Chuir e am bogha suas a-rithist is a-mach gun do dh'fhalbh saighead Ghille Phàdraig. Agus cho brèagha, siùbhlach, snog 's a sheòl e san adhar mun do rinn e pronnsgal dhen ugh gun suathadh ri aoin ròineig bhig a mhic.

'"Oh, well, well! Nach tu rinn math," dh'èigh Mac 'ic Ailein, "bha fhios a'm gun gabhadh earbsa cur annad."'

'Sure thing!' smaoinich Jane is mi fhìn, ged a b' e 's dòcha, ''S mi nach creid sin!' – no rud coltach ris – a dearbh smaointean-se.

'"Ceart ma-tà," orsa Gille Pàdraig, "rinn mi na dh'iarradh orm is shàbhail mi d' fhearann dhut is a-nist an leig thu leinn falbh?"

"Leigidh, leigidh," ors e fhèin, Am Fear Mòr, "ach mum falbh sibh, am faod mi ceist a chur ort?"

"Carson nach fhaodadh?"

"Mhuthaich mi," orsa Mac 'ic Ailein, "mun do loisg thu an t-saighead, gun do chuir thu trì eile mud thimcheall. Dè bu choireach ris a sin?"

"Innsidh mi sin dhut," orsa Gille Pàdraig is thug e sùil orra uile mu seach, "nan robh mise air fuil frìne a thoirt à maol Iain Duibh, bha an tè seo annadsa; an tè sa nad mhnaoi – a' bhan-tighearna – is an tè mu dheireadh tro chridhe MhicLeòid Dhùn Bheagain, oir 's esan a chuir am beachd nad inntinn."

"Òbh, òbh, òbh," orsa Mac 'ic Ailein, "'s math nach do thachair e. Bi falbh, bi romhad is na bi riut!"

'Is le sin, thill Gille Pàdraig is a mhac dhachaigh air na h-eich chalma air an tàinig iad. Is cha do chuir Mac 'ic Ailein no duine eile dragh orra on latha sin a-mach tuilleadh.'

Bhuail an dithist againn, mi fhìn is Jane ar làmhan. 'S ann dìreach àlainn a bha sgeul Alasdair; sìmplidh, ma dh'fhaoite, ach air a h-innse cho siùbhlach is gur ann gu cinnteach dhen ealain a b' àirde a bha i, dh'fhairich mise. 'S e urram a bh' ann a cluinntinn is a faireachdainn an suidheachadh cho nàdarra – a h-àrainn cheart fhèin.

'Nach e rinn math, Gille Pàdraig!' ors am bodach. 'E fhèin is mac Sheumais Bhig le chèile.' Thàinig deàlradh na shùilean beaga a leig riumsa na bha seo uile a' toirt dha de thoileachas. Cha robh math dhomh sin a chur an dearmad ann an dòigh sam bith.

'S e Jane a bha romham aig a' chruaich an dèidh dhomh tilleadh on bhàthaich. Bha an latha a-nist bruthainneach gun phlathadh; 's ann a bha taigh Alasdair fada na bu chofhurtaile.

'B' àbhaist dha daonnan,' ors ise, 'a bhith ag innse na tè sin dhomh nuair a bha mi beag. Cha robh fhios a'm an innseadh e dhutsa i ge-tà. Feumaidh gu bheil thu gu math a-staigh air.'

'Is dòcha gu..?'

'An ceann cola-deug a tha am fear eile a' tilleadh nach ann?' Cha robh sìon a dh'fhios a'm cò air a bha i a-mach. 'Dr Marr.'

''N ann? 'S ann,' fhreagair mi.

'Falbhaidh sibhse an uair sin, no is dòcha roimhe sin,' ors ise. Cha tuirt mi sgath. Cha deach bruidhinn air a seo gu dòigheil le Ruairidh fhathast – ged a bha an fhìrinn aice.

'Well,' ors ise, 'bidh agad ri obair nas cruaidhe sna làithean a th' agad air fhàgail a Chailein a bhalaich!' Le sin thug Jane a' bhàthach oirre fhèin is mhuthaich mi dhan phàipear thana liath am pòcaid a peitein.

'Duine fìor a bh' annsan, Gille Pàdraig.' ors Alasdair nuair a thill mi a-staigh. 'Thàinig e an seo san t-siathamh linn deug, ach bha e fhathast air chothrom aig Blàr an Dronga ged a bha e sean mun àm sin, tha thu a' tuigsinn. Do sgìre Loch Ò a bhuineadh e. Bha fear dhe na thàinig bhuaithe uair na chìobair air cùl Chorraghdail; b' aithne dhomh fhìn Dòmhnall mac Eachainn còir.' Chuir mi romham ann an sin fhèin, ge b' e dè an còrr a thachradh gun dìrinn-sa beanntan Uibhist mum falbhainn. Bha a leithid a' dol no air a bhith a' dol a-muigh an sin!

Thàinig Jane a-staigh is chuir i an roile-pàipeir air ais na àite – seòrsa sloc sa bhalla nach do dh'fhidir mi riamh – is lìon i an coire bhon bhucaid a b' fhaisge air an uinneig is bhiathaich i an stòbh a-rithist; an dearbh rud a rinn i air pìob Alasdair. Cha tug i aon sùil air a' ghleoc is gu dearbha chan e tè air am biodh uaireadair a bh' innte-se ann.

'Bha nighean aig Iain Dubh,' thòisich Alasdair. 'Bheil thu ag iarraidh an rud sin a chur air a-rithist a Chailein?' dh'fhaighneachd e is dh'aontaich mise le a bhith a' bruthadh an dà phutain mhòir air an Uher is a' toirt sùil luath air a' mhaic. Cha robh dìth teip idir air.

'Cha toir seo ach diog,' ors esan, 'Ach 's fheàrr fhaighinn an-dràsta eagal 's gun tig flathanas eatarainn nam chadal. Iain Dubh mac 'ille Phàdraig; bha nighean aige is chan eil fhios a'm dè an còrr a theaghlach a bh' aige. Ach mun àm a bha ise treiseag aoise cha robh ann ach i fhèin, agus bhàsaich i. Agus bhathar ga giùlan air a' mhachaire sìos fad an t-siubhail gu ruige eaglais Àird Choinnich san Ìochdar is thàinig cur is cathadh sneachda orra a bha cho dona is gum b' fheudar a' chiste – agus an corp na broinn – fhàgail an sin fhèin is tarraing. Cha d' fhuair iad air

ais thuice gus an ceann a dhà na thrì làithean. Chun an latha an-diugh, canaidh muinntir Uibhist:
"Latha tiodhlaigidh
Nighean Iain Duibh 'ic 'ille Phàdraig,
An latha as miosa thig no thàinig."'

Chreidinn sin gun aon fhiaradh ach nach math a chluinntinn bho bheul a' bhodaich.

Thairg Jane mo chur dhachaigh sa bhan liath is cha do dhiùlt mi. 'S ann socair a bha ar turas, ar còmhradh – ged nach robh feum air cus – fhathast cofhurtail gun uallach. Thàinig mi às aig Taigh Eòrasdail slàn, fallain, sàbhailte agus dh'aontaich sinn gun tillinn a Ghearraidh Bhailteas a-màireach.

'Ach,' orsa mise rithe, 'bu thoigh leam latheigin faighinn gu bàrr na Beinne Mòire, coiseachd sìos ma dh'fhaoidte – mas e latha math a bhios ann – chun an taobh eile.' 'S ann a bha mo mhisneachd is mo chàil dhan a seo air fàs mòr; cha bhiodh a' ghrian a' dol fodha idir; thillinn beò gun bheud, à Tìr nan Òg.

'Seo an t-seachdain mu dheireadh dhen sgoil,' ors ise, ''S fheàrr maorach a bhuain nuair a tha tràigh ann.' Seadh, smaoinich mise, am maorach blasta sin a bha ri a thogail am broinn taigh-tughaidh ri dubhar toit na mòna.

'Nach bi Sports' Day no rud mar sin aig an fheadhainn bheaga?' chuir mi oirre.

'Chan eil mi cinnteach,' ors ise, 'faighneachdaidh mi dhem mhàthair.'

'S ann a bha Ruairidh air a dhòigh glan leis na thog mi – gu h-àraid am bloigh beag a bharrachd mu nighinn Iain Duibh.

''S iomadh uair a chuala mi daoine a' bruidhinn mun stòiridh sin,' ors esan, 'ach cha chuala mi riamh tionndadh cho math sin oirre. Is bha am pìos ud mun mhàl a bhith uireasbhach ùr dhomh cuideachd. Ach bheiridh siud adhbhar nas motha do Mhac 'ic Ailein a dhroch phlàna a chur an gnìomh. Nach ann dhan Ghearraidh Fhliuch a thàinig a' chiad sagart le cead an dèidh an ath-leasachaidh a Chailein?'

'Agaibhse a tha fhios,' fhreagair mise. 'Agus 'peice,' ma-tà, dè bha siud?

'A peck of grain,' dh'inns m' uncail fiosrach dhomh, 'was about a Scots' dry gallon, Colin.'

'Dh'iarradh e a lèor a dh'fhuil mum biodh sin làn aca.'

'Dearbha fhèine, 'ille,' ors esan is gruaim às ùr nochdail na ghuth, 'mun cheart uimhir 's a chailleadh ann Disathairne leis na h-amadain sin!'

Bha Mìcheal Òg a' sìor thighinn air aghaidh san ospadal, 's coltach, agus chan fheumadh e a bhith air a chur a Ghlaschu. 'S ann mìorbhailteach a bha làmhan Eric Adams agus leigheas a' ghille thruaigh ud dhan rèir. Cha b' urrainn dha a phàrantan truagha innse cho taingeil 's a bha iad airson a h-uile coibhneis is cùraim a chaidh a thoirt dha is dhaib' fhèin. Leis a sin fhuair Ospadal a' Chridhe Naoimh cothrom anail a tharraing beagan is gun rud mòr sam bith san amharc a chuireadh casg air a sin.

'S e latha meadhanach soirbh a bha air a bhith aig m' uncail-sa cuideachd: cha do nochd na b' àbhaist an *Cnoc Fraoich* 'son Diluain is gun chus dhaoine aige air am feumte tadhal na bu mhotha. Ach le aon mhadainn Disathairne *on-call* fhathast roimhe – an dàrna tè mu dheireadh dhe a locum – dh'fhaodadh gu leòr tachairt fhathast.

A dh'aindeoin a h-uile sgath a bha dol rinn Ruairidh an gnothach air stad aig Iagan Bàn is cur air dòigh leis gun tigeadh e an-ath-oidhch' ga chlàradh. 'S ann sna 1940an a fhuair na MacLellans am fòn is an taigh na Oifis Phuist bho thùs gun do leig màthair Iagain, Beitidh, seachad e ann an 1968. Cha robh iad a' fuireach ach mu chairteal na h-uarach on ospadal.

''S math gun tug mi leam am bogsa ud eile de theipichean à Duns,' orsa Ruairidh, le gàire mall.

'Ach,' mo rabhadh fhìn dha, 'chan eil fhios nach bi feum air tuilleadh bhatteries.'

'OK a Chailein. Thèid mi dhan bhùth a-màireach. Nì an fheadhainn sa an gnothach dhut fhèin feasgar a-màireach ge-tà – mairidh iad cho fada sin, am mair?'

Bha esan gu mòr airson 's gun cumainn orm le Alasdair is bha mise an dùil gum maireadh.

Ged a dh'fhaodadh Ruairidh Iagan Bàn a chlàradh gu furasta far an dealain 's e cosgais a bhiodh ann a sin dhan bhodach; chan iarradh Ruairidh idir sin a chur air.

Nì eile dhan do mhuthaich mi thar nan làithean seo b' e car de dhìth-spionnaidh ann an Ealasaid. Nach robh gu leòr a' dol aice no dè? No an e, saoil, sinne a bhith a' falbh an ùine nach biodh ro fhada – is ise, mar sin, a' call na dreuchd seo – a bu choireach? Gheibheadh i greiseag fois, 's cinnteach, a leigeadh leatha tilleadh gu ceart gu ruitheam is nàdar a beatha fhèin – a teaghlach mòr bhràithrean. A bhith a' còcaireachd do dhithist mar sinne, ach am biodh rud againn a dh'itheamaid trì uairean san latha, sia latha as t-seachdain, cha b' e obair gun uallach a bha sin idir!

'Oh well,' ors ise, a' cur solas beag air choreigin air na bha air a bhith a' cur oirre, 'Sin a' World Cup seachad 'son ceithir bliadhna eile. Bidh mi ga ionndrainn, fhios agaibh air a sin? Bheir e air falbh on àite seo speileag thu. Nach ann acasan a tha dòigh air iad fhèin enjoy-adh thall an Argentina. Chan fhaca mi riamh na bha siud de streamers!'

Bha am barail, bragail, baoth, aig Alba gum faodamaide an fharpais mhòr seo a ghleidheadh a-nist mar chuimhneachan o chian dhomh. Faoin-sgeul a bh' ann, mar thè Alasdair air Gille Pàdraig is Mac 'ic Ailein – làn charactaran fìora bho eachdraidh air an càradh am meadhan ròlaist. B' e an diofar bu mhotha eatarra seo ge-tà, gur ann air tàlant air leth a bha misneachd Ghille Phàdraig freumhaichte; cha b' ionann idir is aisling Ally bhig bhochd.

A rèir aithrisean, a chualar na bu tràithe air an latha, bu choltach a-nist gun robh MacLeòid an dùil obair mar mhanaidsear na sgioba a leigeil dheth. Cha dèanadh e sin ge-tà mun rachadh e fhèin is a bhean gu dinneir spadail ann an Taigh Holyrood. Dè, saoil, a dh'fhaodadh Ally innse dhan Bhanrighinn a chòrdadh rithe? Agus dè bhiodh aig a' Phrionnsa Philip ri ràdh ris-san? 'The mind boggles,' beachd an luchd-naidheachd, ach air tàillimh na suipearach, dh'fheumadh coinneamh mhòr le Comann Ball-Coise na h-Alba dìreach feitheamh. 'S e an aon ghàire beag aotrom a bh' air Ally riamh a bh' aige dhaibh, thuirt iad, fhad 's a rinn Rùnaire cràidhteach an SFA, Ernie Walker, drèin.

Tuilleadh 's a' chòir gun sgot a' dol san t-saoghal ud a-muigh, shaoil mise, is mar sin rinn mi toileachadh mòr mòr ri Patricia is Steafan MacInnes nuair a nochd iad aig Taigh Eòrasdail.

Thogadh sunnd Ruairidh sa bhad ach chithinn cuideachd fiamh na h-innleachd sa ghabhail aca a choisinn mo charaidean bhuaithe. Bha mi air leigeil leis èisteachd ris a' chlàradh a rinn mi a-cheana le Patricia is b' fhìor thoigh leis an stoidhle aice: 'Nach bòidheach sin,' thuirt e uair no dhà, 'cluinnidh mi a seanair agus a màthair – tha iad innte am bucaidean a Chailein.'

Agus 's e duine fada na bu dòigheile a bh' ann an Steafan seach an trup ud eile a thadhail an dithist. 'Seo ma-thà!' ors esan, a' sìneadh cèis chaol fhada gu Ruairidh. 'Mur an urrainn dhuibh tighinn fad an latha, thigibh air an oidhche co-dhiù.'

Thug Ruairidh aiste cairt: cuireadh gu banais is dreach an airgid mu na h-oirean. 'S e dà ainm a bha sgrìobhte oirre ann am peann dubh.

'Tha sinn an dòchas gun tig thusa cuideachd a Chailein,' orsa Patricia gu ro-thoilichte.

Chithinn an t-iongnadh a ghabh Ruairidh. Am b' aithne dha idir an cupal seo – no pàrantan bean na bainnse a bhiodh, tha fhios, gar fiathachadh ann?

'Oh, well,' thòisich e. 'Tha seo gu math còir gu dearbha. Ach, chì... eh.'

"S e first-cousin dhuinn a th' ann am Sarah. An nighean as sine aig bràthair mo mhàthar. Fear à Banff a tha i a' pòsadh, ach duine gasta.

'Tha mi glè chinnteach gur e h-e,' orsa Ruairidh. 'Sarah am physio?'

'S i ma-thà.'

'An Eilginn.'

'An dearbh thè. Bheil sibhse air *call* Disathairne?' dh'fhaighneachd Patricia – dhen dithist againn shaoil leam.

'Tha is chan eil,' fhreagair Ruairidh. Bho mheadhan-latha cha bhiodh e fo ghairm ach airson anaesthetics. 'S e Eric Adams an lannsair agus an GP a bhiodh aig muinntir Uibhist.

'Well,' sheall e null thugamsa, 'dh'fhaodamaid smaointinn mu dheidhinn a Chailein.'

'Sin a' weekend slàn mu dheireadh agaibh,' orsa Patricia: iad daonnan daonnan ceumannan air thoiseach an seo! 'S ann seachdain Didòmhnaich a bha sinn air co-dhùnadh falbh agus àm an aiseig na b' fheàrr an latha sin airson dràibheadh gu deas – is do Ruairidh an uair sin gus a dhol tarsainn na dùthcha.

'Dè na h-òrain a tha thu a' dol a ghabhail air a' bhanais?' dh'fhaighneachd e de Phatricia.

Sgaoil ruthadh na busan. 'Cha bhi mise a' seinn mar sin, a Ruairidh' 'Carson?' phut e fhèin, 'bhiodh do sheanair – cha robh cèilidh san eilean seo gun luinneag o Chrìsdean còir. 'S ann a tha thu pailt cho math ris nad dhòigh fhèin.'

Sheall Patricia ormsa gu grad. An robh mi air dìmeas a dhèanamh air rud pearsanta, dìomhair eadar mi fhìn is i fhèin? Cha do dh'fhairich mi aig an àm gun do rinn mi dad ceàrr ach a-nist cha robh mi cho cinnteach.

'S e misneachadh math a thug Steafan dha a phiuthair dhiùid, 'Dh'fhaodadh tu practice beag fheuchainn ann an seo fhèin a Phatricia?'

Le osna car fada leig i leatha fhèin socrachadh is gabhail ri aire chàich a bhith oirre; cha b' e seo rud a bhiodh i tric a' sireadh no a thigeadh rithe gun strì; 's ann onarach a bha irisleachd Patricia.

'Fuirich thus' ort,' orsa Ruairidh is e ag èirigh 'son an Uher fhaighinn bho a h-àite san uinneig. Chuir e air i le a chorragan beaga stobach.

'A dh'innse na fìrinne glaine dhut a Chailein òig chòir,' ors esan le braoisgeil, 'Cha mhair na batteries seo idir dhut a-màireach. Bheil e ceart gu leòr ma leanas Patricia Gille Pàdraig?'

'Mighty fine by me Uncle,' mo fhreagairt is an uair sin, 'Ha!'

'Super,' ors esan. 'Siuthad a m' eudail – òran sam bith as toigh leat – ach an fheadhainn a ghabh thu reimhid dhan bhalach!'

'Sìon eile a dhìth oirbh a-nist?' dh'fhaighneachd ise le gìogail an uilc mhaith.

'A dhà,' ors esan – a' dol dàn oirre – 'dà òran mas urrainn dhut. Bidh taghadh agad an uair sin air an latha mhòr.'

Choisinn am faux mì-mhodh seo gàire bhuaipe fhèin agus Steafan is gun an còrr tuilleadh mu dheidhinn, theann Patricia ri seinn gu binn is le smachd:

'A Mhic Iain 'ic Sheumais tha do sgeul air m' aire': an sgeul seo aice air batal eadar Dòmhnallaich Shlèite is Clann MhicLeòid Na Hearadh Lean i seo le fear gaoil air a ghabhail gu h-ealanta,

'*Horo 'ille dhuinn shunndaich*' – cha deach i aon uair ceàrr air a' phong àrd dhoirbh aig deireadh gach rainn is sèiste.

'*Horo 'ille dhuinn shunndaich, chùm thu a-raoir nam dhùsgadh mi!*'

'Nach robh sin math!' orsa mise ri m' uncail an dèidh dhaibh falbh. Bha spèis Ruairidh do Phat fhèin air a bhith fada na bu treasa is theab e toirt oirre aontachadh seinn air a' bhanais no cha tigeamaide idir. Gheall Steafan gum biodh e deònach sùil gheur a chumail oirre – gun a leigeil ro fhada às a shealladh, 'no smùid a' choin a ghabhail!' chuir e ris ann an dòigh glè èibhinn.

'Tha i math ge-tà!' ghlaodh Ruairidh. ''S i tha math gu seinn, Patricia.'

'Agus laghach gun do dh'iarr iad oirbh a dhol dhan bhanais.'

'Bha, bha,' ors esan, 'Gu math còir. 'S ann a dh'iarr iad *oirnn* a dhol ann a Chailein!'

Ghabh mi iongnadh ach dè an ceangal a bh' aig euchdan Ruairidh san tubaist ri seo? An robh a chliù sa choimhearsnachd air fàs is e gu bhith deiseil an ùine glè ghoirid? Air neo, an e dìreach gun robh daoine a-nist muthachail nach biodh e (sinne?) an Uibhist fada tuilleadh? 'S ann a bha deagh thuigse aig Ruairidh air mar a bha cùisean ag obair sna h-àiteachan seo – uaireannan aig grunn ìrean toinnte – ach cha deach a bheachdan riumsa seachad air seinn Patricia.

'Should be a damn good wedding Colin! There are also pipers in that family. Sàr-phìobairean. Agus 's fhìor thoigh leam *St Peter's* airson 'do' cheart. Againne a bhios an latha ma-thà! Nighean ghasta a th' ann an Sarah. Cha do thachair mi riamh ris an fhear a tha i dol a phòsadh – bidh esan laghach cuideachd. Thig thu còmhla rium, tha fhios?' Dh'inns mi dha gun robh dùil a'm A' Bheinn Mhòr a shreap is holiday bheag a thoirt dhomh fhìn.

'Dia, Dia. Nach fàg thu sin gus an-ath-sheachdain. Tha deagh forecast ann an uair sin. Is co-dhiù tha a' bheinn sin air a bhith ann fad nam mìltean de bhliadhnachan, agus bithidh! 'S dòcha gur e seo an aon bhanais Uibhisteach gum faigh thu fiathachadh.'

Rinn mi gàire, 'taing mhòr mhòr ma-thà!'

'Is an tig thu còmhla rium gu Iagan Bàn an-ath-oidhch'? Duine fìor cheart a th' ann... an robh fhios agad, a Chailein, an àm an Dàrna Cogaidh, gun do ghiùlain esan duine – marbh ma b' fhìor! – air a dhruim fad còig mhìle deug gum faigheadh e cobhair dha. Bidh e fhathast a' faotainn cairt bho a bhean mun Nollaig.'

'Leabhra thig!' dh'èigh mise gu sunndach. 'Agus chun na bainnse. Carson nach tigeadh? Feumaidh mi dìreach obair nas cruaidhe fad a' chòrr dhen t-seachdain sa.'

Air mo ghluasad, bha fhios, le ceann-latha 'son beagan spòirs is mi fhìn a-nist na b' fhoraile air ar n-ùine an Uibhist a' sìor ruith oirnn, bhuail mi orm a' mhadainn ud le obair-oilthigh agus, thar nan ceithir latha an dèidh sin, chlàr mi deagh thòrr stuth o bheul Alasdair mhic Sheumais Bhig.

Tionndadh àlainn air MacCodram is na Ròin: nam bana-phrionnsaichean dìreach, àrda, fon chuan a tha na trì caileagan seo mun toir am muime orra a brothais òl.

Bòcan de shagart a bhios a' tilleadh a h-uile bliadhna 'son aifhreann a chur suas do dh'anam Chaluim 'ic Fhionnlaigh – oir 's gun do dh'eug e gun na sàcramaidean fhaotainn.

Eòlas an Dèididh – rann a ghlèidh an sagart cliùiteach, Mgr Ailean, aig toiseach na linne 'son 's gum falbhadh 'cnàmhan mo chinn' sin, cràdh sna fiaclan.

Pìobairean Bhòrnais: am fear as òige de thriùir bhràithrean – an dithist eile nan 'sàr-phìobairean' (a chòrdadh ri Ruairidh!) a gheibh gibht na pìobaireachd bho shìthiche am Beinn a' Choraraidh. Nuair a thèid an gille air ais air a ghealleadh dha cha chuir e glaodh ann am pìob tuilleadh.

Cleachdaidhean mu Là Fhèill Mhìcheil: cèic, air an robh 'strùthan', ga dèanamh; marcrachd nan each air a' chladach is currain gan sìneadh dha na h-igheanan.

Cha robh Jane ach a-mach is a-staigh airson seo oir bha Sports' Day aig a' chloinn agus consairt aig deireadh na bliadhna; chaidh i a dh'ionnsaigh na dhà dhiubh. Bha mac Sheumais Bhig cofhurtail gu leòr nam chuideachd-sa agus cluas gheur 'a' mhachine.' Chùm mi an stòbh beò dha is dh'òl mi na bu lugha tì. 'S ann a bha e fhèin glè bheothail is cha do rinn e gearan sam bith – ach beagan iomagain a nochdadh gur dòcha gum biodh mo shùim dhe na rudan aige gu teirgsinn: dh'fhaodainn stad uair sam bith a thograinn!

'Chan fhaod thu idir stad a Chailein,' beachd Jane, 'tha tuilleadh aige – mòran a bharrachd. Cuimhnichidh mi air cuid aig a' weekend is nì mi deiseil e. Feumaidh tu tilleadh!' Bha mi air cluinntinn bho Alasdair gum biodh Donnchadh beag is a pheathraichean aig Tuath airson ciad seachdain nan saor-làithean.

'Well, sin agad e ma-thà, deagh latha eile,' ors ise, gam fhàgail airson 's gun coisichinn sìos rathad a' bhaile. 'Chì mi a-màireach thu a ghràidhein.'

'Duilich Jane. Latha dheth.' 'S ann daingeann, cinnteach, a bha mo ghuth an turas sa leatha Tha seo mì-chiatach, smaoinich mi, ach cha tuirt mi sgath.

'Chan ann an taigh m' uncail,' ors ise le lasgan. 'Bha mi fhìn 's Sarah san aon chlas san sgoil – deagh phal a bh' innte aig an àm. Car ghabh sinn ar rathaidean fhèin an dèidh sin; ach bha mi an dòchas gum faighinn fiathachadh.

20

B' E A' CHIAD latha de mhìos ùr an Iuchair bu roghainn do Sarah 's Derrick airson nam bòidean; agus sin cupal a dhleas adhar 'gorm gun sgleò' is teas mòr na chois. Mar a rinn an Sealbh dh'fhan uspag bheag laghach gus na chòmhlaich mun eaglais a chumail fionnar agus a' mheanbhchuileag – ach na fìor cheatharnaich! – a chumail dhiubh.

Dhan dithist an Eòrasdail 's e madainn car socair a bha air a bhith ann is bha a' bhuil orra. 'S e bu choireach ri Ruairidh a bhith fada gun a bhreacaist a ghabhail agus a chion lùiths gun do chuir cailleach à Fròbost fios air mu 4.oom. 'A delightful old bizzum,' ors esan, a' toirt thuige sausage eile; bha Ealasaid air suidhe gun charachadh ga fheitheamh, cardagan geal do leanabh ùr a' sìor-thighinn an cumadh fo a biorain 'bionic'.

Nuair a thill ise a-mach dhan sgularaidh, thug Ruairidh cunntas seachad – gun a h-ainmeachadh idir – air tè thruaigh fo chùram uabhasach: 'an actual hypochondriac Colin,' chogair e – tinneas, thuirt e, nach robh pailt an seo. 'Dh'inns Bill Marr dhomh mu a deidhinn; gum bi i a' fònadh is a' fònadh, 's coltach, fad greis is an uair sin sguiridh i 'son mhìosan. Cha chreid mi gun deach dhuinne ro dhona leatha a rèir na h-eachdraidh sin a Chailein!'

Bha mi toilichte gun robh m' uncail fhathast a' gabhail riumsa mar fhear dhen sgioba ged nach d'fhalbh mi a-mach còmhla ris bho latha na tubaist – rud, fhad 's a chithinn-sa, nach robh a' cur cus dragh airsan.

Shaoil leis, ge-tà, gun tug 'An deagh Dhotair MacGillÌosa!' air an tè bhochd creidsinn nach b' ann on chridhe a bha a' bhuille na h-uchd, a h-anail ghann no am pian na làimh chlì; droch aisling no a leithid 's cinnteach. 'S ann a bha ise fìor thaingeil – gun a bhith duilich – gun tàinig Ruairidh agus thairg i uighean-tunnaig dha. Ach dh'inns i cuideachd stòiridh dha mu dhuine, a ghabh dà ugh-chirce gach latha fad fichead bliadhna ach a dh'fhuiling gu dona le a chiad fhear-tunnaig: "An làrach nam bonn a dh'at a bheul, a Dhotair, mun do thuit e marbh!" Gheall Ruairidh dhi gum faodadh esan a h-uile sgath ithe is thug i leth-dusan seachad, a dhiùlt Ealasaid a bhruich no a fraigheagadh no a scrambladh – a bheò no a bhàs! 'Tha dìreach rudeigin mun deidhinn,' ors ise. 'Cha bu thoigh leam riamh iad. Chan e tè uighean a th' annamsa ann – a dh'innse na firinne!'

'S ann an-dràsta a bha i a' leigeil sin fhaicinn dhuinn!

'Co-dhiù,' chuir i ris, 'chan iarrainn-sa aon ghrèim o Mhàiri Chaluim Ruaidh a chur faisg air mo bheul – coma e a bhith san t-sligidh no aiste. Nì na cait shalach a tha sin na nì iad sa h-uile h-àite a th' ann.'

'Ha!' mar a ghabh m' uncail ri seo.

'Agus,' chùm Ealasaid oirre, 'buinidh ise dhan tè a tha a' pòsadh, Sarah. Air taobh a h-athar; antaidh dha a th' innte – leth-phiuthar a mhàthar.'

Chithinn dorchnachadh ùr air aodann Ruairidh.

'Na gabhaibh dragh "a dheagh Dhotair MhicGillÌosa"' – atharrais math, math 's coltach – 'cha bhi i idir oirre an-diugh. Cha do dh'fhàg Màiri an taigh ud ann an deich bliadhna.'

Chaidh aig Ealasaid, ge-tà, air Taigh Eòrasdail fhàgail fa dheòidh is fa dhiù agus dh'fhàg sinne na h-uighean cunnartach tunnaig far an robh iad. Cha bhiodh a' bhanais ann gu trì uairean leis gum biodh pàirt de theaghlach Derrick a' siubhal an latha sin fhèin às Obar Dheathain; thug mi fhìn 's Ruairidh an cladach oirnn..

Bhon locha air an taobh shuas dhinn – Loch nan Nighean – sheall corra-ghritheach a-null is leig i èigh aiste – is i a' feuchainn ri a rathad a dhèanamh mar a b' fheàrr a b' urrainn dhi eadar na gucagan àlainn a bha ga cuairteachadh. Ghabh mi beachd ach saoil am biodh a h-uighean-se sgath na b' fhallaine na feadhainn Màiri Ruaidhe.

'Nist am flùr sin a Chailein, chan e ach am fear ud thall!' – thug Ruairidh an aire dha nuair a dhùin sinn geata a' mhachaire, 'sin an Scottish bluebell no currac cuthaige. Chan eil ceangal aige idir ri clag sa Ghàidhlig. 'S e an currac a bhonaid; chì thu sin cho soilleir na chruth.' Chrom e sìos is chuir e dà chorraig mu ghas caol an dìthein; 'chan ann a-mhàin sna sgeulachdan a bha ar sealladh fhìn air an t-saoghal, a Chailein, ach ann an nàdar cuideachd.'

Chùm sinn oirnn a' coiseachd is smaoinich mi air na thuirt e: gu bheil, no gun robh, dòigh aig diofar chulturan air coimhead air is a' toirt ainm air gach nì a bha nan àrainn: an uinneagan fhèin trom faodadh iad sealltainn air an t-saoghal. Is dhan duine a bha dà-chànanach nach bu chòir, mar sin, dà uinneig a bhith roimhe – agus iomlan na chitheadh e a-mach orra cus na bu mhotha na 1+1? Ged as iomadh sealladh air leth a bh' aig Uibhist a Deas dhomh, thar nan seachdain a dh'fhalbh, cha b' urrainn dhomh a ràdh gu fìrinneach gun robh na dh'fhiosraich mi ann a' tighinn buileach a rèir na feallsanachd sin. 'S dòcha gur ann fo riaghailtean eile a bha maths chultarach ag obair an seo a dh'aindeoin an liuthad daoimein; mura b' e an droch cunntais agam fhìn bu choireach!

'Agus thall bhuat,' dh'fhaighneachd Ruairidh, 'dè an t-ainm a th' air an fhear sin?' Cha robh sìon a dh'fhios a'm; 's ann àrd a bha am flùr le gas dearg air is duilleagan geala mar uachdar. ''S e sin, a Chailein, crios Cù Chulainn – no meadowsweet. Gaisgeach eile a bh' ann an Cù Chulainn,' orsa m' uncail. 'Ach fear a ghabhadh an caothach, 'ille!'

'Aocoltach ri Oisean,' chuir mi ris.

'Dìreach sin! Agus fhuair na daoine a-mach ma bha geug dhen fhlùr seo fo a bhelt-san gun gleidheadh esan a chiall.'

Dh'fhaodainn fhìn a bhith air innse dhàsan mun tè ud, Eimear bhòidheach, air an robh Cù Chulainn an tòir an Slèite, ach 's ann aig m' uncail a bha an t-urram bruidhinn an-dràsta.

Cha robh sinn air tachairt ri duine beò is gun sinn fada a-nist on bhota far an do roilig mise sìos gu brògan crosta Jane, nuair gun rabhadh, à deas oirnn, sgreuch dà Harrier Jet suas dhan adhar. Dhìrich iad air an aon chùrsa mun do thionndaidh iad gu luath is an do ghabh iad na b' ìsle os cionn Heacail. An taobh a-staigh mionaid chaidh rocaid a losgadh le brag mhòr sgriosail.

'Ìosa chaoimh!' ghlaodh Ruairidh, 'bha feadhainn againne nach robh san leabaidh a-raoir ach greiseag bheag.'

Sheot coineanach a-mach à toll robach fon fheur is gheàrr fear eile – le sùilean mùigeach – leum a-staigh ann.

'Creutairean bochda,' orsa Ruairidh, 'mura marbh am mixamatosis iad, cuiridh na diabhail rocaidean à cochall an cridh' iad!'

Chùm sinne oirnn sìos chun a' chladaich san tost air an robh an dithist againn, thuig mi, feumach; sinn a' falbh eadar clachan, sligean is gach seudam-sìorraidh is murag a chaill an long. Cha tug an còrr sgalartan no spreadhaidhean san iarmailt ionnsaigh air ar smaointean.

'Tha e air còrdadh rium thu a bhith ann a sheo,' orsa Ruairidh, gun lide na ghuth a bha lapach.

'Tapadh leibh. Bha e math an teans fhaighinn,' fhreagair mise. 'S ann a bha e air a bhith na chothrom air leth. 'Nì sinn a-rithist e,' thuirt mi is bha mi a' faireachdainn aig an dearbh àm sin gum faodadh sin tachairt.

'Well,' thòisich Ruairidh, '...cò aige a tha fhios? Chì sinn dè bheir

1979 nad rathad-sa, ach,' chuir e ris gu luath, 'is dòcha ann an ceann bliadhna no dhà nach bi thusa...'

Cha b' e blas na fìrinne a bh' air seo tuilleadh, shaoil leamsa, oir 's i a' cheist bu phrionnsapalaiche: ach an tilleadh esan an seo na dhotair? Gus o chionn latha no dhà bhithinn-sa air a ràdh nach tigeadh, ach cha robh teagamh nach do thog an tubaist, is mar a làimhsich esan i, a mhisneachd. Chithinn cuideachd gun robh e air a dhòigh leis na chlàir mi bho Alasdair, is thug e oidhche shàmhach *on-call* ag èisteachd ris an stuth fad uairean an uaireadair.

'You see, Colin, while the Edinburgh team – any professional folklorist – will possess skills we certainly don't have, informants give us things. It's the intimacy that they'll never get, just by being who we are and being here and interested.'

B' urrainn dha m' uncail-sa tòrr mòr ionnsachadh dhomh mun obair seo; rinn a dhòigh chomasach chòir le Iagan Bàn sin glè shoilleir is chòrd e rium spèis a' bhodaich fhaicinn cho plèin. 'Nist 's dòcha gun cuala sibhse seo reimhid, a Dhotair Ruairidh, ach ma chuala mo thogair oir tha mise a' dol a dh'innse dhuibh dè dìreach a thachair...'

Bha sinn gus tionndadh gu deas is sinn car muthachail air mar a dh'fhalbhas tìm ort – ach gun uaireadair aig duine againn! – nuair a chuir fuaim cruaidh eile a-staigh air ar cuairt shìtheil.

A-mach à rathad caol machaire nochd tractar Thormoid Mòraig is an trèilear falamh ga shlaodadh air a chùlaibh – slacadaich is bragadaich gu leòr orra. Chuir e fàilte mhòr oirnn.

'Duil a'm gun robh pòsadh agaibhse an-diugh?'

'Againn a tha a Thormoid,' fhreagair Ruairidh mo charaid.

'Ga fhàgail car tight, nach eil?' chomhairlich esan.

'Dè an uair a tha e ma-thà?' dh'fhaigneachd mise. 'S e fear a bh' ann an Tormod Mòraig aig am biodh an uair daonnan.

'Cairteal gu dhà. Cuiridh mise air ais suas sibh.'

Thug Ruairidh sùil air ar tagsaidh – san trèilear a bhiomaid. 'Tapadh leibh a Thormoid,' ors esan, 'ach tha cus agaibhse ri dhèanamh. Bidh sinn OK, ach 's fheàrr sgoinn a chur oirnn a Chailein!'

'Agus an e sin e a laochain?' dh'fhaighneachd am fear eile dhìomsa a dh'aindeoin cabhag Ruairidh – gun sgoinn air thalamh airsan! – 'Na cèilidhean seachad a-nist? 'N e dìreach am football is an TV a bha a dhìth ort?' Bhlàthaich e a ghuth los nach cluinninn searbh e – aocoltach ri Mgr Pàdraig.

'Eh,' dh'fheuch mi, 'chan e. Chan e. Idir. Ach bu chòir dhomh falbh ma-thà a Thormoid.'

Ge-tà, smaoinich mi – is an dithist againn nar ruith tarsainn an Àrdain Bhig – saoil an rachainn a choimhead air an duine a-rithist is cò air a bhruidhinneamaid gun World Cup againn? Ach gu dearbha chan fhaca mi riamh m' uncail cho fìor chliobhair air a chasan – is gun bhoinne fallais às. 'S ann a dh'iarr miann Ruairidh air Taigh Eòrasdail a ruighinn an aon fòcas agus a nochd na roid ghrad ghoirid an Loch Aoineart.

'OK,' ors esan, anail ga bristeadh is ga dhìth nuair a bhuannaich sinn dhachaigh – an gleoc cunbhalach ceart an sin nar coinneamh – 'chan eil even fichead mionaid againn. No baths, I'm afraid, but still time for a good flannel scrub. Go!'

Mun do dh'fhàg mi Grianaig bha mo mhàthair air maoidheadh orm aodach 'ceart' a thoirt leam – nach robh orm ach an aon uair, air tòrradh Norma bhochd. Dh'fhàgadh taidh shoilleir, an tè le pàtran dearg is liath oirre, an deise ghlas sin na bu shona a' coimhead an-diugh. Agus cuideachd dh'fheumainn mo bhrògan a ghleansadh – well, an suathadh le seann t-shirt. Cha robh feum air ràsar – 's ann a bha mo smiogaid mìn gu leòr is cò aige a tha fios nach cuireadh am beagan a bh' oirre rim choltas 'duine a bha thall uair is a chunnaic beagan!'

Cha tug mise fiù 's deich mionaidean a' faighinn deiseil, mun deach èigheachd orm sìos an trannsa airson sporan Ruairidh a cheangal! Theab mi stracadh a' gàireachdaich – dìreach leis an iongnadh oir 's ann a bha èileadh liath nan Gilliosach a' tighinn gu snog air a bhodhaig bhig chruinn. 'You never know when the occasion will arise a Chailein. Preparedness – being prepared – that's been my approach; all my life.'

Seach an tè dhubh fhoirmeil 's i seacaid uaine a bh' air agus taidh dhen aon dath ach na bu duirche – is i fada ro fhada dhàsan – ga cumail fo chrios leathair leathain. Gheibhinn àileadh milis na cèire às is bha am bucall cho mòr ri gin a chunna mi.

'Tha paidhir dhe na brògan sin agam,' ors esan, 'le na barraill fhada a bhios tu a' ceangal suas do chalpa ach 's e fuss uabhasach a th' annta. Nì gartar beag san stocainn an aon rud dhut a Chailein. OK, ma-thà? Mach à seo leinn!'

Seach Didòmhnaich nuair a bhiodh grunn fhear daonnan cruinn mu dhoras na h-eaglais – nach tigeadh innte chun na mionaid bho dheireadh – bha modhan dhaoine diofraichte aig *St Peter's* an-diugh. Mar aon dhiubh sin, bha pìobaire a' cluic mairdse dhan t-sluagh dhreaste a bha a' coiseachd suas a dh'ionnsaigh na bheastraidh.

Dh'fhuirich sinne nar seasamh ag èisteachd is chogair Ruairidh ainm gu cruaidh nam chluais – no co-dhiù an fhine dhen robh e: MacKinnon, shaoil leis – 'sàr-phìobairean eile a Chailein!'

Thug dithist na b' òige – fear ruadh Uibhisteach is fear eile le gruaig dhuibh – a-staigh sinn is dh'fhaighneachd iad dhinn cò an teaghlach bu leis sinn is sheall iad dhuinn far an suidheamaid, mu sheachd sreathan air ais air an taobh chlì.

'S ann a dhà air ar beulaibh a bha Patricia, Steafan is an teaghlach còmhla. Rinn iad tionndadh dhar n-ionnsaigh; rinn is an athair is am màthair.

Aig an fhìor aghaidh chithinn dà bhalach threun eile is iad air thurraman ron altair eireachdail fhlùraich. An-dràsta is a-rithist thigeadh a' ghrian na gath mòr tro na h-uinneagan fosgailte a' dèanamh laighe, an siud is an seo le bannan bogha-froise, air cuid de bhonaidean bòidheach an t-seòmair.

A bharrachd air a' phìobaire, 's e Ruairidh an aon duine a chithinn-sa sa choithional a bha a' cosg an èilidh. 'S ann an deiseachan soilleir a bha fear-na-bainnse is a fhleasgach – briogais mhath flared orra le chèile – is bha na taidhichean acasan le cnòta na bu lugha annta na cuid dhe na bh' air na fir a b' òige. 'S e deise dhorcha serge – no clò coltach ris – a bh' air tòrr dhe na bodaich is bìdeag-fhraoich no mogairle tro tholl a' phutain aig feadhainn.

Aig 1518, air m' uaireadair ùr didseadach – nach robh tric orm – dh'inns sàmhchair fìor shàmhach dhuinn nach robh an tè bu phrìseile fad às idir.

Air mo chùlaibh theann còisir air 'Reul Alainn a' Chuain' a ghabhail le taic air an òrgan bho leadaidh a rinn dùsgadh gu grad à suain-chiùil.

'S ann a bha Sarah – air gàirdean a h-athar mhoiteil nearbhasaich – buileach beò agus àlainn na dreasa geal grinn làn fraoidhneis is am veil a h-ainnireachd. Bha mi cinnteach gum faca mi reimhid i ach cha b' urrainn dhomh cuimhneachadh càite – is gu dearbha cha b' ann san staid rìoghail seo a bha i.

'S e culaidh gheal Là Fèille a bh' air Mgr Pàdraig cuideachd agus tuar an deagh sgùraidh air a cheathrar chlèireach; chithinn gu soilleir nach fhada o chaidh na deamhais air cinn òga nan ainglean sin! 'S i a' Bheurla a thuigeamaid uile – muinntir Bhanff gu h-àraid – a bh' aig an t-sagart mhaol Bharrach an-diugh.

Na ghuth thaitneach chuir e fàilte oirnn a dh'Uibhist a Deas is gu Eaglais an Naoimh Pheadair, air latha cho aoibhneach. Thug e iomradh goirid an uair sin air na dleastanasan a thigeadh an cois a' phòsaidh a bharrachd air tòrr mòr 'fun' agus dh'fhiathaich e iadsan bho eaglaisean is creudan eile pàirt a ghabhail – le a thaic-san – san t-seirbheis mar a b' fheàrr a b' urrainn.

Dh'iarr e cuideachd, aig àm eile 'To avoid any possible awkwardness' nach tigeadh suas ach a-mhàin iadsan a bha air an Comain - an tè Chaitligeach - a dhèanamh. Mhuthaich mi gur ann air an teangaidh a ghabh a' chuid bu mhotha i ged a dh'fhaodadh iad 's cinnteach a faotainn nan làmhan an seo cuideachd. Leig mi le Ruairidh streap seachad orm gu cùl an t-sreath mhall airson 'Corp Chrìosda'. 'S fhada o nach do ghabh mise Comain - mun do dh'fhàg mi an taigh, bha fhios. A dhol suas an-diugh - ged a bhiodh sin snog is na shoidhne dhem phàirt phearsanta an spioradalachd a' phòsaidh - 's ann a bhithinn fhathast ga fhaireachdainn cealgach.

Thug na bha cruinn - air an stiùireadh le Mgr Pàdraig - bualadhbhas mòr làidir dhan chàraid òig nuair a chuir iad crìoch air am bòidean is a rinneadh fear is bean dhiubh. Cha do dh'iarr e idir air Derrick - mar a thachradh sna filmichean - pòg a thoirt dha a mhnaoi. 'All that stuff,' ors esan, 'can be left until later.'

Bha i fhathast gu math blàth a-muigh nuair a nochd sinn às an eaglais is mar sin thòisich daoine air a dhol an lùib a chèile fhad 's a bha an cupal ùr a' faighinn dhealbhan air an tarraing dhiubh - cuid oifigeil, cuid air thuairmse.

Abair tlachd a bh' ann dhòmhsa ge-tà, an dèidh a bhith car fada nar saoghal beag fhìn, cothrom fhaighinn bruidhinn ris an teaghlach chòir seo a bha cho fialaidh, fosgailte, nan cuireadh dhuinn.

Chithinn gun robh Sarah is Derrick air an làn-dòigh gun tàinig m' uncail. 'I'm just loving physio, Ruairidh,' ors ise, 'it's so logical.'

'Good for you, Sarah,' aigesan, mar gum b' aithne dha gu math i is gum biodh e ga faicinn tric. 'You'll be a great asset to muinntir Obar Dheathain and this passionate prop-forward.'

'Second-Row actually,' fhreagair Derrick. 'Do these give the game away?' dh'fhaighneachd e, a' putadh a-mach chluasan a chunnaic iomadh cath curs.

'No, no!' bho Ruairidh, 'just the glint in your eye.'

Choimhead mi air aogasg Derrick is laigh mo shùil sa bhad air sròin mhòir a bha cam agus cnuaigeach.

Lean am pìobaire air a' cluic air feadh 's a bha sinn a' dèanamh còmhraidh - a' gluasad bho jigs gu corra ruidhle. 'S i bha snog Patricia ann an dreasa ghoirid lime: a h-amhaich na b' ìsle ach snasail a' coimhead oirrese. 'S ann fìor chumadail a bha i cuideachd - gun unnsa' chòrr de chudrom oirre - is air a casan bha brògan-àrda suede (car risqué) suas gu dìreach fon ghlùin. Shaoil mi ge-tà gum biodh aice ri iad sin a thilgeil dhith airson dannsadh ceart a dhèanamh. 'S e seacaid is slacks a bh' air Steafan: trusgan nach robh buileach foirmeil gu leòr san t-suidheachadh – nuair a bhiodh is cinnteach an àiteigin eile aig àm air choreigin eile. 'S e paidhir – bràthair is piuthar – car annasach a bh' anntasan smaoinich mi. Is saoil an robh e an dàn gum fuiricheadh iadsan còmhla mar a dh'èirich do mhòran o ghinealaichean eile nach do ghabh ri pòsadh no air nach do thadhail an gaol? Am faodadh sin fhathast tachairt san linn againne? Mura b' e siud a b' adhbhar do Phatricia tighinn air chèilidh ormsa – 'son a slighe-se atharrachadh? 'S dòcha, smaoinich mi, gum b' e an-diugh an t-àm dhòmhsa eòlas na b' fheàrr a chur oirre airson sin fhaighinn a-mach.

Dìreach nuair a bha sinn gu falbh dhan talla – is na ciad spriodachan dhen fheasgar a' drumaireachd air mullach-iarainn shìos on eaglais, nochd Jane Dhòmhnallach ri mo thaobh. 'S ann aig a gualainn a bha an duine aice is a' chlann nam balbhain eatarra. 'S e froca snog, car san fhasan, a bh' air Jane agus le deagh thòrr peant air a gnùis bha i a' coimhead gu math diofraichte – 'càilear', mun tuirt iad.

'Nach robh thu idir dol a bhruidhinn rium?' dh'fhaighneachd i, an dòigh aotrom, chàirdeil nach bu chòir a bhith air dragh sam bith a chur air Ìomhair.

'Cha bhruidhinn esan ri ar leithid,' ors esan, 'ma tha feadhainn nas fheàrr aige ri bruidhinn riutha.' Cha robh feum idir air a siud is cha tug Jane feairt air a nimh.

'Nach i bha àlainn, Sarah!' lean i oirre, ''s cho math 's a tha a gùn a' tighinn rithe. 'S ann a shaoileadh tu gun deach a dhèanamh dhi.'

'Ach cha deachaich?' bhuamsa.

'Sin dreas' a màthar!' dh'èigh Jane. 'Boireannach caol a bh' inntese cuideachd na latha – bean Chaluim.'

Bha Ruairidh air cumail air a' coiseachd – is e air sin a dhèanamh gun rud mòr sam bith a leigeil fhaicinn.

'Sibhse a' dol dhan hall?' dh'fhaighneachd mi dhiubh.

'Tha, tha,' aig Jane, 'aon uair 's gun toir mi sùil air fhèin. Bha e ag iarraidh mo rig-out fhaicinn. Cùm dannsa dhomh, a Chailein,' dh'èigh i an uair sin, is dh'fhairich mi drèin an duine aice is iad a' togail orra.

Saoil, ghabh mi beachd, air mo rathad a-nuas, am b' urrainn do Jane a bhith air innse dhan trustar ud gun do phòg i mi? Droch theans gum b' urrainn; ach cha do chòrd an smaoin idir rium.

Nuair a mheantraig sinn tron t-sluagh a-staigh a Thalla na h-Eaglais chaidh ar stiùireadh air falbh bho na bùird – air an robh tubhailtean geala is ròsan am pailteas – gu rùm beag eile aig cliathaich an togalaich.

'S e athair Sarah agus a h-athair-cèile a chuir fàilte is a rug air làimh oirnn is a thug air an dithist a bha a' cumail taic ri John, am fleasgach, uisge-beatha a thoirt dhuinn.

Thug mi an aire gur e dramaichean caran ciallach a bh' aig na h-Uibhistich – daoine eòlach air an leithid òl is latha fada romhpa – ach gun robh na Banfaich òga a' dalladh orra is nach robh athair dosach Dherrick ro fhada air an cùlaibh.

An dèidh dhomh an leth-tè agamsa a thilgeil chunnaic mi nach robh Ruairidh air cha mhòr deur a thoirt às a ghlainne-san. Ged a bhiodh euslaintich a' chinn a deas fìor shàbhailte aig Eric Adams dh'fhaodadh duine a bha ri dhol fon sgithinn anaesthetic iarraidh. Dè, mar sin, na b' urrainn dha fhèin a ghabhail an-diugh de dh'anaesthetic?

'Glè bheag,' chaidh innse dhomh, 'gu h-àraid, a Chailein, gun ghrèim-bìdh air mo stamaig.'

'This man,' bha athair Sarah, Calum Dhòmhnaill, ri bòstadh ann am Beurla thiugh fhaiceallaich, 'is a very good doctor. And he's a Barraman,' chuir e ris – gun sgath èibhinn idir ga chiallachadh – 'And we here in Uist are very glad of him.'

Moladh dhan tug Ruairidh sa bhad, 'and Colin and I were very glad to be invited to this special day.' Rug m' uncail air làimh an uair sin gu sunndach, sgiobalta, air mu dheichnear aca. 'I once worked on a fishing boat out of Macduff,' ors esan. 'A fabulous part of the country – an undiscovered gem and...'

'It's a peety the fowk there hae twa heids!' fhreagair John, a chainnt mar-thà a' call a cinnt is leig e brùchd neo-chùbhraidh. Thug seo air fear dhe na bha còmhla ris oilbheum mas fhìor a nochdadh. 'Hoidh boyo, manners!' 'S e biast mhòr de dhuine a bh' ann an John is cha bhithinn-sa air gabhail orm tarraing às mar sin – mura b' e 's gur ann an deise-stàilinn a bha mi is cuaille nam làimh.

'Sarah's a very lucky girl,' fhreagair Ruairidh is leig mo dhàrna Grouse leam gàire beag a dhèanamh ach chùm coltas nam Macduffach dà-cheannach mo mhodh fhìn fo smachd.

Cha b' fhada gus an robh sinn air ais san talla is, an dèidh dìreach ùine bheag nar seasamh, chaidh iarraidh oirnn suidhe gun dàil is càraid na bainnse an impis tighinn. Cha mhòr nach e caismeachd a rinn Sarah is Derrick air cùl a' phìobaire chaoil nan rathad a-staigh is suas chun na stèids; craos mòr mòr orra le chèile bho chluais gu cluais is iad a' coimhead timcheall airson aodannan sona, tacsail am measg na bha ag iolach is a' cur an làmhan ri chèile dhaibh.

Rinn mise car de sgrùdadh air an rùm cuideachd is ghlac mi sùil Patricia gu furasta – is ise deònach sin a chumail fad tiotain – mun do thionndaidh i chun a' bhoireannaich ri a taobh a bha a' slaodadh air a muilichinn.

Cha robh sgeul air Jane is Ìomhair. An e nach d' fhuair iad cuireadh dhan bhiadh? 'S dòcha gur ann air an oidhche a bu chòir dhaibhsan a bhith oirre is gur e an toil fhèin a thug dhan eaglais iad; mura deach maill air choreigin air am plànaichean?

Sheas duine maol, fallain a' coimhead – ach a bhrù – na dheisidh dhùbailte; seòrsa leth-accountant a bh' ann, chuala mi a-rithist. Ann an guth mòr domhainn – nach robh idir cho Gàidhealach ri na fir eile – chuir e fàilte oirnn uile chun a' phàirt seo dhen latha shònraichte aig Derrick is Sarah agus dh'iarr e air Mgr Pàdraig Gràs a thoirt do Dhia às ar leth.

'An ainm an Athar is a' Mhic is an Spioraid Naoimh, Amen,' thòisich an sagart, is rinn a' mhòr-chuid dhe na Uibhistich – Sarah nam measg – comharra na croise. An uair sin chuir e ùrnaigh suas sa Ghàidhlig agus às dèidh sin an aon tè sa Bheurla

Thàinig an uair sin na boireannaich – fìor phlatùn dhiubh – a' giulan threidhichean brot is ga leantail sin thug iad thugainn cearc ròsta is aiseadan bhuntàta is bobhlaichen churran is tuirneip is siugaichean làn sùgh dorcha.

Còmhla ris an leann is an sherry a fhuair na h-aoighean mun do shuidh iad chaidh tuilleadh uisge-bheatha a chàradh air gach bòrd is mu dhusan glainne bheag timcheall bonn nam botal airson tost na b' fhaide dhen oidhche. Cha deach muinntir an àite na chòir ach thug mi an aire do chuid de ghillean Bhanff a' gabhail dha a dh'aindeoin trod am mnathan aon-cheannach.

'S ann faisg air pàrantan Mhìcheil òig a chaidh mi fhìn is Ruairidh a chur nar suidhe – rud a thuig mi glè mhath ach cuideachd gum faodadh seo a bhith doirbh dham uncail. Ach 's e am modh a thagh Mìcheal Mòr, athair a' bhalaich, gun aon ghuth a thoirt air trom-laighe an teaghlaich ann an Loch Aoineirt. Leig e leis an fhear òg tarsainn bhuainn naidheachdan innse mu thuras-obrach gu eileanan Nirribhidh; ach cho math 's a bha na bàtaichean aca is gun robh an sgeama seo, *Road Equivalent Tariff,* a' fàgail nam prìsean orra cus na b' ìsle.

'B' e sin an sgeulaiche!' orsa Ruairidh nuair a bha sinn a' nighe ar làmhan san taigh-bheag ron phudding. 'Bochd nach cuala esan sgath mun Fhèinn!'

'Is cha chuala?'

'Cha chreid mi a Chailein. Aithnichidh tu e – an dòigh air choreigin. 'S ann a...'
Chuir an guth mòr domhainn ud a-staigh oirnn – ach an turas sa anns a' Ghàidhlig. 'Sib' fhèin a th' ann a Ruairidh. Am fear nach do thadhail fhathast. Is ciamar a tha mac Sheumais Bhig a' còrdadh ribh?'
'Glè mhath, Uilleim,' fhreagair Ruairidh – a dhòigh leis an duine seo fuar agus fuadain. ''S e Cailean seo a th' air an obair a dhèanamh.' Sheall e ormsa is rug mi air cròig a bha mar spaid, no siobhal!
'Ciamar a tha sibh?' dh'fheuch mi.
'Dh'fhaodadh esan tighinn a choimhead orm cuideachd!' ghlaodh Uilleam, 'no an e breugan a b' fheàrr leis?'

'Not my type, I'm afraid,' chuir Ruairidh nam chluais aig a' bhòrd: anail ga tarraing gu trom, trifle mhòr iomadh-dhathte ga tairgsinn is ga fàgail air ar beulaibh. ''S e fear a th' ann, a Chailein, aig a bheil fios air gu leòr cuideachd, ach le ceann cho mòr 's nach fhuiling duine nàdarra a bhith còmhla ris; is e cho farmadach ris an diabhal. 'S truagh sin 'ille!'

Ach 's e an guth sònraichte, nochdte, aig Uilleam a thogadh a-rithist mun do dh'iarr e air Calum Dhòmhnaill, athair Sarah, a dhleastanas a choileanadh is a bhana-phrionnsa fhèin a mholadh.

Esan a rinn sin, ach le a bhith a' tilgeil gach facal dhe a mhoit air a bhrògan gleansach. 'S ann a shaoileadh tu gun deach am fear dòigheil còmhraideach ud le dràm na làimh, an rùm nam balach, a ghonadh le cus fhaireachdainnean no fo bhuaidh beulachas Uilleim Chaimbeil.

Nuair a shuidh an duine bochd rinneadh onghail cho mòr, tha mi a' creidsinn, ri fhaothachadh fhèin an òraid dhamainte ud a bhith ullamh aige. Saoil, smaoinich mi, carson nach deach iarraidh air Mgr Pàdraig – a bh' air Bòrd na Bainnse air an stèids – a bhith na fhear-antaighe a-nochd? Ach a-rithist 's ann à Barraigh a bha esan is b' e seo dreuchd a b' fhìor thoigh le Uilleam Caimbeul agus e an làn dùil ris cuideachd.

'S e an ath dhuine ri labhairt, John – fleasgach Dherrick. Cha tug Uilleam seachad a chinneadh, is cha bu mhotha dh'innis e fhèin dhuinn dè dha-rìribh a bha a' cur air mu Mhacduff.

Sgrìob agus sgread e a shèithear na èirigh is gun dàil no rabhadh, stiall e air sreath de ramachdan aig an robh glè bheag ceangail ri Derrick is gun do phòs e gràdh a chridhe na bu tràithe an-diugh. 'S ann a dh'fhaodamaid a bhith air oidhche nan duaisean aig Buchan RFC. Is saoil an robh e fìor èiseil gun cluinneadh na h-Uibhistich chòire gun do chaill cèile ùr Sarah a neoichiontas ùine mhòr mun do thachair e rithese? Chrath bean na bainnse a ceann is chaith i sìos an drùdhag bheag shoilleir am bonn a glainneadh – uisge ma dh'fhaoidte? Ach le a bhriathran rèidhe gasta shàbhail an laoch, Derrick, a' chùis gu lèir! Dh'iarr e mathanas oirrn uile airson a bhlabhdair caraide – 'He doesn't often get away for the weekend' – is chuir e an cèill gu h-iomchaidh, onarach, taingeil a mheas mòr air Malcolm is Mary Anne is mar a thug iad a-staigh a chridhe nan Caimbeulach e. Aha! – smaoinich mi – b' e sin a dh'fhàg Uilleam Mòr na ionad gun fharpais. Agus, gu dearbha, nan toireadh tu sùil (gun a bhith cho geur sin) air an fhear mun robh m' uncail-sa coma, chìte gur ann air an aon chraoibh ri Calum Dhòmhnaill a dh'fhàs esan ach air gèig cus na bu ladarna.

Dh'fhairich mi deur beag gus e fhèin a dhèanamh follaiseach mu oir mu shùla – air banais an Uibhist làn dhaoine nach b' aithne dhomh, eh? – is nuair a sheall mi a-null ghlac mi Ruairidh ag obair le nèapraig air an aon adhbhar.

'S dòcha gur ann aig amannan sona mar seo bu ghoirte a dh'fhairicheadh e call Aunt Emily ach bha fhios a'm cuideachd nach biodh an cruinneachadh seo air còrdadh rithese: "too loose at the ends by far, Colin dear!" 'Tè a bh' innte aig an robh spèis do dh'òrdan is foirmealachd nach robh ro Ghàidhealach – thàinig thugam ann an sin fhèin; cuideachd bu lugha oirre feadhainn nach cumadh smachd air na dh'òladh iad is orra fhèin ri linn.

An dèidh dha na bùird a bhith air an gluasad – an dàrna cuid a-staigh dhan chidsin no ri ballaichean na talla – chaidh innse dhan t-sluagh gum b' e Ruidhle na Bainnse an ath rud a bhiodh ann:

Sheas Derrick agus a bhean bhrèagha mu choinneamh an fhleasgaich churs agus Karen – a' phiuthar bu shine aig Sarah.

Cha bu bheag m' eagal oir 's e smùid shalach a bh' air John a-nist le amhaich is casan dèante air rubair thruagh. Dè cho tric 's a rinn e an dannsa seo na ullachadh airson a-nochd: mura b' ann an-dè a dh'fheuch e an toiseach e? Choimhead Derrick gu dùr air agus chuir e taic ri seo le earalachadh fada na chluais – am fear fo chasaid a' sìor ghnogadh a chinn.

Thòisich pìobaire caol MhicFhionghain le 'Tulach Gorm' (thuirt Ruairidh) agus 's e a chluic gu snog, siùbhlach gus an ceathrar air an ùrlar a stiùireadh. Chithinn bho chòrr air deich slatan air falbh na glumagan fallais a' bristeadh tro bhathais John – a làmhan gan siabadh os a chionn mar mhathan aig a' chiad chlas yoga.

Ach, air a shon sin, bha dol aca air an rud a dhèanamh – air an cuideachadh gu mòr, bha fhios, le dithist a ghlèidh duaisean thall is a-bhos airson an t-seòrsa dannsa seo.

Nuair a ghluais an ceòl chun na ruidhle – rud cus na bu luaithe – chithinn gun robh am pìobaire a' dèanamh a dhìchill an dannsa fhàgail cothromach sàbhailte. 'S ann air an fhleasgach – cò eile? – a laigh aire: mar a chuir e car fiadhaich de Sarah mun do gheàrr e leum tarsainn gu Derrick le sùrd an t-sluaigh na fhuil theth. Chithinn gun robh barraill a dhà bhròig air fhuasgladh is ghabh mi iongnadh co-dhiù b' fheàirrde e tuiteam mu seach orra an-dràsta mun rachadh e fhèin – aodann a-nist glas is bog fliuch – ann an laigse a leagadh na chlod air a bheul fodha e. Ach bha mi ceàrr! Chùm sùim is neart Dherrick air a chasan cugallach e agus an uair sin dh'inns atharrachadh beag sa phort gum bite a' tilleadh (an robh seo ceadaichte?) dhan Strathspey. Lorg fear na bainnse a bhean ùr, Sarah, agus ghabh a maighdeann dhìleas grèim air gàirdean John; leis gun do thàrr iad às beò bha cothrom a-nist aig daoine eile dannsadh.

'S iad an t-athair pròiseil, Calum Dhòmhnaill, agus *Cousin* Uilleam a chaidh suas an toiseach is ghabh Sarah is Karen gu toileach riutha; rug Derrick air John is sguab e leis e air ais gu sàbhailteas Siorrachd Bhanff.

Ged a sheall an oidhirp aig Derrick is John gun gabh fiù 's na rudan as duilghe dèanamh le faicill is deagh fhortan, an taca riuthasan 's ann a threòraich Calum is Uilleam na h-ìghnean gu loinneil, fìnealta, agus le eòlas mòr.

Nuair a chaidh glaodhaich suas air an son choisich Ìomhair is Jane a-staigh aig cùl na talla. Chithinn sa ghrèim aicese air a còta is mar a dhiùlt i an deoch – a shradadh cha mhòr na bus – gur ann a' trod a bha iad. Cha do dh'fhan Ìomhair mionaid leatha is rinn e air grunn mun bhàr aig an robh crogain nan spògan.

Dh'fhaodainn a bhith air a dhol a-null far an robh Jane aig an àm seo ach an àite sin leag mi m' aire air Patricia a bha, a rèir coltas a h-aodainn thlachdmhoir, ann an saoghal leatha fhèin mìltean mòra air falbh. Nuair a mhuthaich mi dha a bilean a' gluasad thuig mi gur ann a' dèanamh deiseil gu seinn a bha i. Thàinig a cothrom-se an dèidh a' cheathraimh tionndaidh de Ruidhle na Bainnse: nach feuchadh athair Dherrick a-muigh no a-mach – a dh'aindeoin rùn chàich gum feuchadh.

Cha do sheinn Patricia a h-aon dhen dà òran a ghabh i do Ruairidh, no an fheadhainn a thug i dhòmhsa air an fheasgar àraid ud. 'S ann le fear aighearach a thòisich i: 'Ho ro tha mi smaointinn air falbh dhachaigh daonnan', a thug cunntas air mar a bha cùisean a' mì-chòrdadh ri caileig Uibhistich is i aig an iasgach an Sealtainn. Bha an dàrna fear aice – an *encore* – na bu mhaille, drùidhteach, is chuala sinn mun ghaol a bh' aig a' bhoireannach seo air a leannan ged a bhiodh e daonnan aig muir is gum biodh cus a' càineadh a chion stuaim.

Shaoil mi gun robh aon phìos dheth '... *is nach bi stocainn nach bi bròg ort*,' a-nist gu math iomchaidh is mi a' fidreachdainn John na shìneadh casruisgte, na shuain-chadail, anns a' chòrnair. Cò aige a tha brath nach ann dhan bhean a bhiodh aigesan latha brèagha air choreigin a bha Pat ga sheinn?

Gann mionaidean an dèidh dhi crìoch a chur air a h-òran dh'iarr Raghnall MacLaomain – Tuathach a' bhogsa mhilis – oirnn uile a dhol air an ùrlar airson Canadian Barn Dance. Thug Steafan Patricia suas is le modh dh'fhaighneachd mise de thè a bhuineadh do Mhìcheal òg am biodh i deònach. Dh'èirich is ruith m' uncail dìreach air an ùrlar le boireannach bàn tarraingeach a bhiodh fhathast fon dà-fhichead. 'S e fhèin a bha math gu dannsa, Ruairidh – na b' fheàrr na an tè còmhla ris – agus ghluais an t-èileadh aige le ruitheam snog os cionn a ghlùinean tiugha.

Bha na comasan agamsa ceart gu leòr airson faighinn chun an deiridh ach 's e sogan a rinn mi ris an Dashing White Sergeant a dh'èigh Raghnall Beag an uair sin. Fhuair mi mo dheagh ghabhail romham aig Patricia is Steafan is chòrd mar a mhol mi a cuid seinn rithese – is mise, gu dearbha fhèine, ro thoilichte sin a thoirt dhi.

'S e sgioba mhath a bha san triùir againn is thug e spòrs gu leòr dhuinn na daoine eile a choinneachadh mar a ghluais sinn air aghaidh le lùths. 'S ann fut air a casan a bha Patricia is chuir i crìoch air gach seat eatarainn gun strì. Chùm i mo làmh-sa – ach chan i tè a bràthar – na b' fhaide na b' fheudar aig deireadh an dannsa shuigeartaich seo. Dh'iarr i oirnn an uair sin a leisgeul a ghabhail is dh'fhalbh i chun an dorais agus a-mach air. Cha robh mi cinnteach cuin a dh'fhaodamaid dannsa a-rithist; b' fheàrr fhàgail, is dòcha, gus an dàrna fear an dèidh dhi tilleadh a-staigh – mura biodh sin na waltz de sheòrsa sam bith!

Ach nuair a rinn mi tionndadh, cò bha romham ach Jane – a còta a-nist dhith is glainne, chaol, àrd na dòrn. Bha i a' coimhead snog is chan fhaicinn-sa gamhlas dhomh na snuadh.

'Nas coltaiche rid sheòrsa,' ors ise, a' coimhead an taobh a chaidh Pat à sealladh.

'Sin thu Jane,' fhreagair mise cho sunndach is a b' urrainn dhomh. Cha robh sgeul tuilleadh air na faireachdainnean neònach a bh' agam dhi am Barraigh – air an cosg, ma dh'fhaoidte, ann a bhith a' clàradh a h-uncail no air an truailleadh le toit a teanga. 'Tha fhios gun do chòrd thu gu math ri Alasdair,' dh'fheuch mi.

Thug i air a guailnean carachadh. 'Chan eil e buileach ceart an-diugh: chan eil e idir ceart – cha dearg mi mo chorrag a chur air.'

Sheall mi dhi gun do thuig mi na cunnartan nan suidheachadh a dh'aindeoin esan a bhith fallain cho fada.

'Cha robh Ìomhair toilichte,' ors ise 'nach fhàgainn-sa e gus an tigeadh mo mhàthair – mu dheireadh thall! Co-dhiù, bidh e allright Diluain tha fhios.' Thug nach robh sgath dhi nam shùilean, no nam aodann, oirre faighneachd, 'Tha thu a' tighinn nach eil?'

Nam b' e latha math a bhiodh ann, bhithinn-sa air Bàrr na Beinne Mòire, ach dh'aontaich mi co-dhiù. B' fheàrr sin.

'Tha tè mhath shònraichte aige dhut,' phut i. 'Dh'inns e dhòmhsa an-dè i nuair a bha e ann an triom na b' fheàrr – bliadhnachan o nach do ghabh e i, tha e coltach.'

'Saoil a bheil...?' thòisich mi.

'Thugainn!' aicese, gun chead a diùltadh, 'S e Schottische a th' ann. Chan eil duine fon ghrèin cho math oirre ri MacLaomain.'

Bha mi aicese air an ùrlar air a' mhionaid is rinn Jane soilleir nach robh math dhomh dòigh nam Barrach fheuchainn.

'S e dannsair dòigheil, seann-fhasanta a bh' innte is gu dearbha b' aithne dha a casan dìreach far am bu chòir dhaibh a dhol ach gun sgath de lùthmhorachd Pat annta. 'S ann a shaoileadh tu a' coimhead oirre gur ann mun leth-cheud a bha i: na tè a bha air a bhith math gu gluasad na h-òige ach a dh'fheumadh a-nist gach deò a ghleidheadh tron dannsa 'son crìoch a chur air gun mhasladh.

Ach bha na thuirt i aig an toiseach fìor gu leòr: 's e mo sheòrsa-sa a bh' ann am Patricia ach gun robh ise a-nist a' dannsa le fear car duineil ann an seacaid shnasail is flannels.

Thachair Ìomhair rinn far an ùrlair is thairg e balgam às a' bhotal dhomh, ''S fheàrr dha na boireannaich òga watch,' ors esan, 'agus am fear ud gun drathais air.'

Chaog e a shùilean dearga, sgleòthach, a-null gu far an robh Ruairidh ri spòrs sgoinneil le tè de chloinn Mhìcheil Mhòir; esan a choisinn an spèis is b' airidh e air sin a mhealtainn. 'S ann agam a bha fios cuideachd gun robh paidhir math Y-fronts Littlewoods uime – a chumadh gach rud am falach nan tigeadh gaoth no leum obann air gun dùil.

'S e duine grànda a bh' ann an Ìomhair Dubh Dòmhnallach is cha bhithinn-sa idir ga ionndrainn. Ach 's e fear a bh' ann cuideachd a dh'fheumainn dèanamh cinnteach nach rothaiginn mum falbhamaid. Is 's e bha sin a' ciallachadh ach e fhèin is Jane a sheachnadh fad a' chòrr dhen oidhche.

Co-dhiù, bha mi ag iarraidh na b' fhaisg' air Patricia is bha Gay

Gordons gus sin a chuideachadh. Lean sinn sin le Strip the Willow car fiadhaich is chùm mi grèim teann oirre nuair a bha an dithist againn a' cur car, an glaic a chèile, aig deireadh gach sreath.

Beagan às dèidh sin, dh'inns an còmhlan dhuinn uile gun robh iad gu bhith a' stad greiseag is gun nochdadh am buffet an ùine ghoirid. Thug teas nan corp fallasach is m' fheum-sa air èadhar – agus m' iarraidh a bhith clìoras Ìomhair is Jane – orm falbh a-mach air cùl an àite is gu meòrachadh fo na rionnagan san oidhche chiùin. Lorg mi cnocan tioram rèidh air an suidhinn dìreach mionaid bheag; ach gun do dh'fhàs sin gu bhith na...

'S e sgairt mhòr Uilleim Chaimbeil, dìreach ron a' mheadhan-oidhche, a dhùisg mi às mo shuain chorrach: bhathar a' dol a dhèanamh Ruidhle na Bainnse a-rithist. Chòrdadh e glan rium a feuchainn le Patricia is bho na chunna mi am Barraigh, cha b' ann idir cho foirmeil is a bha an dàrna cothrom oirre.

Cha b' urrainn dhomh dad a dhèanamh fhathast ge-tà oir bha fear a dhìth air a' bhuidheann cheathrar. Mu dheireadh, ghabh bràthair Sarah àite *'Sleeping Beauty'* is dhanns e gu math ann chun an deiridh.

'S ann dìreach a' dèanamh deiseil gu leum a-null far an robh Patricia a bha mi nuair a chuir Jane a gàirdean trom fhear-sa – san dearbh dhòigh san d' rinn i e air a' chiad latha annasach sin an Gearraidh Bhailteas – agus ghluais i mi a dh'ionnsaigh an ùrlair.

'An dèan sinn an gnothach?' dh'fhaighneachd i, seann tombaca is stuth cruaidh – Bacardi, shaoil mi – a' còmhdach a h-analach.'

'Chan eil fhios a'm,' thuirt mi agus 's e freagairt onarach a bha sin. Rinn ge-tà; a thaobh an dannsa. Cha do dh'fheuch mi riamh reimhid e, ach bha mi air coimhead gu sòbarra aig toiseach na h-oidhche. 'S ann a bha Jane ro eòlach, is i air seo a dhèanamh uair is uair fad bhliadhnachan na ficheadamh linne: a seann uncail agus i fhèin buileach air an aon ràmh.

Aig an deireadh dh'fheuch mi rim fhìn fhuasgladh bhuaipe air sheòl car sona, cofhurtail, ach dh'fhairtlich sin orm leis na chruinnich romhainn airson an rud fhaicinn is chaidh ar dinneadh na bu teinne dha chèile. Nuair a chaidh leam, mu dheireadh, 's e goradaireachd Ìomhair a thachair rium – fuar, mosach a bha i – is nam bithinn-sa air a bhith air chomas sin a thuigsinn ceart aig an àm bha mi air pian mòr a sheachnadh.

Seach sin choisich m' uncail a-nall is, an guth gille bhig a fhuair a mhathag, mhol e am feasgar 'ainmeil fhèin' a bh' againn is leis nach tàinig airsan falbh fhathast, nach bu cheart cho math dhuinn dèanamh air an taigh? Dh'fhaodamaid an sluagh mòr seo, agus sgaid sam bith a dh'èireadh *après*-banais, fhàgail aca. Bha e cuideachd, thuirt e, air lioft a ghealltainn do Steafan is Patricia a bhiodh air bàta Loch Baghasdail làrna-mhàireach aig a sia. Thug mo chridhe leum às mun deach e fodha.

Ge-tà rinn mi mo dhìcheall, mar bu chòir, agus chaidh aig a' cheathrar againn air còmhradh, modhail, sàbhailte a dhèanamh fad an rathaid gu Eòrasdail: cuspairean a dh'fhaodadh, tha mi cinnteach, air a bhith togarrach aig àm eile, òrain bhrèagha Patricia, mar shamhla.

'S e mise a shuidh ann an toiseach na MG le Ruairidh is ged a rinn mi oidhirp car a chur dhem amhaich, gus a sùil-se a ghlacadh lem aodann bhlàth, leisgeulach, dh'fhairich mi nach robh bàigh mhòr sam bith aice rium; gur ann a bha ar suirghe air seacadh mun do thòisich i fiù 's.

Ged nach do bhruidhneadh idir air an tè a bh' ann, thuig mi gun saoileadh Pat nan robh mi airson 's gun tigeadh sìon gu bith eatarainn gum bithinn air an Ruidhle a dhèanamh leathase is chan ann le Jane.

'See you,' ors ise aig ceann an taighe.

'Oidhche mhath,' orsa Steafan.

'Oidhche shònraichte mhath!' aig m' uncail.

Aig 2.15 chaidh a ghairm a-mach: fear de bhalaich Bhanff a bha air leum far seann bhus is air dà chnàimh a bhristeadh gu dona mun chois. Chuir Eric Adams air dòigh iad le taic Ruairidh dìreach ro èirigh na grèine.

21

GED A RINN i latha tioram Didòmhnaich bha an dithist againn fada gun èirigh; is leis gum b' fheudar gach ceum 'air leth math' dhen bhanais a dhannsa a-rithist le Ruairidh chaidh plàna sam bith a dh'fhaodadh a bhith agamsa mun Bheinn Mhòir a chur dheth.

B' shuarach cho math 's a dh'fhàs i Diluain ged a bha mo bhaga beag deiseil, deònach – flasg na suidhe air a' chunntair – is pìosan le càise orra paisgte sa phantraidh. Bha m' uncail air aontachadh mo ruith a cheann-rathaid Staoinebrig aig a seachd agus thionndaidh e aiste ceart gu leòr, is chuir e air an coire, ach cha b' fhiach mo dhùsgadh thuirt e. 'A-màireach?' ors esan 'no, Diciadain, a Chailein? Bu chòir dhan t-sìde rapach seo a dhol seachad car luath. Seo a-nist July. 'S e làn dith do bheatha tighinn a-mach còmhla riumsa – tadhal air daoine 'son na h-uair mu dheireadh. Bidh iad daonnan a' bruidhinn ort: Theresa, nigheanan Norma, Caoibhean còir nam Pìoban. "Cà' an deach an dotair òg?" bidh iad a' faighneachd.'

Bha mi air leigeil leis èisteachd ri cuid dhe na rudan saidhbhreach a chlàir mi o chionn ghoirid ach cha tuirt mi sgath mu Jane – gun robh i gam iarraidh ann an-diugh a-rithist is rudeigin sònraichte aig Alasdair ri aithris. Leis gum biodh a' chlann aig piuthair Ìomhair an Càirinis fad na seachdain gheibheadh ise a bhith an Gearraidh Bhailteas airson am bodach a chumail a' dol. Cha robh teagamh an t-saoghail nach robh an tè sa air a bhith na tacsa mòr dhomh – gu h-àraid tràth sa chùis – ach bha mise a-nist car beag pròiseil às na rinn mi fhìn is Alasdair leinn fhìn agus às an dàimh eatarainn.

Feumaidh, ge-tà, gun robh e an dàn dhomh – mura b' e mo fhreastal rathail! – gun rachainn ann. 'Ach a Ruairidh,' thuirt mi ris-san is mi ga chiallachadh cuideachd, 'thig mi a-mach còmhla ribhse ro dheireadh na seachdain. 'S ann a tha Alasdair...'

'Na biodh cùram idir ort!' ors esan le gean beag snog, 'ma tha thusa ann an clais cho math sin, fuirich innte. 'S tu tha a' dèanamh na h-obrach leis a' bhodach sin 'ille!'

Chuireadh Ruairidh sìos mi an dèidh na dinnearach – a bha dùil aige faighinn air ais air a son gun cus dragh. "'S e na rudan ris nach eil dùil agad a Chailein: sin fhathast na bhios gam fhàgail-sa 'gun chadal gun tàmh,' ors esan.

Rinn mise feum dhen mhadainn gus cuid dhe na faidhlichean is fòldairean a chur an òrdugh is mi a' tòiseachadh, nam inntinn co-dhiù, air pacadh airson an deireadh sheachdain. Dh'fheumainn feuchainn ri cuimhneachadh uighean fhaighinn dham athair is gruth do Mham – b' fheàrr leathase am fear Uibhisteach. Saoil am bu chòir dhomh preusantan beaga a cheannach do James is na peathraichean? Cha b' urrainn dhomh smaointinn air aon rud a gheibhinn an seo dhaibh agus 's cinnteach gun robh làithean nan cochairean beaga san Òban seachad? Tuilleadh uighean ma dh'fhaoidte – ach chan e feadhainn Fhròboist no gu dearbha grèim grutha dham bhràthair!

Thug mi sùil cuideachd air notaichean na chlàir mi, air an t-seachdain sa chaidh, bho Alasdair – làithean fìor thorrach dh'fheumainn a ràdh. Ged nach dèanainn ath-sgrìobhadh slàn orra idir an Uibhist bha mi ag iarraidh tuilleadh fiosrachaidh om chuimhne a chur riutha. San dòigh sin bheirinn cuideachadh na b' fheàrr dha fhèin nam falbhadh e air sraon, no nan teannadh e air rud innse a-rithist; ach do dhuine de 88 's ann a bha inntinn mhic Sheumais Bhig ann am fìor dheagh staid!

Cha do dh'fhan Ealasaid fad sam bith is b' e seo car an àbhaist a-nist Diluain – na bùithean is a taigh fhèin ag iarraidh barrachd bhuaipe na fad a' chòrr dhen t-seachdain. Ach an-diugh, cuideachd, dh'fheumadh i spring-cleaning a chur gu dol. Bhiodh Ealasaid a' dèanamh trì 'spring-cleanings' sa bhliadhna: a' tòiseachadh tràth san Iuchar, dh'obraicheadh i bhon a sin suas gu fear mòr mòr as t-earrach.

Nuair a ràinig mi duilleag bhàn nam leabhar-sgrìobhaidh, seach an tiotal: 'Dòmhnall Dubh na Cuthaige is an sagart à Canaigh,' a chur sìos ann 's ann a chaidh mi an sàs ann an litir gu Patricia.

Dh'fhairich mi an toiseach gur e stoidhle rudeigin tioram, foirmeil, a bh' agam 'son còmhradh rithe air pàipear, ach beag air bheag leig mi lem sgeul fàs na b' aotruime – èibhinn cuideachd – gu h-àraid mum chomasan-dannsaidh. Ghabh mi cuideachd a leisgeul – ach gun a bhith ro throm mu dheidhinn – nach tàinig mi far an robh i airson Ruidhle na Bainnse a dhèanamh.

'Anyway,' smaoinich agus sgrìobh mi, 'perhaps it would be 'fun' to try out some dancing in Glasgow – though we could always start with a cup of coffee if you feel my feet are beyond hope!' Dhùraig mi gach beannachd dhi sa cholaiste agus air a slighe gu bhith na tidsear. Bha mi cinnteach leis an t-seinn eireachdail sin a bh' aice gur ann a bhiodh a' chlann aice na bois.

Aig bonn a' phreasa lorg mi cèis gheal – aon de 19 à pasgan 20 a thug mi a dh'Uibhist ach an sgrìobhainn dhachaigh (agus a dh'àitean eile) tric.

Bhiodh seòladh ceart an taighe aice furasta gu leòr fhaotainn, ged a bha mi cinnteach gun dèanadh Patricia MacInnes (Steafan's sister), Eòrasdail, South Uist an gnothach taghta; no dìreach a sloinneadh fhèin – Patricia, nighean Iain na Rionnaige (dh'inns Tormod Mòraig dhomh). Bha Gàidhlig gu leòr aig Murchadh, am posta; leughadh is sgrìobhadh e cuideachd i.

'S ann às An Òban a chuirinn an litir seo thuice. Cha tuirt i sgath rium mu cho fada 's a bhiodh i fhèin is a bràthair a-muigh. 'S dòcha gum biodh brath aig Ruairidh; ach mar a bhruidhinn Steafan air Geamaichean '76 is '77 – agus air cuid dhe na bhiodh a' feuchainn na aghaidh-san air machaire Àsgarnais am-bliadhna – chan fhaicinn gum biodh iad na b' fhaide na cola-deug.

Dhùin is dh'fhalaich mi i sa phòcaid le siop am broinn mo cheas ùr *bheige* – boladh ceimigeach fhathast dheth – is lorg mi iuchair na flat an sin cuideachd. 'S gann gun tug mi smaoin, fad sheachdainean, air an fheadhainn chòir còmhla ris an robh mi a' fuireach – ged nach biodh duine dhen dithist an Horselethill an-dràsta co-dhiù. San Fhraing a bha Rob, is e an dùil, thuirt e, coinneachadh ri daoine a bhiodh feumail dha an dèidh an oilthigh, is bha Graham air tuathanas athar an Auchterarder. Cha bhiodh deuchainnean uair sam bith acasan as t-fhoghar is chan e droch àite-obrach a bha sa flat a bharrachd; 's e a dhìol ormsa gun do chaith mise cus ùine an àiteachan eile.

Ge-tà bha mi làn dhen bheachd gum faigheadh an luchd-teagaisg 'fìor dhraghail' agus mo Phrìomh Oide 'foighidneach' deagh naidheachd fhathast. Bha Uibhist air obrachadh – na sìochaint abaich agus mar a thug i cion mòr charaidean dhomh.

'An tig sibh staigh mionaid?' dh'fhaighneachd mi de Ruairidh nuair a thàinig an MG gu stad air cùl bhan liath Jane; glè bheag coltais a-muigh gum bu mhiann leis an t-sìde atharrachadh: 's ann a' dòrtadh a leòr a bha i.

'Cha tig,' ors esan, 'feumaidh mi tadhal air tè le amhach shalach a tha bochd leatha. Bha Eric a' dol ga cur gu St Vincent Street an-dè ach ghuidh i air gun agus triùir fo chòig aice. Mar sin 's e sinne a tha a' toirt Penicillin dhi am pluic a tòine ceithir uairean san latha. Chan fhaigheadh iad sin an Glaschu, no ann an Duns! No an seo na bu motha – is mise deich bliadhna a-mach nam dhotair, a chionn 's nach robh e ann a Chailein! Gach teans gum bàsaicheadh a' mhàthair òg sin sna làithean ud. Good old Fleming, nach sinne a tha math na h-Albannaich!'

'OK ma-thà, Ruairidh,' orsa mise gu luath, 'gheibh mi lioft dhachaigh.'

'Feumaidh tu,' fhreagair m' uncail a' caogadh tron lòsan bhàithte dhorcha, 'agus can ris fhèin gun dèan mi final-check air a varicella ro dheireadh na seachdain.'

'Is dè chanas mi rithese?'

'Cò ris – Jane? Bheir thu fhèin taing dhi, tha fhios. Cà' am biodh tu às a h-aonais?' Beagan na b' fhaide air adhart, smaoinich mi, nam eòlas air Patricia. 'Ach càit am biodh Jane às m' aonais-sa? 'S e rud mòr a bha air a bhith sa bheul-aithris seo dhìse. Bha mi a' tuigsinn sin is bha mi toilichte air a son.

'S ann a fhuair mi i fhèin is Alasdair mòran 's mar a fhuair mi iad a' chiad turas riamh a rinn mi clàradh: deiseil obair mhath cheart a dhèanamh. 'S e, ge-tà, aodach tòrr na bu spaideile a bh' air Jane an-diugh. Shaoil mi gun robh i a cheart cho smart is a bhiodh am bodach daonnan aicese. 'S beag àrach a bh' aigesan air a sin – gun an còrr obrach ri dhèanamh a-muigh tuilleadh is mar a bhiodh Jane a' sìor ghabhail uime – ach nochd a' cheist nam inntinn ach càit am faodadh ise a bhith a' dol no cò às a thill i? Is carson a bha h-aodann cho làn peant a-rithist?

Thàinig cudrom àraid, trom orm mun chom is chuir mi mo làmh air; bha fhios glè mhath aig Jane gun robh mi miadhail air Patricia. Chitheadh duine sam bith Disathairne – gun luaidh air tè le cruinn-shùilean geura – gur ann mar sin a bha mi a' faireachdainn. Air neo – is mise air an rud a leughadh buileach ceàrr! – gur dìreach nach robh i leagte fhathast, an dèidh 's dhi i fhèin a spleogadh airson na bainnse agus na h-eaglais an-dè, ri tilleadh gu dungarees is brògan cruaidh?

'B' fheudar dhomh am fear-lagha fhaicinn,' ors ise rium – a' soilleireachadh na cùise sa bhad. 'Dh'fhaodainn a bhith air tadhal dhut a Chailein.' Cha do chuir i sgath ris a sin ach thuig mi nach robh i cinnteach an tiginn-sa an-diugh ann. An e leughadh na b' fheàrr a rinn ise air mo chuid smaointean aig àm Ruidhle na Bainnse?

'Tha sgeul shònraichte agaibh dhomh an-diugh?' thuirt mi ri Alasdair – an dèidh dhomh tì a dhiùltadh.

'Bheil?' dh'fhaighneachd e de Jane.

'Tha gu dearbha,' aicese.

'Dad ort a-nist gun cuimhnich mi...' bha seo a' teannadh ri fàs mì-chofhurtail. Dè an gèam a bha i seo a' cluic? Agus cò còmhla ris?

'Am bodach an e?' ors Alasdair airson an gnothach a shàbhaladh.

"'S e, s e!' dh'èigh Jane – le fìrinn shaoil mi.

'Cò a-nist am bodach a bh' ann?' chuir mise air a' bhodach air mo bheulaibh.

'Fear ris an do choinnich An Fhèinn,' a fhreagairt chinnteach, 'an dèidh dhaibh latha fada fuar fliuch a chur seachad air Beinn Ghulbainn is gun iad air faileas beathaich fhaicinn: damh no eilid no even coineanach.'

Cha robh a dhìth air ach siud fhèin is bheothaicheadh an seanachas às ùr mar a thig lasair às èibhleig fo a deagh smàl. 'S ann nuair a shìn Jane a bodhaig ro-dhreaste fada air ais, agus a las i *fag* gun chabhaig, a dh'fhairich mise pàirt dhem dhragh fhìn a' sìoladh.

'Agus,' orsa Alasdair mac Sheumais Bhig, 'nuair a bha na seòid air thuar gèilleadh is an taigh a thoirt orra, gu dè chunnaic iad thron cheò ach togalach mòr cloiche. Mar bu ghiorra a dhlùthaich iad air 's ann a thug iad fa-near gur e caisteal a bha seo – fear a cheart cho leòmach ris an fhear aca fhèin an Almu.'

Fhreagair Jane mo ghàire gu snog is le coibhneas.

"'S e gabhail romhpa a-staigh a rinn iad a chionn bha an t-acras gan tolladh is cha robh biùg solais sa chaisteal a bha seo gu lèir ach ann an oisean fada fada shuas aig cùl an Talla Mhòir.

Rinn an Fhèinn: Fionn, Diarmad, Caoilte, Osgar is Oisean is an còrr air a' chòrnair sin. Agus 's ann an sin a thachair iad ri seann-fhear is e na ghurraban os cionn teine anns nach robh ach fìor chorra chaoran beò. Sin an aon solas a bh' ann – an aon bhlàths a bh' ann – is bha am bodach crùbach seo ga mhùchadh orra.'

Rinn Alasdair ruigseach a-null is sgioblaich e a dhà na thrì chriomagan tombaca na phìob mun do chuir e le faiceall na bheul i. Ghabh Jane uallach a lasadh is chùm i grèim mhath oirre fhad 's a ghabh bodach Ghearraidh Bhailteis tarraing mòr aiste le busan falamhaichte.

'"Suidhibh!"' an sgalart a thug Alasdair dhuinn is shaoil mi an toiseach gur ann a' toirt urraim do Jane a bha e. Ach cha b' ann; 's ann air ais sa chaisteal a bha e. 'Agus 's e sin a rinn iad,' ors esan. 'Shuidh iad uile air an ùrlar air beulaibh an teine – gaisgich na Fèinne nan suidhe air ùrlar cloiche fuar fo òrdugh bodaich robaich nach fhaca iad riamh nam beatha.

'Bha iad fhathast gan lathadh fhèin is chluinneadh tu an stamagan a' rùchdail. An còrr, cha tuirteadh ach sin fhèin. Is bha iadsan cho sàmhach, similidh ri luch is iad nan suidhe ann a sin a' coimhead air a chèile is air an teine is air ais air an t-seann-fhear.'

Bha tìm air falbh; a toil fhèin aice daonnan. A rèir choltais bha an dòigh shocair aig Alasdair air saoghal na sgeòil seo a chur far comhair a' tighinn gu glan air an teip ùr, ged a b' fheudar dhomh breith air mu letheach-rathaid is a thionndadh gun dàil. Ghabh mac Sheumais Bhig anail bheag laghach an sin dhomh, ge-tà, is cha do chailleadh lide. Chan eil mi ag ràdh nach robh a shùil fhèin air an inneal còmhla rium!

Sgeul shònraichte a bh' aige – fìor sgeulachd iongantach. Ach oidhche fhada dhùbhlanach aig An Fhèinn:

'Nochdaidh seann mholt ribeagach a leagas Fionn air a dhruim dìreach, ach cha dèan bodach a' chaisteil ach a' chaora a thogail air chùl a cinn, mar gum b' e uan beag meata a th' innte.

An dèidh suipeir dhen t-seòrsa a b' fhìor-fheàrr, tòisichidh Diarmad air brìodal ris an nighinn eireachdail a rinn freasgairt orra, ach 's ann a bheir ise pais ghoirt dha mun aodann is i a' trod:

"Cha robh spèis agad dhomh nuair a bha mi agad is a-nist tha thu a' smaointinn gum faod thu m' fhaighinn air ais. Thalla is thoir ort!"

'Chan fhaca Diarmad riamh na bheatha i, innsidh e do chàch.

'Làrna-mhàireach, an dèidh dhaibh cadal ann an leaba thòiseil bhlàith agus breacaist a cheart cho math rin suipeir fhaighinn, tha An Fhèinn a' dèanamh deiseil gu falbh. Bheir MacCumhaill taing dhan bhodach airson a chuid aoigheachd ach iarraidh e cuideachd fuasgladh bhuaithe air na thachair a-raoir.'

Chàraich Alasdair a phìob air oir na stòbha is chlìor e a sgamhain. Shuidh Jane air adhart gu grad mu a choinneimh – a broilleach mòr an tacsa a gàirdeanan. Bha am masgàra a' fàgail a sùilean mòra tarraingeach is cus na bu chruinne.

""'S i a' chaora," ors esan, am bodach, ri Fionn, "'s e ise beatha – agus ge brith dè cho mòr 's a dh'fheuchas tu ri strì na h-aghaidh 's i do bheatha fhèin a nì an gnothach ort."

"Seadh," orsa MacCumhaill, "tha mi a' tuigsinn."

"Agus a' mhaighdeann àlainn, 's e ise d' òige – agus nuair a bhios i agad cha chuir thu diù innte. Cha mheas thu idir prìseil i mar as còir. Ach cho luath 's a chailleas tu i, chan fhaigh thu air ais gu bràth tuilleadh i!"

"Seadh dìreach," orsa Fionn. "Tha sin soilleir cuideachd."

"Agus," ors esan, am bodach, ag èirigh,"' agus dh'èirich Alasdair; an toiseach gu cugallach ach an uair sin air dà chois chinntich.
"''S mise am bàs. Cuiridh mise mo chorrag air a h-uile sìon!" 'Seo a-nist sibh,' ors esan, an dèidh tiotan de shàmhchair is e air suidhe.'Sin sgeulachd dhuibh – tè shònraichte math.'
'Tè làn dhen fhìrinn,' fhreagair Jane.
'Luma-làn dhith,' dh'aontaich bràthair a seanmhar is leig e e fhèin na shineadh beagan is theann e ri a theanga obrachadh mu a liopan tioram. Ghabh Jane ris a' chomharra seo is lìon i an coire on pheil-uisge is thòisich i air bonnach ùr a màthar a ghearradh is na pancakes aice fhèin a chur air truinnsear. Bha saothair Alasdair ullamh airson an latha. Cha deach an còrr iarraidh air is cha tugadh air an còrr a thoirt seachad.

Bha i air stad a shileadh mun àm a mheantraig sinn a-mach agus a' ghrian a' strì ri tighinn ris.
'Cha do dh'inns idir ma-thà!' dhearbh Jane is an dithist againn nar seasamh bìdeag an ear air a' chruaich-mhòna – tuil air an ligeadh a-nuas tron chroit, thug mi an aire. 'Cha chuala mi riamh an tè sin aige,' lean ise oirre. ''S e bodach air choreigin eile a bh' aige Dihaoine. Nach robh i math ge-tà?'
''S i bha, ach 's dòcha nach e tè a th' innte a dh'innseadh tu do nighinn bhig?'
'Chan i gu dearbha!' ors ise, lasag bheag na sùil. 'Tha thu ceart an sin a Chailein. Bheir mi dhachaigh thu, an toir?' Cha do ghluais i. Chùm i a h-aire orm – air m' aodann – mun deach sin sìos gu mo bhilean. Bha làn-aotromain de thì a-nist annam is e a' maoidheadh gum b' fheàrr feairt a thoirt air neo... agus nach biodh sin cuideachd na dhòigh mhath air na bha an-dràsta fhèin a' fàs, làidir, teth eatarrainn a bhristeadh gus cunnart a sheachnadh?

Ach cha bhi a h-uile duine de fhichead bliadhna a dh'aois a' dèanamh an rud cheart no an rud cheart aig an àm cheart. Air uairibh, mar eisimpleir, thig beàrn sa cheangal eadar ciall is gnìomh.
Bha Catrìona air falbh a-mach le fear còir am Barraigh is bha mi fhathast gun chluinntinn nach robh iad am mullach an sòlais. 'S ann air bàta Mhic a' Bhruthainn a bha Patricia (le a guth-smeòraich is a casan ealanta) air falbh: gun sgath aicese air a ghealltainn dhomh a bharrachd – mo litir fhaoin, bhog buailteach lobhadh nam bhaga fo shìor-uisge an Òbain. Agus cò idir a chanadh nach tug ealain cho bòidheach mise agus Jane dlùth; mar a dh'èist sinn còmhla rir cultar beairteach fhìn ga

thoirt dhuinn gu nàdarra is aig an ìre a b' àirde?
 Bha a bilean làn feòl' a-nist gam putadh fhèin air m' fheadhainn-sa, a leig le a teangaidh – air a h-ùrachadh le pionnd – gabhail roimhpe a-staigh. Dh'fhairich mi a cìochan blàtha – a thog i is a dhinn i teann rim asna chaoil – nan cofhurtachd ach cuideachd nam brosgal ro-mhòr. 'S ann beò sa mhòmaid a bha sinn; ar n-òige buileach slàn gun mheang.
 Shaoil mi an toiseach gun robh sinn air gluasad na bu ghiorra dhan chruaich-mhònadh is gur ann an tacsa fàd caol fada a bha mi. Dh'inns an leum mòr a thug Jane aiste an comhair a cùil dhomh nach b' ann.
 'Hands-up fucker!' sgread Ìomhair nam chluais is barailte a ghunna aige an cùl mo dhroma. Thog mi air mo shocair iad. 'Thusa cuideachd, a bhids!' a fhuair a bhean. 'An-dràsta!'
 'Na bi gòrach. Grow up!' dh'fheuch ise leis. 'Cuir siud sìos! Sìos leis, Ìomhair!'
 Tharraing am brùid sgailc oirre mun bheul: tè cus na bu mhotha na chunnaic mise on tè àlainn san sgeul is gu dearbha dh'fhairich mi bìd a' chaothaich air bus Dhiarmaid bhon bhuille sin.
 Thog Jane a làmhan critheanach is chuir i air cùl a cinn iad. Shiab Ìomhair a ghàirdean air sheòl 's gun coisicheamaid mun cuairt is air falbh o cheann a deas na cruaiche – na b' fhaide on taigh.
 'S ann a shaoilte gun deach ar glacadh ann a' Western bhochd agus cleasachd Ìomhair – air cho luideach is a bha e – buileach èibhinn mura b' e is gun robh an drabhas a' stiùireadh gunna dùbailte air mo bhathais. Bhiodh Alasdair a' smaointinn gun tug 'an tè a b' fheàrr leis fo na speuran' dhachaigh sa bhan mi; bha Ìomhair faiceallach gun cus fuaim a dhèanamh tron a seo air fad. Bha geilt, no iomagain Jane gun dragh a chur air a' bhodach, air neart a guth-se a mhùchadh cuideachd.
 A-nist 's ann nar seasamh a bha sinn pìos o far an cluinneadh duine – gun luaidh air fear de 88 – bìog; ann an lag nach do thuig mi a doimhneachd roimhe. Chan fhaicte idir ann an sin sinn ach leinn fhìn. Daingit, bha mi gus mo dhileag a chall is na *chords* ghlana ùra a ghànrachadh. Nach faodadh Ruairidh, ma-thà, dìreach tadhal air nàbaidh, a chionn dleastanas no deagh thoil, mun gabhadh e ceum tarsainn a thaigh Alasdair feuch dè bha dol? Cha toireadh e ach sin fhèin, 's dòcha, airson reusan is ciall a chur air ais an ceann Ìomhair. Dè an uair a bha e co-dhiù? Càit an robh a' ghrian; fada-mach dhan iar a dh'ionnsaigh Tìr nan Òg?
 Chuala mi ann an cluais m' inntinne an spèis mhòr a bh' aig Alasdair do shaoghal gun fhòirneart:
 "Bha fear ann an Uibhist aig an àm ris an canadh iad Oisean. Oisean

mac Fhinn 'ic Cumhaill – ach cha bu thoigh leis-san a bhith a' sabaid is a' cogadh is a' murt is... cha do mharbh e duine riamh."
'Right,' orsa Ìomhair, 'do it!'
'Dèan dè?' dh'iarr Jane ann an cogair chritheanaich.
'Na bhiodh sibhse air a dhèanamh nan robh mise air fuireach na b' fhaide an taigh mo pheathar. Oir tha sibh cho seòlta, no saoil a bheil?'
Thug mi sùil oirrese is chithinn fìor eagal na gnùis. Bha Ìomhair ga chiallachadh. 'S fhada o chuir e roimhe e. Cha robh e ach a' feitheamh a' chothruim cheart nuair a nochdadh sin na uair. Thug ar pògadh lùthmhor sin dha – air truinnsear salach.
Nist air latha eile agus a' ghrian a' sgoltadh nan creag, cha bhiodh Gille Padara Dubh ach air an gunna a rotadh às a làimh le aon bheum is saighead a chur tro eun san adhar: 'a liacras ceann a' bhastair is a lìonas a bheul breun le cac!' Ach 's ann a bha na gaisgich bhragail seo – fìor no nam ficsean – steigte fada air ais ann an ceartas buan nan sgeul.
'Get your breeks down and do it, now!'
'No, please!' ghuidh ise air. 'Chan eil mi ag iarraidh, Ìomhair. Leig leam, a ghràidh.'
Thàinig na thilg Steafan air Jane mar ghaoir tromham. An e seo a' chiad uair a thachair a leithid eatarra seo air neo an robh mise a-nist nam phàirt suarach de rud na bu mhotha? Carson idir a chaidh ise a choimhead air an fhear-lagha sa mhadainn; mas e sin gu fìrinneach an rud a rinn i?
'An-dràsta, thuirt mi!' ghlaodh an sàtan – fiabhras na shùilean agus a chorrag mhòr ri fàsgadh an triogair. 'An-dràsta fhèin!'
Chaidh Jane na crùban is roilig i sìos a bell-bottoms phurpaidh shnoga is an uair sin a drathais bheag phinc. Theab mi mo chrios a shracadh dhìom is reub mi putain an spèir fosgailte mun do thionndaidh mi bhuaipe gu mùn. Chluinninn an steall bras aicese air mo chùlaibh. Nuair a bha mi falamh, mu dheireadh thall, shìn i dhomh nèapraig ghlan: chuir seo eagal mo bheatha orm ach rinn mi cinnteach gun do ghlan mi mi fhìn gu math mun do theann mi air mo bhriogais a shlaodadh suas.
''S fheàrr fhaighinn seachad,' na labhair guth ìseal Jane. Bha a tòn thiugh gheal rium agus a casan sgapte.
Carson, a dhiabhail ghràinde nan diabhal, a thug Mam ormsa tighinn gu a bràthair ann an Uibhist co-dhiù? Carson idir idir? Agus càit an robh ise an-dràsta? A Mhamaidh, cà' bheil sibh? sgreuch mi àrd nam chridhe cràiteach.
Ach cha chuala ise no duine eile am miogad a bu lugha; agus gann

fichead slat o far an do chlàir mi sgeul ealanta, os-nàdarra air cor na beatha is mar nach d' fhiach feuchainn ris an car a thoirt aiste, dhubh-ghabh mi Jane Dhòmhnallach.

Mise a sprèadh an toiseach – am pian puinnseanta a' gualadh mo ghobhail – ach dh'fhan Ìomhair gus an robh a bhean an impis tighinn mun do spùt e a shìol na h-aodann muiceil.

Choisich mi na ceithir mile dhachaigh – a' stad dà thuras airson dìobhairt dhan dìg is uair eile airson caoineadh.

'S e cunt a bh' ann an Ìomhair. A fucking bastard cunt!

22

'S ANN DÌREACH riochdail a bha an sealladh far bàrr na Beinne Mòire fad mhìltean mun cuairt ach fhathast 's e biast olc bhrùideil a bh' ann an Ìomhair Dòmhnallach: cha bheireadh cainnt ghrànda gu leòr air mo smaointean no airson am fuath is an sgràths a dh'fhairich mi dha innse.

'S e bha seo athair – do phàistean beaga; fear mar fhear eile sa choimhearsnachd ged a dh'fhaodadh a bhith car buaireasach. Salchar beathaich gun nàire a bh' ann: nach do bhuineadh riamh do shaoghal nan daoine!

Bu chòir dhomh a bhith air a dhol dìreach chun nam poileas – casaid a chur às a leth a ghlasadh sa phrìosan fad grunn bhliadhnachan e. Ach bha an t-eagal orm gun dìoladh sin air Jane is cha tuirt mi sgath.

Bhiodh Ìomhair air cur às a chorp nach do rinn e ach tighinn far a' mhonaidh a dh'fhaicinn a mhnatha, agus ise is fear Ghrianaig nan snaidhm an sin roimhe *in flagrante*. Thuigeadh duine sam bith gum biodh sin air an fhearg a chur air. Cha deach gunna a losgadh – ann an seagh cunnartach, ceart!

Bhiodh e air dèanamh cinnteach cuideachd gun do nigh ise a h-aodann is a falt gu math. Dh'fhaodadh e cunntas a thoirt air an ùine fhada a chuir an dithist againne seachad còmhla sna seachdainean a dh'fhalbh is gun ach bodach de 88 eatarainn: fìor chothroman eòlas na b' fheàrr a chur air a chèile ma-thà! Gheibheadh e grèim air fianaisean a chunnaic sinn ri Ruidhle na Bainnse aig meadhan-oidhche is bheireadh e orrasan rud na bu mhotha innse oirnn. 'S cinnteach gun robh beachd aig gu leòr eile mu dhroch ainm Jane; cha chanainn gur ann tiodhlaichte fo ghainneimh na tràghad a lorg Steafan siud.

Bheireadh Ìomhair iomradh coileanta air a cuid laigsean – cho uabhasach fhèin doirbh 's a bha e dhi smachd a chumail oirre fhèin is cho beag diù 's a bh' aice dhan chloinn. B' fheudar dha fhèin na neochoirich a thoirt a dh'Uibhist a Tuath leis gum biodh a màthair-se a-muigh a-rithist.

Ged as e buamastair na galla a bh' ann an Ìomhair – cha b' e idir fear faoin. Bha fhios aige taghta mar a bha cùisean. Thomhais e gu ceart nach dèanainn sgath sa bhad is mar a b' fhaide a dh'fhàgainn an gnothach gur ann bu mhotha leam tòiseachadh; leiginn às mo dhraghan buileach glan an dèidh dhomh faighinn dhachaigh, an ceann nan ceithir latha. Thuig e cuideachd gun dèanadh stòiridh dhe a seòrsa – ge b' e dè cho neoichiontach 's a chitheadh daoine sinn – cron mòr air seasamh is cliù m' uncail air an eilean. Math dh'fhaoidte nach tilleadh e an seo gu bràth?

Le sin, dhùin mi a h-uile grèim dhith nam bhroinn is dh'ith mi steak-pie Ealasaid le buntàta is currain fhad 's rinn mi èisteachd, leibideach, ri mar a chaidh latha Ruairidh. 'S ann a' dol am feabhas a bha tè na droch amhaich, ach fhathast san leabaidh: a cèile dìleas a' coimhead às a dèidh-se is na cloinne is an taighe gun chus gearain. 'Duine ceart a Chailein!'

Mar chomharra gun robh mi a' faireachdainn sgìth – rud a bha gu math fìor! – dh'fhàg mi Bodach-bàis aigesan agus lìon mi an t-amar làn gu a bhàrr le uisge teth mun do leig mi lem cholainn choirbte a dhol fodha ann.

Ag amharc thugam is bhuam far na beinne a b' àirde an Uibhist, chithinn Èirisgeidh agus Barraigh cho soilleir nan suidhe gun chùram a deas orm. Bhuail iarraidh mhòr mi: a bhith ann an sin am measg mo theaghlaich fhìn, suainte ann an cinnt ghlan an gràidh dhomh. Ach bha Mam air tilleadh a Ghrianaig is bhiodh sùim chàich an àiteigin eile, sin, gun tàinig am macan-òir, Aonghas, dhachaigh. Cuideachd, chan fhuilinginn-sa a bhith air tachairt ri Catrìona – ar meas òg laghach air a chèile a bhith air a chur an suarachas – sgrioste 's dòcha, gu sìorraidh.

Air fàire san iar-thuath chithinn a-mach thar lochannan, machaire is cuain stacan eileanan Hiorta is iad fada na bu mhotha is na b' fhaisge orm a' coimhead na bhithinn an dùil. 'Ò nach tu bha an t-Hiort!' na chante gu tric ri leanabh luaithearach. Ach nach math an-dràsta a bhith air an eilean chas phallach sin is a bhith air m' fhògairt on fhìrinn ghràineil a bha tromham is air m' fheadh.

Nochd fiadh is rinn e spleuchdadh: mun tug Sàbha, màthair Oisein is leannan Fhinn 'ic Cumhaill, sùil mhath air a' chreutair bhochd mu a coinneimh. 'Chuireadh mollachd ort, a Chailein,' dh'inns i dhomh, 'leis cho truagh 's a bha do bheatha fhèin. Chaidh thu an sàs leotha ged a dh'aithnich thu on toiseach gun robh iad 'touched'.

'Am bodach,' chùm i oirre, 'ris nach bruidhinn a bhràthair tuilleadh – ged a tha e 88? A chuid dualchais dìomhair fad nam bliadhnachan mòra gun nochd thusa? An tè bheag àraid sin, bho linn eile – nuair nach eil i an dèidh mhart fon dàir air an tràigh – a bhios slaodte ri seann Alasdair is gun sgath eile na rùn ach a bhith a' suidhe is ag èisteachd is a' smocadh; ann an 1978 a Chailein, dè? Is a' chlann bhochd chaillte ud a riagas sear is siar, fada bho ghaol is smaoin am màthar: dè mun deidhinn-san? No Ìomhair mòr borb nach gabh ri muinntir Pheru air duirchead an craicinn: an Gàidheal a tha ro-dheònach putadh tro archetype, seachad air a stereotype, is a thug salamander ortsa 'ille òig?

Agus Patricia is Steafan – a-nist a bheil sin uile mar a shaoilear? Is d' uncail truagh, Ruairidh – grèim èiginn aige air beatha anns an robh brìgh is adhbhar dha – duine mòr ann an saoghal beag; fear-cosnaidh do theaglach dhan tug e liuthad cothrom is a dh'fhàg esan na ònrachd?

'Thoir sùil mhath ort fhèin, a bhalaich!' thilg an leth-shìtheach air a' Chailean chiontach seo. 'Creid mi, chunna mise seo uile reimhid! Ach 's ann a dh'fheumas tusa sealladh ceart fhaighinn air do bheatha "Mun dèan i an gnothach buileach ort!"'

Thairg Bàrr na Beinne Mòire sin dhomh agus tuilleadh, is chaidh meud mo choirbteachd a chur romham gu slàn eadar an Cliseam, an Cuiltheann is Beinn Mhòr Mhuile; càs-chrìche bu choltach cuideachd ach gun do dh'fhiathaich grinneas Ghleann Healasdail a-nuas mi le tròcair.

Uair a thìde an dèidh làimh ann an gleann eile – am fear leis an dàrna fuamhaire san t-sreath – Corghadail, 's ann a chaidh mo thoirt air ais dhan talamh le suaimhneas air leth: bàgh beag coileanta is a thrì no ceithir a thobhtaichean nan cròileig ri taobh na h-aibhne – Abhainn Chorghadail.

Bha Alasdair air naidheachd bheag innse dhomh mu bhàs caillich a-muigh an seo is mar a 'chualar' an guth aig fear dhen fheadhainn a bha ri giùlan a ciste cearbaich mìosan mun do dh'eug i.

Rinn mi a-mach dà uaimh a dh'fhaodadh a bhith air fasgadh a thoirt dhan Phrionnsa, mu na làithean sa, o chionn na bliadhnachan mòra, is dh'fhàg mi litir bheag ann am botal anns na dhà dhiubh.

Sa chiad tè sgrìobh mi:

'Colin Quinn (20) visited Corrodale – Tuesday 4th July 1978 – Good luck to all who find this. May America use her independence wisely!'

Agus san dàrna tè:

'Bha Cailean Quinn – aois fichead bliadhna – an seo air a' cheathramh latha de mhìos meadhanach an t-samhraidh sa bhliadhna naoi ceud deug trì fichead agus a h-ochd-deug. Cuin a thàinig sibhse?'
Shuidh mi an uair sin air a' chladach is dh'ith mi mo phìosan – fear càise on bhòn-dè is fear lemon-curd – agus thràigh mi làn flasg de thì.

An dèidh dhomh mo chasan a bhogadh san uisge reòthte, shlaod mi dhìom m' aodach is gheàrr mi leum a-staigh dhan mhuir is theann mi ris an sàl a thilgeil orm bho bhàrr gu bonn is mi ag èigheachd nan creach aig cràdh na h-ionnsaigh.

Air talamh tioram sheas gach gas is gaosaid orm mar shaighdearan nuair a thug mi ruis chruaidh orm fhìn le searbhadair ach am faighinn drathais orm. Rinn a' ghrian blàthachadh, ge-tà, air mo dhruim is air cùl mo chasan – a' leigeil leis a' phàirt seo dhen chùis tachairt aig astar beagan na bu chofhurtaile.

Is, gu dearbha fhèine, dh'fhairich mi ùrachadh annam fhìn air sgàth sin is gun robh mi air mo dheagh ionnlaid. Am b' e sin an sealladh air an robh fiadh mo chogais a-mach; sealladh domhain, pearsanta, a dhùisgeadh mi gu ceart?

'S e fìor shàrachadh a bha san turas air ais dhachaigh air a' mhòintich bhoganaich agus thug mi cus na b' fhaide na bha dùil a'm air – uair is trì-chairteil a bharrachd! Ciamar fo ghrian a chaidh ciste a ghiùlan suas is tarsainn druim na beinne sin? Mura b' ann leis a' chlì a gheibhear bho adhbhar agus creideamh. Chan eil fhios, ge-tà, nach do ghabh iad slighe eile – tè na b' fhaide ach na bu rèidhe taobh Ghleann Liadail? Tha mi cinnteach nach fhaighear a-mach gu bràth.

Bha mi toilichte nach fhaca mi fiadh eile ach mhuthaich mi do chàraid iolairean-mara agus seabhaig, shaoil mi, is i gu h-àrd air iteig is ag èirigh chun nan speuran. An uair sin thachair Gearmailteach – fear-nàdair – rium le lof-banàna gheur agus Gàidhlig car blasta. Chùm e na dhà dhiubh rium fad na h-ùine a bha sinn còmhla aig Loch Iarras; bha map aigesan cuideachd. 'S ann nam chomasan fhìn sear is siar aithneachadh bho chèile a chuir mise m' earbsa agus gun dèanainn tomhas air an t-sìde; le fortan cha do thrèig na sgilean sin idir mi.

'S ann le latha agus àm eile a bha sgeòil dhubha Ruairidh: mu dhaoine a bhith glacte a-muigh sna beanntan seo nuair a ghabh an aimsir greann riutha. Bha coibhneas an t-samhraidh air mo dhìon-sa ach cuideachd air leigeil leam teicheadh on bhian thruaillte shalach ud – aig ròn fo dhroch gheasaibh – ach am faicinn às ùr e, an dèidh dhomh tilleadh, is e air a dheagh nighe is paisgte romham. Ged a bha cuid dhe na h-aon lotan fhathast follaiseach air – agus ormsa is annam fhìn! – dh'fhàgadh na b' aodomhainne is na bu bhuige iad is bu choltach gur dòcha gum falbhadh iad buileach ri ùine agus sìor-ghlanadh.

Air an ath sheachdain rinn mi m' Èisteachd, 'son na ciad uair 'son linntean, ann an eaglais faisg air Leabharlann a' Mhitchell an Glaschu. Chòrd an sagart falaichte, nach b' aithne dhomh idir, rium gu mòr. Dh'èist e, gun stad a chur orm, ris na dh'ullaich mi dha agus breith math no dona cha tug. Ach ge-tà chomhairlich e dhomh gum bu chòir m' obair-ionnlaid cumail a' dol fhad 's a bha sin gam chuideachdadh, mean air mhean, ri leigheas ach stad a chur oirre cho luath is a rachadh i na h-uallach.

Thug e an roghainn dhomh ùrnaigh bheag a dhèanamh do Naomh Iùd a bha air fulang car san aon dòigh, thuirt e. Dh'fheuch mi aon turas e ach cha do lean mi orm; 's ann a bha an rud a' faireachdainn fuadain agus mise gòrach – nam fhìor 'lost cause'.

Cha do thill mi riamh 'son taing a thoirt do dh'Alasdair. Saoil am faca no an do dh'fhiosraich e sgath dhe na thachair? ''S e droch shealbh a th' ann,' dh'inns mi do Ruairidh 'soraidh-slàn fhàgail aig aon duine dà thuras.' Thadhail esan air Diardaoin is dh'fhàg coltas a bhroth is mar a bha e fhèin gu math riaraichte e. Bhruidhinn iad a-null is a-nall an uair sin mu chleachdaidhean na suirghe. Cha do nochd Jane.

Thuirt Ruairidh ri mac Sheumais Bhig gun robh e gu mòr na chomain airson na thug e dhòmhsa dhe a dhualchas; is dh'iarr e air ainm a chur ri pàipear a leigeadh le gach teip a bhith air a chumail is a choimhead às a dhèidh san Scottish Archive an Dùn Èideann.

'Los gum faod daoine èisteachd riutha an sin, Alasdair,' dh'inns e dha. 'Ach leis an fhear seo 's ann a tha sibh a' toirt cead seachad gun tèid an obair agaibh a ghleidheadh an seo an Uibhist cuideachd. Feumaidh sinn dìreach an t-àite ceart fhaotainn air a shon ach gheibh sinn e!'

Le sin, stob e botal White & Mackays an làimh a' bhodaich – rud a thug airsan a cheann a chrathadh le 'tut-tut-tut' am pailteas ged nach do lagaich a ghrèim air idir.

'Airson na Bliadhn' Ùire!' phut Ruairidh, no ma thig cuidegin laghach air chèilidh?'

Chan fhaicinn-sa Alasdair idir a' toirt dràm do Jane – suiteis is cigarettes gun teagamh sam bith, ach chan e uisge-beatha; 's ise a dh'fhosgail am botal an turas a bha sin – an aon turas a-riamh. Air adhbharan gu tur diofrach chan fhaigheadh Ìomhair tè bhuaithe ri a bheò!

Thairg Tormod Mòraig glainne mhòr dhòmhsa, nach gabhadh

diùltadh, nuair a thadhail mi air na b' fhaide dhen latha ud. Ma chuir e iongnadh sam bith air an fhear chòir m' fhaicinn cha do leig e sgath air; bhathar a-nist cinnteach gum biodh casg eadar-nàiseanta air Willie Johnston fhad 's bu chluicheadair ball-coise e. Agus chualas brunndail cuideachd gur ann gu Jock Stein aig Celtic a bhiodh an SFA a' dol airson manaidsear ùr do sgioba na dùthcha.

Bha an caothach fhathast air na Duitsich: gum faca an saoghal mòr Bertoni a' suathadh a làimhe ris a' bhall mun do chuir e an treas tadhal do dh'Argentina is nach deach feairt a' choin a thoirt air mar a speal Passorella Johan Neeskens.

Dh'inns Tormod Mòraig dhomh gun robh Patricia air tilleadh dhachaigh leatha fhèin an latha eile is gun robh i, thuirt esan, gam fhaighneachd-sa – agus cuin a bha dùil a'm falbh?'

Dhèanadh an litir fhèin a gnothach, ach cha bhithinn ga cur thuice airson greis fhathast.

Air an Dihaoine, dh'fhalbh mi a-mach an cois Ruairidh, air an latha mu dheireadh aige, agus stad sinn aig Theresa, Iain is Joan, Iagan Bàn, Coinneach nam Pìoban is sìos a Bheinn a' Bhaghla leinn gu Oighrig Thòmais. Nar rathad 'riamalagach' air ais stad e an càr is rug e air làimh air tè ruaidh mun do dh'iarr e cead a dealbh-se a tharraing le a macan beag. Dhiùlt ise ach 's ann ro thoilichte a bha i a thaobh a' phàiste.

'Sin a Chailein,' ors esan, nuair a thog sinn oirnn, 'deagh naidheachd Samhradh '76. Bha dùil a'm cus a bharrachd dhealbhannan a ghabhail am-bliadhna.'

Thuig mi nach b' e seo idir an samhradh a b' fheàrr aig m' uncail a thaobh 's na thog e fhèin de stuth. Cus san rathad air, bha teans – mi fhìn is mo thoileachas an Uibhist nam pàirt dheth – ach chithinn gun robh e air a làn-dòigh le na thug Alasdair dhomh. Chan e a-mhàin na chruinnich mi ach gun robh de dh'ùidh is do spionnadh annam a leithid a dhèanamh; dhàsan.

Ghabh mi beachd co-dhiù dhèanainn an seòrsa obrach seo a-rithist tuilleadh: bu chòir sgeulachdan mo mhàthar a chlàradh uaireigin. Cha dèanadh m' athair idir e, no mo pheathraichean. Saoil am feuchadh James? Ma dh'fhaoidte.

Air an fheasgar sin shuidh sinn, gun cus cofhuirt, aig bòrd ann an Taigh-Òsta Loch Baghasdail le Eric Adams ('a most taciturn man in company, Colin'), Mgr Pàdraig, am banaltram-sgìre ùr, Mòrag MacCeallaig agus Ealasaid – is ise an làthair an aghaidh a toile.

Rinn botal Chianti, às nach tug Ruairidh is Mr Adams ach glainne bheag, cobhair air choreigin air a' chòmhradh agus bu mhath sin. Cha robh teagamh nach e fear, dibhearsnach, sona a bh' ann am Mgr Pàdraig – nàdar *raconteur* – nuair nach robh e a' feuchainn rim phutadh-sa far mo shlighe. Bha fhios aige cuideachd ciamar a bheireadh e air Ealasaid socrachadh; rud a rinn i mu dheireadh, an dèidh do bhrùchd mhòr 'mo nàire!' breith oirre am meadhan seantains. Chòrd 'a' Chearc ann am Basgaid' gu math rithe is an dèidh làimh cha b' urrainn dhi a' rice-pudding a dhiùltadh. 'Cha ghabh mi uair sam bith,' ors ise, 'rud a dhèanainn fhìn aig an taigh.'

'Is cha dèan thusa sin, Ealasaid!' dh'fhaighneachd Ruairidh dhith – iongnadh fìor no mas fhìor air.

'Nì,' dh'aidich i, 'ach cha toigh leam m' fhear-sa idir. Bidh blas a' bhainne ghoirt air daonnan.'

Bhuail e orm, airson a' chiad turais ann an seachdainean – taigh Anndra is Seonaig am Barraigh, bha fhios – gur dòcha gur ann an cuideachd fear nach leanadh a' Ghàidhlig a bha mi.

Cha tug aodann sèimh Eric Adams dad a thuairmse dhuinn ach thill a' chànail gu luath – naidheachd Mhgr Phàdraig air semolina na Seminary – agus dh'fhan e mar sin fad a' chòrr dhen oidhche. Cha tàinig air dotair seach dotair falbh – na shochair ann fhèin – ach shaoil mise nan robhar air cur a dh'iarraidh Mr Adams gum biodh cùisean air a bhith na b' fhasa mun bhòrd. Chan eil rian ge-tà nach robh an seòmar-bìdh coimheach, is ro bhlàth, san taigh-òsta a' toirt a bhuaidh fhèin oirnn cuideachd. Cha b' e oidhche anmoch a bh' ann dhuinn.

Chaidh mo dhùsgadh le seirm chruaidh, nach b' eòl dhomh idir nam aisling, mu 4.30. Chlisg an t-anam asam is mi an dùil gun do chaidil mi a-staigh; gu fortanach chaidh aig Ruairidh air comhairle a thoirt air an tè a dh'fhòn thuige – à Fròbost! – a thug bloigh furtachd dhìse is dhàsan.

Cha do dh'èirich duine againn gus an robh e an dèidh deich uairean. Bha Ealasaid air tì is tost a dhèanamh ach bha i a' feitheamh fios mun chòrr. 'Shaoil mi gum biodh sibh fhathast làn. Ach tha e furasta gu leòr dhomh ugh a chur dhan sgeileid no bacon? Innseadh sibhse dhòmhsa.'

Dh'iarr an dithist againn oirre gun sgath a bharrachd a dhèanamh is chuir sinn ar n-ìm air an aran le faicill. Bhiodh i air ais aig uair agus airson na dinnearach feasgar, chaidh innse dhuinn. Leis gum b' e seo an deireadh-seachdain mu dheireadh againn an Eòrasdail, ghabh sinn ri a coibhneas. 'Ach rud glè aotrom 'son lunch, Ealasaid,' aig Ruairidh dhi. 'Sandwich bheag 's dòcha no sailead?' Cha deach sìon dhen t-seòrsa sin a ghealltainn.

An dèidh cuairt tron bhaile – is an corra chàr (uile gun Phatrica annta) a stad dhuinn – chùm an dithist againn oirnn le ar pacadh is cha do sguir sinn dheth ach tiotan 'son soup – brod (!) Brot na h-Alba – òl. 'S e bha cho feumail cuideigin a bhith againn aig an dearbh àm seo a smaoinicheadh is a dhèanadh biadh dhuinn ach 's ann a thionail Ealasaid cuideachd rud no dhà a bhiodh air a dhol a dhìth oirnn – leabhran *Turas nam Filidh* air aonan dhiubh sin.

Mar sin 's e glè bheag ler cuid-ne a dh'fhan an Eòrasdail às ar dèidh. Bu choltach, ge-tà, gun do dh'fhàg Ruairidh cromag, a thug euslainteach dha; ach ma dh'fhaoidte gun robh e a' ciallachadh sin a shìneadh dhan ath fhear sa chaisteal – ge b' e cò an Crìosdaidh a bhiodh ann? Dìreach mar gur ann lem thoil fhìn a dh'fhàg mise *Thinking of Being a Doctor?* aige, no aicese, is an teaghlaichean.

Nochd Mìcheal Òg MacLeòid – balach na tubaist – a fhuair dhachaigh on ospadal Diluain, le a mhàthair agus bradan mòr mòr.

'Chan esan a ghlac e!' dh'èigh an tè a bha air bliadhnachan a chall far gnùis a' bhàis a bh' oirre nuair a chunnaic mise an toiseach i. Chan e poidsear idir a bha sa ghille aice agus an cothrom a-nist aige, 'ach 's e smaointich air a thoirt dhuibh,' thuirt i. Dh'fhàs aodann a mic dearg.

'Tapadh leibhse,' fhreagair Ruairidh. 'Feumaidh mi a-nist bath a ruith ma-thà, an dèidh na tha siud a dh'ùine gun bhodraigeadh!' Rinneadh gàire ri seo.

'Cha dèan sibh dad dhen t-seòrsa,' orsa Ealasaid. 'Cha snàmh am fear ud tuilleadh. Caithidh mi dhan chest freezer ùr e. Bidh e taghta 'son ithe mun àm a ruigeas sibh dhachaigh an-ath-oidhch'.'

'Is dè nì sinn madainn a-màireach a ghràdhag? dh'fhaighneachd m' uncail dhìse aig àm na dinnearach: grùthan, àirnean is uinneanan. ('If it wasn't for the onions,' an spòrs a bh' agamsa a-rithist le Dad is caraidean, 'the whole meal would have been offal!')

'Èirigh sibh aig 5.15,' fhreagair Ealasaid. ''S e sin a nì sibh a-màireach is bidh sibh sa qhueue air cidhe Loch Baghasdail ro shia.'

'Tha fhios a'm air a sin glè mhath!' Theab Ruairidh a dhol crosta leatha. Bha i air cur nar cuimhne dà uair cuin a dh'fheumamaid a bhith ann is mar sin cuin a bhiodh againn ri èirigh. 'Mun iasg a bha mi a' bruidhinn.'

'Bidh esan is mi fhìn an sin romhaibh,' dhearbh i. 'Bha mi gu bhith ann co-dhiù.'

Na b' fhaide dhen oidhche nuair a bha mi a' cur air dòigh mo notaichean is leabhraichean, dh'fheuch mi ri *Seann Sgeòil Cheilteach Chill Rimhinn* a thoirt air ais do Ruairidh – rud a choisinn an fhreagairt:

'agadsa as motha a tha am feum air a leithid, chanainn, a Chailein.' Dhiùlt m' uncail cuideachd na bìdeagan cairte air an do sgrìobh e na faclan meidigeach ùra.

'So "pathognomonic" means, Colin, that if this sign is present: bingo you've got the diagnosis. Ge b' e dè idir a th' ann no nach eil ann an "Pseudocyesis" chan eil sìon a dh'fhios a'm. Tha teans nach fheumadh fios a bhith agam air thar an dà fhichead bliadhna a dh'fhalbh na bu mhotha. Cùm agad fhèin iad a Chailein – gun fhios nach cuidich iad gus an samhradh seo a chumail dhut.'

Òbh, òbh ach nan dèonaicheadh rudan cho sìmplidh ri briathran bràthair mo mhàthar – mum aois fhìn – air cairt thiugh, no m' èisteachd air ais ri faclan Alasdair mac Sheumais Bhig, sin a dhèanamh dhomh: an samhradh seo a chumail! Aig toiseach na seachdain sa chaidh nach iad a dh'fhaodadh – 's dòcha an dèidh dhomh a bhith dhachaigh greis is pàirt dhe na bha neònach mun ghnothach air sìoladh? Ach 's ann a bha an deamhan ud, Ìomhair, air neoichiontas saoghail eile – saoghal Fhinn Mhic Cumhaill is Ghille Pàdraig is Alasdair – agus glainead obair-eanchainn a ghoid bhuam. Esan a phuinnseanaich an dàimh a bha a-nist dlùth eadar mi fhìn is m' uncail. Leis nach do dh'inns mi sgath do Ruairidh cha do rinn sin ach an ciont a bhruthadh na b' fhaide is na bu doimhne fom ghiùlan shona.

O chionn seachdain no dhà dh'fhaodainn cuideachd a bhith air a dhol a choimhead air Patricia, mar a bhiodh dùil. Cha dèanadh ise cèilidh gun chuireadh ormsa a-nist; sin rud a b' urrainn dhi a dhèanamh an àm dhuinn eòlas a chur air a chèile – mun do sheinn i is mun do choinnich i mo shùil is mun robh sinn air grunn math dhannsaichean a dhèanamh còmhla gun mhodh a chall.

Leis gun d' rinn ise tilleadh a dh'Uibhist – gun a bràthair mòr – 's ann ormsa a bha an t-uallach tadhal 'son beannachd fhàgail aice. Dhèanamaid beagan cabadaich mar dhaoine nàdarra – gun tuigeadh i gu soilleir nach biodh Jane gu bràth na tè cheart dhòmhsa – is ghuidhinn samhradh math dhi mun cuirinn rithe gur dòcha gun coinnicheamaid an Glaschu, uaireigin, as t-fhoghar? Ach o mo thruaighe!

Rinn Ruairidh is mi fhìn ar n-ullachadh deiseil mu leth-uair an dèidh aon uair deug is sheat sinn alarm an t-aon air gleocaichean le tiog mar tàirneanaich.

Dhùisg mise mu thrì-chairteil na h-uarach mun robh còir aig m' fhearsa a dhol dheth ach feumaidh gun do thuit mi air ais nam chadal is bruadar throimhte-chèile a' feitheamh mo chinn air a' chluasaig.

'Tha e taghta,' bha Patricia ag ràdh rium air Bàrr na Beinne Mòire.

'Cha do thachair e. Tha Jane mionnaichte nach do thachair; tha is Ealasaid. 'S e dìreach cleas Ìomhair Dhuibh a th' ann – chan eil e cho dona sin. Nach dèan sinn Schottische?

'Mar sin?' orsa mise le dòchas agus m' anail gam dhìth, 'an leig sin leinne a dhol còmhla a ghràidh?'

'Well...,' thòisich i.

'Well?' dh'fhaighneachd mi dhith agus dhìom fhìn is mi a' leum a-mach às an leabaidh a thachdadh nan clag air a' bhòrd; is an uair sin thill an tula-fhìrinn gu grad.

Air cidhe Loch Baghasdail, thug mi pòg bheag ghoirid is cudail na b' fhaide do dh'Ealasaid – an dèidh dhomh am bradan a chàradh am bogsa fuar an cùl na MG a bha làn a-mach air a bheul.

'An-ath-bhliadhna a bhalachaibh?' dh'fhaighneachd i.

'Chì sinn,' fhreagair Ruairidh, 'na bheir Dia thugainn thar na tè sa fhathast. Ach 's e bha math ge-tà.'

Bha fhios a'm gum bu chòir dhomh rudeigin sunndach a ràdh mu na làithean a bha romhainn ach cha tigeadh na faclan; cha bu mhotha dh'innsinn breug is mi cinnteach nach tillinn-sa an seo tuilleadh!

'Bha e,' orsa mise, 'laghach, ma-thà, is ceud taing, Ealasaid, airson na rinn sibh dhuinn. Cha b' urrainn dhomh...'

Thug a deòir orm stad is dh'fhairtlich orm crìoch a chur air mo sheantans; am boireannach gasta seo a bha a' faotainn uimhir a thoileachas o bhith a' coimhead an dèidh feadhainn eile – gu h-àraid fireannaich 'gun fheum'. Cha bhiodh a leithid, aig a h-aois, ann fada. Deich bliadhna – coig-bliadhna deug aig a' char as fhaide, fiach trì World Cups! Agus ceart gu leòr cuideachd, oir cia mheud fireannach coltach rium fhìn is Ruairidh a dhèanadh frithealadh air taigh làn bhoireannach 'gun fheum'? Nach b' airidh iadsan cuideachd, ma-thà, air beagan tataidh: is nach e deagh àite-tòiseachaidh a bhiodh ann am beul-aithris an eilein a chlàradh?

Cha b' ann gus an do thog an t-aiseag rithe a mhuthaich mi do Jane, na crùban – dìreach mar a rinn i a mùn an Gearraidh Bhailteas – air lic shleamhainn fon taigh-òsta, an cànon dubh cruaidh le a chuimis air a ceann. Ach an turas sa bha a gàirdeanan suainte uimpe is 's ann air ais dhan àbhaist ghruamaich a bha h-aodach.

Smid mi rithe is choimhead i an taobh a bha mi ach chùm i a colainn a cheart cho dùinte. Ga faicinn san staid seo 's ann a bha mi ag iarraidh ruith sa mhionaid a dh'innse do Ruairidh is rudeigin a dhèanamh a bhiodh gu feum. Ach chùm am bàta oirre na cuairt sa Chuan Sgìth is shìolaidh m' fhearg gun bhuaidh gu bhith na tàmailt – a mhair mìosan

– mun do ghabh dìochuimhn', lem iarraidh fhìn, làmh-an-uachdair.

"'S ann agad fhèin tha an duine a Mhàiri!' ghlaodh Ruairidh a' gabhail a pheathar na lamhan. 'Nam faiceadh tu na rinn e seo de dh'obair. Cha ghabhadh stad cur air. Thèid am fear sa fada.'
Dhragh mo mhàthair a-staigh, teann, ri a h-uchd mi. 'Chòrd an gnothach riut, a Chailein? Nach tu dh'fhàs geal mun aodann!'
'Chòrd,' orsa mise. 'Cà' il Dad?'
'Back-shift.'
'Seadh dìreach.'
'Tha do dhinnear deiseil,' phut i air Ruairidh, 'is leaba dèante dhut cuideachd ma-thà. Carson a rachadh duine sgìth a Dhuns a-nochd?'
'Cleachdadh,' fhreagair e fhèin agus chùm e ris – a' fàgail Ghrianaig mu chairteal gu deich.

23

A DHÀ NA THRÌ làithean an dèidh dhomh faighinn a-mach gun deach gu math leam sna deuchainnean, ('With aplomb' ann an psychology, chaidh innse dhomh os ìseal), dh'fhòn Ruairidh. Bha Alasdair mac Sheumais Bhig air bàsachadh an oidhche roimhe sin. Shaoil le Ealasaid gun iarramaid brath fhaighinn. Cha robh e meadhanach ach greiseag bheag is dh'fhan Jane ri a thaobh fad an t-siubhail.

Leis cho fialaidh is a bha Alasdair rium bu chòir dhomh a bhith air a dhol dhan tòrradh – agus airson dèanamh cinnteach gun robh Jane ceart gu leòr. Ach an àite sin, shuidh mi aig deasg is theann mi ri èisteachd, ath-sgrìobhadh – facal air an fhacal – agus deasachadh a dhèanamh air a h-uile rud (47 uile gu lèir) a thug e dhomh; mòran dhiubh nan sgeulachdan làidir.

Rinn mi copaidh air na duilleagan seo le inneal snasail ùr an Oilthigh is dhràibh mi leotha siud is bogsa làn theipichean a thaigh mòr m' uncail an Duns. 'S i a-mhàin aon sgeul a chuir mi air cassette dhomh fhìn: *Oisean ann an Tìr nan Òg*. A dh'aindeoin na crìche muladaich oirre fhuair mi, nam staid fhalbhanaich, car dòchasach i is làn fhaireachdainnean onarach. Cha robh teagamh sam bith agam cuideachd nach deach a h-aithris le fìor 'aplomb' agus bha an dòigh san do chuir Jane a cuid fhèin rithe glan, ceart, gun smal.

'Time to downsize a Chailein,' orsa Ruairidh a' togail muga air an robh sanas-droga is na faclan, 'Zantac zooths' an ionc a bha a' dol bho dhearg gu liath. 'Bheil cuimhne agad air an t-seann taigh an Eòlaigearraidh?'

'Agams a tha.' Bha mi air dà shamhradh a chur seachad an sin mun do dh'aontaich mo sheanmhair gluasad a dh'àite na bu chofhurtaile is na b' fhaisge air an fhicheadamh linn.

'Bha deinear againn beò san dachaigh sin,' ors esan, 'is a-nist tha mise gam chall fhìn san togalach mhòr seo mar gur e seann iarla gun sgot a th' annam. Chan eil ciall ann. 'S ann a bha mi a' smaointinn air Earra Ghàidheal – Tìr na Fèinne – mun Rest and Be Thankful – taigh beag grinn le dà bhedroom a cheannach ann. Bhithinn-s' san Òban no an Glaschu ann an uair an uaireadair no mar sin. Thigeadh tusa a choimhead orm nach tigeadh?'

'Thigeadh gu dearbha,' mo fhreagairt chinnteach dha, ach nach b' fheàrr le Iona is Claire tilleadh dhachaigh len teaghlaichean gu far an do thogadh iad, an Duns? An toilleadh iadsan uile ann am but 'n ben beag air a' Ghàidhealtachd?'

'Well, chan eil mi ag ràdh nach eil rudeigin agad an sin, a Chailein. Feumar tuilleadh smaointinn a dhèanamh, tha fhios, is an taigh ceart san àite cheart dhuinn uile fhaotainn.'

Rinn sinn gu leòr de bhruidhinn a-null is a-nall – ar ceangal Uibhisteach fhathast làidir – is shìn e dhomh dealbh a' ghille bhig ruaidh is baile àraich air a chùl. 'An creideadh tu e, a Chailein, ach seo an aon fhear car deusant dhe na ghabh mi. An do tharraing thu fhèin mòran?'

'Cha do tharraing gin,' fhreagair mise, 'Cha tug mi leam camara.'

'Cùm agad e,' orsa Ruairidh, 'gun fhios nach glèidh e rudeigin dhut.'

Dh'èist sinn an uair sin ris a' chiad chlàradh riamh le Alasdair mac Sheumais Bhig; agus roimhe sin, aig toiseach an teip, mo chòmhradh beag le Ruairidh.

'Cha do chuir sinn an còrr sìos mur deidhinn-se,' thuirt mi ris. 'Cuin a thig mi ga dhèanamh?'

'Coma leat a Chailein. An taca ri Alasdair is Oighrig is Iagan Bàn is na daoine sin chan eil sgath agams' as d' fhiach innse.'

'Rubbish!' orsa mise, 'Right, a Ruairidh, bheir dhòmhsa am beathach sin.

Thòisich mi is am maicrofòn nam làimh, 'bha sibh ag ràdh rium reimhid gur e cuideachadh o antaidh a chuir a Chill Rìmhinn sibh. Cò ris a bha e coltach do dh'eileanach òg a bhith ann an sin sna 30s?'

'S ann slàn agus pongail a bha a chuid fhreagairtean agus gu tric air an lìbhrigeadh gu h-eirmseach. Dh'ionnsaich mi barrachd mu na thachair am beatha m' uncail am feasgar ud na thog mi fad sia seachdainean an Uibhist. Neo-ar-thaing, ge-tà, nach do dh'fhoghlaim mi rudan eile mu dheidhinn, agus mu mo dheidhinn fhìn, rè na h-ùine a bha sinn còmhla an sin: dìlseachd, càirdeas, treunad... agus tòrr eile.

'A' chiad seachdain agam air ais an seo,' ors esan, nuair a bha sinn ullamh dheth, 'dh'fhòn am practice shìos an rathad agus dh'iarr iad orm tighinn thuca an ath latha – bha pàiste le cuideigin aca bochd.

Dh'aontaich mi gun an dàrna smaoin a thoirt air. Daoine gasta a th' annta is bhiodh iad daonnan gar cuideachadh-ne nam b' urrainn dhaibh.' A' dùnadh putain mo sheacaid, thug mi sùil timcheall an rùim mhòir seo le a lobhtaidh àird, feuch am faicinn sgath a chuireadh a-mach teas, mar, can, radiator? 'Ach sin agad e a Chailein,' orsa m' uncail, 'cha dèan mi an còrr tuilleadh – dhaibhsan no an àite sam bith eile. Bha Uibhist air leth: chuidich e mi gu mòr a thaobh a bhith a' faighinn...' chluinninn-sa a' chrith na ghuth, '...seadh, a thaobh eudail mo chridhe, Emily. Bha mi an dòchas gun cuidicheadh agus, well of course, bha thusa...'

'Ghabhadh iad air ais nan dotair a-màireach sibh!' Phut mi – chan eil fhios a'm carson, mura b' e is gun robh mi ag iarraidh bliadhnachan a chur rim bheatha fhìn, 'Nach tèid sibh suas airson speileag na bu ghiorra, can mu àm na Càsg – is gun uimhir a thourists mun cuairt?'

'S e gàire a rinn m' uncail ris a seo. Cha robh muinntir nan carabhànaichean is an fheadhainn thapaidh fo chanabhas air cus uallaich a chruthachadh dha air an eilean.

'Obair duine eile a Chailein,' fhreagair esan, 'fòghnaidh na dh'fhòghnas. Ach tha dùil a'm seachdain no dhà a chur seachad am Barraigh as t-fhoghar – a' tadhal is a bhith a' togail stuth. Tha tè ann am Bogach...'

'Carson nach dèanadh sibh sin!' dh'èigh mi, a' clisgeadh, cha mhòr, aig sgairt mo ghuth fhìn.

'Dìreach nid a Chailein, mar a chanadh Bean Lawrence, carson nach dèanadh; is an-dràsta fhèin?'

Chòrd an turas dhachaigh a Ghrianaig rium is dh'fhairich mi gu math toilichte do Ruairidh. Leigeadh a shaorsa leis rudan ùra a thaghadh is a dhèanamh a-niste – is cò aige a bha fhios nach ceadaicheadh sin dha tuilleadh dhen fhìrinn innse dha fhèin. Bha mise cuideachd làn-leagte ri a bhith air ais sa bhaile mhòr is bliadhna eile romham nam oileanach – fear a dh'obraicheadh a-nist mar a bha e a' dol air aghaidh is a gheibheadh an uair sin beagan cluic a dhèanamh is cinnteach?

Agus sin an dà rud – obair agus cluic – a bu chòir a bhith beagan na b' fhasa agus mi a-nist a' slugadh phileachan-iarainn trì turais san latha.

'Quite a nice little anaemia, Colin. No wonder you've been tired. Cold also?' orsa GP mo mhàthar le sunnd, seachdain an dèidh dhi mo shlaodadh thuige. 'Not been on one of these new-fangled vegetarian diets over the summer have you?'

'Hardly!' mo fhreagairt dhan duine is chùm mi orm gan gabhail gu cunbhalach – gun cus a chall – fad mu shia mìosan. A dh'aindeoin tests cha d' fhuairear a-mach riamh dè b' adhbhar dha is cha tuirt mise sgath ri Ruairidh.

Leis nach do chuir mi riamh air falbh an litir gu Patricia, ghabh mi nòisean, aon mhadainn shnog san Dàmhair, ola a chur air a' bhaidhsagal is àite-còmhnaidh Notre Dame a thoirt a-mach. Ach an uair sin nochd sgòth mhòr dhubh os cionn stuadh Gilmorehill a thug buaidh air mo mhisneachd is a chùm Uibhist agus na thachair ann gun a dhol nan àrainn.

Feumaidh nach robh ise tric a-muigh sa bhaile fad na bliadhna sin air neo nach biodh an fheadhainn air an robh sinn eòlach a' dol an lùib a chèile. Chan e gum bithinn-sa còmhla ri Gàidheil mòran is cha rachainn dha na bàraichean aca ach corra uair – anmoch san oidhche sa bhitheantas. Leis a sin mun àm a ghluais mi a Dhùn Èideann airson '79–'80 bha sinn fhathast gun choinneachadh.

Dh'inns boireannach air an trèan dhachaigh dhomh latha, mu chòig bliadhna an dèidh sin, gun robh Welsh-ach air a cridhe a ghleidheadh is gun robh iad a' fuireach 'shìos ann a shin an àiteigin.' Cha do leig an t-eagal dhomh guth a thoirt air Jane.

'An e Ruairidh Gillies,' ors ise, is sinn a' faotainn ar bagaichean, 'd' uncail-sa?'

''S e ma-thà!'

'Well, can thusa ris gu bheil an nighean, a shàbhail e a beatha, às an Abhainn Chaim ga fhaighneachd.'

Rinn mi sin, an oidhche sin fhèin, is ged a bha e glè thaingeil cha dèanadh e a-mach idir cò a bh' innte: 'Kathleen, thuirt thu? Feumaidh nach ann *anns* an Abhainn Chaim a thachair e,' thuirt e le gàire, 'shaoileadh tu gum biodh cuimhn' a'm air a sin!'

'Shaoileadh,' dh'aontaich mi is thug mi dha am fiosrachadh air càite is cuin a bhiodh am pàrtaidh aig Dad 'son soraidh-slàn fhàgail aig na busaichean: 6f aig Oak's Tavern mu choinneamh Stèisean Anderston air 30mh An Lùnastal.

'An dèan thu speech dha? dh'fhaighneachd Ruairidh dhìom.

'Nì gu dearbha – rud cho math is a gheibheadh tu bho Alasdair mac Sheumais Bhig.'

An Cèitean 2018

Sgrìobh mu chuspair air a bheil eòlas air choreigin agad: na chanar gu tric ri feadhainn a tha a' feuchainn ri faighinn gu dol.

Cha robh iarraidh sam bith agamsa a bhith na mo sgrìobhadair no a bhith a' siubhal fodair ann an làithean a dh'aom is a ghlasadh ach 's e oide sgileil a bh' ann an Kim. Chan e sin a-mhàin ach bha dòigh àraid, laghach, aice air co-fhaireachdainn a shealltainn rinn fa leth agus air ar brosnachadh gu fosgladh.

Uidh air n-uidh, seachdain bho sheachdain, dh'fhàs clas Kim cho riatanach dham chuid leigheis: bha bàs obann na mnatha agam air mo chur fodha is gun chlann no oghaichean beaga prìseil againn a bheireadh am bàrr mi gam aindeoin.

Air an dara uair dhuinn a bhith cruinn chàraich Kim mu leth-dusan rud air ar beulaibh agus dh'iarr i oirnn aonan a thogail is sgrìobhadh mu dheidhinn fad còig mionaidean gun stad airson smaointinn no sgath atharrachadh.

'S ann gu math fada a dh'fhairich mise an ùine sin is ged nach robh dad soilleir a' ceangal iuchair mhòr mheirgeach ri ovarian cancer – murtair slìogach na bòidhcheid – dh'fhairtlich e orm casg a chur air a dìmeas.

Nan robh mi air èirigh a-mach às an rùm, bhithinn air dragh a chur air a' bhoireannach thais thiugh rim thaobh aig an robh, is coltach, tòrr ri ràdh mun Ace of Hearts; *spìon ise a' chairt sin na dòrn mum faigheadh duine dhen chòrr againn na gaoth!*

'S e seo na liùg asamsa:
'The right keys give access through entry-points to past, present and future. If we wear them round our necks on lanyards we will not lose them through carelessness, even when we should; even when the doors opened by them should long-since have been torn from their hinges and piled on the blazing bonfire of...'

Thug Kim oirnn sgur mun tàinig am facal ceart a chuireadh crìoch air dhomh. Shaoil leam gum biodh 'life' ro bhog agus rud mar 'existence' pretentious. Mar sin 's ann mar seo a dh'fhan am paragraf.

'And this time,' orsa Kim Hallington, 'I'd like you all to write for fifteen minutes.' Rinn an gille tarsainn bhuam – a chaill obair ann an oifis am Fitzroy – osna is an uair sin gnòsdail mhòr. Thug an tè ud eile (nach teirigeadh a dà pheann a-chaoidh!) comharra na h-òrdaig dhan tidsear agus ri sin chuir i 'Good as, girl; ready when you are!' Ge b' e dè thachair dhìse na beatha (cha tuirt i guth ri duine) chan iarradh i a-nist ach a bhith an clas Kim is a' sgrìobhadh.

An turas sa 's e Kim a rinn an taghadh agus shìn i dhòmhsa spàin-tì – cuimhneachan, chithinn, far 'The Tasmanian Princess'. Bha i fhèin 's a cèile air seòladh a-null oirre 'son a' Chàisg a chur seachad an Cradle Mountain. Thug iad an uair sin Hobart orra feuch an robh am biadh leth cho math ri fear Mhelbourne.

Cha deach agamsa air cus a chur sìos an toiseach ach bloigh deilbh air an turas-aiseig fhèin: a' chiad uair dhomh a bhith a' coimhead sìos air cidhe Cholbhasaigh gun mi ag aithneachadh duine à Barraigh air bòrd; mi a' beachdachadh ach cuin agus gu dè dh'ithinn sa chafeteria.

An uair sin nochd an dithist òganach len giotàran: stad iad greis am meadhan mo dhuilleig agus sheinn iad cho binn ri Beatle a bha riamh beò. Cha tuirt mi sgath sa phìos mu na h-òrain a dhiùlt iad a ghabhail ach thug mi teagsa air a' chròileig chroitearan a bha gan dalladh fhèin is iad a' tulgadh dhachaigh bho fhèill an Òbain.

'Keenly observed,' orsa Kim, nuair a bha mi air na briathran, a thàinig gun fhiosta is gun fhiathachadh, eadar-theangachadh dhi.

'Do you often write Galick, Col?' dh'fhaighneachd i.

'Never.'

'A first; awesome! When roughly is it set?'

'May 1978,' mo fhreagairt chinnteach.

'The year my parents married.' Rinn i gàire. 'They chose to honeymoon in the UK, but in late October.'

Mun àm sin bha mise air ais san oilthigh an Glaschu is a' dèanamh mo dhìchill falach bho na thachair le bhith a' cumail ri obair chruaidh chunbhalaich. Cha mhòr nach deach leam.

Mhair 'Write to Recover' ochd seachdainean is cha do chaill mise gin. Ach aig deireadh na h-ùine sin bha mi air mo shàth fhaotainn dhe na 'five senses' is a bhith a' feuchainn ri brìgh rud a shealltainn seach innse ann an dubh is an geal. Chan eil rian ge-tà nach do chuidich an cothrom-sgrìobhaidh seo mo thogail às an t-sloc dhubh is mo chur air ais nam dhreuchd. B' shuarach cho math 's a chaidh a' chiad oidhirp is b' shuarach am feum do chàch a bh' ann an Cailean 'caoinidh' Quinn!

Tha mi ag innse seo uile dhut airson 's gun tuig thu mar a thòisich an sgeulachd seo – mo chunntas air na thachair. Agus chan eil is cha bhi ann ach sin – an cunntas agam fhìn air an t-samhradh àraid ud an Uibhist.

Chuir pailteas obrach mar Educational Psychologist, ann an roinn thrang thrang, bacadh air a' chòrr – ge b' oil le miann Kim! 'Ask yourself, Col – what is the real story I need to tell? Whose story is it?'

Fad bhliadhnachan às a dhèidh – faisg air deich – dh'fhuirich am pad-pàipeir tana gun fhosgladh air an sgeilp san studaidh – is e dinnte eadar leabhar tomadach mu lusan Astràilia is atlas robach. Nan robh mi air gluasad gu taigh ùr no air pòsadh a-rithist 's fhada on a bha e air a dhol dhan recycling. Ach an uair sin chunnaic mi thusa air an àrd-ùrlar aig Celtic Colours.

Ann am Melbourne cha bhi sinn a' faighinn cus ceòl traidiseanta air na terrestrials ach bha sreath math aig ABC an-uiridh air Canada agus b' e fòcas a' phrògraim seo Ceap Breatainn. Cha do thog mi bhon earrann a sheall iad cuin dìreach a bha thu ann.

Tha guth àlainn agad agus gu dearbha fhèine fìor dheagh Ghàidhlig. Bu thoigh leam gu mòr an dòigh san do labhair thu ris an t-sluagh mu na h-òrain san dà chànain. Tha do mhoit follaiseach, a nighean! Chan eil mise ach car stadach gu a bruidhinn a-nist, an dèidh dhomh còig bliadhna fichead a chur seachad thall thairis. Dh'fhàs mi gu math siùbhlach ge-tà rè Samhradh '78 agus às a dhèidh – dìreach le a bhith ag èisteachd gu dlùth is ga cleachdadh na bu trice ri Mam. Cha do chlàir mi riamh i agus cha d' rinn mi dad a' chòrr le Ruairidh. 'Ge b' e nach gabh nuair a gheibh, chan fhaigh nuair as àill!' thuirt esan, is bha e glè cheart.

Fhuair m' uncail saoghal na b' fhaide na Alasdair mac Sheumais Bhig, ach cha b' urrainn dha ainm fhèin, gun dìochd air feadhainn na Fèinne, innse dhut sa cheann mu dheireadh. 'S dòcha gun do thachair thu ris aig consairt no mun Mhòd uaireigin? Bhiodh e a' dol gu gu leòr dhe na rudan sin agus bha spèis aig daoine dha, is coltach, mar fhear aig an robh sùim is eòlas air dualchas nan Gàidheal.

'S e 'langan' do mhàthar nad ghuth-sa ge-tà – am fuaim goirt nàdarra sin – a dh'aithnich mi an toiseach. Tha thusa fada nas àirde, nas bàine, agus tha d' aodann-sa nas foidhne cuideachd ach, gun teagamh sam bith, le na h-aon sùilean cruinne.

Chuala mi aig Dad gun robh mo sheanair, Jim Quinn, còrr math air sia troighean – rud às an àbhaist do dh'Èireannach, bhiodh e a' cantail – is e bàn, e fhèin, cuideachd ged nach fhaca mise riamh ach ann an dealbhan dubha is geala e.

Ma dh'fhaoidte gu bheil do theaghlach fhèin agad a tha a' fàs no air fàs suas is g' eil sin a' toirt dhut a' chothruim a bhith ri seinn is siubhal. Ma tha, a bheil cuimhn' acasan air do mhàthair? Am biodh i ag innse stòiridhean Alasdair dhaibh? Ged nach robh e furasta, cha do leig mi leam fhìn sgath a bharrachd ionnsachadh mud dheidhinn le Google is cha bhi mi idir ri Facebook.

B' fheàrr leam feitheamh is na tha thu fhèin airson innse dhomh a chluinntinn aghaidh ri aghaidh, cridhe ri cridhe. Bha mi fìor thoilichte gun do fhreagair thu am brath a chuir mi thugad is tha muthachadh làidir agam gur i an fhìrinn a tha a dhìth ort.

Ach cho buileach neònach a bhith air ais an dèidh dà fhichead bliadhna: ann an 'Eorasdail House' – 'a sumptuous, eco-friendly dwelling for up to six sharing'! Ach mar a bha mi an dòchas, thug a bhith làthair an seo orm sgrìobhadh le saorsa is gun chiont no eagal.

Mura b' e m' oidhirpean-sa thar nan làithean a dh'fhalbh dh'fhaodadh gum bithinn air pàirt dhen ullachadh 'son World Cup 2018 fhaicinn air an sgrìon ùr shnasail air a' bhalla – b' eòlach do sheanair air a leithid, a Ruairidh MhicGIllÌosa! Chì sinn cò ris a bhios An Ruis coltach ma-tà an coimeas ri Argentina: a-mach bho phoilitigs ghuineach de sheòrs' eile is cion an Arm-Thartain!

Le sin, tha an obair seo dèante – co-dhiù airson an-dràsta – agus i paisgte (an dòigh car seann-fhasanta ach shàbhailte) ann an cèis mhòr bhuidhe nam bhaga.

Bidh fhios agam nuair a bhios sinn air coinneachadh is air còmhradh ri chèile ann an Glaschu ciamar as iomchaidh cunntas a thoirt dhut fhèin air Samhradh '78.

'S dòcha gur e dreach eile dhen sgeul a fhuair thu bhuam aig àm air choreigin eile – a b' fheàirrde ùine agus astar is eòlas ortsa is air do bheatha thuige seo. Dh'fhaodadh tu fiù 's a bhith a' leughadh na litreach bhig seo na cois (no ag èisteachd rithe) an dèidh mo bhàis – tachartas, feumaidh mi ràdh, ris nach eil sìon a dhùil a'm san aithghearrachd! Chì sinn dè an rud as fheàrr.

'S e tha prionnsapalach an-dràsta gun tàinig mi a dh'Uibhist is gun do chuir mi crìoch air an eachdraidh a dh'iarr a bhith air a h-innse; agus gu bheil sinne, an dèidh nam bliadhnachan mòra, air a chèile a lorg.

Sin agad thu, a Niamh.
Thoir an aire ort fhèin.
Mise le spèis,
Cailean

Buidheachas

'S iomadh duine fialaidh a thug tacsa dhomh thar a' bheagan bhliadhnachan mu dheireadh is mi an sàs anns an nobhail seo.

Bu thoigh leam taing mhòr a thoirt dha na leanas a leugh an leabhar air fad no earrannan dheth, no a rinn agallamh leam is a thug comhairle shònraichte orm: Audrey Robertson is a nighean, Lesley Harley; Cailean MacIlleathain; Jan Patience; Douglas Watt; Stuart Kelly agus do Mhichel Byrne is Iain Seathach a rinn sin agus a thug dhomh puingean mionaideach air an teacsa is am faclan-brosnachaidh luachmhor mu bhrìgh an leabhair.

Dh'iarrainn cuideachd taing a thoirt dha na leanas a chuidich lem rannsachadh an Uibhist is am Barraigh: Angela NicFhionghain; Iain Stephen Moireasdan; Raghnall MacAonghais; Iain Eòsaph Dòmhnallach; Dàibhidh Mac a' Phearsain; Murchadh MacRuairidh; Calum is Peigi MacRuairidh agus Gillebrìde Mac 'IlleMhaoil.

Tha mi gu mòr an comain Anne Monk a rinn sireadh gu leòr gus an ìomhaigh cheart fhaighinn airson a' chòmhdaich, do Cheitidh is Niall Monk a thug cead dhomh a cleachdadh is do Thom Bee airson a chuid dealbhachaidh.

Mo bheannachd mhòr air Johan Nic a' Ghobhainn a shaothraich fad mhìosan is a dheasaich an leabhar is do Ghavin MacDhùghaill, Joan NicDhòmhnaill, Jennie Renton is do chàch aig Luath airson an taic ann a bhith ga fhoillseachadh.

Tha mi an comain Urras Leabhraichean na h-Alba is cha b' urrainn dhomh a bhith air seo a dhèanamh gun chuideachadh Chomhairle nan Leabhraichean. Bu thoigh leam mo thaing a thoirt dhan sgioba air fad agus aon uair eile mo spèis a nochdadh do John Storey a chùm misneachd gun fhàillinn rium.

Agus mu dheireadh taing mhòr dhuibhse airson an nobhail a cheannach. Tha mi an dòchas gun còrd ur *Samhradh '78* ribh.

Màrtainn Mac an t-Saoir,
An t-Iuchar 2018

Luath foillsichearan earranta
le rùn leabhraichean as d' fhiach a leughadh fhoillseachadh

Thog na foillsichearan Luath an t-ainm aca o Raibeart Burns, aig an robh cuilean beag dom b' ainm Luath. Aig banais, thachair gun do thuit Jean Armour tarsainn a' chuilein bhig, agus thug sin adhbhar do Raibeart bruidhinn ris a' bhoireannach a phòs e an ceann ùine. Nach iomadh doras a tha steach do ghaol! Bha Burns fhèin mothachail gum b' e Luath cuideachd an t-ainm a bh' air a' chù aig Cú Chulainn anns na dàin aig Oisean. Chaidh Luath a stèidheachadh an toiseach ann an 1981 ann an sgìre Bhurns, agus tha iad a-nis stèidhichte air a' Mhìle Rìoghail an Dùn Èideann, beagan shlatan shuas on togalach far an do dh'fhuirich Burns a' chiad turas a thàinig e dhan bhaile mhòr. Tha Luath a' foillseachadh leabhraichean a tha ùidheil, tarraingeach agus tlachdmhor. Tha na leabhraichean againn anns a' mhòr-chuid dhe na bùitean am Breatann, na Stàitean Aonaichte, Canada, Astràilia, Sealan Nuadh, agus tron Roinn Eòrpa – 's mur a bheil iad aca air na sgeilpichean thèid aca an òrdachadh dhut. Airson leabhraichean fhaighinn dìreach bhuainn fhìn, cuiribh seic, òrdugh-puist, òrdugh-airgid eadar-nàiseanta no fiosrachadh cairt-creideis (àireamh, seòladh, ceann-latha) thugainn aig an t-seòladh gu h-ìseal. Feuch gun cuir sibh a' chosgais 'son postachd is cèiseachd mar a leanas: An Rìoghachd Aonaichte – £1.00 gach seòladh; postachd àbhaisteach a-null thairis – £2.50 gach seòladh; postachd adhair a-null thairis – £3.50 'son a' chiad leabhair gu gach seòladh agus £1.00 airson gach leabhair a bharrachd chun an aon seòlaidh. Mas e gibht a tha sibh a' toirt seachad bidh sinn glè thoilichte ur cairt no ur teachdaireachd a chur cuide ris an leabhar an-asgaidh.

Luath foillsichearan earranta
543/2 Barraid a' Chaisteil
Am Mìle Rìoghail
Dùn Èideann EH1 2ND
Alba
Fòn: +44 (0)131 225 4326 (24 uair)
sales@luath.co.uk
www.luath.co.uk